孺子帝

卷三

皇城外的決定

冰臨神下——著

目錄

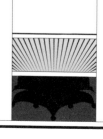

第一百三十五章 大軍

太陽逐漸升起，凌晨的清涼迅速消退，露珠變成蒸騰的熱氣，混合著野草的清香和馬尿的騷味，持續不斷地往鼻子裡鑽，眾人無處可躲，慢慢地也就習慣了，只是一顆顆心繃得越來越緊。

所有馬匹昨晚都吃過夜料，戴上籠頭，防止牠們吃腳下的草，更防止隨意嘶鳴。馬背上的人也都握緊韁繩，不敢稍有放鬆，萬一自己的坐騎造成混亂，哪怕是為時極短的小混亂，也可能是死罪一條。

上萬名騎兵分成若干梯次，守在一座甕形的山谷裡，近兩個時辰下來，仍能保持隊形與安靜，著實不易。

這是大楚最為精銳的軍隊之一，方圓數十里之內的山谷、山後，藏著十幾萬騎兵，稍遠一些的後方，還有同樣數量的大軍，總數將近三十萬，就算是大楚最為強盛的武帝時期，也極少能夠聚集如此眾多的將士。

大軍聚集的目的只有一個，徹底打敗東匈奴，取得十年以上的邊疆平安。

無論怎麼計算，這都是一場必勝之戰，唯一的問題在於，敵人不肯出現。

過去兩個月，東匈奴頻繁入侵邊塞，頗有大舉南下之勢，可是等到楚軍主力到來，匈奴人卻不肯交鋒，大軍幾次備戰，最後都不了了之。不過沒人敢掉以輕心，每次埋伏仍要全力以赴。

韓孺子名義上是鎮北將軍，其實麾下只有近千名部曲，除此之外再無一兵一卒，真正的身份與其他勳貴子弟並無區別，都是大將軍韓星的散從武將。

在山谷中，他們這些人獨佔一區，身後跟著一名隨從，個個衣甲鮮明，外人一眼就能認出來，他們離大將軍不遠，能看到站在一輛兵車之上的韓星，每隔一小會就有騎兵從谷外疾馳而至，報告各處情況。

數百名動貴子弟的任務是觀察並學習治軍用兵之術，可大多數人早已厭倦，一邊擦汗一邊小聲交談，整個山谷，只有這一區發出聲響，雖然不大，卻已顯示出特別之處。

東海王煩躁地扯動甲衣裡面的衣領，小聲抱怨道：「匈奴人真會挑時候，在最熱的季節來挑釁，最後咱們都得被熱死。誰給我挑的盔甲？有一百斤重。」

韓孺子不做聲，他是極少數認真觀察大將軍的動貴子弟之一，雖然聽不清前方在說什麼，卻能看到旗鼓、將官的排列，裡頭也都有許多門道。

「嘿，不用看了，今天肯定打不起來。」東海王容不得別人對自己的話聽而不聞。

「嗯。」韓孺子也看出來了，谷外的傳令兵頻繁到來，大將軍韓星卻極少派人出谷傳令，顯然是又沒有等來匈奴人。

「看這些沒用，排兵布陣自有參將處理。」東海王打了一個大大的哈欠，「回去之後我要好好睡一覺，昨天折騰得太晚了。」

韓星兩邊的傳令官開始出動，縱馬馳走，一手控韁，一手用力揮動令旗，谷中的騎兵接令之後分批撤離，不用打仗，他們倒是大大鬆了口氣。

動貴子弟和大將軍一樣，要等一會才能行動，在這段時間裡，氣氛又寬鬆了點，連韓孺子也不再時刻緊盯韓星，扭頭對東海王說：「那人是誰？總往這邊看。」

東海王早就注意到了，平淡地說：「他叫柴悅，是柴韻的小叔，不用理他，一個小人物，生母從前是歌伎，我們都不帶他玩。」

柴悅二十歲左右，比柴韻大不了幾歲。

「他是新來的吧？」韓孺子雖然叫不出所有人名，但是大致臉熟，對柴悅卻感到陌生。

「誰知道，這些天總有新人來湊熱鬧，也不知道來幹嘛，最後連個匈奴人都看不到。」

大將軍韓星的兵車開動了，引路官、旗牌官、傳令官、參將、牙將前後夾衛，然後才是勳貴散從。散從也有序列，韓孺子和東海王並列最前。

撤退比進攻花費的時間還要長，韓孺子等人回到大營時，天已經擦黑，後面的隊伍還在路上。

入營之前所有人都得下馬，將馬匹交給隨從，隨從將馬匹牽到指定的區域，以後憑牌領取。大營依山而建，綿延十餘里，分成若干小營，相互間不准隨意進出，勳貴子弟的營地位於中軍營後面。只有帶軍將官的部曲才能入駐大營，像韓孺子這樣虛有其名的將軍，部曲只能留在塞內，已經好幾天沒見過面了。

一進營地，東海王就被朋友叫走，韓孺子不認識什麼人，也不願與這些勳貴子弟廝混，便回帳休息，張有才幫他脫下盔甲，留在營內的另一名隨從去領取晚餐。

張有才只穿了一件皮甲當外衣，負擔少了許多，脫下主人的甲衣之後，掂了兩下才送到架子上，「東海王說這有一百斤，我看最多也就二十斤。」

韓孺子笑了笑，盔甲的確不是很沉，勳貴子弟不用上戰場，盔甲只求好看，不求防護，韓孺子的這套盔甲一半多是絹帛，真正的鐵片沒有多少，倒是有許多金箔。他曾經想過，這樣的盔甲會不會過於顯眼，可勳貴子弟穿的都差不多，未受禁止，他也就不在意了。

軍中的伙食不錯，有肉有米，還有一點酒，韓孺子正吃著，東海王不請自來，兩人的帳篷緊挨著，他總是不經通報掀簾就進。

「你還在吃這個？」東海王面露鄙夷。

「挺好吃的。」

「嘿，你的口味真是獨特，這些肉乾的年紀恐怕比你還大些。」帳篷裡有小折凳，東海王坐在韓孺子對面，脫掉盔甲之後，他顯得輕鬆不少，「聽說了嗎？」

「什麼？」

「這就是你不愛結交朋友的後果——孤陋寡聞。」東海王拿起酒壺聞了一下，放下，「軍營離馬邑城不遠，大家都派人去城裡買東西，三五天一趟，帶回好酒好肉，你卻吃軍糧，是沒錢嗎？不像啊，這麼多勳貴，就你有一千名部曲，比正經的將軍還要威風，養得起一千人，捨不得吃點好的嗎？」

張有才和另一名隨從直翻白眼，兩人都不喜歡東海王。

「你打聽到的就是這個？」

「匈奴人退兵了。」

「真的？」韓孺子吃了一驚，時值初秋，按慣例，以後的兩三個月，正是匈奴大舉入侵的最佳季節。

「確鑿無疑，我比大將軍還早知道一會呢。」

「這一仗就這麼結束了？」韓孺子大失所望，連酒肉都吃不下去了。

「離結束還早著呢，這是匈奴人的戰法，楚軍初集，鋒芒正勁，他們不敢交戰。可楚軍數量太多，在塞外每駐紮一天，都要消耗不計其數的糧草，咱們也堅持不了多久，只能分散駐軍。到時候匈奴人會派出小股軍隊到處試探，等到明年春夏之際，再調集大軍，突然襲擊最弱的地方。」

「為什麼楚軍現在不追擊匈奴？」韓孺子記得很清楚，武帝時期若干次派軍深入塞北，每次都能大獲全勝，匈奴因此分裂成東西兩部。

「就韓星那把老骨頭，能活著來到北疆就已經了不起了，追擊匈奴？半路上就得暴斃。老傢伙擅守不擅攻，已經決定分軍駐守邊塞了，我來找你就為這件事。」

「咱們要被分到哪去？」

東海王扭頭看了一眼韓孺子的兩名隨從，兩人雖不情願，還是默默退出帳篷，順便將剩下的酒肉帶走。

「隨從會慢慢變得跟主人一樣，你的隨從都是愣愣的，那個太監還好些，另一個是從哪來的？跟個野人似的，連行禮都不會。」

「你見過的，他叫泥鰍，來自晁家漁村。」

東海王搖搖頭，表示不記得，然後正式地說：「說是分派，其實是有選擇的，你是鎮北將軍，韓星怎麼也得分你一座城，他會找你商量……」

「會嗎？」自從到了北疆，韓孺子就沒單獨見過韓星。

「會。聽我的，不要選塞外的城池，環境都很差，還容易受到匈奴人的襲擾。也不要選東北，那裡冬天特別冷，而且是南軍的防守區域，你不想聽崔宏的號令吧？」

韓孺子搖搖頭。

「更不要選西北，那裡歸北軍管轄，冠軍侯對你可是不懷好意。」

「那就沒什麼地方可去了。」

「還有中間一段呢，馬邑城號稱直擋匈奴，由大將軍親自坐鎮，匈奴人再傻，也不會來這裡試探，直到明年春天之前，都很安全。你就說願意留在大將軍身邊，多多學習之類的。捱過今年冬天，大軍重新集結，就更不怕匈奴人了。」

韓孺子笑而不語，東海王道：「我特意提前來通知你的，你可不要亂想主意，真要被派到一座孤城去，被匈奴人包圍，咱們可熬不過去，這不是開玩笑，你有再大的雄心壯志，也得先活下去。」

「你不一定非得跟著我吧？」

東海王冷冷地說：「你以為我願意嗎？我這是做給崔宏看的，讓他明白，離開崔家，我也有路可走。」

張有才進帳，「主人，大將軍請你去一趟。」

帳內的兩人同時起身，東海王心照不宣地點了下頭，小聲道：「遠離險境，活下去比什麼都重要。」

這是軍營，面見大將軍要正式一些，韓孺子在張有才和泥鰍的幫助下，重新穿戴盔甲，走出帳篷，在一名傳令官的指引下，前往中軍帳。

韓星已經脫下盔甲，身著便衣，坐在一張毛皮椅子上，他的年紀的確太大了些，需要休息。

韓孺子驚訝地發現，自己並非唯一的受邀者，白天經常盯著他的柴悅，正垂手站在大將軍身邊。

第一百三十六章

柴家人的一計

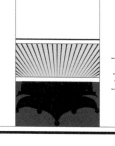

大將軍的帳篷極盡奢華，像是一座小型的宮殿，雖然只是暫住，其中的桌椅几案、屏風、字畫等物卻都應有盡有，而且沒一件是湊數的簡易之物，光是一張長案，就需要四個人才能抬到車上去。

韓星慈祥地向韓孺子招手，大概是白天累著了，身體傾斜，發出沉重的喘息聲，「怎麼樣，倦侯適應軍中的生活嗎？」

韓孺子拱手行禮，尊敬的不是大將軍，而是宗室長輩，「還好，學到了不少東西。」

「呵呵，年輕就是好啊，我像你這麼大的時候，也參加過伐虜之戰，當時的大將軍是鄧遼，在他麾下真能累死人，騎馬連跑一天一夜是常有的事情，每次出征，無論帶多少糧草，不見匈奴騎兵不回頭。」

鄧遼是武帝時期的名將，天下無人不知，韓孺子道：「鄧將軍百戰百勝，為大楚立下不世奇功，大將軍曾經在他麾下作戰，令後生晚輩艷羨不已。」

「是啊，跟著他打仗很危險，但是晉升得也快，我不到二十歲就憑軍功封侯……哈哈，我竟然在倦侯面前吹噓這種事，來來，我給你介紹一下，這位是衡陽侯的幼子，剛從京城過來，叫柴……柴……」

「在下柴悅。」那人矜持地向韓孺子點了下頭。

「柴公子遠來辛苦，京城有什麼消息嗎？」

「平靜如常。」

兩人客氣地寒暄數句後，都沒話可說了。

韓星再次招手，讓韓孺子走近一些，在勤政殿，他是可有可無的顧命大臣之一，極少與其他人爭執，連話都不愛說，但在這裡，他是三十萬大軍的統帥，說一不二，即使笑容慈祥、語氣柔和，也帶著一股不可抗拒的威嚴。

韓星仍然斜靠在椅榻上，臉上的笑容有些僵硬，好像突然間忘了自己要說什麼，過了一會才道：「剛得到的消息，匈奴人退兵了，這回是真退，一退千里，帶不走的東西都給燒了。當然，匈奴人還會再回來。戰爭就是這麼奇妙，太強大了，沒人跟你打，太冒險了，又承擔不起損失。」

韓星長嘆一聲，呼吸越來越重，像是打起了呼嚕，「總之，今年是不會有大戰了，三十萬將士，再加上壯丁與奴僕，總有五六十萬人，留在這麼荒涼的地方也不是事，但也不能一走了之，分到塞北各城防守一陣吧，匈奴人不會全跑光，總有一些不怕死的傢伙會找機會偷襲。」

東海王猜得很準，韓孺子和柴悅只是點頭，這是軍機大事，輪不到他們提出建議。

「柴小公子有個計畫……呃，還是你來說吧。」韓星累得只剩喘氣，說不了太多的話。

柴悅拱手行禮，然後對韓孺子說：「楚軍傾力出戰，未得一戰，未斬一虜，有損國威，因此我想出一計：引誘匈奴人進入埋伏，挫其銳氣。」

「這不就是大將軍一直在用的計策嗎？」韓孺子至少參與過三次埋伏，每次都是大張旗鼓，最後無疾而終，最好的一次，據說匈奴大軍離埋伏地點只有十餘里，不知怎麼得知了消息，還是逃跑了。

柴悅微微一笑，「相似而不相同，正好可以迷惑匈奴人。」

「願聞其詳。」

柴悅正色道：「匈奴大軍遠遁，明春之前是不會回來了，但是有數位匈奴小王沒有隨東單于一塊離開，大概有萬餘人，分散各處，任務是襲擾邊郡。」

「嗯。」到目前為止，韓孺子還沒聽到實質內容，一切都在東海王的預料之中。

「我的計畫是，選一座邊城，吸引匈奴人侵襲，等匈奴人為此聚集在一起，不一定非得是全部，超過五千就行，大軍將其一舉殲滅。經此一戰，一則師出有功，二則鼓舞士氣，三則震懾敵虜於千里之外，若能令東匈奴納貢稱臣，更是功莫大焉。」

韓星笑著擺手，「東匈奴不會投降的，據說東單于老邁，掌權者是他的幾個兒子，個個都想立功，以爭奪單于之位，今年若是戰敗，明年必然大舉前來報復。」

「那更是求之不得。」柴悅躬身道。

韓孺子不吱聲，因為他知道，自己被叫來傾聽一項本應是祕密的計畫，絕對沒什麼好事。

帳篷裡沉默了一會，氣氛略顯尷尬，柴悅問道：「倦侯覺得此計如何？」

「很好啊。」韓孺子微笑以對，「柴公子真是聰明，我無論如何想不出這樣的主意。」

柴悅勉強笑了一下，「此計有一個難處。」

「嗯。」韓孺子仍不表露興趣。

「作為誘餌的邊城好選，守城者卻是難得。守軍太多，匈奴人不會攻打；守軍太弱，匈奴人打完就逃，還是不會聚集一起，非得讓匈奴人覺得此城值得一攻、還能攻下不可。」

「怪不得我想不出好主意，原來制定一項計策這麼難。」韓孺子就是不肯順著對方問下去。

柴悅看了一眼韓星，說：「我覺得倦侯是最合適的守城人選。」

「你一定弄錯了，我不會帶兵打仗，匈奴人也沒必要非得攻擊我，讓我守衛邊城，無異於投羊餵虎。」

「不不，倦侯請聽我解釋……」

韓星挺起身體，開口道：「我也覺得不妥，過於冒險了，倦侯身份特殊，真有意外，我沒法向朝廷交待。柴小公子，你還是另尋他人吧，實在不行，也就算了，反正匈奴大軍明年怎麼也會來打一場。」

柴悅極不情願地應了聲是，退後兩步，不再說話。

韓星笑道：「倦侯不要多心，讓你來一趟，不只是為這件事，大軍從後天開始分批撤回馬邑城，我打算讓倦侯帶一支軍隊試試，不知倦侯意下如何？」

「大將軍太客氣了，儘管下令就是。」

「倦侯沒意見就好，唉，來了一大堆勳貴子弟，上書的時候全都慷慨激昂，真到了疆場上，一個個嬌慣得不成樣子，風吹不得、日曬不得，我想試用一下都不敢，唯有倦侯是個例外，哦，柴小公子也不錯。」

韓孺子告辭退下，柴悅站在一邊沒有吱聲。

勳貴營裡的帳篷一頂頂爭強好勝，有幾頂看上去比大將軍的住處還要華麗，雖然明令只能帶兩名隨從，但許多人都超出了限制，大營以外數里，還有許多零散營地，裡面居住的奴僕更多，隨叫隨到。

韓孺子的帳篷與普通士兵一樣，只是裡面的擺設稍好一些，住的人也少，一眼看去，就像是旁邊那頂大帳篷的附屬之物。

東海王站在大帳篷門前，大聲問道：「怎麼樣？能留在馬邑城嗎？」

天已經黑了，別的營地都很安靜，只有勳貴營裡歡聲笑語一片，隱約還有女子的笑聲。

韓孺子進入自己的帳篷，東海王跟進來。

帳內已經點燃蠟燭，韓孺子坐在床上，東海王自己掇了一張小折凳，坐在他的對面。

「你是猜的，還是早就知道？」韓孺子問。

「你在說什麼？沒頭沒尾的。」

「大將軍要讓我帶軍，你早知道了吧？」

東海王笑了幾聲，「說實話，這個真是猜的，你有鎮北將軍之號，又是……倦侯，不讓帶兵說不過去，打仗的時候不放心，撤退時總可以試試。韓星說是哪部分軍隊了嗎？」

韓孺子搖頭，「你再猜猜，我覺得你猜事情都很準。」

東海王又笑了，好像有點不好意思，「沒有意外的話，肯定包括勳貴營，韓星一直對咱們這些人不滿，卻不敢管得太過分，早就想交給別人，你最合適：熟人少，身份高，天天不苟言笑的，像是位將軍。」

韓孺子哼了一聲，東海王之前還說自願留在倦侯身邊，其實是不得不如此，韓孺子若是稍微糊塗一點，很可能會被感動。

「我能幫你，這些勳貴我基本上都認識，你說想收拾誰，我立刻就能提供把柄，讓他心服口服，一句怨言也沒有。」

「其實我不想收拾誰。我在大將軍那裡見到了柴悅，他向大將軍進言獻策。」韓孺子將柴悅的計畫簡單說了一下。

東海王聽到一半就已搖頭，韓孺子剛閉嘴他就道：「這明擺著是個陷阱，藉匈奴人殺死你。我可聽說了，柴家人恨你入骨，據說衡陽主親口承諾，滿堂兒孫誰能殺死你，誰就繼承侯位。」

韓孺子也有耳聞，皺眉道：「跟柴韻一塊去歸義侯府的有好幾個人，為什麼非恨我入骨？」

「誰讓你保護歸義侯的兒女，還將他們放走了呢？在柴家看來，整件事就是你與胡尤勾搭成奸、騙殺柴韻。」

韓孺子眉頭皺得更緊，一邊的張有才忍不住道：「主人之前根本不認識什麼胡尤，連名字都沒聽說過。」

東海王並不回頭，只對韓孺子說話，「我相信你，可柴家不信啊。」

「反正我拒絕了，大將軍也沒有強迫，柴家人想報仇，放馬過來就是。」

只要不去守衛孤城，東海王就滿意了，起身道：「別想那麼多了，咱們現在什麼也做不了，到馬邑城好好玩一冬天吧。」

韓孺子不想玩，他有一支千人軍隊，卻不知該用在什麼地方，頗為鬱悶。

東海王沒回自己的帳篷，找狐朋狗友喝酒去。

韓孺子在帳中看書，打算等外面的喧鬧聲消下去一點再睡覺，心中想著，等自己獲得正式任命之後，該不該給這些勳貴子弟一個下馬威。

外面有人咳嗽一聲，「倦侯安歇了嗎？」

張有才驚訝地走出去，很快回來，小聲道：「柴悅柴公子求見主人。」

柴悅還沒死心。

第一百三十七章 兩位公子

柴悅個子很高，一身長袍遮住了身形，背部微駝，臉上總是一副沉思默想的模樣，好像受慣了冷落，不願顯山露水，卻因此更討人嫌。

韓孺子並不討厭他，卻不能不提防。

剛到邊疆不久，就有傳言說柴家人要向倦侯尋仇，可倦侯的地位擺在那裡，甚至沒幾個人敢公開與他說話，更不用說尋釁滋事了，動貴營中的確有幾名柴家子弟，頂多表現得比別人更冷淡一些而已。

柴悅是第一個敢於採取行動的人。

韓孺子倒有點佩服他，可又覺得招數過於直白，因此想聽聽柴悅還有什麼花言巧語。

柴悅拱手鞠躬，他是無名無位的衡陽侯庶子，韓孺子踞坐在床上，微點下頭，故意表現出傲慢，沒有下地還禮。柴悅的禮貌也就到此為止，一開口就顯得生硬且急迫，好像眾人皆醉我獨醒，而他一點也不明白為什麼自己大聲呼喊之後，眾人還是不肯清醒。

「我能跟倦侯單獨交談幾句嗎？」不等倦侯回應，柴悅分別向兩名隨從拱手，希望他們能出去。

張有才和泥鰍可不聽他的命令，等了一會，從倦侯那裡得到明確的示意之後，才一前一後走出帳篷。

韓孺子依然坐在床上，沒有請客人坐下。

柴悅站在那裡，身子微彎，像是怕碰到帳篷頂部，其實相隔還有很大一段距離，「倦侯不相信我吧？」

「你的計策？嗯，我相信那是一條妙計，只是對我來說過於冒險了些。」

「不不不，與計策無關，倦侯明顯不信任我，因為我姓柴嗎？」柴悅直愣愣地問道，頗有一番追根問底的架勢。

韓孺子也算認識不少勳貴子弟，還從來沒見過如此不通人情世故的公子，柴悅與漁民出身的馬大倒有幾分相似，於是不怒反笑，「我問你幾件事。」

「請說。」

「你恨我嗎？」

柴悅一愣，「我與倦侯此前從未謀面，怎麼會恨你？」

「你覺得我與柴韻之死有關嗎？」

柴悅搖搖頭，「我早已打聽得清清楚楚，當天夜裡，倦侯與其他人一樣，只是陪著柴小侯四處遊玩，去哪裡、怎麼玩都是柴小侯的主意，他的死……與別人無關，唯一該負責的是金家。」說起那位備受寵愛的侄子，柴悅目光微垂，顯出幾分小心來。

「是我將金家人帶到邊疆，讓他們回草原的。」

柴悅聳了一下肩膀，「歸義侯已經死了，再追究下去也沒什麼意思，如今正值多事之秋，必要的時候柴家也得盡棄前嫌。」

柴家庶子的口才比望氣者可差遠了，韓孺子正色問道：「換成你是我，會信任一位初次見面的柴家人嗎？而且這位柴家人還想讓我去當誘餌。」

柴悅張著嘴尋思了一會，「換成是我……我不會信任柴家人，但是我想倦侯不是尋常之人，而且我的計策與金家……」

帳篷外面的喧鬧聲突然大起來，張有才的尖細聲音清晰可聞，似乎在阻止什麼人闖帳。

韓孺子雖無明確的軍職，但畢竟頂著倦侯和鎮北將軍的頭銜，位比諸侯王，從來沒人敢公開在他面前胡鬧，不禁有些納悶，扭頭向門口看去。

柴悅大概覺得這是一個討好倦侯、取得信任的機會，大步走向門口，「有我在……」

話未說完，從外面衝進一個人來，正撞在柴悅懷中，柴悅雙手將那人推開，只看了一眼，立刻鬆手，踉蹌後退，好像真被撞得站立不穩似的。

來者是崔家二公子崔騰，他也是勳貴散從之一，大哥崔勝留在父親軍中，他則與其他勳貴子弟一樣，跟在大將軍韓星身邊，對各大家族來說，這是向朝廷表露忠心的常規做法。

崔騰明顯喝醉了，兩頰通紅，目露凶光，身子搖搖晃晃，先是盯著柴悅，沒認出是誰，目光又轉向韓孺子，臉上慢慢露出傻笑，「呵呵，妹夫，你怎麼……不跟我們……喝酒啊？」

張有才跑進來，氣急敗壞，卻也不敢拉扯崔騰，崔家二公子有名的暴脾氣，一言不合，舉拳就打，打了也是白打，誰也拿他沒辦法。

韓孺子向張有才擺了下手，表示自己應付得了，張有才站在門口，泥鰍則守在外面，不讓其他人再進來。

誇下半句海口的柴悅尷尬地向倦侯點了下頭，匆匆離去，他可惹不起崔騰。

崔騰一點也不知道自己在別人眼中的印象，一步三晃地走到床前，坐在韓孺子身邊，打了個嗝，酒氣直向韓孺子湧去。

「妹夫……」

韓孺子側身躲開最濃的味道，「叫我倦侯。」

「嘿嘿，沒有外人，那麼客氣……幹嘛？」平時崔騰的臉色白得很，酒後更是顯得特別紅潤，「你怎麼不去喝酒？」

「白天太累了……」

崔騰瞥見床上的書，拿起來看了一眼，隨手扔回去，「累了還看什麼國史啊？」

「找我有事嗎？」韓孺子忍不住想，大將軍若是真讓自己掌管勳貴營，第一個需要收拾的人大概就是這個傢伙。

崔騰收起笑容，嚴肅地說：「你升官了。」

「升什麼官？」

「呵呵，跟自家人還要隱藏嗎？大將軍要任命你當中護軍，領兵三千，還有五百散從小將，都歸你管。」

韓孺子的確「孤陋寡聞」，連自己的事情都知道得比別人晚一步。

「我還沒有接到任命。」

「一兩天的事。恭喜你啊，大家讓我來請你喝酒慶祝呢。」

韓孺子搖頭道：「匈奴遠遁，咱們寸功未立，中護軍也不是多大的官，有什麼可慶祝的？」

「說得有理，不愧是我的妹夫。」崔騰做勢欲嘔，韓孺子急忙下地，讓在一邊，崔騰拍了拍額頭，笑道：「沒事，我能忍住。妹夫，幫我一個忙。」

「叫我倦侯。」

「妹夫，你放我回京城吧，我實在受不了這個鬼地方了，白天熱、晚上冷，風沙又大，再這麼下去，我會死在這裡。」

「剛來一個月，你就受不得了？」韓孺子本來就對崔騰沒好印象，現在更瞧不起他了。

「一個月？我覺得有十年了，我要回京，老君和母親也盼著我回去，崔家的男子都在北疆，總得有一個留在家裡吧，這也是人之常情。回京之後，我會替你爭功，讓你當更大的官，取代韓星那個老傢伙，就是他遲遲不肯派兵出擊匈奴，才會一直耽擱下去。整個冬天啊，妹夫，起碼讓我回家過個年，明年我再來，一開春就回來。」

韓孺子無奈地搖搖頭，「我幫不了你，就算我真當上中護軍，也沒有隨意放人回京的權力。」

崔騰努力站起身，湊過來低聲說：「回京之後我替你看著妹妹，不讓她接觸別的男人。」

韓孺子怒道：「你把小君當成什麼人了？」

崔騰在額頭上敲了一下，「說錯了，妹妹不是那種女人，我是說我幫你看著侯府，不讓別的男人靠近，城裡尋花問柳的高手我都認識……」

韓孺子更怒，衝門口的張有才使個眼色，對崔騰說：「天色已晚，你回去休息吧，不要再喝酒了。」

「我沒喝多少，真的，心情不好，這邊的酒也不好。妹夫，你一定要讓我回京，自家人幫自家人，你幫我一個忙，我一定會十倍、百倍回報……」

張有才過來攙住崔騰，向門口引領。

韓孺子不願與酒鬼爭執，因此沉默不語。

崔騰已經走到門口，突然轉身，推開猝不及防的張有才，撲向韓孺子，可是距離計算失誤，沒有撲到人，而是重重地摔在地上，他也不在意，爬行兩下，抱住韓孺子的小腿，鬼哭狼嚎般地大叫：「我要回家！妹夫，我要回家！我不想死在這……」

這麼一鬧，崔騰連最後三分人樣也沒了，韓孺子哭笑不得，與張有才一塊用力，好不容易才將崔二公子抱腿的兩隻手掰開。

「嘿，他居然睡著了！」張有才既鄙視又佩服。

崔騰仰面朝天，呼呼大睡。

「我去叫崔公子的隨從，把他抬回去。」張有才道。

韓孺子搖搖頭，這畢竟是崔小君的親哥哥，不能以常禮對待，「把他抬到床上去，讓他在這睡吧。」

「讓他睡我的床。」

「反正我也睡不著，正要出去轉轉。」

韓孺子和張有才一塊將崔騰抬到床上，張有才嘆道：「夫人那樣一位天上少有、地上無雙的人物，居然有這樣一位哥哥。」

韓孺子也解釋不清，笑道：「去把崔家的隨從叫來吧，讓他們守著，等他醒了，自會離開。」

崔騰帶來了五名隨從，都在帳外守著，聽到召喚，馬上進來，不停地向倦侯道歉。

韓孺子出帳，從晁家漁村跟來的泥鰍吁了口氣，「我還以為是來打架的呢。看到這幫傢伙，我算是知道百姓為什麼過得苦了。」

夜色已深，連勳貴營也安靜下來，韓孺子不能隨意亂走，於是來到旁邊的大帳，想聽聽東海王有什麼好主意對付崔騰，二公子醒來之後肯定還會再鬧。

東海王果然沒睡，對進來的韓孺子笑道：「領教到崔老二的本事了吧？」

韓孺子對東海王的幸災樂禍不在意，但對柴悅的在場感到奇怪。

柴悅原本坐在東海王對面，這時起身道：「怪我一直沒說清楚，倦侯還不知道吧，金家兄妹已落入匈奴人之手，危在旦夕。」

東海王道：「說這個沒用，早告訴你了，想讓倦侯涉險，你得提供更大的利益才行。」

「有。」柴悅肯定地說，「我的計策對倦侯大有好處。」

韓孺子示意兩名隨從退下，來到兩人身邊，坐在一張凳子上，看著一桌殘羹冷炙，說：「給我倒酒。」

第一百三十八章 最後一次機會

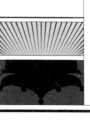

燒雞只剩下骨架，燻肉唯餘一些碎渣，濁酒微涼，韓孺子飲下一杯，點頭讚道：「的確比軍營裡的酒好些，是從馬邑城買來的嗎？」

東海王笑道：「馬邑城可沒有如此好酒，這是母親派人從京城送來的，沒剩多少，早讓你過來品嘗，你卻總是推三阻四。」

自從遭到舅舅的背叛之後，東海王比從前老實多了，但畢竟錦衣玉食慣了，受不得苦，即使在塞外，吃住也要舒舒服服，只比崔騰強一點，沒有哭著喊著要回家。

韓孺子打量斜對面的柴悅，「說服我吧，這是你最後一次機會，這次沒成功，今後不要再來打擾我。」

柴悅稍顯慌亂，雙手按在膝蓋上，姿態拘謹，想了一會才說：「請允許我從頭說起。」

「嗯。」韓孺子晃晃手中快要見底的酒壺，又給自己倒了一杯，「這就是給你的時間。」

柴悅更顯慌亂，沒有立刻開口，而是又思考一會，坐在主位的東海王微笑著旁觀。

「是這樣，我一直在收集匈奴人的情報，發現一件挺有意思的事情：金家兄妹三人一個月前進入草原，很快就與匈奴軍隊取得聯繫，但是東單于忙著應對楚軍，沒有見他們。」

韓孺子將杯中酒喝下去一半。

柴悅稍稍加快語速，「匈奴的一位王子喜歡上了金家的女兒，向她求親。」

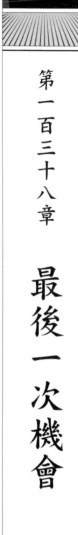

東海王饒有興趣地觀察，韓孺子沒有任何異常表現，扯下一根雞骨，啃食上面最後一點殘肉。

「匈奴王族之間的關係很複雜，有貴族提出反對，理由有好幾條，比如懷疑金家並非真心歸順，而是楚軍派來的奸細……」

韓孺子將杯中的酒喝光，將壺裡最後一點酒倒出來，半杯多，可以分兩次喝，也可以一飲而盡。

柴悅急忙將無關緊要的事情省略掉，「匈奴人盛傳，金家的女兒與倦侯有染，已非處子之身，他們很在乎這件事。」

韓孺子舉在空中的酒杯停住了，皺眉道：「金家小姐是不是……處子之身，匈奴人自己查不出來嗎？再說匈奴人連父親的妻妾都能繼承，還會在乎這種事情？」

柴悅認真地說：「匈奴人就是這樣，他們可以繼承、奪取別人的妻妾，但是很在乎未出嫁女子的貞節，倦侯……真的……沒有……」

「當然沒有，我有夫人。」韓孺子想喝酒，未到嘴邊又將杯子放下了。

「嗯，那事情就清楚了，匈奴王子想娶金家的女兒，可是人言可畏，他覺得自己受到了羞辱，也可能是覺得金家人受到了羞辱，所以自願留下，為的就是要找你報仇，他的士兵最多，差不多有三千人，其他匈奴人也都聽從他的命令。」

韓孺子看向東海王，困惑地說：「你能相信嗎？居然有人會因為這種事找我報仇。」

東海王面露沉思，然後點頭，「相信，你忘了，柴小侯和崔老二交惡，就是因為金家的這位小姐，結果兩人誰也沒得著她。所謂紅顏禍水，說的就是金家小姐，她可能沒做什麼，但是跟她有關聯的男人都會倒霉，你跟她的關聯太深了。」

東海王在心口處輕拍兩下，雖然見過金垂朵，對她的美豔印象極深，暗地裡為她投靠草原而感到可惜，可兩人從未有過交往，他可以遠離禍水。

「金家人呢？沒有辯解嗎？」韓孺子向柴悅問道，幾乎忘了面前的那杯酒。

「這個我就不清楚了，以金家在匈奴人中的地位，估計說話也沒人聽，總之，這位叫札合善的王子公開聲稱要活捉或是殺死倦侯，為金家的女兒恢復名譽。」

韓孺子無話可說，端起酒杯一飲而盡，柴悅急忙道：「所以我希望倦侯去當誘餌，與柴小侯之死一點關係也沒有，完全是因為倦侯能夠吸引札合善王子。」

韓孺子放下酒杯，「這一切也可能都是你編造出來的謊言，只為騙取我的信任。」

柴悅一臉愕然，「我不會……」

韓孺子抬手打斷柴悅，「我再給你一點時間，說說你的計畫吧。」

「此去西方八百餘里有座碎鐵城，倦侯知道吧？」

韓孺子點頭，碎鐵城在長城以北，距離最近的關口二百多里，是抵擋匈奴人的前方據點之一，據說那裡極冷，鐵器凍得與冰塊一樣，一敲就碎，這當然是誇張的說法，此城卻因此得名。

一說起軍情地勢，柴悅自在多了，雙手飛快地擺弄桌上的杯盤，介紹道：「碎鐵城離神雄關二百一十六里，快馬加鞭一日可至，中間山谷眾多，可埋伏大量騎兵。東南、西南有觀河、流沙兩城，三城互為犄角。城外有十二座亭障，深入草原百餘里，能夠提前預警。」

韓孺子沒開口，東海王先說話了，「你把碎鐵城說的這麼好，匈奴人就算想報仇，也不會去攻打吧？畢竟這位札合善王子能動用的騎兵最多只有萬餘人。」

柴悅解釋道：「碎鐵、觀河、流沙三城孤懸塞北，不易補給，自從匈奴分裂為東西兩部之後，三城的駐軍逐年減少，如今只有碎鐵城還有士兵把守，另外兩城和大部分亭障已被放棄。不過放棄的時間不長，稍加修葺就能再用。」

「假設匈奴人上當，一萬騎兵都去進攻碎鐵城，楚軍需要多少？」韓孺子問。

「至少三萬人，多多益善，只要倦侯點頭，我去向大將軍要兵。」

「大將軍能聽你的？」

「大將軍聽的不是我，是軍功，三十萬大軍齊聚塞外，一仗沒打，實在很難向朝廷交待，若能殲滅札合善的軍隊，足夠大將軍堅持到明年了。」

韓孺子沉吟不語，柴悅卻是個急性子，等了一會，催道：「事不宜遲，離入冬還有兩個月，札合善若想攻城報仇，只能在這個兩個月內進行。一旦入冬，草料稀少，匈奴人必須分散駐紮，不要說萬人，連千人也很難見到了。冬盡春來，匈奴大軍殺回，誘敵之計也就沒用了。」

「好吧，讓我考慮一下。」

柴悅大失所望，可他已經沒什麼可說的了，起身準備告辭，還有點不死心，指著桌面上代表神雄關的酒杯說：「此關的重要，不用我多說吧？」

韓孺子抬頭看著柴悅，一句話也不說，柴家的這位庶公子或許有些真本事，但是的確不太會選場合說話。

柴悅退出帳篷，東海王指著「神雄關」說：「這裡離京城六百里，有道路直通，京內有事，兩三天即可回去，快的話，一天也有可能。」

韓孺子搖頭，「指望京內出事，只是萬一之想，即使真的有事，由神雄關回京，還需通過兩道關卡，任何一關都足以將我擋住。」

「呵呵，我只是說說而已，真要那麼容易，韓星也不會允許你去駐守碎鐵城。」

「你怎麼改變主意了？天黑之前你還建議我留守馬邑城。」

「此一時彼一時，我是對柴悅感興趣，原以為他是一個沒什麼前途的傢伙，聽他說了一陣，覺得他還有些本事，定下的計策很可能成功，反正入冬之前就能完成，到手的軍功為什麼不要呢？這算是首功，朝廷的封賞足夠你養活部曲兩三年。」

韓孺子心中其實早有打算，但還是被這句話所打動，養活一支千餘人的軍隊可不容易，崔小君已經盡其所能提供金錢與補給，可還是捉襟見肘。

「嗯，我得好好考慮一下。」

「你考慮吧，不過醜話說在前頭，我可不跟你去，匈奴王子恨的人不是我，我也不想立功，馬邑城挺好的，我還是留在大將軍身邊混日子吧。」

韓孺子笑了一聲，問道：「崔騰怎麼回事？前幾天還好好的，今天突然跟瘋了一樣。」

「他就是這個脾氣，等明天你去問今天的事情，他肯定一個字也不承認。不過我可聽說了，為了能夠回京，不少人都向大將軍行賄，韓星一個匈奴人沒見著，卻著實發了一筆大財。」

「韓星膽子再大，也不敢讓崔騰回京，崔騰其實是崔家留在這裡的人質。」

東海王冷笑一聲，「是啊，他是崔家的人質。」

東海王在嫉妒，他與崔家的關係中斷，連當人質的資格都沒有了。

韓孺子沒有安慰他，指著「神雄關」說：「這一帶歸北軍防守吧？」

「沒錯，所以到了碎鐵城，你需要提防的不只是匈奴人，還有冠軍侯。」

「你覺得我會去碎鐵城？」

「嘿，我還不瞭解你？一說起馬邑城的安逸生活，你就無精打采，一提起要當圍殲匈奴人的誘餌，你的耳朵就開始動，我要是柴悅，根本不來說服你，耐心等著你送上門來。」

韓孺子笑了，不得不承認東海王的確摸準了自己的心事。

東海王嚴肅地問：「你就是想立功，不是想救美人吧？」

「我若有異心，又何必放金家人回草原呢？」

「也對。」

兩人沉默了一會，韓孺子在想心事，東海王則在旁邊觀察，突然心中一動，「我知道你在想什麼，告訴你，就算韓星同意，我們也不會同意。」

「我在想什麼？」韓孺子笑著問道。

東海王更確信了，騰地站起來，「你想將勳貴營帶去碎鐵城，給你當保障。不可能，不可能，韓星不會放人，這麼多勳貴子弟，任何一人出事，他都擔待不起。」

韓孺子冷冷地說：「大將軍擔待不起，我就向朝廷請命，勳貴營的確需要好好整頓一下了。」

第一百三十九章 新官上任

韓孺子獲得了任命，與傳言一模一樣。擔任中護軍之職，領勳貴營五百人、清衛營三千人，最重要的職責不是帶兵打仗，也不是勘察地勢或駐守一方，而是護送大將軍的私人物品。

三千名士兵當中，倒有兩千人是馬夫與雜役，只有一千人是真正的將士。

據韓孺子觀察，楚軍當中這種現象並不罕見，許多將軍都變兵為奴，用朝廷的糧餉養自己的部曲，數量不一，大將軍地位高，部曲數量也最多，相較之下南北兩軍比較正規，就連名聲不佳的北軍，也極少濫竽充數者。

韓星將自己的部曲交給倦侯掌管，算是對他的一種信任。

任命過程極為簡單，韓星坐在椅榻上，看上去更加疲憊，勉強衝倦侯笑了笑，揮了下手，有人將官印和相關文書捧過來，韓孺子接在手中，轉交給兩名隨從，告辭退下，就算完成了。

清衛營就在勳貴營旁邊，出了中軍帳，拐個彎，沒走多遠就到了。中護軍有自己的軍帳，主簿、軍候、校尉等將官早已等在帳中，恭迎新上司。

楚軍即將撤回馬邑城，大將軍的私人物品一件也不能落下，清衛營任務繁重，正是最為忙碌的時候，交接與安排進行了整整一天，韓孺子基本上只是傾聽並交付令牌，具體事情由將官們負責。

東海王又一次說中了，大將軍韓星收到不少賄賂，一些送到了京城的家中，更多的則直接送到大將軍面前，務必讓他看上一眼，撤軍的時候東西一下子多出不少。

東西雖多，卻一點也不能亂，大到帳篷，小至一根繩條，無不準確記錄在案，有正冊、副冊，分別由不同人保管，定期互相查證，搬運時各司其職，一塊銀子掉在地上，無關者誰也不能觸碰，必須由專職者自己揀起來，否則即是觸犯軍法。

以軍法管理私人物品，萬無一失。

韓孺子中午獨自在軍帳裡吃飯，東海王一個人踅進來，翻了翻厚厚一摞的簿冊，說道：「老傢伙這是將孫子輩要用的錢都撈足啦。」

「你不該來這裡。」韓孺子說，楚軍雖然有不少問題，但營中軍法還是很嚴格的，任何人不得在各營之間隨意通行，勳貴們在自己的地盤上可以胡作非為，卻也不敢進入其他營地。

東海王笑道：「誰讓我是你弟弟呢，你當上中護軍，我就算是你的第一幕僚。」

韓孺子指著几案上的酒肉，「吃飯了嗎？」

東海王瞥了一眼，不感興趣，而是問道：「你考慮好了？」

「沒有，現在事情多，到了馬邑城再說。」

「事情多？哈哈，你知道你算什麼嗎？堂堂倦侯給韓星當管家呢。」

「嗯……當管家也能學到不少東西，這與運送軍中糧草是一樣的。」

「嘿，你看得真開。」東海王和大多數勳貴子弟一樣，寧可無所事事，也絕不屈就無權之官，「韓星是個老滑頭，任命你當中護軍，表面上是信任，也是一種防範，以你的身份，想向朝廷遞送奏章千難萬難。」

韓星受賄太多，已到了必須加以掩飾的地步。

韓孺子聽出東海王話中有話，「你覺得我沒法向朝廷請命，所以不能帶勳貴營去碎鐵城？」

東海王不肯回答，笑道：「動貴營也歸你管，不要厚此薄彼，待會去看看吧，大家也給你準備了一些禮物。」不等韓孺子發問，東海王已經轉身離去。

直到傍晚時分，韓孺子才回到動貴營，這裡也有一座軍帳，在一片爭奢鬥侈的華麗帳篷當中極不起眼，大小將官十幾人，卻都不管事，交上名冊，就退到一邊，仔細研究自己的靴子。

禮物甚至沒有送到韓孺子的私人帳篷，直接堆在了軍帳裡，主簿等人詳細記下了清單，許多條目後面還有送禮人自己加註的內容，有人恭喜，有人攀交情，有人直截了當地提要求，大都是想在入冬之前回京過年。

韓孺子粗略掃了一遍，他接到的禮物當中沒有多少真金白銀，大都是裘皮、珠寶、字畫一類的東西，張有才和泥鰍兩個人肯定拿不動。

韓孺子又看名冊，動貴營裡共有散從將軍四百八十七人，「扈從士兵」八百六十四人，居然比兩倍之數少了一些，有職位的將士一百二十人，總數不到一千五百，可韓孺子知道，常住在動貴營裡的人至少有兩千。與大將軍的受賄所得相比，動貴營才是真正的千瘡百孔。

這片營裡的事情比較少，大軍撤退的命令已經傳下來，那一百二十名專職將士的任務就是確保所有動貴子弟將私人物品打理好，後天上午能夠按時出發。

看似簡單的一項任務，進行的時候可挺麻煩，將官們需要上司的幫助。

韓孺子看完相應文書之後，主簿上前，又遞上一張清單，諂笑道：「這是屬下孝敬將軍的一點心意。」

韓孺子接過清單，上面記載的禮物比較寒酸，只是幾套盔甲與數十件兵器，還有紋銀三百兩。

韓孺子也不拒絕，笑道：「多謝了。」

上司收下禮物，這是一個好兆頭，十多名將官都鬆了口氣，平時見倦侯不喜玩樂，還以為這是一位特立獨行的將軍，原來也是入鄉隨俗的人，不由得大為高興，主簿拱手道：「後日上午本營開拔，軍令如山，晚一刻也不行，大人……」

韓孺子點點頭，表示明白，「放心吧，所有人明天都會做好準備。」

新上司通情達理，眾將官更加放心，同時發出討好的笑聲，不少人心裡卻想：怪不得倦侯守不住寶座，「通情達理」可不是皇帝該有的素質。

入夜不久，韓孺子準備回自己的帳篷休息，剛走到門口就被東海王拽到旁邊的大帳篷裡。

「新官上任第一天，不能只挨累不放鬆啊。」

東海王的帳篷裡燈火通明，數張桌子拼成一排，上面擺滿了美味佳餚，不知是從哪弄來的，還都冒著熱氣，十多名勳貴子弟熱情地打招呼，抱拳恭賀，將中護軍推上主位。

營中勳貴近五百人，有資格參加聚會的只有十五人，首先憑地位，其次要看與東海王的交情。

韓孺子有一種感覺，當上中護軍的是他，東海王卻從中獲益不少，就像那些望氣者，只要運用得當，「幫助」別人本身就是一種權力，東海王正在提供這種「幫助」。

崔騰自然是恭賀者之一，與東海王一左一右，坐在韓孺子兩邊，負責敬酒、挑起歡快氣氛，對送禮與回京之事一字不提。

崔騰昨晚睡到半夜，迷迷糊糊地被自己的隨從送走，一早醒來，果然將醉時的事情忘得一乾二淨，舉止得體，在他的帶動下，宴會從始至終完美無缺，人人盡興而歸，就連韓孺子也喝得微醺，覺得面前的每張面孔都那麼和藹可親。

子夜過後，東海王和崔騰親自送韓孺子回帳休息，看著他上床躺下之後，崔騰小聲說：「他不會醒來之後不認帳吧？」

「你以為別人都跟你一個德性嗎？」東海王比崔騰小兩歲，說話時卻一點也不客氣，兩人從小一塊長大，是真正的好朋友、好兄弟。

東海王向床上看了一眼，「嘿，得感謝老傢伙韓星，他貪得太多，誰看誰心動，床上這位一心要養活那支千人部曲，當然不會拒絕……出去說吧。」

兩人往外走，崔騰道：「一千人能做什麼？他要是真帶著那一千人去當誘餌，就有意思了……」

韓孺子似睡非睡，聽到了這些話，非但沒有生氣，反而覺得可笑，因為他很快就要做點更有「意思」的事情了。

東海王和崔騰離開之後，張有才、泥鰍才能進來服侍主人，幫他脫掉外衣、洗臉洗腳，韓孺子吐了一次，感覺舒服不少。

「主人，柴悅柴公子來過兩次。」張有才道。

「說什麼了？」

「沒有，見主人在喝酒，他就告辭了。哦，姓張的來過一次。」

張姓勳貴不少，張有才自己也是這個姓，但是他嘴裡「姓張的」只有一個人，就是曾經幾次陷害倦侯的張養浩。

韓孺子笑了一聲，不用問，張養浩肯定是害怕了。

「泥鰍，有人欺負你了？」韓孺子問道。

晁家漁村的少年一直冷著臉幹活，這時將抹布往盆裡一扔，大聲道：「我還以為你是個好皇帝，起碼是個清官，原來跟其他人也沒什麼兩樣。」

雖然提醒過多次，泥鰍有時候還是會說出「皇帝」兩字，張有才斥道：「你懂什麼？竟敢對主人無禮。」

韓孺子向張有才擺手，表示自己並不在意，然後向泥鰍問道：「你很擅長捕魚吧？」

「當然。」泥鰍不明白倦侯的用意，可提起拿手的本事，還是十分得意，「我都不用魚網，只用雙手就能抓到大魚。」

韓孺子笑道：「我不懂捕魚，可我想，你總得先發現大魚在哪，再游過去吧？」

「呃……一般是這樣，有時候我會憋氣多等一會，等大魚游到手邊再一把抓住。」

「對啊，眼下正有一條大魚向我游來，你說我是立刻出手呢，還是等牠游得更近一點？」

韓孺子倒在床上沉沉睡去，泥鰍仍然不明所以，小聲向張有才問道：「倦侯是什麼意思？」

張有才輕聲笑道：「過兩天你就有大魚吃了。」

泥鰍直撓頭，雖不理解，對倦侯的不滿卻漸漸消退。

第一百四十章 指點迷津

韓孺子向勳貴營將官許下的諾言沒能完全實現，直到開拔的前一刻，營地裡仍然一片混亂，眾多未記名奴僕忙碌地收拾著，四處尋找主人不小心丟在別處的某件物品。勳貴子弟們不在意這種小事，早早穿好盔甲、騎上駿馬，覺得這就算盡職盡責，甚至為此得意。

韓孺子的物品很少，收到大量禮物後一下子多出幾倍，身為掌管清衛營的中護軍，運送私人物品自有特權，只需分出幾輛牛車就行了。

大軍行進速度很慢，前後望去，隊伍不見盡頭，第一天才走出幾十里，又要安營，由於只住一晚，那些華麗的大帳篷用不上，勳貴子弟也只能住進普通的帳篷，不由得怨聲載道，感慨行軍之難。

柴悅來過一次，韓孺子沒有請他進帳，只說了一句：「我還在考慮。」

柴悅的話已經說盡，點了下頭，失望地離開。

入夜之後，張養浩前來求見，韓孺子有意拖延了一會才讓他進來。

張養浩灰頭土臉，他最近的日子很不好過，投靠崔家，結果大事未成，全因為朝廷不想追究，他才躲過一劫，回家之後被祖父狠狠揍了一頓，差點一命嗚呼，參軍之後更是霉運不斷，由於受到東海王的憎惡，他幾乎沒有朋友，多次遭到柴家子弟欺侮，家裡也不提供多餘的金錢，他是極少數過得跟普通士兵一樣辛苦的散從將軍。一直以來，張養浩盡量躲著韓孺子，直到躲無可躲，他才硬著頭皮主動前來求和。

韓孺子坐在床上，捧著一本書在燈下細讀，張有才和泥鰍守在門口，都用鄙夷的目光看著張養浩的背影。

張養浩站在那裡不敢吱聲，等了一會才輕輕咳了一下。

韓孺子翻了一頁，冷淡地問：「來有何事？」

張養浩急忙躬身，從懷裡掏出一個小包裹，遞上前去，「倦侯上任，卑職無以為敬，些許薄禮……」

韓孺子抬了下手，張有才走過來，從張養浩手裡拿過包裹，掂了兩下，知道裡面是銀子，而且不多，怪聲怪氣地說：「張公子真體諒我們這些下人，又給我們添重量了，添就添吧，也不多添一點。」

張養浩面紅耳赤，就這點銀子還是借來的，不知什麼時候才能還上。

可他畢竟是辟遠侯嫡孫，不屑於與奴僕爭辯，尷尬地小聲說：「倦侯，我能與您……單獨談幾句嗎？」

韓孺子將一頁書看完，終於將目光轉向張養浩，「有必要嗎？」

張養浩顧不上面子，撲通跪在床前，哀求道：「倦侯，您再給我一次機會吧。」

韓孺子將手中的書卷放下，衝門口的兩名隨從點了下頭，張有才與泥鰍退出，在帳外小聲議論張家的不肖子孫。

「辟遠侯軍功顯赫，曾是鄧遼鄧大將軍的左膀右臂。」韓孺子冷冷地說。

張養浩羞愧得無地自容，喃喃道：「我對不起祖父……」

「說吧，有什麼事？」

張養浩仍然跪在地上，抬頭說道：「倦侯要去守衛碎鐵城？」

勳貴營中無祕密，即使沒什麼朋友的張養浩，也能聽到許多傳言。

「我還沒決定呢。」

「倦侯不要去，那是個陷阱。」

韓孺子沉默了一會，「你知道些什麼？」

倦侯表露出一些興趣，張養浩心中一喜，說話聲音變得比較自然，「柴家人一直要向倦侯和我尋仇，我聽說碎鐵城是座孤城，朝廷已經打算放棄，城裡只剩老弱病殘，倦侯去那裡十死一生。」

「嗯。」韓孺子又拿起書本，張養浩沒說出什麼有用的信息。

張養浩有點著急，如果不能討好倦侯，只怕今後的日子更不好過，「不只是柴家人，想報仇的還有崔騰。」

韓孺子多看了張養浩一眼，「崔騰與柴韻勢同水火，為什麼要為他報仇？」

「這兩位鬧騰得歡，其實情比親兄弟，柴韻若是沒死，他們早晚還會和好如初。」

「柴韻不是我殺的。」

「可倦侯放走了金家小姐，倦侯難道忘了，崔騰曾經向金家求過親，他是極要面子的人，就算不為柴韻報仇，也會記得奪妻之恨。」

金垂朵真是紅顏禍水？韓孺子笑著搖搖頭，「這都是你的猜測，怎麼說都行。」

「不不，不只是猜測，倦侯記得謝瑛吧？」

韓孺子當然記得，謝瑛是當時與柴韻一塊進入金家的同伴之一。

「早在京城的時候，崔騰就將謝瑛狠狠揍了一頓，說他不夠義氣，沒有救下柴小侯。謝瑛倒是因禍得福，在家養傷，沒有參軍。還有一個丁會就比較倒霉了，在營裡天天被崔騰那幫人欺負。」

「你呢？也受欺負了？」

張養浩低下頭，「我還好些，不是天天受欺負，不過崔騰若是知道我來見倦侯，肯定會找藉口揍我一頓。」

韓孺子可不同情眼前的這個人，「好吧，我知道了，會提防的。」

張養浩驚訝地說：「倦侯一點也不擔心嗎？」

「我沒挨打，也沒受欺負，有什麼可擔心的？」

「這可不是玩笑，崔騰那幫人什麼都敢做，碎鐵城孤懸塞北……」

「我若是沒本事保護自己，也不會活到現在。張養浩，你做出背叛之舉，我就當你是背叛者；你來告密，我就當你是告密者；你無力自保，我就當你是弱者；辟遠侯不可能一直保護你，你是什麼人要由你自己決定。」

張養浩臉紅如晚霞，他比倦侯大幾歲，這時卻像是受到責備的小孩子，張嘴想要辯解，話到嘴邊又咽了回去，鄭重地磕了個頭，起身離去。

韓孺子繼續看書。

沒一會，東海王進來了，「那個王八蛋來找你幹嘛？」

最恨張養浩的人不是韓孺子，也不是崔騰，而是在河邊寨被拋棄的東海王，可他不會用打罵發洩怒氣，一直在等待時機。

「他說崔騰要為柴韻報仇。」韓孺子頭也不抬地說。

「崔騰當然要報仇，他被柴韻設計羞辱，天天都在想著如何反擊，結果倒好，人死了，他這股火自然要撒到別人頭上。」東海王頓了頓，「崔騰一身毛病，只有一個優點，對家裡人看得極重，你娶了他妹妹，只憑這一點，他就不會向你尋仇。」

「我知道。」

「你知道？」

「崔騰恨誰不恨誰都擺在表面上，他若是能藏住心事，就不是崔家二公子了。」

東海王大笑，「這算是優點還是缺點？」

韓孺子微微一笑。

足足花費了四天時間，韓孺子才率軍回到馬邑城，後面的隊伍仍然綿延不絕。

勳貴營和清衛營進城安頓好之後，韓孺子立刻出城前往自己的部曲營。營地建在河邊，左右兩邊都是草地，可以用來訓練騎射，韓孺子召來的義兵都是農民，還有少量江湖人，一切軍事技能都得從頭學起。

晁化監營，請來十幾位老兵當教頭，林坤山也以軍師的身份跟來了，韓孺子來找的就是他。將士們見到倦侯都很高興，身為部曲，他們的待遇比大楚的普通士兵要好，遠遠優於平民百姓，這讓他們很過意不去，都希望能為倦侯做點什麼。

韓孺子將他在勳貴營裡得到的賄賂都帶來了，堆在營中，由晁化分發，盡量人人有份，如果不夠，就拿銀子補償。這支隊伍尚未成形，韓孺子不著急使用。

進到帳篷裡，林坤山笑道：「倦侯哪來這麼多好東西？」

「都是別人送的，慷他人之慨，倒是挺舒服。」

「哈哈，倦侯心懷大志，這支軍隊跟定你了。」

韓孺子不是來聽吹捧，而是來尋找建議的，無論在東海王等人面前表現得多麼鎮定，他心中其實猶豫不決，迫切需要指點，最好是楊奉，可這位北軍長史不在馬邑城，而且很久沒與倦侯聯繫了，他只好來找林坤山。

望氣者不可盡信，可他們肯說實話的時候，還是很有幫助的。

韓孺子將柴悅提出的計策說了一遍，林坤山幾乎沒做思考，直接說道：「柴悅並不重要，重要的人是大將軍韓星。」

「韓星？他好像不是很感興趣，從來沒勸過我。」

「嘿，人老成精，韓星在朝中多年來屹立不倒，地位反而越來越高，自然有他的本事，跟望氣者一樣，他也懂得順勢而為的道理：放手讓別人去做，成功了，身為統帥，他獲益最大；失敗了，跟他沒有半點關係。」

韓孺子一點就透，「你說得沒錯，柴悅在軍中無官無職，手下更是沒有一兵一將，他卻敢於提出這樣一條計策，還敢來勸說我，必然是得到了大將軍的支持。」

林坤山點頭，「我敢保證，柴悅其實說不出他受到了什麼支持，可他的信心必然來自大將軍。」

韓孺子想了一會，問道：「我該怎麼做？」

林坤山微笑道：「我就只會一招，順勢而為。大將軍想順你的勢，你就順大將軍的勢。如果大將軍並不急迫，那麼你殺死多少匈奴人都不算立功，如果大將軍很在意這件事，早晚會表露出來，到時候，你提出的所有條件都會得到滿足。」

韓孺子拱手致謝，心裡終於踏實，連夜回到城中。

留在城外的林坤山卻有點擔心，望氣者看中的這株幼苗，是不是成長得太快了。

第一百四十一章　大將軍需要勝利

見過林坤山之後，韓孺子終於明白自己之前犯下了怎樣的錯誤：就因為出主意並且糾纏不休的人是柴悅，他就以為問題的關鍵都在此人身上，結果忽略了一個重要的事實，柴悅一無所有，就算想要報仇，也不足為懼，真正的關鍵人物只有一個，而且總是那一個。

只有大將軍韓星能夠予取予奪。

韓孺子踏實多了，回到城中後，對柴悅越發敷衍，可是有一幫人他敷衍不了，那些勳貴子弟已經送上厚禮，親眼看到倦侯將成車的禮物運到城外的部曲營裡，這就意味著他已經同意了眾人的請求：入冬之前回京。

崔騰又是第一個找上門來。

在馬邑城不用再住帳篷，韓孺子擁有一處寬敞的房間，雖然仍然很簡陋，也比風沙中的奢華帳篷要舒適得多。

崔騰真是將韓孺子當成自家人了，比東海王還不拘禮節，推門就進，拿起桌上的茶水就喝，然後坐在對面，眼巴巴地盯著中護軍，「我什麼時候能走？」

「你要去哪？」韓孺子裝糊塗。

「回京城啊。」

「這種事情你應該問大將軍。」

「不對，我早就打聽明白了，你是勳貴營的頭兒，誰走誰留應該由你上報，然後大將軍定奪，你不遞交文書，大將軍想放人也沒東西可蓋印啊。」

韓星或許不擅長追擊匈奴人，推卸責任卻是一等一的高手，韓孺子不知不覺間被推上一個尷尬的位置，他若提交文書，縱容勳貴的名聲由他來擔；他若不提，就是害得眾人不能回家過年的罪魁禍首。

崔騰雙肘支在桌子上，兩眼離韓孺子只有不到一尺，「妹夫，我當你是自家人，你不會把我當外人吧？」

「當然不會。」韓孺子稍往後傾。

「自家人幫自家人，你幫我回京，我幫你……說吧，你想要什麼？」崔騰總算不提「看管妹妹」的事情了。

韓孺子沉吟不語。

崔騰笑了，伸出手臂在韓孺子肩上重重拍了一下，坐回原處，心照不宣地道：「我聽說了。」

「聽說什麼？」

「為了養活那支千人部曲，你快把家底敗光了，家裡人給我寫信，說妹妹幾乎天天回家要錢要物，大家……總之你的部曲至少有一半是崔家在養。」

韓孺子心中一痛，臉上卻露出微笑，「是啊，我也沒想到一支軍隊的花費如此之大。」

「還缺多少，給個數，我給你湊。」崔騰大咧咧地說，「其實你完全沒必要跟我客氣，好好的一家人，倒顯得生分了。我們的要求也不高，回家看看老人，安安穩穩過個年，老君一高興，給妹妹的錢物更多。再說軍令在身，又是建功立業的好時候，大家開春之前肯定能回來。」

韓孺子哈哈一笑，「既然你都這麼說了……好吧，等我估算一下，過兩天給你個數。」

「別算得太久，我還得留點時間給家人挑選禮物呢。」

「最多三天。」

「還有，你報數，我找人湊錢，然後你放行，要是有別人直接給你送錢，你可別收，動貴營裡沒幾個好人，保不齊誰會害你。」

「我只信任自家人。」韓孺子笑道。

崔騰高興地告辭，對妹夫的印象更好了。

韓孺子只是在拖延，過去兩天，柴悅來得特別頻繁，每天至少五次，顯然有點沉不住氣，韓孺子由此猜測，三天之內，大將軍韓星必然會出面。

可他猜錯了，韓星沒有出面，連柴悅也不來了。大批軍隊已被派駐各方，動貴營一直沒動，看樣子要留在馬邑城過冬。大部分勳貴子弟對此都比較滿意，那些想早點回家的人卻更著急了。

這天一大早崔騰就來了，面沉似水，還是不敲門、不通報，推門就進，也不在意有奴僕在場，冷冷地往韓孺子面前一站，伸出右手的四根手指，「四天了，妹夫，你不告訴我想要多少錢，也不上書給我們告假……」

「別急。」韓孺子在桌上翻了兩下，找出一份文書，「算帳原來也挺麻煩，部曲營裡還沒給我準確數字，但是告假文書已經寫好，就差添上人名了，我預留了五十個名額，夠嗎？」

崔騰立刻眉開眼笑，「夠了夠了。妹夫，你得快點，韓星的胃口也不小，之前的孝敬都不算數，想讓他放行，還得再打點。唉，都說崔家權勢熏天，我咋就沒感覺呢？只是回家探親也這麼麻煩。你和東海王無論誰當皇帝，我也不至於這麼淒慘。」

「這種話可不能亂說。」韓孺子提醒道。

「我知道分寸，就咱們兩個，我才敢說。」崔騰對張有才和泥鰍視若無睹。

崔騰抱怨了好一會，終於告辭離去，「妹夫，別再逗我玩啦，我對你的印象一直都挺好的。」

崔騰一走，泥鰍忍不住說：「在馬邑城過冬有那麼難熬嗎？這裡的生活比漁村好十倍！」

「比崔家卻差了不止十倍。」張有才笑道，可他還有點擔心，「主人，您得小心點，崔二公子別看現在人模人樣的，一發起火來就不是他了。前兩天我看見張養浩鼻青臉腫，肯定是被崔騰打的。」

「幹嘛不還手？崔騰看上去也沒有多厲害。」泥鰍氣憤地說，他不喜歡張養浩，只是受不得崔騰的仗勢欺人。

「大家怕的不是崔騰，是崔太傅。」張有才倒是什麼都懂，「崔太傅帶兵鎮守一方，朝中勢力不小，一份奏章遞上去，想讓誰丟官，朝廷都得同意。」

韓孺子只是笑，不置可否。

當天下午，韓孺子終於等來了大將軍韓星。

留在馬邑城的軍隊只剩幾萬人，韓星輪流前往各營巡查，今天輪到了勳貴營。不管心裡有多想離開邊疆，勳貴子弟們絕不在公開場合表露出來，他們穿上鮮艷的盔甲，騎著膘肥體壯的駿馬，排成數列，夾道歡迎大將軍。

大將軍很滿意。

在軍帳裡查點名冊之後，眾將官識趣地退下，只剩中護軍與大將軍兩人，韓孺子親捧茶壺，為韓星倒茶水，執晚輩之禮。

韓星看著韓孺子倒茶，輕嘆一聲，「讓倦侯做這種事情，真是委屈了。」

「大將軍何出此言？能在這裡為大將軍斟茶，勝過在京城的無所事事。」

韓星笑了兩聲，他坐在了主位上，指指不遠處的凳子，示意韓孺子也坐下。韓孺子搬過折凳，與大將軍隔案相對而坐。

韓星握著茶杯輕輕轉動，蒼老的臉上盡顯疲態，「我一看到太祖寶劍，就知道是你送出來的。」

韓孺子一愣，這都是一年多以前的事情了，韓星居然在這時提起。

「可是立功也要看時機，時機不對，功勞也會變成罪過。」

韓孺子仍不開口，等著韓星將話題引向碎鐵城。

韓星沉默了一會，沒有對去年的事情再做解釋，直接道：「我需要一點軍功。」

「明年匈奴人……」

「不不，必須是今年，三十萬大軍受我節制，朝廷花費巨大，天下騷動，結果與匈奴人一仗未打。」

「大將軍……當初何不追擊東單于呢？」

韓星搖搖頭，「你不瞭解匈奴人，他們打仗沒有一定之規，今天說是撤退，明天發現有機可趁，立刻就會回頭發起進攻。倦侯，大楚的軍隊今非昔比，三十萬將士真正受我指揮的不到十萬，南北兩軍各懷異心，都想保存實力。敢於趁勝追擊，怯於迫近強敵。在這種情況下追擊匈奴人，不出五百里，隊伍必然散亂，反而給予匈奴人可趁之機。」

韓星長嘆一聲，「我是老了，但是還沒有老到不敢打仗的地步，只是不想等我孤軍深入的時候，卻發現兩翼沒有保護，白白損失楚軍將士。」

「大將軍和朝廷都很為難。」韓孺子敷衍道。

「最為難的是，別人看不出我有多為難，朝中罵我的奏章已經在勤政殿堆滿了，最客氣的說法也在指責我膽小怯懦，不適合擔任大將軍。我本來就沒想當這個大將軍，可我不能就這麼回京，罵名還在其次，若是朝廷換來一位冒失的統帥，只怕會帶來一場大災難。」

韓孺子認真地想了一會，「沒有別的辦法圍殲那些留下來的匈奴人嗎？」

「匈奴人很謹慎，分成數十股，小打小鬧，沒有明確目標，想讓他們聚集起來，太難，只有倦侯出面……或許可行。」

韓孺子一點也不相信韓星，但是相信韓星真的需要一場說得過去的勝利。

「我也不希望朝廷換帥。」

韓孺子此言一出，韓星不由得露出一絲喜色，「別的我不敢保證，放眼朝廷上下，敢在軍中重用倦侯的人，除我之外，再找不出第二人。」

韓孺子覺得時機差不多了，「好吧，或許可以一試，但匈奴人若是不上當，我也沒辦法。」

「當然，謀事在人，成事在天，誰也不能因為這種事埋怨倦侯。」

「我在城外有一支千人部曲……」

「我撥一年的錢糧，由朝廷供養。」韓星答應得倒快。

「我要將勳貴營帶去，跟我一塊守城。」

韓孺子原以為大將軍會在這件事上與他討價還價，沒想到韓星在桌上輕輕一拍，「本該如此，這些勳貴子弟也該受點苦，或許還能引來更多的匈奴人。」

韓孺子又想了一會，「我要從南北兩軍調幾個人過來幫忙。」

韓星終於露出難色，「這個……只怕我的調令起不了多大作用。」

「不調高官，人數也不多。」

韓星疲憊不堪的臉上終於顯出幾分精神，「這樣的話，我想我能做到。還有勳貴營，倦侯如果想放誰回京，儘管告訴我。」

韓孺子笑笑，他不想放任何人回京，即使因此得罪一大批人，也在所不惜。

第一百四十二章 遷營

整個馬邑城就是一座高牆圍繞的固定軍營，民居寥寥無幾，每條街巷都自成一區，前後有門，形成一座座分軍營。

韓孺子從城外部曲營調進來五百名士兵，把守勳貴營前後門，然後親自帶隊搜查那些不在名冊中的多餘隨從。事情一開始比較順利，等到眾多勳貴子弟發現這不是鬧著玩後，有人做出了一些反抗，但也不激烈，人人都知道，犯不著由自己出頭。

崔騰昨晚喝多了，正在屋子裡大睡，幾名隨從眼看搜查的隊伍越來越近，不得已，一塊去推主人，崔騰一睜眼，他們立刻退後。

被迫醒來的崔騰一肚子火氣，迷迷糊糊地聽完隨從的話，怒道：「胡說八道，不可能，妹夫絕不會……」外面響起了敲門聲，梆梆梆，一點也不客氣，崔騰經常這樣敲別人的門，可別人要是這樣敲他的門，他可不高興。

崔騰跳到地上，也不穿鞋，到處看了一下，抓起掛在牆上的腰刀，喝道：「開門！」

有人去開門，也有人小心勸導，沒一個人敢靠近崔二公子。

韓孺子料到會有麻煩，讓一隊士兵先進去，自己跟在後面，第一次以硬碰硬，心中多少有些緊張，尤其是崔騰對他不錯，平時蠻橫無禮，對倦侯卻總是保持三分客氣，可越是如此，韓孺子越要拿這位「舅子」開刀。

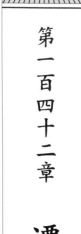

崔騰宿醉未醒，腳步虛浮，手中的刀卻握得很緊，衝出房門，對滿院子的士兵視而不見，一眼就看到了院門口的韓孺子，「妹夫，你來抓我的人？」

「每人兩名隨從，誰也不能破例，這裡是軍營，不能允許無名者……」

崔騰可不是聽道理長大的，怒吼一聲，舉刀衝向韓孺子，再也不當他是「妹夫」了。

崔騰的相貌一點也不醜，當他面無表情的時候，甚至能顯出幾分文雅與稚氣，可是發起怒來，神情卻比殺人越貨的亡命之徒還要凶惡三分。一般情況下，只要崔騰露出這種表情，沒人再敢反抗，甚至沒人敢躲避，只能任崔二公子打罵羞辱，表現得軟弱無力，或許還能少挨幾下。

這回卻不是「一般情況」。

韓孺子招來的士兵可不管崔騰的脾氣，更不在乎他的身份地位，倦侯一個眼神，兩名士兵倒轉槍柄，將崔騰絆倒，其他人一擁而上，奪下腰刀，將太傅之子牢牢捆住。

「襲擊營帥，該當何罪？」韓孺子問身邊的軍吏。

勳貴營的主簿早就覺得不對，這時已嚇得兩腿發軟，營尉主管軍法，也不知是怎麼想的，臉色蒼白地直接回道：「襲帥乃是死罪。」

連韓孺子都覺得太重了，「違令呢？」

「看情況……」被同僚連戳幾下，營尉終於反應過來，自己這是在惹禍上身，急忙道：「罰餉一月、監禁五日、杖……沒了。」

「好，就這樣處罰。」

崔騰從未如此憤怒過，破口大罵，將杜穿雲當初挾持他上樹的事情也想起來了，越罵越難聽，全然忘了自己的妹妹嫁給了此人。

士兵將崔騰拖出去送往監禁地，一路上他的嘴就沒停過。

他罵得過癮，兩邊營房裡的勳貴子弟們聽在耳中卻都膽戰心驚，這回怕的不是崔二公子，而是倦侯。

一個時辰之後，勳貴營裡再無多餘之人，韓孺子遣走三百名部曲士兵，仍留下二百人守門。

韓孺子回房休息，沒過多久，東海王上門求見，規規矩矩地通報，沒再像從前一樣推門就進。

可東海王畢竟是東海王，再怎麼著也不會向倦侯行屬下之禮，進屋之後，背負雙手，興致盎然地到處打量，好像是第一次來這裡，「太寒酸了，配不上中護軍的職位啊。」

韓孺子不理他的諷刺，問道：「想為誰求情，說吧。」

東海王露出誇張的驚恐之情，「我可不敢，我屋裡的隨從都被攆走了，哪有心情給別人求情？至於崔騰，他是咎由自取，怪不得別人。」

韓孺子示意隨從退出，然後道：「這回你可以說了。」

「不會對我用軍法吧？」

「不會。」

東海王在心口處輕拍兩下，終於正色道：「如此說來，你真要去碎鐵城了？」

「嗯，大將軍明日傳令，三天後出發，勳貴營全體將士都要跟我一塊去，一個不能少，一個也不能多。」

東海王早就表示過不想去碎鐵城，這時卻不提了，「就為了給韓星立功，得罪朝中幾乎所有的勳貴家族，值得嗎？而且你這點功勞，到了明年與匈奴人決戰之後就會變得一文不值。」

韓孺子站起身，「以我的身份，與朝中勳貴關係太好，才是罪過吧？」

東海王笑著搖頭，韓孺子繼續道：「就讓勳貴去告我的狀吧，越多越好。」

東海王仍然搖頭，「韜光養晦，任何有點頭腦的人都會建議你現在韜光養晦。」

「大將軍選中我當誘餌的那一刻起，韜光養晦對我來說就已是奢望，不如順勢而為。」

「順勢而為？你以為自己是望氣者嗎？」

韓孺子走到東海王面前，「我建議你也順勢而為，反正你跑不掉，無論如何都要跟我去守城，不如幫我想想辦法，打贏碎鐵城這一仗。」

「嘿，有沒有仗可打還不一定呢，況且，我未必就會跟你去碎鐵城。」東海王笑道。

韓孺子正要問個明白，張有才從外面進來，通報說又有客人前來拜訪。

柴悅雖說也是勳貴後代，卻不是勳貴營的散從，而是大將軍韓星眾多幕僚之一，沒有明確的身份，因此比較自由。

東海王立刻告辭，臨走時告誡道：「別以為你總能得到韓星的支持，你已經上鈎，他沒必要再餵魚餌了。」

柴悅的態度截然相反，一點也不掩飾心中的興奮，甚至帶來了幾張地圖，要與倦侯商談具體的伏擊計畫。

韓孺子有一搭沒一搭地聽著，心裡還在琢磨東海王的話，突然伸手按在地圖上，打斷柴悅的介紹，說道：「麻煩你去向大將軍申領令牌，我要帶勳貴營出城。」

「現在？」

「嗯，就是現在，立刻出發，我在路上走得稍慢一些，你得在我到達城門之前弄到出城令牌。」

柴悅不明所以，撓頭道：「我還沒有正式官職……」

「帶上勳貴營主簿。」

「好吧。」柴悅收起地圖，匆匆離開。

韓孺子命張有才叫來營中將官，發現除了被柴悅帶走的主簿，還少兩人，將官們支支吾吾，全都說不清這兩人的去向。

他們是去通風報信了。

近五百名散從將軍只是勳貴家族的一部分子弟，大都比較年輕，年長些的都在軍中任職，其中一些人的職務比中護軍還要高，連大將軍也要對他們謙讓三分。

這些位高權重的將軍，肯定會為自己的弟弟、侄子、外甥們求情，甚至直接來要人、搶人。

韓孺子穿戴盔甲，傳令全營一刻鐘之後出發，逾時未上馬者，杖二十。

有崔騰的榜樣擺在前面，還有二百名只聽倦侯命令的士兵，勳貴子弟們沒人敢在這時挑釁，手忙腳亂地上馬，許多人連甲衣都沒套上，只戴了一頂頭盔，營房裡的私人物品更是來不及收拾。

崔騰也被押出來，他還不服氣，仍在破口大罵，直到累得口乾舌燥才停下。

韓孺子允許勳貴子弟留下一名隨從，收拾物品之後再出城與主人匯合，然後帶著其他人出營，向城門行進，二百名部曲士兵左右夾衛，像是在押送一隊俘虜。

這樣一支隊伍很快就引來大量關注，各營將士不能隨意走動，但都擠在街巷門口向外觀望，有人驚訝，有人感到好笑，不過沒人敢出聲。

韓孺子自己能夠隨意進出城門，最多能帶十個人，再多就需要大將軍府發出的令牌，而且進出城門時要上交，之前部曲士兵進城、出城已經用掉兩枚令牌，韓孺子本計畫讓剩下的兩百人常駐勳貴營，現在卻要帶著所有人出城，只能再次申領令牌。

隊伍剛走出一條街，那兩名「失蹤」的勳貴營軍吏騎馬回來了，滿頭大汗，一臉驚慌，跳下馬，跑到倦侯面前，一個道：「大人，請三思。」另一個道：「大人，大將軍馬上就會傳令……」

韓孺子一揮手，數名士兵上前將兩名擅離職守的軍吏捆起來，當成真正的犯人，用繩子牽著在街上行走。

看到這一幕，坐在馬上的崔騰樂了，「呵呵，終於有作伴的了。」馬上又大怒，罵倦侯卑鄙陰險，罵那些狐朋狗黨不夠義氣，連東海王都沒放過，罵他沒血性，平時的膽量都被狗吃了。

沒走出多遠，又有一群軍吏跑來攔路，他們都是大將軍帳下的人，聲稱大將軍的命令馬上就到。

韓孺子的回應是派出十幾名士兵縱馬奔馳，將軍吏衝散，繼續前進。

崔騰再次閉嘴，有些驚訝地打量前方的「妹夫」。

在城門口，隊伍遇到最大的阻礙，平時守門的士兵只有二三十人，這時卻是一支數百人的軍隊，在街道上排成整齊的隊列，將城門堵得嚴嚴實實。

柴悅卻沒有按時帶來出城令牌。

第一百四十三章

傳言製造者

韓孺子做好了硬闖的準備，如果連自己人這一關都過不去，所謂守衛碎鐵城、引誘匈奴人就是一個笑話。帶兵封堵城門的將官有三十幾位，其中兩位的軍職比韓孺子的中護軍還要高一級，他們更不打算退縮。為了「挽救」大批動貴子弟，軍中將領分為兩夥，一夥堵門，一夥去求見大將軍，務必要將自己的親人留在城內。

天就要黑了，入夜不久後城門將會關閉，即使有出城令牌也沒用，韓孺子決定再等一會，如果柴悅不能及時趕來，他就會讓自己的部曲士兵衝鋒。

他調轉馬頭望了一眼，還好，動貴子弟們沒有亂，離韓孺子不遠，崔騰坐在馬上冷笑道：「看你能橫多久。」

韓孺子不理他，對身邊的張有才說：「去大將軍府，看看柴悅怎麼樣了。」

張有才領命而去，韓孺子的部曲共有兩支百人隊，他讓一隊繼續監督勳貴營，另一隊聚到前方，在他身後排列成四列，隨時能夠衝鋒。

他的舉動把大家都嚇了一跳，只有部曲士兵們毫無畏懼，快速排列隊形。

城門前的幾十位將官互相交頭接耳，沒多久，一名軍吏馳馬過來，大聲道：「請中護軍大人過來一談。」

韓孺子對東海王說：「你去。」

「啊？為什麼……既然你下令了。呃，給我一句準話，你到底想要什麼？」

「天黑之前我必須帶著所有人出城，就駐紮在城外河邊的部曲營，沒有多遠。他們若是讓路，我很感激，若不讓路，我就要帶兵衝出去。」

「你可沒有大將軍的令牌。」東海王提醒道。

「他們也沒有。」

東海王無奈地搖頭，拍馬上前，去與堵門的將官們談判。

韓孺子再次望向勳貴營，事實上，最大的麻煩是這些人，將近五百名勳貴子弟，再加上差不多同樣數量的隨從，近千人發生混亂的話，他帶的這點人可彈壓不住。

必須讓這些人明白，逃跑將會付出慘重代價。

韓孺子拍馬來到崔騰面前。

不知是有人暗中提醒，還是在危急時刻變得聰明了，崔騰一句髒話也不說，反而笑道：「妹夫，你可真威風啊，要真打嗎？把刀還給我，我跟你一塊衝。」

「你的五日監禁還沒結束。」韓孺子冷冷地說。

崔騰馬上點頭，既不發怒，也不挑釁，韓孺子想要殺雞儆猴，結果這隻「雞」比猴子還要老實。

韓孺子盯著崔騰看了一會，崔騰嘿嘿地笑，越發顯得無辜。

韓孺子沒辦法，只好另尋目標，目光轉動，可那些平時囂張跋扈的勳貴子弟們，沒有一個離開隊列，要多規矩有多規矩。

韓孺子這才發現，根本用不著殺雞儆猴，這群「猴」已經被嚇住了。

他有點納悶，自己並沒做什麼，只是小小地懲罰了一下崔騰，按理說不至於產生這麼大的威懾力，可事實擺在眼前，眾多勳貴子弟全都騎著馬原地不動，反倒是他們的隨從，一個個露出驚訝之色。

事有蹊蹺，韓孺子沒處詢問，於是向本營軍吏下令，命他們整頓隊形，眾多隨從退到後方，勳貴子弟排成四列，與部曲士兵連在一起。

他的命令得到執行，沒有半點違逆。

韓孺子回到隊伍最前方。他這邊的隊伍不停調動，引起了對面的注意，那些堵門的士兵開始緊張了，勳貴子弟敢衝鋒，他們可不敢真擋。幾十位將官更是慌亂，圍著東海王說個不停。

沒多久，東海王回來了，「他們就一個要求，等大將軍的命令，倦侯不可自行其事。」

「我只等到天黑。」韓孺子說，即使沒有大將軍的令牌，他也要出城，倒不是倔強，而是知道做事必須徹底，半途而廢會毀掉他剛剛建立的威望。

東海王上前一點，小聲道：「真是奇怪，他們剛開始還挺強硬，不知怎麼回事，突然就軟了下來，好像……好像以為你要做什麼大事。」

「我能做什麼？不就是當誘餌嗎？」

東海王乾笑兩聲，「你永遠也想不到傳言有多誇張。」

「你說他們突然改變態度，哪來的傳言？」

「我也覺得奇怪，傳言好像是從天上掉下來的。」

柴悅終於在天黑之前與張有才一塊趕到，帶來大將軍的令牌與手諭，勳貴營可以正式出城了。

堵門眾將官有了台階後，立刻撤到兩邊的街巷裡，讓出城門。

直到整隊人馬都走出城門之後，韓孺子才放下心來，向柴悅問道：「為什麼耽誤了？」

「眾將領不同意倦侯帶勳貴營出城，我跟他們爭論了一會，大將軍才終於力排眾議，決定放行。」柴悅真是賣力了，額頭上全是汗，看著一隊隊整齊的勳貴子弟，他也有點納悶，「真難得，他們居然沒鬧事，不對，是倦侯治軍有術。」

柴悅顯然不太擅長討好上司，誇獎倦侯時頗顯生硬。

無論如何，韓孺子帶著勳貴子弟們來到城外的部曲營，與城裡的大軍相對隔離，不怕有人亂跑了。

留在城內收拾東西的隨從們很快也出來了，重新搭起幾天沒用過的帳篷。

入夜之後，韓孺子連續接待了五撥勳貴子弟，一天前還想方設法要回京過年的他們，突然全改了主意，自告奮勇要去守衛孤城，務求與匈奴人一戰。

韓孺子旁敲側擊，用盡了手段，也沒弄清楚變化的原因，這些人自己好像也不知道傳言從何而來，更不肯將傳言明白說出來。

東海王來過一次，皺著眉頭說：「也不知道是誰製造的傳言，說你得到朝中大臣的支持，立功後就會取代韓星擔任大將軍，等明年徹底擊敗匈奴人，回京就能……」

回京就能重當皇帝？韓孺子簡直不敢相信自己的耳朵，「他們相信這種事？」

東海王正色道：「有什麼不信的？往前幾年，武帝在世的時候，誰要說前面兩位太子的後代還有機會稱帝，肯定會被大家笑話，結果怎麼樣？桓帝的兩個兒子還活著呢，帝位卻落入他人之手。」

時至今日，東海王說起這件事仍然憤憤不平，「局勢不穩的時候，任何傳言都有人相信，關鍵問題是，製造傳言的人是誰？」

東海王沒打聽出來，韓孺子更是無從猜測，林坤山不在城內，否則的話，他倒是值得懷疑。

韓孺子還是將林坤山找來，對他說了這件事。

林坤山想了一會，突然笑道：「不管這人是誰，都是在討好倦侯，等著吧，他早晚會來找倦侯領功的。」

第二天，韓孺子進城見韓星，正式領命要去守衛碎鐵城，以引誘匈奴人。

這是一個需要緊密配合的計畫，韓星終於證明自己並非無能之輩，叫來大批將領，做出極其詳細的規劃，埋伏、傳信、攔截、打探匈奴軍情、糧草運輸以及備用兵力等等，全都安排得妥妥當當，讓任何人，尤其是倦侯，都提不出疑問。

韓星真的需要這場功勞，但他本人不能參加，必須留在馬邑城迷惑匈奴人。

柴悅被任命為參將，輔佐倦侯執行計畫，糧食官、傳令官、旗牌官等等也都由大將軍指派，統統接受鎮北將軍轄治。

第三天，又花了一天時間完善計畫。

韓孺子還沒到碎鐵城，對它已經有了許多瞭解。碎鐵城裡有一支駐軍，大概一千人，的確都是老弱病殘，韓星收回清衛營，又分配給韓孺子兩千名真正的精兵，加上部曲將士一千人、勳貴子弟及隨從一千多人，碎鐵城將有五千守軍。

事情就這麼定下來了，大楚軍隊雖是千瘡百孔，卻還沒有完全朽掉，仍能執行複雜的伏擊計畫。

韓孺子即將率兵出發，他從南北兩軍請調的數人，將在神雄關與他匯合。

拔營前的晚上，那位製造傳言的人終於來「領功」了。

崔騰還處於監禁之中，那些時常受他欺負的勳貴子弟總算鬆了口氣，張養浩臉上的青腫消失了，他在入夜之後很久才來求見，再晚一會，韓孺子也要睡了。

張養浩有點迫不及待，幾句客套話之後，他說出了實情：「倦侯是要做大事的人，何不廣招賢俊，以為羽翼呢？」

「一次伏擊而已，算不得大事。」

張養浩笑道：「抗擊匈奴人當然是小事，我是說……真正的大事。」

韓孺子明白過來，冷淡地問：「是你在傳播謠言？」

「呵呵，當時軍心不穩，人人都在猜測倦侯為什麼突然間變得嚴厲起來，又為什麼能得到大將軍的重用，我不過做了一點暗示，他們就信了，而且傳得很快，根本不需要我的傳播，這說明倦侯深得人心。」

韓孺子原以為張養浩只是一名缺少眼力的莽夫，現在才明白，他是個徹頭徹尾的賭徒，輸得越慘，押注越多，不死不休。

就是從這一天起，韓孺子將張養浩列為需要重點警惕的目標，這樣一個賭徒，不僅不值得信任，還會惹出大麻煩。

但是此刻，韓孺子只是輕輕哼了一聲，「人心？人心都在京城，不在我這。」

張養浩大喜，倦侯在抱怨，就說明他真有大志，上前兩步，輕聲道：「不知倦侯注意到沒有，勳貴子弟也分三六九等，像崔騰那種人，只是紈絝子弟，平時囂張，真到用時一無是處，反而是那些地位低點的人，比如我，比如柴悅，只有建功立業這條路可走……」

「你是辟遠侯的嫡孫，還擔心什麼？」

「我祖父只會打仗，不懂人情世故，在朝中沒有根基，我就算繼承侯位，也是受欺負的辟遠侯，跟歸義侯一家沒啥區別。」

張養浩撲通跪在案前，激動地說：「倦侯若有大志，我願為倦侯效犬馬之勞。」

這不是張養浩第一次表露忠心了，韓孺子神情嚴肅地盯著他看了一會，問道：「像你這種人很多嗎？」

「多，在勳貴營裡至少佔一半，只是平時不顯山不露水，沒人注意罷了。」

韓孺子忍不住想，如果楊奉在這裡，會做出怎樣的建議？遙想當年，太祖韓符又是如何以布衣身份籠絡到第一批追隨者的呢？

第一百四十四章 行軍

韓孺子身邊總是帶著一箱子史書，有時間就翻一翻，心存疑惑的時候也會找來看一看。

太祖韓符創業初期，也曾遇到過背叛，次數還不少，可史書中記載的都不詳細，太祖似乎非常大度，從不對背叛者心懷怨恨，有些人幾度背叛，他該用還是用，直到太祖定鼎天下之後，才開始消滅所有心懷異志者。

韓孺子離成功還遠著呢，他疑惑的是，面對幾乎肯定會再度背叛的張養浩，應該怎麼辦？是盡早除去防患於未然？還是再等等，物盡其用之後再解決？

韓孺子決定再等等，反正他現在也沒有權力隨便殺人。

率兵出發之前，韓孺子將還剩兩天「刑期」的崔騰放出來，他和東海王一塊去放人，要跟崔騰講講「道理」。

監牢是一頂小小的帳篷，除了床和馬桶，其他擺設一無所有，對崔騰來說，這算是苦到不能再苦了，可韓孺子和東海王進帳之後，卻看到崔二公子坐在床上啃一隻燒雞，面前的托盤上還擺著一壺酒。

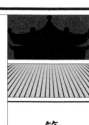

看到兩人，崔騰一愣，舉著燒雞骨架說：「就剩這點了。」

帳外的看守都是韓孺子的私人部曲，可違禁之物還是進入了監牢，韓孺子有點尷尬，只能假裝沒看見，說：「你可以出去了，但是有一個條件……」

崔騰將燒雞扔到托盤上，往後一倒，興致勃勃地舔自己的手指頭，「出去？我不出去，這裡挺好，沒人打擾，夜深人靜的時候，我可以專心思念遠在京城的家人：母親身體不好，希望我的事情不要傳到她耳中；老君脾氣不好，希望她不要因為我而為難小君妹妹……」

東海王上前笑道：「別裝了，老君和舅母總說崔家的兒孫裡就數你最不讓人省心，早該出去歷練一下，多吃些苦頭，聽說你被關押，她們只會感激倦侯，沒準還會透過小君表妹送點謝禮呢。」

崔騰猛地坐起來，咬牙切齒道：「叛徒。」

東海王坐在床邊，摟著崔騰的肩膀，「我要是叛徒，就不跟來了，就讓你與倦侯較勁，等他把你拖出去重打四十大板，再去看你的笑話。」

崔騰心中一顫，疑惑地看向倦侯，不太確信地說：「他不敢……」

「你親眼看到了，他敢列陣衝擊城門，不敢打你一頓嗎？四十大板都是輕的，最狠的是殺人祭旗，我在京城的時候可看到過。」

韓孺子當初在河邊寨祭過旗，但是沒有殺人，可事實變成傳言之後總要誇張幾分，崔騰打了個激靈，傲氣又消了些，「放我出去可以，得讓我回家一趟。」

韓孺子搖頭，「不行。」

「為什麼不行？」崔騰的火氣又上來了，「我知道你在做什麼，不就是拿自家人開刀，讓別人怕你嗎？我配合你了，瞧這滿營的勳貴子弟，不都老老實實的？他們都以為崔家要支持你奪回帝位呢。」

又一個冒出來領功的人，韓孺子還是搖頭，「不行，而且……」

崔騰甩開東海王，跳到地上，大聲道：「玩玩就得了，別太過分，沒有崔家，你連倦侯都當不長久，還想再當皇帝？做夢吧！」

崔騰嘴裡沒遮沒攔，說到興起，指著東海王，「崔家不是非捧你不可，還有他呢，實在不行，我們崔家乾脆自己當皇……」

東海王在崔騰屁股上踹了一腳，斥道：「不想活了？舅舅怎麼跟你說的？」

崔騰又是一激靈，摸著屁股低聲道：「又沒有外人……」

「你就不怕隔牆有耳？」

「哪有耳？我割了它。」崔騰嘻嘻笑道，不再提皇帝的事了，「好吧，給倦侯一個面子，走吧。」

「等等，放你出去是有條件的。」韓孺子說。

崔騰轉向東海王，冷著臉問：「崔家哪裡對不起他了？他非得對我這麼苛刻？」

「你自找的。」東海王懶懶地說，他太瞭解崔騰的脾氣了，因此故意挫其銳氣。

崔騰轉身盯著韓孺子，「一會設計互相陷害，一會合夥欺負我，行，你們是親兄弟，我是外人。說吧，什麼條件？」

「你得戴罪立功，在碎鐵城至少斬首一名匈奴人。」

「真要去啊？」崔騰苦著臉。

「明天一早就出發。」

「匈奴人要是不去碎鐵城呢？」

「那……就算你走運。」

崔騰笑道：「都說匈奴人一入冬就躲起來不打仗了，要不然這樣吧，入冬之前開戰，我給你拎一顆首級回來，入冬之前不開戰，你還是讓我回家吧，明年我給你兩顆人頭，怎麼樣？」

崔騰是個無賴，韓孺子暫時拿他沒辦法，哼了一聲，轉身走了。

東海王起身，推著崔騰往外走，「別說我沒提醒你，小心點，倦侯現在是騎虎難下，逼急了真會殺人的。」

「誰讓他騎虎了？」崔騰表面上不服氣，心裡多少有點惴惴，「真想不到，妹妹會喜歡這樣的傢伙，為什麼我下狠手的時候就沒人喜歡，所有人都責備我呢？」

皇城外的決定

韓孺子率領四千將士出發了，前一夜來送行的人可不少，由於無法說服大將軍韓星改變主意，眾將官改為討好鎮北將軍韓孺子，目的只有一個，請他照顧自家親戚，不要讓他們上戰場冒險。

跟從前一樣，韓孺子全應承下來，隨後立刻將得到的禮物分發給自己軍中的眾將士，包括大將軍分派給他的那兩千人。

天亮前吃飯，太陽一露頭，軍隊出發。

馬邑城離碎鐵城八百多里，但這是地圖上的距離，中間隔著崎嶇的大山和荒涼的戈壁，如果是急行軍，可以多攜馬匹並自帶乾糧，由塞外繞行，不計成本的話，三四天可到。

正常行軍則從關內繞行，每一日的行程都有詳細的規劃，營地、糧草由途中各縣負責安排，走得雖慢，卻很踏實。

之前由京城來北疆，行程比較急迫，韓孺子和他的一千部曲幾乎是被大軍裹挾著前進，感受不深，直到現在才第一次領軍行進，一路上學到不少東西。

與大多數人一樣，韓孺子之前有點瞧不起軍中的文吏，覺得他們不會打仗，還總挑將士的小錯，一個個都是陰險小人。

這次行軍之後，韓孺子改變了看法，事實上，在行軍途中，他大多數時候都與軍吏們待在一起，與他們一塊預估時間、天氣、糧草、營地等數不盡的細節問題。沒辦法，幾乎每天都有意外發生，有人生病，有人的馬匹死了，一陣急雨耽擱了行程，途中還遇到一次「造反」，都需要軍中的文吏一一解決。

那是行軍第五天，行程過半，四千人剛剛入營，還沒來得及解鞍休息，所過之縣的縣尉匆忙跑來求助，說是有一群亂民明早將要攻打縣城，縣令得知了消息，手中卻沒有士兵能夠守城，正好趕上鎮北將軍到來，因此派縣尉借兵。

主簿提醒倦侯，沒有大將軍之令，行軍途中是不能進入任何城池的，只能在城外駐軍，更不能輕易向外借兵，必須等大將軍或是當地郡守的調度。

縣尉急壞了，跪下來乞求援助，天黑不久，縣令親自來了，指天發誓，願意承擔一切後果。

韓孺子已經打算出兵，柴悅悄悄向他建議：繼續行軍，留下少量將士，分行鄉里，聲稱要為後繼的大軍徵集糧草，以此威懾亂民，然後由縣令正常向上司求助。

韓孺子同意了，縣令、縣尉別無它法，也只能接受，派出城內不多的差人也去鄉下虛張聲勢，然後膽戰心驚地等待郡守派兵過來。

次日一早，韓孺子領軍上路，只留下一百人和數名軍吏。

他一直想著這件事，三天之後，消息傳來，本來要攻打縣城的那夥亂民，聽說大軍將至，立刻瓦解，頭目逃亡，還沒出縣就被活捉。

韓孺子越發覺得柴悅是個人才，只是不知該信他幾分。

第九天，留在後面的百名將士攆上來，全軍準時到達神雄關，仍然住在城外的營地裡，準備次日一早穿城過關。

在這裡，韓孺子迎來了幾位熟人。

第一位是胖太監蔡興海，他以北軍監軍的身份早就到了神雄關，一直無所事事，被韓孺子要到自己身邊。蔡興海從前是邊軍校尉，因為虛報首級而受刑入宮，再回邊疆之後卻不受待見，誰也不當他是將士，都以為他是一名到處打探消息的太監。

再見倦侯，蔡興海十分激動，跪在地上好半天才肯起身。韓孺子當即任命他為馬軍校尉，身邊終於有了一個可信之人。

第二個熟人是杜穿雲，他從京城帶來幾封書信，不打算回去了，要跟著倦侯一塊去碎鐵城，「好男兒志在四方，我跟爺爺說了，他在京城養老，我去戰場上看看，有意思呢，就多待一會，沒意思再說。」

於是他留下給倦侯當侍衛，發誓戰爭結束之前再也不喝酒了，「可是也得求倦侯一件事，別再拋下我亂跑了，保護你不容易，看著你就更難了。」

崔小君寫來一封信，並無太多內容，希望倦侯馬到成功，表示家中一切安好。

還有兩封信來自崔家，崔騰的母親感謝倦侯對兒子的管教，十分客氣，沒有半句怨言，老君可就不同了，命人代寫了一封信，極其嚴厲地將倦侯痛斥一番，命令他戰爭結束之後，必須將崔騰完整無缺地送回京城。

東海王也看了這封信，向韓孺子道：「恭喜，老君居然沒讓你立刻將崔騰送回去，說明她還明白一點事理。」

第三位熟人的到來則出乎韓孺子的意料，北軍長史楊奉，代表北軍大司馬來見鎮北將軍。

第一百四十五章 夜談

楊奉不是一個人來的，冠軍侯一共派來十名將官與軍吏，與倦侯商議伏擊匈奴人的計畫。總體方案已由大將軍制定，北軍正在暗中調動兵馬，半個月之內在神雄關外的山谷中埋伏三萬人，崔太傅率領的南軍則在東北方持續施加壓力，令匈奴人無機可趁，只能向西部轉移。

柴悅代表鎮北將軍與北軍協調，韓孺子坐在一邊旁觀，只提了一個問題：如果半個月之內匈奴就來攻打碎鐵城，他該怎麼辦？

一名北軍參將負責蒐集情報，聲稱匈奴人目前處於分散狀態，短短半個月之內不可能集結在一起，或許會騷擾碎鐵城，但是兵力不會超過一千人，鎮北將軍的數千士兵完全能夠守得住。

韓孺子認真傾聽這些專業軍人的交談，偶爾掃楊奉一眼。

楊奉身為長史，是北軍文吏之首，只管後方的供給，對怎麼打仗從不發表意見，因此前半段的議論結束之後，他也沒什麼事了，跟韓孺子一樣，站在將官們身後，望著地圖，聽他們談論如何進攻、如何圍堵。

這次將要對陣的匈奴人不多，不會超過一萬人，因此眾人都想將他們一舉殲滅。

商談即將結束，韓孺子忍不住又提了一個問題：楚軍如此頻繁調動，不會驚擾到匈奴人嗎？

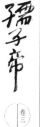

聽到這個問題，將官與軍吏們都笑了，覺得不妥，又都陸續收起笑容，柴悅解釋道：「匈奴人不擅打探消息，對偶爾投奔的楚人也不信任，而且楚軍的調動也不只碎鐵城一處，塞北各城都有換防，匈奴人拿不準哪一

處才是陷阱，他們會使用慣常的招數，試探，然後大舉進犯，搶掠一番，即刻撤退。」

柴悅也很年輕，但是對楚、匈之間的戰鬥了解得非常詳細，眾將官與軍吏全都點頭，表示他說得沒錯。

韓孺子笑笑。

天色已晚，北軍眾人留宿，柴悅等人接待，韓孺子就不用奉陪了。那邊的宴會進行了一陣，楊奉單獨前來求見。

張有才和泥鰍接到過命令，沒有通報就讓楊奉進帳。

韓孺子正坐在床上翻書，抬頭看了楊奉一眼，問道：「太祖怎麼對待背叛者？」

「殺。」楊奉答道，走了過來。

「可是按國史記載，太祖若干次放過背叛者……」

「要是讓我猜，太祖事先根本不知道那些人會背叛，你看太祖起事第二年七月的一段記載，他當時被前朝大軍包圍，隻身逃脫，將好不容易建立的軍隊丟得一乾二淨，這樣的人會對背叛者手下留情嗎？」

「有些人數度背叛，也活到了太祖定鼎之後。」

「因為這些人本來就不是太祖的親信，他們各有一股勢力，今天倒向這邊，明天倒向那邊，從無效忠之意，自然也無所謂背叛，太祖留著他們，只是為了彰顯楚軍廣開門路之意，這些人的背叛，對太祖其實並無多大的影響。你再看太祖定鼎第十五年的記載，最後一位曾經搖擺不定的將領也被滅族。」

韓孺子按照楊奉所說翻書，果然看到了相關記載，只是上面沒寫被太祖拋棄的軍隊結局如何，也沒注明那位被滅族的大臣是「最後一位搖擺不定的將領」。

楊奉站在床前，「廣開門路的時候，什麼人都要收、都要忍耐，以此吸引真正的人才；鏟除異己的時候，要快要狠，但是一定要給出眾人皆知的理由。如果暫時沒用，就不要讓背叛之人靠你太近。」

韓孺子闔上書，「圍殲匈奴人之後，我要除掉……」

「別向我透露這些，我是北軍長史，冠軍侯若是問起你的動向，我不能不說。」

韓孺子這才想起楊奉並非自己的部屬，他們已經很久沒有見面了。

「咱們能談些什麼？」

「所有公開的事情。」

「嗯，我應該參加碎鐵城之戰嗎？」

「應該。」

「我有過猶豫……」

楊奉還跟從前一樣嚴厲而直白，打斷韓孺子，「我說『應該』，因為你已經做了，與其猶豫，不如勇往直前。太祖早年知道自己一定能夠建立大楚嗎？當然不可能，他只是一味硬闖，直到將敵人全都擊敗。他不敢猶豫，帝王的一點毛病都會被臣子放大，任何猶豫都是致命傷。決定了就要做到底，走在最前面的人，注定看不到道路，他往哪邊走，哪邊或許就是未來的道路。」

韓孺子突然間沒有可問的了，對他來說楊奉不是謀士，而是教導者。

「我這裡有一位望氣者，你要見一見嗎？」韓孺子問。

「要見。」

韓孺子叫來張有才，命他去請林坤山。

楊奉道：「我推薦兩個人，倦侯可以見見。」

「誰？」韓孺子很驚訝。

「今晚的巡營不要太嚴，第一個人會來找你。」

「孟……」

楊奉擺手，示意倦侯不要說，繼續道：「還有一個人，姓房，名大業，不太好打交道，年紀有點大，正在碎鐵城養病，如果沒死，對你或許會有很大幫助，就看你有沒有本事籠絡他了。」

楊奉一來就出題，這是第一次讓韓孺子具體去做，而不只是想。

韓孺子點頭，正要詢問這位房大業的來歷，張有才已經帶著林坤山一塊回來了。

林坤山先向韓孺子拱手，他在軍中的身份是幕僚，沒有具體官職，反而不用行大禮，見到楊奉，眉毛微微一揚。

「你認得我。」楊奉說。

林坤山笑道：「大名鼎鼎的楊奉，天下哪個望氣者會不知道？我曾經見過你的一張畫像，所以一眼就能認出來。」

楊奉盯著林坤山看了一會，「請閣下為我給淳于梟帶句話。」

「好啊，只要見到老恩師，一定傳達，楊公想說什麼？」

「告訴他收手吧，依靠旁門左道是不可能奪得天下的。」

「哈哈，楊公真瞧得起老恩師，好，我一定帶到。」

楊奉拱手告辭，居然走了。

林坤山笑著向倦侯問道：「楊公見我，就為這點小事？」

韓孺子也很奇怪，尤其是覺得自己與楊奉的交談還沒有結束，「看來是這樣。」

「也罷，我正要見倦侯。」

韓孺子衝張有才示意，讓他出帳守著。

林坤山上前道：「倦侯這一路上感受如何？」

「還好，比我預料得要輕鬆一些。」

「倭侯是輕鬆了，百姓可不輕鬆。」

「林先生有話不妨直說。」韓孺子認為望氣者有些用處，但也時刻警惕著他們的言辭。

「由馬邑城到神雄關，一路迤邐一千多里，大軍日行百里，道路是鋪好的，軍營是現成的，糧草、奴僕等等無一不備，倭侯軍中四千人，這一路上至少有四萬百姓為此勞碌。」

「嗯。」韓孺子當然知道這些東西不是憑空變出來的。

「被倭侯挫敗的那次暴亂，就是因此而起，正是秋收季節，許多百姓卻被官府徵發，為大軍修路建營，大軍住一夜即走，百姓卻要付出至少十天的時間。一旦秋糧收畢，一半多會被官府奪走，送到邊關各城，到時候，暴亂只怕還會更多。」

韓孺子沉默一會，「你現在跟我說這些也沒用。」

「當然，我只是希望有朝一日倭侯能記起我現在的話。」

「這個『有朝一日』只怕不會很快到來。」

「呵呵，未必，大勢已成，只差一個由頭。」

「大勢為何？由頭又為何？」

「不是我賣關子，能看透這兩者的只有恩師，我還差點火候，總之，倭侯記住我剛才的話就好。」林坤山拱手告辭，最後問了一句：「楊公也要去碎鐵城嗎？」

韓孺子搖搖頭：「他是北軍長史，跟我去碎鐵城無異於貶職。」

林坤山笑著離去。韓孺子卻有一種感覺，林坤山很怕楊奉，這種怕是骨子裡的，不只是因為楊奉曾經抓捕過許多望氣者。

韓孺子獨自坐了一會，讓泥鰍去叫來晁化，「到了神雄關，大家可以休息一下，夜裡只留人守門就行了，免除巡視。」晁化對這道命令有些意外，但沒有多問，出去安排巡夜士兵休息，只留少量士兵守衛營門。

張有才和泥鰍通常會輪流住在倦侯帳中，韓孺子以看書為由，讓他們去隔壁帳篷早早安歇。

他的確看了會書，經楊奉指點之後，太祖的事跡開始顯得不成章法，雖然國史盡力烘托太祖的深謀遠慮，聲稱他還是平民百姓的時候，就已經預料自己有一天會「貴不可言」，可更多的細節表明，太祖最初只想自保，起事至少三年之後才有爭奪天下的野心。

「勇往直前。」韓孺子忍不住想，太祖的那些「勇往直前」可惹下了不少麻煩，能活到最後，一半靠的是機警，另一半靠的卻是運氣。

怪不得人人都希望當皇帝，真敢嘗試的人卻寥寥無幾，成功者萬中無一，事後再看，那唯一的稱帝之人真像是冥冥之中受到某種力量的保護。

韓孺子突然明白，為什麼他與東海王會這麼受「歡迎」了，身為桓帝之子，兩人爭奪帝位的道路注定會少一半波折，可還有一半波折，隨時都可能要了他們的命。

噗，蠟燭燃盡了，韓孺子輕嘆一聲，掩書默思，心想自己不該模仿起事之前以及初期的太祖，應該關注三雄爭鋒時的太祖。

「你堅持練功了嗎？」一個好久沒聽過的熟悉聲音問道。

「練了。」

「那好，咱們比試一場，我贏了，轉身就走，從此斷絕往來；我輸了，對你說出所有實情，然後咱們來談一筆交易。」

孟娥是比楊奉更怪的人，韓孺子剛想說自己肯定不是對手，一隻手掌已在黑暗中帶著風聲拍過來了。

第一百四十六章 齊王後人

韓孺子的確有堅持練功，即使最忙的時候也沒想過要放棄，每天花的時間不多，但是極少中斷，這已經成為他的一個習慣，而且他也感受到了一點好處，從疲憊中恢復得明顯比較快，尤其是與東海王相比。

可要說打架，他學過的那點內功和幾套半生不熟的拳法，完全沒用。

孟娥一掌拍來，韓孺子連方向都無從判斷，只能以胸膛硬抗。

砰的一聲，韓孺子感到一陣氣悶，身體沒有後仰，反而前傾，他以雙手在床上撐了一下，才勉強保持平衡。

第二掌又來了，韓孺子仍然無處躲避，這回改為後仰，同樣以雙手撐起身體，沒有完全倒下。

砰砰砰，孟娥的手掌接二連三拍來，韓孺子全無招架之力，像不倒翁一樣前傾後仰，心中惱怒，可是胸口總憋著一股氣，連話都說不出來。

如此十幾次，孟娥終於住手，韓孺子大口喘息，好一會才將胸口的悶氣化解掉，正要開口，外面傳來張有才關切的詢問：「主人，需要幫助嗎？」

「不用，我已經躺下了，你去休息吧。」韓孺子平靜下來，無論如何，孟娥並無惡意。

張有才在外面哦了一聲。

等了一會，韓孺子小聲道：「妳還在嗎？」

又過去一會，孟娥回道：「在。」

「這就算比武了？」

「嗯。」

「我輸了還是贏了？」

「你要是輸了，就不會聽到我的聲音了。」孟娥沉默了一會，「你的確在堅持練功，或許也會堅持奪回帝位。你想知道什麼？問吧，我不會再有隱瞞。」

「妳和楊奉一直認識嗎？」韓孺子馬上問道。

「是他將我們兄妹介紹給太后的，那時候太后還是王妃。」

韓孺子心中一動，楊奉向來只追隨最有前途的人，看來他早就看好太后，但這件事只能以後問楊奉，於是他又道：「你們兄妹二人一個保護太后，一個……教我內功，想必所圖之事不小，到底是什麼？」

孟娥沉默了一會，「我們兄妹二人不姓孟，姓陳。」

「嗯。」陳是一個很普通的姓氏，韓孺子聽不出任何信息。

孟娥又沉默了一會，「我們是齊王的後人。」

「什麼？」韓孺子著實嚇了一跳，馬上反應過來，自己弄錯了，「哦，不是謀逆的齊王，是……與太祖爭奪天下的齊王陳倫？」

「沒錯，我們兄妹是齊王的六世孫。」

「一百二十多年了。」韓孺子不知說什麼才好。

「也不算很久，韓氏沒忘掉過去的事情，記在了國史裡，我們也沒忘記，記在了心裡。」

「你們……想復國？」韓孺子終於明白孟氏兄妹圖謀的是什麼了。

「嗯。」

「那不可能。」韓孺子脫口道，馬上換上更認真一些的語氣，「那不可能，雖然我現在不是皇帝，為了拉攏追隨者我什麼都可以說、可以做，但在這件事上我不能騙妳，任何一個韓氏子孫都不會允許陳氏恢復齊國，如果太后向你們許諾了，她一定是在撒謊。」

「我們要的不是齊國土地與百姓，而是齊國的名號。」

「我不明白……」

「大楚周邊還有許多國家，地方由我們選，只需精兵兩三萬，就能恢復齊國，不分大楚的一寸土地。」

「只是借兵而已。」韓孺子覺得這倒可以考慮一下。

「還有事後的承認，齊國願意向大楚稱臣。」

這回聽上去不是那麼離譜了，韓孺子想了一會，「即使如此，這也不是一個普通要求，大楚皇帝不會隨便派兵攻打周邊小國。」

「肯定會讓大楚師出有名。」

「好吧，假設我能幫妳，妳拿什麼交換呢？內功……我只能感謝妳，不會用幾萬精兵和一個國號來交換。」

「我給你的條件和給太后的條件是一樣的：有朝一日，當你認為值得的時候，你會有求於我，只要你開口，我會同意，那就算交易了。」

「妳曾經救過我兩次，我還沒有報答過妳。」韓孺子希望能減少「交易」中的生硬。

「那是我主動做的，內功也是贈送的，讓你知道我有多大本事，僅此而已，你不用報答，我也不需要。」

韓孺子真想告訴孟娥——其實是陳娥——無論多強的武功，都不可能用來換取建國，以孟氏兄妹的性格，也沒法統治一個國家，哪怕是個蕞爾小邦。

可他說的是：「好吧，妳會留下來嗎？」

「我會去碎鐵城，但你不用管我在哪，想找我的時候，在將軍府外牆上寫幾個『陳』字，當晚我會來見你

——字寫大一點。」

「記住了。」

「別為小事找我，當你在牆上留記號，就意味著你會同意我的條件。」

韓孺子覺得自己永遠也不可能留記號，「內功呢？妳還會繼續教我嗎？」

「你還要再練幾個月。」

「然後呢？」

孟娥的聲音消失了，跟從前一樣，來去無聲，從不打招呼。

太后歷經這麼多波折，也沒有過「必須」用到孟氏兄妹的時候，韓孺子覺得自己更不會，他需要的是軍隊、是名聲，不是一兩位江湖高手。

他默默地練了一會內功，躺下休息，終於在十步之內感受到一點安全。

次日凌晨，韓孺子被張有才叫醒，匆匆吃了一點早飯，穿上盔甲，準備出發。

楊奉與北軍眾人已經提前一步離去。

東海王也醒了，睡眼惺忪，與韓孺子在帳外相見，問道：「你還真是不怕累，我都開始希望快點到碎鐵城了，只要能連睡三天，付出多大代價都行。」

行軍很辛苦，即使不用擔心敵人的偷襲，也要早起晚睡，一切都是為了準時到達指定地點。勳貴子弟們大都疲倦不堪，許多人連盔甲都沒穿，坐在馬背上晃晃悠悠，可憐那些隨從，自己也是又累又睏，卻要看護主人的安全，不敢稍有鬆懈。

崔騰又耍賴了，被兩名隨從合力抱上馬匹，他還不高興，命令他們滾蛋，抬起頭，惡狠狠地看了韓孺子一眼，他每天早晨都這樣，隨著太陽升起，神情才會逐漸緩和。

韓孺子騎馬守在大門口，看著隊伍出營，數名軍吏站在鎮北將軍身邊，一絲不苟地查點人數、馬匹與車輛，記錄在冊。

東海王陪在韓孺子身邊，突然說：「對了，我打聽到一件事，不知你聽說過沒有？神雄關的將軍姓吳。」

韓孺子收到的小道消息多半是從東海王這裡聽來的，「姓吳？難道是……」

「正是。」

姓吳，並能受到東海王重視的人只有一個可能，此人乃是當今皇帝的親舅舅。

皇帝有三個舅舅，早年間因太子之禍被發配南疆，半年前才蒙赦回京，匈奴大舉入侵的時候，他們是第一批主動上書請戰的外戚。

「哪一位？」韓孺子問。

「吳修。」

吳修是皇帝二舅，韓孺子想了想，「跟咱們無關，北軍兵馬埋伏在關外的山谷中，不受神雄關節制。」

「那倒是，不過今日過關之後，再想回京可就難嘍。」

韓孺子看了東海王一眼，「回京要有朝廷旨意，誰守關也得放行。」

「呵呵，你說得對。」東海王微笑道。

軍吏已經提前完成了過關的一切文書往來，城門大開，其他人不准通行，四千人馬與車輛迅速過關，在城中不做片刻停留。

在城門裡，韓孺子和東海王見到了守關的武威將軍吳修，那是一名四十多歲的中年人，臉上仍有多年辛苦勞作所留下的滄桑，神情過分嚴肅。

雙方相隔十幾步，在軍吏的提醒下，互相看了一眼，點點頭，就算見過面了，誰也沒說話。

韓孺子還在城外的時候就一直在打量神雄關。神雄關建在兩座山峰之間，城牆比京城還要高聳，城池不大，街道兩邊儲物的倉庫比住人的營房更多，此地易守難攻，的確不需要太多駐軍，必要的時候，關內各地的軍隊都能過來支援，相距最近的軍隊半日即到。

穿過神雄關之後，道路下行，並且越來越曲折狹窄，韓孺子勒馬回頭望了一眼，從北邊望去，關口越發堅不可摧，忍不住讚道：「真不愧『神雄』兩字。」

東海王略顯茫然，「這裡離京城明明更近，可我卻覺得更遠了。是你帶我們出關的，別人我不管，我是一定要活著回來的，你得給我一個保證。」

「保證什麼？保證你不被雷劈著、不被石頭砸到、不被匈奴人的箭射到嗎？」

「嘿嘿，你就笑吧，看你能笑多久。」

由神雄關到碎鐵城二百餘里，快馬加鞭一日可至，大軍行進得比較慢，要走兩天。

途中每經過一處山谷，韓孺子和東海王都會親自去看看，確有兩處山谷已經平整土地，由少量士兵看守，顯然是為建營而準備，據說更遠的山谷裡還有已經成形的軍營。

東海王稍稍放心，其實他也知道，圍殲匈奴人這麼大的事情，沒人敢拿來開玩笑，他現在擔心另一件事了，「絕不能在碎鐵城過冬，打完匈奴人就走，即使不能回京，也要留在關內，關外太危險了。」

兩邊的山巒逐漸變矮，第二天中午，全軍走出山區，望見了二十里以外的碎鐵城。

蒼茫的天穹之下，城池小得像是一座帳篷。

韓孺子牢牢記住楊奉告訴他的那個人名：房大業。

第一百四十七章 殘城

時值仲秋，塞外的夜晚已有寒意，經歷多日行軍的將士們終於能夠踏實地睡上一覺，不用巡夜，也不用擔心明天要早起了。

韓孺子踏實不了，士兵們還在往營地裡搬運物品，他已經在將軍府大堂上召見了守城將官，詢問城池狀況。次日一大早，別人還在酣睡，他早早起床，帶領數人開始巡視城池。

碎鐵城於將近四十年前築成，在那之前，面對匈奴人的騷擾與進攻，楚軍處於守勢，兵力集中在長城一線，武帝決定轉守為攻之後，在塞外修建了大量城池，碎鐵城就是其中之一。

城池建在一條低矮的山嶺上，東邊緊靠一座小山，北邊兩里外是奔騰的大河，山嶺往西延伸，不見盡頭；南邊是一片荒地，一條小路伸入群山之中，連通神雄關。

西邊十餘里外還有一座流沙城，一眼就能望見；東邊的觀河城距離更近一些，被小山擋住，山頂有一座烽火台，用來彼此聯繫。但是兩座小城與烽火台都已被放棄數年，無人看守。

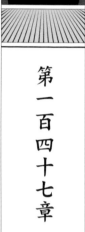

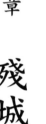

韓孺子繞城巡視一圈，城池狀況還算完好，只有個別地方需要修補，問題是原有的守城將士的確是一批老弱病殘，總數不到一千，能夠披甲戴盔、手持兵器迎接鎮北將軍的人不過兩成，其他人不是太老，就是臥病在床，根本爬不起來。

巔峰時期，神雄關外的城池有七座，河北岸還有四座，匈奴分裂之後，城池的重要性下降，武帝末期開始一座座放棄，不能走的老弱病殘幾乎都留在了碎鐵城，積累至今佔據兵員之數，卻沒有一點戰鬥力。

韓孺子命人將守關名冊全都拿到將軍府，暗中讓張有才在上面尋找「房大業」。

接著帶人出城，到河邊觀察。河不是很寬，兩岸卻比較陡峻，的確是一條天塹，沿河岸向東駛出數里就是觀河城，建在山河之間的一條狹窄通道上，非常小，長二百餘步，寬不過四五十步，卻正對著一段平緩的河床，一年當中大部分時間，對岸的騎兵都能輕鬆涉河而過。

守住觀河城，基本上就能堵住匈奴人的過河之路。可是城池已破，遠遠望去還像是一座城，近看時才發現大部分城牆都已倒塌，剩下的城牆也都不穩，隨行的碎鐵城軍人提醒鎮北將軍千萬不可靠近，一陣馬蹄聲響都可能震倒一段牆。

「當初為什麼不好好保護觀河城？」韓孺子問，如果能在這裡駐軍，抵擋匈奴人會容易得多。

碎鐵城的將官們面面相覷，反而是隨行的柴悅給出解答：「當初建城的時候，位置極佳，大概從十年前開始，春夏之間的河汛比從前高出數尺，將城基沖毀，修不過來了。」

碎鐵城原本是貯藏糧草器械的後方之城，現在卻被推到抗擊匈奴的最前沿。

河對岸還有一連串的亭障，韓孺子接受建議，沒有過河查看，據說那些亭障已經被匈奴人摧毀得只剩幾尺高了。

韓孺子回到碎鐵城，登上城牆遙望，目光所及，盡是灰、黃兩色，幾乎沒有綠意，冬天尚未到來，這裡已被四季遺忘。

「當初建城的時候一定很不容易。」韓孺子感慨道。

仍是柴悅給出回答：「建城的時候還好，幾十年前河岸兩邊有不少樹木和雜草，土石更是取之不盡，可以就地取材，到後來樹草都沒了，不要說建城，維持城牆都很難，所有東西都需要從關內運進來。」

「這就是你向我推薦的地方。」

柴悅臉色微微一紅，當初向倦侯講述伏擊計畫時，他將碎鐵城的情況做了一點美化，讓倦侯以為城池與亭障很快就能修好。

「這裡很適合伏擊。」柴悅指向觀河城的方向，「匈奴人只能從那裡攻過來，碎鐵城雖然有點殘破，至少能守十天。在山頂的烽火台上埋伏一支奇兵，等匈奴人全都過河，就將觀河城堵死，屆時南邊山谷裡的伏兵一擁而上，匈奴人無路可走，必可全殲。」

「當心匈奴人做困獸之鬥。」

柴悅又指向西邊清晰可見的流沙城，「匈奴人十有八九會向西逃亡，南方伏軍出谷後，兩萬人北上，一萬人繞行流沙城，正好將其截斷，匈奴人既不會是困獸，也逃不出伏擊。」

韓孺子也望向流沙城，他還沒去過那裡，遠遠一望，那座城的狀況比觀河城要好些，「流沙城不用派人駐守嗎？」

「依卑職愚見，不守，或者只派少量兵力駐守，讓匈奴人往那邊逃散，以免他們背水一戰，圍殲匈奴人是功勞，減少楚軍傷亡也是功勞。」

韓孺子嗯了一聲，按照大楚軍法，論功行賞時，要用斬首數量減去己方損失數量，兩者相抵，只算無功無過，如果損失更多的話，即使戰勝也要受罰。

一個上午過去了，韓孺子回府吃飯，一進大門，留在府中的張有才就匆匆迎上來，「主人快去看看吧，崔二公子又鬧起來了。」

勳貴營、部曲營就在將軍府一左一右，離得都很近，崔騰一路勞累，昨晚睡得很香甜，日上三竿才起床。吃完飯出來溜達一圈，他憤怒了，衝進將軍府，要跟倦侯說道說道，找不到人，就站在庭院中大叫大嚷。

「這是什麼鬼地方？沒酒館、沒柳巷，住在這裡是要活活憋死嗎？我要走，馬上就走！」崔騰的嗓子都啞了，看到韓孺子進院，一個箭步衝上去，雙拳緊握，滿臉怒容，突然又笑了，「妹夫，你回來了，辛苦、辛苦，我不打擾了。」

崔騰匆匆跑出院子，張有才驚愕不已，目光掃到跟隨倦侯出門的杜穿雲，一下子想起來：「崔二公子怕你！」在京城的一座荒園裡，杜穿雲曾經將崔騰挾持到一棵樹上，綁了好一會，那是崔騰最恐懼的記憶之一，自從兩天前在神雄關見到杜穿雲之後，他就一直躲著走，今天也是如此。

杜穿雲撇撇嘴，毫不在意。

吃完飯後，韓孺子召集所有七品以上將官與軍吏，一是佈置守城任務，二是商討如何練兵，他可不想在城內枯等匈奴人到來。

正好他從南軍借調的幾個人也趕來了，為首者是南軍教頭劉黑熊，曾經在宮裡傳授武功，韓孺子對他印象一直不錯，因此特意要來，還有三人是劉黑熊自己挑選的副手。

下午即將過去，韓孺子宴請眾將，結果這邊的酒菜剛擺上來，崔騰又惹事了。趁著全體將官與主帥正在議事，他竟然召集十餘名勳貴子弟，帶著他們的二十多名隨從，騎馬衝出碎鐵城，一路向南逃去。

這對韓孺子是場考驗，追捕逃兵很容易，如何妥善處置、堵住悠悠眾口才是難題。眾多目光都看向年輕的鎮北將軍，等他下令。

韓孺子向前來報信的城門小吏問道：「逃走者實際有多少人？」

小吏算了一會，「三、三十六人。」

「馬匹呢？」

「也是三十六匹，他們沒帶多餘坐騎。」

「馬上可有多餘包裹？」

「有一些……不是很多，大部分馬上只有人。」小吏努力回想當時的場景，才能回答將軍的提問。

韓孺子點點頭，其實心裡不是很有底，詢問小吏只是一個過場，他的判斷源於對崔騰的瞭解，崔家二公子可不懂什麼叫深思熟慮，向來是說做就做，在京城、在大軍之中，他通常能夠成功，可這裡是塞外，百里之內荒無人煙。

「緊閉城門，沒有我的命令，一人一馬不得進出。」

「是。」小吏退下，惶惑不安。

小吏只守一座城門，其他城門還是需要傳令官正式送去命令，韓孺子對剩下的將官笑道：「無妨，不到明日天亮，他們都會回來，大家不必拘禮，開懷暢飲吧。」

當著曾經的皇帝、如今的倦侯與鎮北將軍，大部分人還是要拘禮的，只有部曲營的晁化等人大吃大喝。

宴席很快就結束了，韓孺子只好承認，如何與這些行伍老兵相處，他還沒找到訣竅，反倒是柴悅，跟這個交頭接耳，與那個推杯換盞，混得都很熟。

韓孺子回後院休息，撞見了東海王。東海王身份特殊，所以總是住在倦侯隔壁，但他無官無職，沒有參加宴席。

「守城第一天，感覺怎麼樣？」東海王笑著問道。

「你沒跟崔騰一塊走？」

「他倒是找過我，我勸他說，此地距神雄關二百里，途中幾乎沒有落腳之地，就算到了關口，沒有文書也過不了關，可他不信，以為喊著『崔太傅』三個字什麼都能解決，天上會掉下食物，城門也會自動打開。唉，我在他眼裡真是崔家的叛徒了。」

崔太傅與冠軍侯勾結，利用柴家攻打河邊寨一事，外人並不知曉，崔騰更不知道，還以為東海王與崔太傅的「甥舅情深」一點沒變呢。

東海王雖未赴宴，卻已聽說韓孺子的閉城之令，嘆過氣之後，正色道：「你的膽子也太大了，崔騰他們跑不出多遠，我更擔心他們回不來，到時候你怎麼……交待？」

崔騰若是傷著，或者死了，的確會是一個大麻煩，韓孺子抬頭望著晴朗的夜空，「碰碰運氣吧，真有意外，我只好不回關內了。」

東海王明知這是一句玩笑，還是回道：「你不回，我必須回去，你在這邊有『皇后』，我可是一無所有。」

韓孺子哼了一聲，回到自己的房中。

桌子上點著油燈，還有一本翻開的簿冊，跟進來的張有才說：「找了半天，原來房大業非兵非將，而是名囚徒。」

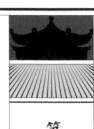

第一百四十八章
囚犯

沒等到天亮，崔騰一夥人後半夜就回來了，敲擊城門、大叫大嚷，要進城休息，崔騰一點也不覺得自己違犯了軍法，公開向同伴嚷道：「下回再走，記得多帶幾匹馬，還有乾糧和水，你們這幫沒用的傢伙，也不提醒我一聲。」

城門緊閉，等外面的人稍稍安靜，門樓上的軍吏大聲說道：「沒有鎮北將軍的命令，任何人馬皆不得進出城門。」

「妹夫生氣了。」崔騰不以為意地笑道，向上喊道：「那就去通知鎮北將軍，告訴他我回來了！」

門樓上的軍吏回道：「將軍休息了，說只要不是匈奴人進犯，誰也不准打擾他，你們是匈奴人嗎？」

崔騰大怒，嘴裡罵罵咧咧，又是威脅又是勸誘，門樓上的軍吏一開始還回話，最後乾脆連人影都不見了。

沒多久，崔騰累得喊不出話，城外諸人面面相覷，塞外的夜晚寒風呼嘯，雖說是荒涼之地，隱隱似乎有猛獸潛藏……累、渴、餓、懼四樣俱全，崔騰的脾氣又倔起來，大聲道：「跟我走，就算死，也不能死在這。」

崔騰調轉馬頭，又向南方馳去，除了他的兩名隨從，其他人全都猶豫不決，互相看著，沒有追隨。

一刻鐘後，馬蹄聲響，崔騰回來了，怒不可遏，舉著馬鞭披頭蓋臉地甩去，「叛徒！全是叛徒！你們跟東海王一個德性。」

眾人也不敢躲，只能以手護臉，等他怒氣稍減後，一名同伴說道：「等天亮城門就開了，咱們還是……等會吧。」

崔騰又罵了一會，可他也沒有別的辦法，再跑下去，人受得了馬也受不了，只得下馬，靠著城門站立，他在裡面，其他人圍在外面，馬匹在最外一圈，稍稍抵擋風寒。

「韓孺子……」崔騰一邊發抖，一邊詛咒妹夫不得好死。

苦捱了一個時辰，天色終於放亮，城門卻沒有開，崔騰實在沒力氣，讓別人大聲叫喊，門樓上又有軍吏探頭出來，回道：「沒有將軍的命令，城門白天也不開。」

受怒火刺激，崔騰又恢復了一點力氣，跑出十幾步，轉身指著門樓大罵，可上面的軍吏已經躲起來，只有幾面旗幟無精打采地飄揚。

崔騰很快便敗下陣來，向南望去，只見崇山峻嶺綿延不盡，轉看別的方向，唯有風吹沙起，目力所及，近在咫尺的碎鐵城是僅有的人類建築，西邊似乎還有一座小城，但他已經跑不動了。

既疲憊又委屈，崔騰突然放聲大哭起來，不僅周圍的同伴嚇了一跳，門樓上也有人探頭出來觀看。

一名勳貴子弟小心地上前勸道：「二公子，咱們不如……負荊請罪吧。」

「會有用嗎？」崔騰抽泣道，他現在只想進城，什麼手段都能接受。

「肯定有用，鎮北將軍沒有派人將咱們抓進城，那就是在等咱們認錯呢。」

「我、我就是想回家，有什麼、什麼錯？」

那名勳貴子弟的嘴唇都被風吹裂了，強行擠出微笑，「有錯沒錯不重要，先認了再說。」其他勳貴子弟也上來相勸，崔騰多了幾分面子，擦去眼淚，問道：「我不會被笑話吧？」

「誰敢笑話二公子啊？」眾人七嘴八舌地說，同時伸手將崔騰按在地上，然後他們也跟著跪下。崔騰半推半就，真跪下之後覺得比站著還要舒服些，大聲道：「求你們轉告鎮北將軍，就說我認錯啦，瞧，我已經跪下求饒了。」

門樓上的人頭很快便消失了。

崔騰靠在一名隨從身上，對關係最好的一名同伴哼哼道：「我要是死在這裡，你一定要將我的屍骨送回京城，一定，明白嗎？」同伴哭笑不得，只好點頭，含糊應允。

又過了兩刻鐘，城門終於打開，出來一隊士兵，崔騰一喜，正要站起來，被左右拉住，好不容易可以進城，絕不能再得罪鎮北將軍了。

一名將官宣讀了鎮北將軍的命令：所有逃兵都要去修理城牆，一共三十六人，運土石若干。

崔騰等人只想進城，哪還在意處罰是什麼，立刻磕頭謝恩，然後在士兵的押送下進城，沒有去往勳貴營，而是直接拐向南城倉庫。

休息了小半日，吃了一頓粟菜粥，從午後開始，三十六名逃兵開始跟城中的奴隸一塊勞作，搬運土石，加固破損的城牆。

看著裝滿泥塊的柳條筐，崔騰傻眼了，「妹夫來真的啊。」

一名隨從小聲道：「二公子，忍忍吧，我們已經打點好了，您扶著筐意思一下就行，我們雇人替您完成規定的量。」

碎鐵城中的奴隸有二百多人，基本上都是發配到塞外的囚徒，女犯洗衣舂米，男囚幹粗活，崔騰等人與一百四十餘名男囚編為一營，修理南城的一角，那裡裂開一道口子，重建是不可能的，只好在城內堆放土石防止牆破。

雖說不用親自抬筐，可是吃得差、睡得少。兩天過去，崔騰苦不堪言，又想逃跑，可這回沒人跟他走了，連兩名隨從都勸他別再折騰。

第三天，韓孺子來探望崔騰。崔騰想了一百種辦法狠狠報復此人，可是一見面，他卻忍不住哭了，淚水越流越多，哀求道：「放過我吧，妹夫……」

韓孺子有備而來，冷冷地說：「逃兵乃是死罪，罰你們勞作一月，已是寬宏大量。」

「一個月？」崔騰看看渾身塵土，覺得自己連一天都堅持不下去，「換種處罰吧，實在不行……把他們殺了吧，我記得從前好像有過替死的例子。」

兩名隨從嚇得腿都軟了，撲通跪下，「二公子，我們一直忠心耿耿……」

「我知道，現在又是你們效忠的時候了，我會記得你們兩個的。」崔騰只想著讓自己擺脫困境，顧不得別人的死活。

韓孺子沒想殺人，扭頭問跟來的軍正：「還有別的處罰可以替代勞作嗎？」

軍正回道：「有爵削爵，無爵也可以錢贖刑。」

「我有爵有錢！」崔騰眼睛一亮，「原來還可以這樣，你倒是早說啊。」

其他勳貴子弟也湊過來，都願意以爵、錢贖刑，聰明一點的更願意交錢，他們的爵位都不高，但是一旦被削，今後還得重新爭取，比交錢麻煩多了。

削爵要經過朝廷許可，罰錢比較方便快捷，軍正給出數額，隨從的罰金都算在主人頭上，十二位勳貴子弟帶來的金銀不夠，記在帳上，算是欠債。

眾人灰頭土臉，可事情還不算完，鎮北將軍說：「你們雖然只在這裡勞作兩日，卻得到過不少幫助，就這麼走了可不行，應該宴請眾人，以示感謝。」

「都是花錢雇的，一點都不便宜……」崔騰還想解釋，其他勳貴子弟已經忙不迭地同意，所需錢物，照樣記帳。

碎鐵城裡沒什麼好東西，能吃上醃肉、臘肉，喝上幾碗酒，對終年勞作的囚犯們來說就是一次極大的改善了，二百多人在城牆下席地而坐，大吃大喝，不少人端著酒過來感謝鎮北將軍和出錢的勳貴子弟們，崔騰等人苦笑應承。

處罰逃兵只是韓孺子的一個目的，他來此是要見一個人，楊奉特意向他推薦的房大業。

大多數囚犯都過來敬酒，膽小些的跟著別人一塊來，站在後頭喝口酒，就算完成了任務，只有極少數人不肯過來，不是太老，就是太橫，就算皇帝親臨，他們也只管吃喝。

房大業兩者兼而有之，身材魁梧高大，坐在人群中頗為醒目，頭髮草草地繫成一個圓髻，一束黑白相間的鬍鬚卻打理得一根不亂直垂腰間，臉色不太好，像是重病未癒，飯量卻不小，動作不急不徐，眼前的酒肉消失得比別人都要快得多。

韓孺子已經下令這頓飯要管飽、管夠，於是士兵不停添酒添肉，有人好心提醒房大業該去感謝一下將軍，他卻連頭都不抬。

韓孺子正想著怎麼將房大業叫過來問話，身邊的軍正早已注意到鎮北將軍的目光，小聲道：「唉，可惜了一員猛將，竟然淪落到與囚徒為伍。」

「猛將？你在說那個老頭子嗎？他有什麼事蹟，配得上猛將之稱？」

軍正臉色微變，訕笑道：「卑職也是聽別人亂說，當不得真。」

韓孺子沒有追問，等宴席進行得差不多了，他說：「將軍府後院的牆也不牢固，找五個人修修。」

「是。」軍正應道，明白鎮北將軍的意思。

韓孺子回府，崔騰等人歸營，無顏見人，在房間裡躲了兩天才出來參加騎兵訓練，從此老實許多。崔騰偶爾還有胡鬧的心思，卻沒人應和了。

韓孺子沒有立刻召見房大業是有原因的，他查問過，早年房大業一直在邊疆效力，積功升遷，加上年事已高，被派往齊國擔任武職，齊王意欲造反，為了迷惑朝廷，特意派房大業護送世子進京。

齊王世子被抓入獄，房大業一開始並未受到牽連，他只要什麼都不做，就能順利躲過此劫，可是誰也想不到，這位六十多歲的老將，竟然帶領十幾名亡命之徒，想要劫獄救出齊王世子。劫獄失敗了，房大業的親友上下打點，才讓他免除死罪，發配邊疆，永不錄用。

韓孺子還記得齊王世子，心裡明白，房大業對自己大概不會有好印象，楊奉給「學生」出了一道難題。

第一百四十九章　頑石

在將軍府裡修牆，比在外面運送土石輕鬆多了。幹半天休半天，伙食有酒有肉，被選中的幾名囚徒喜不自勝，都以為這是天上掉下來的餡餅，不多吃幾口就是巨大的浪費。

房大業是個例外，自從來到碎鐵城，他就沒笑過，也沒抱怨過，幹活、吃飯，極少開口，更不與其他人聊天。

大家聽說此人曾經是一位將軍，都讓他三分，而且也有點害怕他的體格，老人六十多歲了，肚子高高鼓起，臉上、手上的皮膚也變得鬆弛，但他的腰和背還沒有彎，無論是站是坐，都像一塊扎根的頑石，非得用鐵錘才能砸出幾個坑窪。

將軍府的圍牆維護的比城牆好得多，用不著怎麼修繕，五名囚徒再怎麼偷懶，第四天也做完了。

這種小事用不著將軍關心，可韓孺子還是親自來查看一番，表示很滿意，然後對五人說：「你們就留在府中做事吧。」

對囚徒來說，這是天降之喜，除了房大業，其他四人都跪下謝恩。

韓孺子離開，張有才和杜穿雲留下，給五名囚徒分派任務，張有才要走四人，杜穿雲選中一個。

「年紀大了點，個子倒是挺高，還穿得動盔甲嗎？」

房大業深深吸進一口氣，吐出一個字：「能。」

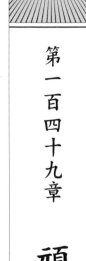

「將軍缺一名旗手，聽說你從前當過兵，會舉旗嗎？」

「會。」

杜穿雲嘿嘿一笑，掩飾不住心中的得意，問道：「將軍讓我當侍衛頭兒，你覺得我像嗎？」

房大業冷冷地看著少年，沒有回答。

鎮北將軍的旗幟有十幾面，其中一面是長幡旗，上面寫著「大楚鎮北將軍倦侯榆」幾字，別的旗幟分場合出現，這面長幡幾乎總是跟在倦侯身後，只要他一出大門，就得有人舉幡跟隨。

房大業的新身份就是旗手之一，他不拒絕，也沒有顯出半點高興，換上鎧甲，持幡騎馬跑了一圈，就算合格了。

匈奴人尚未出現，韓孺子每日裡仍忙忙碌碌，天天出門查看地形或是監督軍隊的訓練。他去了一趟西邊的流沙城，那也是一座很小的城，建在山嶺末端，不受河水浸泡，保持得比較完整，正對著一段河曲，據說這段河平時水流湍急，足以阻止入侵，入冬之後河面凍結，兩岸平緩，騎兵可以輕鬆踏過。

匈奴人很少在冬季入侵，這座以防萬一的小城，在三年前遭到放棄。

隨行的柴悅非常肯定，匈奴若要進攻碎鐵城，必在入冬之前，因此流沙城不用守衛，韓孺子也不想分兵，於是在城外繞了半圈，看了看周圍地形就離開了。

士兵訓練進行得如火如荼，碎鐵城原有的守兵基本無用，大將軍韓星指派的兩千騎兵成為主力。

韓孺子的私人部曲跟著教頭劉黑熊練拳、練刀槍時幾乎個個出色，但與馬軍校尉蔡興海學習陣列時，卻頻頻出錯，總是不習慣按照旗鼓的命令行事，騎馬跑不出多遠就會亂成一團。

勳貴營與此正好相反，將近五百名年輕人，最大的二十來歲，小的才十三四歲，舞刀弄槍時全都拈輕怕重，追隨旗鼓時卻絲毫不亂，他們從小就被父兄抱著參加過各種各樣的儀式，早就懂得複雜的軍令。

日子一天天過去，夜裡一天冷過一天，離入冬還有二三十天，匈奴人一直沒有出現，碎鐵城與神雄關幾乎每日都有信使往來，韓孺子得到消息，匈奴人還處於分散狀態，在東部富饒之地騷擾郡縣，似乎沒有西襲之意。

柴悅仍堅信匈奴王子札合善會來找倦侯報仇。

韓孺子經常觀察自己的老旗手，可房大業從不多嘴多舌，半個多月了，他只說過寥寥幾句話，無非「是」、「嗯」、「好的」等簡單的應承之語。

有一次觀看勳貴營練習衝鋒時，韓孺子隨口問了一句：「這些將士還不錯吧？」房大業等了好一會，發現鎮北將軍的目光一直盯著自己，便沉悶地回道：「一群孩子。」

他再不肯多說一個字，也不做解釋。

韓孺子自己就很年輕，聽到這句話輕輕一笑。

東海王憑藉王號與幕僚身份，通常不參加訓練，這天正好也跟著鎮北將軍出行，晚上一塊吃飯時，提醒道：「我知道那個老傢伙的來歷，你想用他？嘿，不是我烏鴉嘴，打仗的時候，他不在你身後戳一槍，就算好人。誰都知道，房大業忠於齊王，與齊王世子更是情同父子，你在勤政殿斥責過齊王世子，朝中上下皆知，房大業肯定視你為仇人。」

要不是楊奉推薦，韓孺子肯定會與房大業保持距離，現在卻當成一道有意思的難題，非要一點點靠近他、籠絡他不可。

「房大業大半輩子都在邊疆效力，為何會如此忠於齊王父子？」

「得到的好處多唄，他打了那麼多年的仗，也沒封侯拜相，說明他的本事一般，在大楚眾多將帥之中，頂多算是二流，到了齊國，卻被當成一流名將對待，他自然感恩戴德。」

韓孺子笑笑，他對房大業瞭解不多，卻覺得他絕對不是一個會在背後捅槍的復仇者。

東海王發出「預言」的第二天，頑石般的房大業終於稍稍鬆動。

韓孺子沒做努力，激起老將軍鬥志的人是柴悅。

柴悅以參將身份輔佐鎮北將軍，每日不離左右，經常對練兵、守城、地形、匈奴人習性等事項發表看法，韓孺子大都認可，極少反駁，其他將領更是敬佩不已，甚至稱讚柴公子會是未來大楚的名將。

這天上午，隔河查看對岸的地形時，柴悅說：「匈奴人擅長突襲，經常連續奔馳數天數夜，出其不意地出現，楚軍若無防範，常常會被打個措手不及。札合善王子肯定正在說服眾部，入冬前，必然要對碎鐵城發起進攻。」

伏擊之計是柴悅提出來的，他經常預測匈奴人的戰術，倒也頭頭是道，韓孺子挑不出錯，連那些老將老兵也無從反駁。

今天卻有人表示輕蔑。

不知是聽得太多，還是心情不好，持幡守在倦侯身後的房大業，從鼻子裡重重地哼了一聲，別人沒注意，韓孺子卻聽得清清楚楚，當時也不開口，完成一天的巡視，打道回府之後，他命人將旗手房大業叫進後堂。

碎鐵城裡的一切都很破舊，將軍府裡的擺設也是一樣，椅子上鋪著的獸皮千瘡百孔，韓孺子有點疲倦，坐在上面覺得挺舒服，喝了一杯茶，對站在書案前的老旗手說：「你不贊同柴將軍對匈奴人的看法？」

鎮北將軍親自問話，房大業不能不答，濃密的鬍鬚裡傳出悶悶的聲音：「不贊同。」

「我想聽聽你的看法。」

「我的看法不重要，將軍沒必要聽。」

「有沒有必要我自會決定，你只需要說。」

房大業不吱聲，神情既不是糊塗，也不是高傲，而是如同頑石般冷硬，好在後堂裡沒有別人，否則的話會顯得很尷尬。

韓孺子微笑道：「老將軍也是守城一兵，擊敗匈奴人，自然有你的功勞，甚至能夠以功抵罪，讓你回鄉與家人團聚……」

「『永不錄用』——將軍不明白這四個字的含義嗎？」

「我用你當旗手了，好像也沒什麼事。」

「這是塞外，天高皇帝遠，你能讓我當旗手，能改名籍嗎？我還是戍邊的囚徒，再多、再大的功勞也與我無關。」

韓孺子的確不能改動房大業的名籍，那需要朝廷的許可。

韓孺子身體前傾，「功勞與你無關，存亡也無關嗎？」

房大業又不吱聲了，兩人就這麼對視，好一會之後，房大業開口道：「齊王父子兵敗身殞，我早就應該去地下追隨。」

「你是大楚將士，卻忠於叛王賊子，實在令人不解。」韓孺子頓了頓，「也為人所不齒。」

房大業站在那裡一動不動，突然轉身，大步向外走去，連句告辭都沒有。

次日上午，韓孺子召集眾將，宣佈他要親自率兵過河打探敵情，命令他們即刻制定計畫，明日出發。眾將大吃一驚，不敢勸說，都看向柴悅。

柴悅上前道：「城東的烽火台足夠高，能望見對岸的情況，將軍不必親身涉險，若是非要過河，派斥候足矣。」

韓孺子搖頭，「你說匈奴人入冬前幾天才會來突襲，那對岸此時就不會有匈奴騎兵，何險之有？楚軍至此，是為了與匈奴人一戰，不只是今年，還有明年，守城終非長久之計，早晚要過河突襲匈奴，而不是等匈奴人來突襲。」

柴悅想了一會，「對岸原是楚地，地圖詳盡……」

「地圖再詳盡也不如親眼所見，我意已決，諸位盡職。」

將官們開始安排過河計畫，又有好幾個人來勸說韓孺子，都被他駁回。

第二天一大早，韓孺子率領二百騎兵出發，這次巡查不走遠，每人只帶兩日口糧。經由觀河城小心翼翼過河，韓孺子勒馬等候後面的隊伍跟上，向身後的旗手笑著問道：「怎麼樣？」

房大業雄獅般的臉上毫無表情，冷冷地說：「一群孩子。」

第一百五十章　初見匈奴人

二百名楚軍清晨過河，差不多一個時辰之後，來到一處廢棄的亭障附近，在這裡兵分四路，分別去往不同方向伺察敵情，相約明日午時回此地匯合。

碎鐵城守軍好幾年沒有過河了，只有一些老兵還記得地形，就由他們擔任嚮導。

每個方向五十名士兵，再分成或五人一組，或十人一隊，相隔數里，時近時遠，以前後能夠互相望見為限，揮旗為號。韓孺子是主帥，留在身邊的人比較多，加上他共是二十人。

韓孺子負責伺察東方，繞過一座小山，沿河岸前進，他這隊位於最後方，前方的數支小隊經常停頓，卻一直沒有發現什麼。

杜穿雲對這次行動非常興奮，每次停頓都要問東問西，通常得不到解答，等到追到前方，往往發現引發停頓的只不過是一堆很久以前留下的石堆，或是幾塊被曬乾的馬糞。

楚軍在河北留下的痕跡還沒有完全消失，第一天的行程中，見到不少遺留的物品。

天黑將近，隊伍停下，聚在一起，各小隊在外，將軍在內，相距半里左右，不生火，不准喧嘩，先餵飽馬匹，然後裹上毯子就地休息。

杜穿雲的興奮勁沒了，不敢大聲說話，只能小聲問道：「斥候就是做這種事的？好像沒什麼用啊，一整天也沒走出多遠，比行軍還慢。」

「這種事不是一兩天能完成的。」韓孺子同樣小聲回答，他看過書，聽過老兵的講解，知道得稍多些，「咱們行進到這裡，留下標記，下一批斥候就不用走得這麼小心謹慎了，可以快速行進，然後繼續向前深入，直到百里以外。」

杜穿雲點點頭，韓孺子藉著月色看向不遠處的房大業，伺察敵情通常用不著遠至百里，他想聽聽老將的看法。房大業龐大的身軀微微起伏，像是睡著了，一個字也不肯多說。

第一次伺察圓滿完成，各個方向都沒有發現敵蹤，韓孺子要證明這不是小孩子的突發奇想，於是將伺察行動正規化，所有將士輪流參與，動貴子弟也不例外。

有了崔騰的前車之鑑，沒人敢公開反對，但動貴就是動貴，手眼通天，自然有人替他們說話。

這天下午，神雄關照例又來了一位信使，與之前不同，帶來的不只是普通文書，還有守關將軍吳修的一封信，在信裡他客氣地請求借調十多人充當幕僚，北軍大司馬簽發的調令隨信送達。

這十多人都是有名的動貴子弟，但是沒有崔騰，他是南軍大司馬之子，走不通冠軍侯和皇舅吳修這條路，不知為什麼，崔太傅一直沒有對這個兒子表現出關切。

韓孺子找來主簿，讓他寫一封措辭更加客氣的回信，自己口授大概主旨：碎鐵城孤懸塞外，守城者只嫌少不嫌多，一個人也不能放走。他還讓主簿提醒吳修，鎮北將軍直接受大將軍韓星的指揮，北軍大司馬職位雖高，卻不能隨意調動鎮北將軍的部下。

第二天，名單上的十多人都被派出去參加伺察，時間長達六天，多帶馬匹與糧草。崔騰幸災樂禍，公開嘲笑這些弄巧成拙的動貴子弟，於是也被派去伺察。韓孺子又一次親自帶隊。

離冬天越來越近，匈奴人遲遲沒有進攻跡象，柴悅畢竟經驗不足，心中著急，也參加了行動，帶隊去往另一個方向。

人數增加到四百人，每隊一百人，多帶三四十匹馬，專門用來馱運糧草，每名士兵自己還要攜帶一部分口糧。

這不是踏青遊玩，既看不到賞心悅目的景色，也不能享受美酒佳餚，所謂口糧就是硬梆梆的麵餅和炒米，每人有一囊酒，頂多能喝三天，剩下的日子只能就地取水。

崔騰等人不好管束，都被韓孺子留在身邊。兩天過去，這些人變了模樣，嘴唇開裂、臉色蒼白，一個接一個地向倦侯認錯，指天發誓，絕不是自己想回神雄關，是他們的父兄私自做主。

崔騰反而看開了，不求饒也不抱怨，看什麼都新鮮、嘿嘿直樂。一天下來，不僅喝光了自己的一囊酒，還與杜穿雲化干戈為玉帛，他願意問、有過經驗的杜穿雲願意答，兩人很快就盡棄前嫌，杜穿雲甚至將自己的酒分給崔騰。

第三天中午，隊伍望見一片草原，草已微黃，一望無邊，又值天高氣爽，越發令觀者心曠神怡。

「大楚為什麼不在這裡建城？比鳥不拉屎的碎鐵城好多了？」崔騰眼前一亮，拿起酒囊喝了一口。他和杜穿雲的酒都沒了，從別人手中搶來一囊，威脅對方不准向鎮北將軍告狀。

「嫌遠唄。」杜穿雲回答習慣了，即使不懂，也要給出猜測。

韓孺子第一次走這麼遠，心情很好，笑道：「建城要看地勢，碎鐵城地處荒涼，但是北靠河、東倚山、南通神雄關，可攻可守。此地一馬平川，匈奴騎兵說到就到，後方來不及援助。」

「匈奴人可別現在到。」崔騰臉色微變。

之前的斥候已經到過這裡，留下一堆石塊作為標記，進入草原之後行軍速度明顯放慢，再走一天，明天午時之後就可以調頭回去了。

這天傍晚，最前方的小隊傳來旗語，他們發現了異常，不久之後，又有旗語傳來，表明事態嚴重，後面的隊伍要做好迎戰準備。

雖然在碎鐵城已經演練多次，真到了這種時候，人人都有點緊張，甚至害怕，就連平時最為好奇的崔騰和杜穿雲，也沒有問東問西，而是立刻聚到鎮北將軍身邊。

韓孺子向房大業瞥了一眼，老旗手面無表情，一點也沒將前方的異常當回事。

前方的一名斥候騎馬跑回來，報告說在五六里之外發現數頂帳篷，不像兵營，很可能是普通的放牧者。

匈奴人不分軍民，牧人通常跟隨軍隊四處遷徙，可也有少數人因為種種原因離群。

韓孺子下令再探，與隨軍的一名將官快速制定進攻方案，匈奴人之間常有往來，抓幾個人或許可以問出札合善王子的動向。

進攻始於傍晚時分，夕陽半落，一百人分為三隊，一隊衝擊，兩隊攔截，太陽完全落山之前，進攻結束。一共三頂帳篷、七名匈奴人、數十頭牛馬，驟遇楚軍，匈奴人上馬就跑，中途全被攔截，立刻被送到鎮北將軍這裡。

韓孺子並未參與進攻，與十幾名侍衛在遠處遙望，戰鬥比他想像得要簡單，幾聲吆喝、數里奔馳，一切就告終結，他甚至沒看清那些匈奴人是怎麼被抓住的。

勳貴子弟們都留在他身邊當侍衛，一開始慶幸不已，發現戰鬥如此簡單，他們後悔了，崔騰帶頭，一個個都要去參加掃尾戰鬥，韓孺子全都拒絕，最後只派他們跟一些士兵去搜索帳篷。

七名匈奴人被帶來，兩名婦人、三個不到十歲的孩子、兩名白髮蒼蒼的老人，遠遠看他們騎馬逃躥的利索勁，韓孺子可沒料到會是這樣一群人。

婦人和老人下跪求饒，三個孩子被士兵推倒，他們的話韓孺子一句也聽不懂，隊中通譯上前道：「他們說自己不是士兵，求將軍放過他們。」

「問問他們匈奴人的動向。」韓孺子走到一邊，夜色正在迅速變深，今天不用再前進了，於是他下令就地休息，按照規矩，敵人的帳篷輕易不可使用。

他希望這些匈奴人能提供一點有用的消息，在碎鐵城準備了一個多月，他也期盼能有所成就。

通譯很快走來，「他們自稱是從西邊過來的，一個多月前見過匈奴人大軍向西撤退，但是沒見過留下來的匈奴騎兵。」

「匈奴人西撤，他們為何要東進？」

通譯撓撓頭，「他們說西邊鬧鬼，所以逃到東邊避難。」

「鬧鬼？」

「匈奴人的說法，大概是蝗災、旱災一類的吧。」通譯也問不清楚。

韓孺子正想讓通譯繼續詢問，帳篷那邊傳來一聲歡呼，好像是發現了什麼好東西。韓孺子又向房大業瞥了一眼，這正是老旗手所謂的「一群孩子」。

一名勳貴子弟騎馬先跑回來，遠遠地喊道「抓住了、抓住了。」駛到近前勒住坐騎，興高采烈地說：「抓住一名大楚的叛徒。」他突然想起了什麼，急忙收起臉上的興奮，「哦，可能還是將軍的熟人。」

不久之後，韓孺子帶著杜穿雲進入一頂帳篷，崔騰等人手持刀劍圍成半圈，見他進來，讓開一條通道。

帳篷裡很暗，有人點燃了一截蠟燭握在手裡，昏暗的燈光照亮了躺在地上的一個人。

那是金垂朵的大哥金純保。

他看上去很虛弱，雙手、雙腳都被皮索捆著，看樣子將他俘虜的是那些匈奴婦孺。

崔騰搖晃手中的刀，說道：「將軍，您是最守軍法的人，從前放過金家人一次沒什麼，這回是兩軍交戰，您不會再放人了吧？對我們，您可從來沒這麼寬宏大量過。」

韓孺子沒有回答，盯著金純保的眼睛。

金純保顯得有些茫然，好一會才認出面前的人是誰，身子一挺，猛地坐起來，大聲道：「倦侯，快去救人……不不，快跑，跑得越遠越好！」

第一百五十一章 匈奴人的誘兵之計

金純保手腳上的皮索被解開，喝了一小口酒，緩緩神，講述自己的經歷。

幾個月前，金家兄妹三人和一個丫鬟進入草原，很快就與匈奴人遭遇，說明身份之後，被送到東單于的大營裡。

他們來草原尋找自由，結果找到的卻是另一個「大楚朝廷」。

「東匈奴也分裂了。」金純保沮喪至極，尤其是面對一群熟識的勳貴子弟，這些人曾經在京城嘲笑、欺侮過他，現在又看到他最為狼狽的一面。

武帝時期，匈奴分為東西兩部，西匈奴堅持與大楚為敵，結果連續兵敗，被迫西逃至數千里之外，多年來杳無音訊，東匈奴則向大楚稱臣納貢，數十年間相安無事。

就在這數十年間，東匈奴內部發生了明顯的分化，普通匈奴人仍然過著逐水草而居的生活，包括東單于在內的大批貴族則定居在河內地區，用馬匹、獸皮等物換取關內的衣食器具，除了每年固定季節進入草原狩獵，他們基本上與放牧無關。

齊王謀反的時候，曾向匈奴人許下慷慨的諾言以換取幫助，匈奴貴族們心動了，他們已經習慣了定居生活，早就覬覦關內的花花世界，自知實力不濟，敢想卻不敢做，齊王給了他們一次機會。

可是貴族們需要騎兵，大量的騎兵。

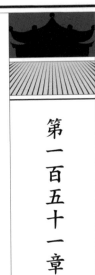

北方的牧民年年納貢，為的就是換取和平，聽說要徵兵打一場勝負難料的大戰，許多人選擇了逃亡，許多部落向北、向西遷徙。

為了徵集到足夠的騎兵，並阻止部落潰散，東匈奴花了不少時間和精力，等到大軍終於集結，齊王已經兵敗。

好不容易組建起來的大軍不能說散就散，於是在經過激烈的爭吵之後，匈奴人向大楚發起了進攻，奪到不少財物，好歹滿足了一些貴族的野心。

等到楚軍主力趕到，匈奴人害怕了，尤其是那些參戰而沒有分到多少戰利品的普通士兵，他們大量逃亡，東單于不得不率軍退縮，他必須先平定草原各部的叛亂，集結更多的騎兵，才能與楚軍一戰。

也有一種說法，年老的東單于根本不想與楚軍決戰，他放縱騎兵逃亡，以此為藉口避而不戰。另一批匈奴貴族卻堅信大楚已經衰落，該輪到匈奴復興了，草原人缺少的不是騎兵而是膽量，只要取得幾場以少勝多的戰績，就能重新喚起所有引弓之民的雄心，擊敗腐朽的數十萬楚軍不在話下。

王子札合善就是這一派貴族的代表，他的野心不止於此，甚至夢想著統一整個草原，不再分什麼東西匈奴。瞭解金家人的來歷之後，札合善覺得這是一個機會。

金家的祖先是匈奴右賢王，與西單于是近親，札合善愛慕金垂朵的容顏，還想利用金家的身份聲索右賢王之位，於是見面第二天就派人前來求婚。西匈奴早已不知去向，右賢王也只是一個中斷數十年的名號，札合善此舉無非是為了抬高聲望，以便在老單于升天之後爭位。

金垂朵毫不猶豫地拒絕了，札合善四十多歲，妻妾成群，對金家也沒有真正的尊重，她當然不願意嫁過去。

對於任何一位匈奴王子來說，求婚遭拒都是一件很丟臉的事情，札合善身為東單于勢力最強的幾個兒子之一，尤其不能忍受這樣的恥辱，在數次勸說無效之後，他宣佈要在草原降下第一場雪的時候迎娶金垂朵，無論生死。

金家兄妹想逃走，幾次嘗試都以失敗告終，反而被看管得更嚴，金純保一開始表現得比較順從，獲得了札合善的信任，就在幾天前，他帶著弟弟、妹妹再次逃亡，結果遇到阻截，他僥倖逃出來，卻與弟、妹失散。

金純保對草原不熟，也不知該去投奔誰，騎著馬一路亂闖，終因體力不支摔下馬，被一家匈奴牧民救下。他不太會說匈奴話，這家人以為他是楚地來的逃兵，於是捆綁起來，打算交給匈奴貴族領賞。

「倦侯，求你救我妹妹吧，她性子剛烈，被逼急了，寧可自殺也不會嫁給札合善。你有多少人？太少了可不行……」

韓孺子沒有回答，轉身走出帳篷。

天已經黑了，數十名士兵守在半里以外，房大業手持幡旗仰望天空，好像是旗桿的一部分。其他勳貴子弟還在帳篷裡，崔騰一個人走出來，與韓孺子並肩站立，望著同一個方向，半晌方道：「看來金家的小妮子就是不愛嫁人啊，誰求親她都拒絕。」

崔騰也曾向金家求過親，遭到回絕，連人都沒見著。

韓孺子嗯了一聲。

「我算是看透了，胡尤就是一個掃把星，跟她扯上關係的男人都會倒霉，我還算幸運的，只是被……這位小杜兄弟送到樹枝上坐了一會。」

站在倦侯另一邊的杜穿雲嘿嘿笑了兩聲，他不認識金垂朵是誰，也不在意，低著頭用靴子尖輕輕戳地。

「柴韻就比較倒霉了，為了胡尤連命都搭上了。」崔騰長嘆一聲，雖然鬧過彆扭、打過架，他還是挺懷念柴小侯的，「你也倒霉過一陣，舒舒服服的倦侯當不了，跑到塞北受風吹日曬……」

「你究竟想說什麼？」

「我在勸你，離胡尤遠點，就讓她將霉運帶到匈奴人那邊吧，沒準咱們什麼都不用做，就能坐享其成。」

「我又沒說要去救人。」

「這還用說？瞧你這副模樣，不說話、目光渙散，一臉憂鬱。柴韻教過我，說這就是想女人的神情。我可以不告訴妹妹，但是你得保證不去救胡尤，還有，你今後對我要優待幾分……」

「胡說八道。」韓孺子斥道，「我在想，金純保的話跟柴悅有點對不上。」

「哦，那我白操心了。是啊，柴悅不是說匈奴王子以為你破了胡尤的身子，要找你報仇嗎？金純保怎麼隻字不提啊？我去給你問問，這小子從前很怕我，絕不敢對我撒謊。」

韓孺子沒有阻止崔騰，翻身上馬，回到隊伍中，命令通譯再次審問匈奴人，弄清楚他們究竟是從哪個方向來的。

帳篷裡傳出幾聲慘叫，沒多久，崔騰一夥人簇擁著金純保走出帳篷。

金純保哭喪著臉，「倦侯，我說的都是實話，有些事情我不好當著眾人的面……」崔騰等人一瞪眼，金純保什麼都不在乎了，急忙道：「妹妹是喜歡倦侯的，她常說自己當過大楚皇后，怎麼能當匈奴王妃？札合善因此非常嫉妒，聲稱一定要殺死倦侯。」

韓孺子伸手阻止金純保再說下去，他顯然是受到威脅才「招供」的，那明顯不可能是金垂朵會說的話。

通譯也過來報告，「我覺得他們說的是實話，的確是從西邊過來的，他們有親戚在札合善軍中，趕著牛馬是要投奔親戚的。」

房大業仍是一副事不關己的冷淡神情，韓孺子必須自己做出判斷與決定，稍作思考，他下達了幾道命令：「放走匈奴人，不給馬匹，將牲畜全都帶走，金純保也帶走。」

崔騰笑道：「金鐲子，聽見沒，你和牲畜一個待遇，自己上馬。」

金鐲子是金純保小時候就有的綽號，沒想到逃到草原也沒躲過。

七名匈奴人哀求，希望能留幾隻牲畜，沒有這些牛馬羊，他們過不了冬天。韓孺子命令士兵引弓，匈奴人不得已，哭哭啼啼地連夜離去。

「不如將他們殺死，帶七顆首級回去，怎麼也算一點功勞。」崔騰感到遺憾。

韓孺子看著匈奴人消失在夜色中，對全體將士說：「匈奴騎兵必然在追蹤金純保，離此地不會太遠，我放走七名匈奴人，是要讓他們迷惑匈奴騎兵，以為楚軍會就地紮營休息。我的命令是即刻撤退！帶走牲畜，半路上放行。」

眾人一驚，馬上準備出發，崔騰更是大驚，「匈奴騎兵就在附近？」

韓孺子看著金純保，「匈奴人故意放他逃走，想引誘楚軍進入圈套，為了讓咱們將他帶回碎鐵城引誘更多楚軍，匈奴人或許不會追得太緊。」

崔騰抬腳踹向金純保，怒道：「原來你還跟小時候一樣，是個叛徒！」

金純保拚命搖頭，「倦侯，我真的沒有撒謊……」

「你或許沒有撒謊，只是被匈奴人利用了。」

金純保啞口無言。

崔騰又道：「不對啊，匈奴人既然故意放走金鐲子，為什麼又讓人把他抓起來呢？」

「這是意外，這些匈奴婦孺不知道札合善的計畫。」

眾人上馬，趕著數十頭牲畜趕夜路，速度自然快不了，許多人頻頻張望，就怕黑暗中突然躥出匈奴騎兵。

韓孺子越想越覺得自己的判斷沒錯。柴悅為了勸說倦侯來碎鐵城，不僅誇大地利，也誇大了札合善對倦侯的敵意；匈奴人為了引誘楚軍，誇大了內部的分裂和金垂朵處境的危險。

匈奴人與柴悅的做法一致，說辭卻不相同，說明他們並無勾結，但柴悅低估了匈奴王子的才智。

韓孺子輕嘆了口氣，不明白為什麼人人都以為他對金垂朵別有用心。

一個時辰之後，他下令攆走牲畜，希望能迷惑一下追上來的匈奴人，然後加快行軍速度，可是想在黑夜中認準方向並保持隊形不亂，還是不敢太快。

極少主動開口的房大業突然說話了，「匈奴人認得旗幟。」

「什麼？」韓孺子扭頭問道。

「你放走的那幾名匈奴人，只要記得這面長幡的形狀，稍加描述，那些匈奴騎兵就會猜出有大將在此，以他們的脾氣，捨不得放走楚軍大將。」

長條狀的幡旗既是將軍的象徵，有時候也是麻煩，韓孺子微微一笑，「這麼說，你也同意我的猜測？」

房大業不做聲。

韓孺子下令加速。

第一百五十二章 老將不老

楚軍拋掉了一些暫時無用的物品，包括大部分乾糧，隨身只留兵器、酒水和餵馬的豆子，天亮時回到草原邊緣，稍事休息，尤其是讓馬匹吃飽，接下來，他們要連續馳騁，盡快回到碎鐵城。

大多數士兵藉機睡了一會，韓孺子不太睏，覺得自己能夠堅持，不過房大業對他說：「你讓大家越來越緊張了。」

韓孺子笑了笑，找了一塊舒適乾燥的地方，裹著披風躺下，本想閉目休息一會，結果眼睛闔上沒多久就進入夢鄉，被推醒的時候甚至感到一股憤怒。

杜穿雲小聲說：「出發了。」

總共休息了不到半個時辰，眾人上馬。因為要連續奔馳，不敢讓馬匹跑得太快，有前驅、有殿後，盡量保持隊形不亂。

直到午時後面也沒有匈奴人的影子，眾人稍感放心，讓馬匹休息的時候，韓孺子找來金純保，問道：「東匈奴分裂的事情，是誰告訴你的？」

金純保傷勢未癒，先是被牧人捆綁，又跟著楚軍騎馬跑了半天多，顯得十分憔悴，喃喃道：「誰告訴我的？匈奴人都這麼說……札合善說得多一些，他經常跟我聊天，說那些還想堅持草原生活的匈奴人有多麼愚蠢。」

「追你的匈奴人大概有多少？」

「有……有幾百人吧，我不知道，我一直逃，有時能聽見馬蹄聲，有時聽不到……」

「瞧他萎靡不振的樣子，乾脆殺掉算了，只帶頭顱還方便些。」崔騰再次提出建議，握著刀柄，打量金純保的脖子。

金純保急忙挺身睜眼，大聲道：「我沒事，還能騎馬再跑三天三夜。」

韓孺子傳令上馬，正要出發，殿後的一名士兵揮動旗幟，引起前方眾人的注意，所有人都向後方望去，只見數里之外出現三名騎兵。

「是匈奴人。」崔騰的聲音有點發顫，「快跑吧。」

命令已經到了嘴邊，韓孺子卻改了主意，「向那座山進發，正常行軍即可。」

「碎鐵城在西邊，山在北邊……」崔騰問出了許多人的疑惑。

韓孺子又向三名匈奴騎兵望了一眼，「那三人追蹤百名敵軍而不驚慌，背後必有大軍跟隨，咱們若是逃跑，大軍也會緊追。咱們往山區行進，讓他們以為有埋伏。」

「沒準真有埋伏，全是匈奴人。」崔騰只想快馬加鞭。

「那也認了。」韓孺子讓殿後的數名士兵趕上來，一百人結成一隊，以正常速度向西北方的一片山脈進發。

三名匈奴人不遠不近地跟著，小半個時辰之後，離山腳還有三四里遠，匈奴人的大部隊出現了。

「天吶，至少……有一千人。」崔騰嚇得差點從馬上摔下去。

「別慌，匈奴人不知道咱們的底細，不會輕易進攻。」

「如果他們不怕呢？」崔騰心裡一點底也沒有。

韓孺子也只是強作鎮定，瞥了崔騰一眼，冷冷地說：「那就邊打邊退。」

一百人對陣一千人，毫無勝算，崔騰卻不敢開口質疑了。

韓孺子放慢速度，匈奴大軍遠遠跟隨，前驅的三名匈奴人離得更近了，勒馬長嘶，嘴裡發出呼哨聲，顯然是在挑釁。

「夠了！」房大業突然冒出一句，勒住韁繩，將手中的幡旗遞給杜穿雲，對鎮北將軍說：「你們慢慢走，不用停下來等我。」

「老將軍……」

韓孺子話未說完，房大業調轉馬頭向隊尾馳去，在一名身強體壯的軍官面前停下，說道：「把你的弓借我一用。」

房大業的身份是囚徒，擔任旗手之後，配發了普通弓箭，被借弓的那人是軍中小校，臂力超常，攜帶的是特製硬弓，可不願意輕易交給外人，尤其是一名六十多歲的老頭子。

「快點！」房大業厲聲喝道，小校身子一顫，向鎮北將軍望去，見將軍點頭，才不情願地將弓交出去。

房大業接過硬弓，也不感謝，深吸一口氣，胸膛鼓起，碩大的肚子奇跡般地縮了回去。

「駕。」房大業拍馬衝向那三名匈奴人。

雖然他說過無需等待，韓孺子等人還是駐馬觀望。

三名匈奴人分散開，同時迎戰。

遠處的匈奴大軍也停下了。

一名匈奴人先射一箭，房大業不躲不避，也不放慢速度，任憑那箭從身邊掠過，突然挺身還射一箭，沒有擊中。

「唉……」幾名勳貴子弟發出遺憾的嘆息。

三名匈奴人幾乎同時射箭，房大業伏在馬背上躲過，隨後再度挺身引弓。

一名匈奴人中箭落馬。

一半楚軍輕聲歡呼。

另外兩名匈奴人急忙還擊，一支箭從目標身邊掠過，另一支箭卻好像射中了。包括韓孺子在內，所有楚軍都驚得叫出聲來。

馬還在奔馳，房大業又一次挺身射擊，用的是敵人的箭，第二名匈奴人落馬。

只剩一名匈奴人，大吃一驚，轉身逃跑，房大業緊追不捨，將距離縮短到只有三十幾步時，發出第三箭，準確命中，頃刻間，連殺三人。

房大業這時的位置離匈奴大軍更近一些，他沒有立刻退回，而是又向前跑出一段距離，單手高舉硬弓，做出挑戰的姿勢。

「這個老傢伙！」崔騰實在找不出別的話，將這幾個字接連重覆了五六遍，看向左右的同伴，只見每個人都跟他一樣既驚訝又敬佩。

匈奴大軍裡無人出陣迎戰，房大業這才調轉馬頭，駛回本隊，長鬚飄飄，吐出一口氣，肚子又凸了起來，將硬弓遞給小校。

小校急忙擺手，「請老將軍留下，我不配再用這張弓。」房大業也不謙讓，留下硬弓，將自己原有的普通弓交給對方。

「走吧，到山腳下休息。」房大業雖然還是一名旗手，說的話卻自有一股威嚴，韓孺子點頭，隊伍出發，速度仍然不快，但是每個人心裡都踏實了些。

杜穿雲眼光向來很高，這時卻也心甘情願地替房大業舉著幡旗，他敬佩的不是箭術，遠遠看去，房大業與三名匈奴人的對陣並無出奇之處，他敬佩老將軍的膽氣，面對上千名敵軍，居然敢衝上去迎戰，這份鎮定從容，杜穿雲自忖沒有，隱隱覺得就算是爺爺杜摸天在此也不敢。

隊伍來到山腳下時，天已擦黑，匈奴大軍沒有追上來，遠遠地觀望，似乎有些拿不定主意。

眾人又開始緊張了，崔騰問道：「怎麼辦？真要邊打邊退？」

韓孺子看向自己的那面幡旗，「匈奴人不會馬上進攻。」

「你肯定？」崔騰越來越沉不住氣，「看樣子匈奴人不會撤退啊。」

韓孺子對匈奴人沒有多少瞭解，與老將軍房大業不同，他的鎮定來自於性格和讀過的一些史書，「匈奴人部族眾多，常有意見不一致的時候。」

韓孺子向房大業拱手道：「房老將軍……」

「匈奴人不會撤退，你得派人回碎鐵城搬救兵。那邊的山坡可以阻擋一陣。」房大業瞭解匈奴人，而且觀察過周圍的地勢。

韓孺子點了下頭，對杜穿雲說：「你回去……」

杜穿雲立刻搖頭，「雖然我的箭術一般，但我得留下來，我跟你來塞外不是為了搬救兵，是要貼身保護你的。」

「讓我去吧。」崔騰主動請纓，相較於停在這裡與匈奴人對峙，他更想策馬西奔，就算那邊沒有救兵也無所謂，只要能離匈奴人遠一點就行。

房大業連殺三人所建立的信心快要被夜色逼退了。

韓孺子目光掃過，與崔騰想法相同的人不在少數，只是不敢像他一樣公開提出來。韓孺子點名，兩名部曲士兵、一名正規楚軍士兵、一名勳貴子弟，最後點到了崔騰，「你們五人帶十匹馬，入夜之後我會點火吸引匈奴人，你們去搬救兵，速去速回。」

「一定！」崔騰大聲答道，緊緊握著韁繩，這就想跑。

「帶上金純保，他能保護你們。」韓孺子說。

金純保一愣，崔騰則是一驚，「帶他幹嘛？跑得反而更慢了。」

韓孺子卻堅持自己的猜測：「匈奴人最不想殺的人就是他，他們追的是這面旗。」

「把旗留下，你跟我們一塊走吧。」崔騰說。

韓孺子心中一動，太祖韓符十有八九會拋棄眾人獨自逃亡，可他不會。太祖爭雄的時候已有根基，總能捲土重來，韓孺子身邊的可用之人本來就不多，若是露怯，只怕更沒有追隨者了。

「旗在將在。」韓孺子說道，「準備吧。」

山坡不是很陡，寬數十步，兩邊是峭壁，倒是易守難攻。但是一旦遭到封堵，再想衝出去也很難。韓孺子率隊到了坡下，這一帶很荒涼，草木稀少，他命人將一部分馬鞍卸下來，堆在一起點燃。

崔騰等人押著金純保沿山腳向西而去，韓孺子望著他們消失，匈奴人果然沒有分兵追趕，他心中稍安。

火勢漸旺，楚軍牽馬登上山坡，距離火堆百餘步，站成三排，持弓向外。韓孺子站在第一排中間，杜穿雲護持身邊，一手握著旗桿，一手持盾，小聲道：「這和江湖人比武真不一樣啊。」

房大業站在韓孺子另一邊，望著山下的火堆，說：「回到碎鐵城，將軍若是還有興趣，咱們談一談吧。」

韓孺子微微一笑，能說動老將軍的不是言詞，而是戰鬥。

山下火光裡人影幢幢，匈奴人逼上來了。

第一百五十三章 塞外的「蘆葦」

黑夜放大了對面的聲音與影像，加深了猜忌與恐懼，山下的荒野中似乎布滿了匈奴人，如同狼群一般嗥叫不止。山坡上的九十多名楚兵盡皆失色，他們面對著十倍於己的敵人，已經退無可退，援軍最快也要兩天以後才能到達，誰也不知道該如何堅持下去。

山下的呼嘯聲突然升高，無數支箭矢射來，在火光映照的地面上留下詭異的影子，看上去像是用床弩發出的重箭，第一排有不少人舉起了手中的盾牌，杜穿雲也在猶豫，但他多看了一眼倦侯，再看看老將軍房大業。

房大業已在弓上搭箭，但是沒有引弦，站在那裡一動也不動，甚至沒有抬頭看天，目光緊盯著山下的幢幢身影。

於是杜穿雲也不動。

那些箭只是虛張聲勢，飛到半途就掉在地面上，根本不是鋪天蓋地，只有十幾支。

房大業突然收腹引弓，後兩排的士兵馬上照做，只是手臂全都微微發抖，找不到明確的目標，只好對準燃燒的火堆。

韓孺子握著刀，大聲道：「除了房老將軍，其他人聽我命令，不准隨意放箭！」

眾人接受命令，卻沒人開口應聲。

匈奴人的叫喊聲漸消，山下傳來清晰的說話聲：「楚人稍安，我是匈奴使者，不是將士。」

等了一會，有人騎馬進入火光的範圍內，張開雙臂，表示自己不是來挑戰的。

韓孺子對杜穿雲另一邊的小校說道：「問問他的來意。」

小校點頭，盾牌護在胸前，下行幾步，大聲道：「來者何人，報上名來。」

那名會說中原話的匈奴人沒有通名報姓，向上方不住打量，「帶兵的是哪位將軍？」

小校回頭看了一眼，大聲道：「有事就說，沒事……」他想邀戰，怎麼也不敢說出口。

匈奴人笑了幾聲，「哪位將軍並不重要，我來告訴你們，匈奴大軍已經將你們包圍，你們速速投降，或可逃過一死，否則的話……」

房大業一箭射出，貼著馬身掠過，坐騎受驚，揚蹄躲避，差點將馬上的人掀下來。

匈奴使者伏在馬背上，轉頭就跑。

片刻之後，匈奴騎兵呼嘯而至，越過火堆，向半山腰衝來。

房大業彎弓射箭，他的箭術與金垂朵截然不同，動作慢而舒緩，由於兩臂比較長，引弓的姿勢也不標準，像是剛拿到弓箭的少年在射擊十幾步以外的兔子。可他射出的箭遠而有力，遠遠超出普通士兵，更強於力量不足的金垂朵。

居高臨下，他的箭直射百步以外，每箭必中，非人即馬。

可匈奴騎兵還是不停衝鋒，老將軍射了三箭，數十騎已經衝到五十步以內。

韓孺子也算是有過戰鬥經驗了，可這是第一次面對匈奴人，他仍然感到緊張，胸中憋悶，像是被孟娥戳了一指，早在房大業射出第一箭的時候，他就想下令射擊，不過心裡卻明白，並非人人都有老將軍的本事，他必須等待。

等得越久，胸中的憋悶感越強。

匈奴人的箭也射來了，有幾支甚至到了楚軍頭頂，第一排人舉盾格擋，韓孺子在指揮，房大業正射箭，後兩排將士嚴陣以待，都得露出上半身。

不能再等了，韓孺子大聲下令：「放箭！」

第二排士兵放箭，接著是第三排。

數十支箭齊射出去，準頭雖然差了些，聲勢卻是房大業一個人無論如何製造不出來的。

匈奴人退卻了，留下兩匹死馬，傷者、死者都被帶走了。

房大業的肚子又鼓了起來，嘆道：「匈奴人表面凶猛，內心怕死，衝鋒大都是虛張聲勢，引誘敵軍迎戰，一有人中箭就會退卻，可現在天太黑了，後面的人看不到前方的情況，反而變得勇敢了。」

隊伍裡有人發出空洞的笑聲，雖然擊退了匈奴人的進攻，他們卻高興不起來。

匈奴人很快發起第二輪進攻，看上去人更多，但是非常謹慎，騎士都伏在馬背上，覺得距離差不多了，挺身射一箭立刻趴下。

房大業射中兩匹馬，落地的騎士立刻跳到同伴的馬背上。

這批進攻者當中有幾人的箭射得頗遠，兩名楚兵被射中，韓孺子不得不提前下令放箭。

匈奴人又被擊退了，除了幾匹馬，騎士沒有傷亡。

不用房大業介紹，眾人也看懂了匈奴人的戰術：以車輪戰術消耗楚軍的體力與箭矢，然後一擁而上結束戰鬥。

匈奴騎兵將近千人，可以不停地輪番進攻，九十幾名楚軍的箭矢卻不能無窮無盡，唯一的優勢是居高臨下，又是原地引弓，普遍射得更遠些。

五輪進攻之後，雙方都沒有傷亡，楚軍的箭矢卻已消耗近半。

進攻間隙，房大業重重地嘆了口氣，好像對什麼事情感到不滿，身子晃了兩下，說：「我累了。」

韓孺子馬上命人搬來幾套剩餘的馬鞍，摞在一起，正好到屁股下方，老將軍靠在上面，又重重地嘆了口氣，「張天喜、駱英華……你們跟我一塊放箭，其他人盡量少放箭，想辦法自保吧，把被射中的人拖到後面去。」

房大業點了五個人的姓名，他從未回頭，卻知道誰的箭術更好一些，且他極少與別人交談，竟突然間叫出姓名來，將眾人都嚇了一跳。

被叫到的五人調整位置，站在房大業身後，其他人暫時放下弓箭，以盾護身，除此之外，也沒有別的自保手段。

房大業緩緩扭頭，對韓孺子說：「匈奴人早晚會換用步兵，你想辦法應對吧。」

「騎兵攻不上來，步兵更不行吧？」杜穿雲一直沒有參與戰鬥，聽說有步兵上陣，開始興奮了，看著一手旗、一手盾，不知待會要放棄哪一個，好騰出手來拔刀，「匈奴人也有步兵？」

「有。」房大業冷淡地回道，低著頭，弓箭橫放在腿上，像是要睡覺。

韓孺子沒見過匈奴人的步兵，可他馬上就明白了老將軍的意思，「我會想辦法。」

匈奴人又來了，他們已經熟練掌握了進攻節奏，知道在哪裡既能威脅到山上的楚軍，迫使敵方消耗箭矢，又能迅速調轉馬頭，安全撤退。可這一次他們迎來的箭矢不多，卻出奇地準，六支箭射來，總有一兩支能夠射中人或馬。

匈奴人很快退卻，又試探了一次之後，他們明白楚軍是在節省箭矢，於是再度進攻的時候，衝到了三四十步以內，對於膽戰心驚的人來說，敵人幾乎就在眼前，杜穿雲將幡旗用力插進土裡，拔出了腰刀，其他人也都做好了準備，以為要進行一場肉搏戰。

匈奴人勝券在握，卻不想冒險近戰，射出一批箭之後，又撤退了。

房大業等六名將士射倒了五名匈奴人，己方卻有十幾人倒下，這個距離太近了，盾牌保護不了全身。

死傷者被拖到後面，慘叫聲不止，剩下的人更加害怕，韓孺子身後的一名勳貴子弟小聲道：「死定了，這回死定了……」

房大業沒有放棄，有條不紊地又搭上一支箭，只要敵人沒有攻上來，他總是一副垂頭喪氣、昏昏欲睡的樣子，匈奴人逼到近前也不驚慌，射中了也不興奮。

韓孺子也不想放棄，雖然從裡到外都繃得緊緊的，鬥志仍未消退。

夜深了，月光散下，照得大地出奇的明亮，山下的匈奴人讓韓孺子想起了拐子湖岸邊的蘆葦，成群成片，隨風飄動，只是塞北的「蘆葦」動得更快，也更加凶殘。

「差不多了。」房大業抬起頭，望向遠方，「匈奴人的耐性快要耗光了，應該派步兵上陣了。」

韓孺子轉身，招呼三十多名部曲士兵，「跟我來，匈奴人用步兵，咱們就用『騎兵』。」

「要衝下去嗎？」杜穿雲眼睛一亮，戰鬥進行半天，他卻一刀未出，憋悶壞了。

「馬衝，人不衝。」韓孺子早已想出一個計畫。

百餘匹馬正在後方的山坡上吃所剩無幾的豆料，對人類的爭鬥視而不見，只在喊聲太刺耳的時候，不耐煩地甩甩尾巴。

韓孺子等人將馬匹聚在一起，為了不讓敵人提前防備，仍然留在後方。

杜穿雲還得保護幡旗，也跟房大業一樣唉聲嘆氣，心想自己大概沒機會立功了。

匈奴人的騎兵又來了兩次，人數不多，逼得也不夠近，有點敷衍的意思。

月過中天，山下來了一支奇怪的隊伍，像是一群步兵在穩步前進，又像是一頭巨大的動物在蠕動。山下的火堆早已熄滅，「怪獸」到了山腳下，山上的楚軍終於看清，那是一群持盾步兵，他們不只擋住了前方，連頭頂也給罩住了，最前一排的士兵只能透過縫隙向外張望，因此行進速度特別緩慢。

再多的箭也擊不破這支盾牌軍。

「匈奴人真有步兵啊，我還以為他們只會騎射呢。」杜穿雲得到過提醒，但這時還是有點吃驚。

「從前沒有，投降大楚這麼多年，也該學會了，只是不願輕易使用。」房大業的聲音如同久病者一樣沉悶，頓了一下，又說道：「再用從前的打法與匈奴人交戰，會吃大虧。」

這正是韓孺子擔心的事情，柴悅很聰明，但他對匈奴人的瞭解全數來自武帝時期的記載，與大將軍韓星倒是一拍即合，用來對付在河內定居數十年的匈奴貴族，只怕會有不小的漏洞。

但這不是眼前的麻煩，他得用馬匹衝破匈奴的盾陣，此戰若是失敗，那真的就是一敗塗地，至於馬匹用光之後，拿什麼阻擋下一次進攻，他也不知道。

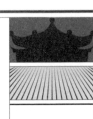

第一百五十四章 意外之險

馬群如果有智慧，在牠們無所顧忌地吞吃豆料時，就該猜出接下來不會有好事，看到前方的人類紛紛讓開時，就該緊張、甚至害怕了。

可牠們什麼都不知道，只當這是一頓普通的「夜草」，老老實實地站成數排，牠們是戰馬，這點規矩還是懂的。三十多人站在馬群後面，已經亮出手中的刀。

「行了！」杜穿雲的聲音傳來，表明前方的楚軍已經讓到兩邊。

韓孺子想用刀身拍馬，舉刀之後他明白過來，若是不讓這群馬「瘋狂」一下，將會白白浪費他的退敵之計。

其他士兵根本沒有這種猶豫，數十柄刀落下，或刺或削。

一匹馬受驚，通常都能讓整群馬慌亂，何況幾十匹馬幾乎同時受痛？一陣響亮的嘶鳴，馬群甩開蹄子向山下狂奔，臨跑之前也做出一點小小的報復，好幾名楚兵被馬蹄子踢飛，怪他們自己，就站在馬後，全忘了一刀下去會惹來多大的怒火。

韓孺子躲過了，望著疾馳而下的馬群，在心中默默催促，希望牠們跑得更快、更野一點。

下山只有一條路，馬群與匈奴人的盾牌陣撞上了，這是真正的「人仰馬翻」，人的慘叫、馬的嘶鳴就這樣混成一片。

楚軍士氣為之一振。

杜穿雲振臂歡呼，房大業一把將他抓過來，喘著粗氣問道：「你是來保護鎮北將軍的？」

「當然。」換一個人敢這樣抓自己的胳膊，杜穿雲立刻就會翻臉，房大業卻不同，杜穿雲真心崇拜這位老將軍，很高興從他這裡領到任務。

「帶將軍上山，看看有沒有離開的道路。」

「啊，這不就是逃跑嗎？」

房大業冷冷地說：「怎麼，你不想逃？那你下山開一條血路出來，我們跟著你，突圍之後一塊向你磕頭，像對佛祖一樣把你供起來。」

杜穿雲不好意思地笑了笑，「我又沒說不同意。」

房大業鬆開手，「別帶走太多人。」

「是。」杜穿雲轉身剛要走，房大業又道：「把旗留下。」

「哦。」杜穿雲從來沒這麼聽話過，跟爺爺他都經常要反駁幾句，對房大業卻是言聽計從。

韓孺子和一群士兵正往下走，希望將山下的情況看得更清楚一點。

盾牌陣被破了，馬群已經跑遠，嘶鳴聲偶爾傳來，山腳處留下一片死傷者，這回沒人將他們帶走，能跑的都跑了，自顧不暇，幫不了同伴。

山上看不太清楚下面的情況，山下的人更是一頭霧水，很長時間沒有匈奴人攻上來，也不收回死傷者。

杜穿雲跑到倦侯身前，「走吧。」

「往哪走？」韓孺子一愣。

「上山看看，或許有別的道路。」

韓孺子回頭望了一眼，白天時他就觀察過，山頂全是石頭，向東延伸，西邊陡峭，處於匈奴人的包圍之中，「哪來的路？」

「或許嘛，不看怎麼知道？」

韓孺子叫來小校，命他整頓士兵，聽從房大業的指揮，他帶著十來個人上山查看。

山頂看著沒有多遠，越往上越陡，最後一段路寸步難行，黑暗中看不清危險，士兵們都勸倦侯不要再往上走了，只有杜穿雲仗著輕功了得，說：「你們留在這，我一個人上去看看。」

不等韓孺子同意，杜穿雲手腳並用，向上攀爬，沒一會就消失了。

山下傳來叫喊聲，山頂聽不清，一名士兵得到倦侯的示意，大聲向半山腰喊道：「怎麼樣？匈奴人又攻上來了？」

「匈奴人又改勸降了！」半山腰的人回道，「等我們射他幾箭！」

黑夜成為楚軍的保護，匈奴人顯然弄不清山上的狀況，等到天亮，發現楚軍並未得到援助之後，他們肯定會再度發起進攻。

韓孺子等人登得高，看得卻沒有更遠，只覺得山風十分猛烈。他向山頂望去，希望杜穿雲真能找到一條逃生之路。

杜穿雲在上面開口了，「我爬上來了！黑咕隆咚看不清，好像……咦，山後有野獸，不是野獸，是匈奴人，等我……」

隱約有兵器相撞的響動，很快消失，再無聲音。

韓孺子一驚，想不到匈奴人從山後爬上來了，要不是他們過來查看，就將陷入腹背受敵的境地。他估計人數不會太少，杜穿雲以一敵多肯定不行，想要上去幫忙，卻沒有攀爬的本事。

「杜穿雲！」韓孺子叫了一聲。

「他在山後，聲音傳不過去。」一名士兵提醒道。

「還有誰能爬上去?幫幫他。」韓孺子看向幾名部曲士兵，當初在京城從軍的江湖人不多，這三人是其中一部分，也是他的侍衛。如果還有誰能爬到山頂，那就是他們了。三人互相看了一眼，一塊抬頭望去，其中一人說：「我試試。」說罷收起腰刀，像壁虎一樣趴在山石上，慢慢向上攀爬，輕功明顯比杜穿雲差一大截，但是逐漸上升，沒有掉下來。

「小心石頭，倦侯到這邊來吧。」另一名江湖人侍衛說。

韓孺子讓到一邊去，雖然看不到什麼，仍然抬頭仰望。

第三名江湖人侍衛低聲與其他幾名士兵交談，勸他們到半山腰幫助房大業，這裡地方狹窄，容不下這麼多人。

韓孺子過了一會才發現身邊只剩下兩名江湖人侍衛，而且這兩人都拿著刀。

山頂傳來第一名江湖人的聲音，「沒人，好像都掉下去了，匈奴人要是能爬上來，咱們應該也能爬下去，就怕山下還有匈奴人守著。」

「知道了!」兩名江湖人齊聲道，然後一塊面朝倦侯，抱拳行禮，手中的刀卻沒有收起來。

韓孺子看著他們，本想裝糊塗，又覺得沒有必要，於是問道：「為財?為名?為祿?」

兩名江湖人沒有回答。

「『開路神』王靈尚、『風刀』古聚仁，上面那位是……『老猿』宋少昆。」韓孺子叫出三人的綽號與姓名。

「倦侯好記性。」王靈尚刀尖衝下，古聚仁站到了倦侯身後。

「你們是在京北加入義軍的，我當然記得，嗯，讓我猜測的話，你們是為柴家做事?」

王靈尚微微一笑，「倦侯不僅記性好，人也聰明。」

韓孺子身後的古聚仁低聲道：「說這些幹嘛?動手吧。」

韓孺子心中一緊，他遠遠不是這兩人的對手，就算呼叫，山腰處的士兵也來不及相救。

他在一個最想不到的時刻，陷入最想不到的險境。

王靈尚搖搖頭，「倦侯待咱們不薄，應該對他說清楚，而且，等匈奴人再次進攻，咱們才好趁亂動手。」

古聚仁輕輕地哼了一聲，沒有再說什麼。

王靈尚向山下望了一眼，匈奴人暫時沒有進攻的跡象。

「沒錯，我們是被柴家重金請來的，至於出錢的人具體是誰，不說也罷。」

韓孺子的心揪得更緊，勉強還能保持表面上的鎮定，「你們等待的時間可挺長。」

「沒辦法，倦侯身份特殊，死在軍中的話，我們跑不了，柴家也逃不掉關係。我們本想等到與匈奴人開戰的時候找機會動手，沒想到機會說來就來。倦侯不是死在我們手裡，是死於匈奴人的刀劍。」

「殺了我，你們還是逃不掉。」

「嘿，試試唄，反正留在這裡也是等死，只帶倦侯的頭顱，逃跑的機會更大些。待會我們從後山翻下去，沒有匈奴人，那就是僥倖，有匈奴人守著，我們就交出頭顱投降，找機會再逃。」

「柴家出多少錢？」韓孺子背靠山石，握著刀柄，也不知道自己有沒有機會拔刀出鞘。

「這不只是錢的事情，我們欠著人情，不得不還。說實話，倦侯你人不錯，可是論交情，咱們還是差著一層，沒辦法，只好委屈你了。」

古聚仁插口道：「我們不過是比匈奴人搶先一步而已，拿你的人頭，好回去交差。」

山頂又傳來宋少昆的聲音，「還等什麼？快上來吧。」

「不急。」王靈尚回道，「山下的匈奴人好像又要進攻了。」

山頂掉下幾塊碎石，王靈尚喝道：「小心點！」幾個人都往山下望去，隱約見到成片的人群在移動。

「也是我有眼無珠，居然讓你們都成為我的侍衛。」韓孺子嘆了口氣。

「倦侯無需自責，部曲當中會武功的人不多，我們稍顯身手就被杜穿雲推薦為侍衛，要說有眼無珠，也是杜穿雲，他信任江湖好漢。」

「杜穿雲無錯。」韓孺子絕不將責任推到別人身上。

一名部曲士兵爬上山，他是漁民出身，不是江湖人，說道：「房老將軍讓我問一聲，山上到底有沒有機會，不行的話……」

王靈尚笑著迎上去，「有機會，你聽我說……」

士兵對他毫無防備，待到驚覺，喉嚨已被割斷，王靈尚抱著他，讓鮮血噴到自己身上，望向半山腰，似乎沒人注意這裡，他對身後說：「準備動手吧，不等匈奴……」

韓孺子沒有拔刀，那根本來不及，而是用盡全身力氣，狠狠擊出一拳。

古聚仁早有防備，伸手扣住倦侯的手腕，另一隻手舉起刀，冷冷地說：「瞧不出倦侯真有幾分力氣。把嘴閉嚴，我給你一個痛快，一下的事。」

韓孺子想不到自己會死在這裡。

古聚仁更想不到。

一柄劍從上方刺下來，悄無聲息，直到刺進古聚仁頭頂，才突然加速。

古聚仁的嘴閉得很嚴，仍然維持著原來的姿勢，韓孺子驚訝地抬眼看去，倒掛在山石上的杜穿雲，對他做出噓的手勢。

第一百五十五章 刀盾

王靈尚也算是老江湖，突然間覺得不對勁，立刻推開身上的屍體，轉身揮刀，正好格住襲來的短劍，再晚一步，他就要被一劍穿心。

「你沒死！」王靈尚大吃一驚。

「我命大。」杜穿雲說著話，連刺兩劍。

兩人就在山石邊上打起來，杜穿雲有刀，使用的卻是更擅長的短劍，靠著腿上功夫，圍著敵人不停擊刺，王靈尚刀法厚重，將要害護得滴水不漏，偶爾反擊，杜穿雲不敢硬接。

七八招之後，杜穿雲又被逼退，王靈尚正要趁勢追擊，忽聽身後傳來一聲「哎」，聽出那是倦侯的聲音，可也不敢大意，轉身瞥了一眼，心中驚駭，險些叫出聲來。

已經死去的同伴古聚仁，目光呆滯，向他合身撲來。

驚駭只是一瞬間，王靈尚馬上醒悟，古聚仁是被倦侯推過來的。同一瞬間，杜穿雲又刺一劍，王靈尚揮刀格擋，另一隻手拍向屍體。

劍被擋住，屍體被拍中，王靈尚卻覺得肚子上一涼，低頭看去，只見一柄刀已經刺中自己，那刀跟在屍體後面，最後一刻直接刺透，速度不快，卻是悄無聲息。

王靈尚大吼一聲，舉刀向屍體後面的倦侯砍去，脅下又是一涼，這回是致命傷，他吐出最後一口氣，手中的刀掉在地上，人也隨之倒下。

杜穿雲收回劍，繞到倦侯身邊，「嘿，行了，已經死了。」

韓孺子這才慢慢拔出刀，退後兩步，「死了？」

「算我殺死的，你別害怕。」

「我不害怕！」韓孺子略帶惱怒地說。

「隨你。你的手勁可不小，要是跟我爺爺再多練個一年半載就更好了。」

「是啊。」韓孺子擠出微笑，心裡很清楚自己的這點力氣從何而來。

山腰處跑來幾名士兵，看到三具屍體，全嚇了一跳，「怎麼回事？有匈奴人嗎？」

韓孺子搖搖頭，指著王靈尚和古聚仁的屍體，「他們是暗藏的刺客。」指著部曲士兵，「他……為了救我而死。」

趕來的幾名士兵又驚又怒，他們也是拐子湖的漁民，舉刀在侍衛屍體上砍了幾下洩憤，然後抬著同伴的屍體往下走，韓孺子與杜穿雲隨後。

「山後的匈奴人怎麼樣了？」韓孺子問。

「山崖不好爬，就上來兩個匈奴人，我殺了一個，另一個自己掉下去了，我也差點掉下去，算是揀回一條命，剛爬上來，就聽到他們在商量怎麼殺你……真是抱歉，是我將他們選為侍衛的。」

「與你無關，是我讓大家陷入險境的。」

「我和王靈尚打鬥的時候，你怎麼不喊人，反而自己上陣了？」

韓孺子一愣，他也不知道為什麼，當時只有一個念頭，一定要想盡辦法殺死王靈尚，全忘了喊人過來幫忙，「糟了，應該留一個活口，我還沒弄清到底是誰收買他們。」

「現在沒辦法，以後你就有經驗了，先解決山下的問題吧。」

山下的匈奴人又有動向，許多人騎馬跑來跑去，喊聲不斷，像是要發起更大規模的進攻。

韓孺子向遠處望去，夜色無盡，他們這些人已經走投無路。

房大業看到了屍體，一點也不在乎，直接向杜穿雲問道：「有路嗎？」

「後面是峭壁，除非咱們都是猴子，否則的話九死一生，不不，九十九死一生。」

「嗯。」房大業平時從不興奮，這時也不沮喪，「箭已經不多，得留一些白天使用，等匈奴人再攻上來，咱們得肉搏一輪了，把弓箭都放下，拿起刀盾。」

眾人應是，放下弓箭，有人將它們搬到更高的地方，其他人在山腰處排隊列陣，匈奴人已經來到山腳，正在將傷亡者和滿地的盾牌、兵器挪開。

韓孺子和杜穿雲也加入到隊伍中，房大業走過來說：「你們到後面去。」

「不，我和大家一塊戰鬥。」韓孺子堅定地說。

房大業盯著他看了一會，「你是鎮北將軍，說點什麼吧。」

韓孺子走到隊列前方，先看了一眼正在忙碌的匈奴人，轉身面對自己帶來的楚軍，心中有許多話想說，話到嘴邊又都覺得無聊。道歉嗎？那沒有任何意義；利誘嗎？一切許諾都離得太遠；威脅嗎？他想不出有什麼東西比眼前的匈奴人更可怕；忠君衛國嗎？隊伍中的部曲士兵從一開始就不願意參軍抗擊匈奴，江湖人只想趁亂殺死倦侯，那些真正的士兵大概也是奉命行事。

韓孺子大聲說：「同生共死。」

然後他轉過身，雙手握刀，為自己沒能說出更加激勵人心的話感到羞愧。

「同生共死！」身後突然響起齊刷刷的叫聲。

韓孺子心中稍安，還有點激動，沒錯，有人要殺他，可是也有人救他、跟隨他。

房大業上前，將一面盾牌遞過來，韓孺子接在手中，向老將軍點點頭。

房大業退後兩步，他不用盾牌，一手握著幡旗，一手持刀。

匈奴人將戰場清理乾淨，一人騎馬來到山腳下，高聲道：「最後一次機會，投降者可免於一死。」韓孺子想提醒眾人，匈奴人在撒謊，第一次勸說還只是「或可」免死，現在變成了直接免死，全無半點誠意。

身後響起一句清脆的咒罵，杜穿雲搶先回答了匈奴人的勸降。

那人調轉馬頭離去，一群匈奴士兵列隊上前，也是一手盾一手刀，與楚兵的配置完全一樣，只是數量更多，至少有三百人，站成十幾排，緩緩向山上走來。

楚軍唯一的優勢是山坡狹窄，匈奴人無法採取包圍戰術。匈奴人走走停停，不是因為害怕，而是要保持隊形整齊，這是一支訓練有素的軍隊，與楚軍極其相似，身上的盔甲還要更加厚重些。

相距越來越近，月光之下，盾牌上的獸頭圖案顯得分外猙獰。韓孺子口乾舌燥，恍惚間覺得身後好像一個人也沒有，他在獨自面對成群的敵人。

楚軍沒有放箭，匈奴人開始加快腳步，稍稍放下盾牌，高高舉起手中的刀。

韓孺子再也無法忍受開戰前一刻的寂靜，突然縱聲大吼，要將體內的濁氣與恐懼一塊釋放出來。

這吼聲還有些稚嫩，可他不在意，幾乎是不由自主地邁步向匈奴人衝去，他害怕，非常害怕，越是這樣越要上前迎戰，要用最真實的恐懼壓制原地不動時的虛幻恐懼。

片刻之後，吼聲連成一片，兩邊的身影跑得比鎮北將軍更快，杜穿雲一馬當先，房大業龐大的身軀兩步就超過了韓孺子，將他擋在身後，更多的士兵像離弦的箭一樣緊隨其後。

韓孺子再不感到孤單，所謂的恐懼也在刹那間煙消雲散，他什麼都不想，只有一個念頭：跑得更快一些，不能落在別人後面。

可房大業像塊滾動的巨石擋在前方，讓他無法超越。很快，房大業就不是問題了，楚軍與匈奴人不約而同選擇刀盾戰術，免去了中間許多過程，展開激烈的廝殺。

韓孺子面前終於出現空檔，他沒看到匈奴人的面孔，只看到對方的盾牌，於是狠狠地揮刀砍去，對方也同樣砍來。

鋼刀砍在漆木盾上，發出沉悶的響聲，韓孺子左臂一麻，差點向後摔倒，不知被誰推了一下，整個人向前壓去，與此同時盡量將盾牌推出，讓對方不能立刻拔刀，他自己則盡力從對方的盾牌上拔出鑲在上面的刀，又是一下砍下去。

砍的是誰？砍的是哪個部位？一點都不重要，只要將刀砍出去就是了。盾上的壓力消失，韓孺子繼續前衝，腳下似乎踩到了人。

戰鬥持續了一會，突然響起房大業的聲音：「後退！後退！」

韓孺子已經完全進入戰鬥狀態，殺得興起，根本停不下腳步，總算還能分清敵我，發現攔路的是房大業，正想發問，已被房大業攔腰抱起。

房大業左手持幡，右手握刀，胳膊下夾著鎮北將軍，大步向山上攀爬。韓孺子掙扎了兩下，突然看清了撤退的原因。

匈奴人在射箭。

一隊匈奴騎兵追隨刀盾步兵上山，正在幾十步以外亂射，不分敵我。

箭如雨下，大批士兵倒下，輾轉哀嚎，韓孺子沒有中箭，純粹是運氣，還有房大業的快速反應。楚軍退到更高的地方，脫離了匈奴人的射程。韓孺子被房大業放下，一眼望去，身邊只剩二三十人，大部分士兵都倒在了箭雨之下。

匈奴人停止射箭，他們的刀盾士兵同樣傷亡慘重，倖存者想要退卻，沒跑出多遠又被逼回來，這次他們將佔據絕對優勢，只需用刀殺死傷者。

「去幫忙！」韓孺子大聲道。

房大業伸手攔住，搖搖頭。

「我說了，『同生共死』，杜穿雲還在那裡……」

「該咱們用弓箭了。」

「可是……」

房大業的目光變得嚴厲，「你是將軍，得做將軍該做的事情，別讓我們失望。」房大業將幡旗用力插進地面，從一名士兵手裡接過一套弓箭，遞給鎮北將軍。

韓孺子扔下刀，將弓箭接在手中，卻怎麼也沒辦法抽箭搭在弓身上。

房大業又接過一套弓箭，「將軍是打算等匈奴人將楚兵都殺死嗎？」

匈奴的刀盾兵已經重回戰場，正在尋找楚兵，不論生死都要砍上幾刀，很快就能掃清戰場，接著又要繼續往前進攻。

韓孺子猛地搭箭引弓，對準山腰處的匈奴人，然後稍稍抬起手臂。

「天亮了。」韓孺子吃驚地說，不久前夜色還深沉如墨，這時卻只剩下薄薄一層。

二三十名楚兵全都準備好了射擊。

「等等。」韓孺子放下弓箭，「你們看！」

晨曦中，匈奴人的大軍清晰地呈現在眼前，在他們的斜後方，有一支軍隊正快速馳來，揚起漫天灰塵。

「不可能。」房大業沒有放下弓箭，「他們這時候還沒到碎鐵城呢。」

「不只碎鐵城有楚兵。」韓孺子也沒看清楚，心中卻升起一股小小的希望。

第一百五十六章 援軍

朝陽初升，遠方馳來一支軍隊，掀起遮天蔽日的塵土，轟隆隆的馬蹄聲在山上聽得清清楚楚。

「是匈奴人吧？」一名楚兵問道，實在不敢懷有美好的希望。

「是楚軍，是從西邊來的楚軍！」韓孺子重新舉起弓箭，平直射出一箭，箭矢越過半山腰的戰場，飛向山腳，勢頭已消，沒有多少殺傷力，「救兵來了，咱們衝下去，裡應外合！」

楚兵所剩無幾，聽到鎮北將軍如此肯定，也都跟著信心倍增，紛紛扔下刀盾，拿起弓箭，向山下射去。

只有房大業無動於衷，扭頭看著鎮北將軍。

「這是救兵。」韓孺子十分肯定地說。

房大業終於也拉開弓弦，射出的箭甚至落到了山下的匈奴騎兵群中。

韓孺子帶著二三十人向山下走去，三四步一停，開弓射箭。

匈奴人也發現了這支正在快速接近的軍隊，煙塵籠罩之下，似乎有上萬人馬在其中奔馳。站在半山腰的匈奴刀盾兵直接感受到了上方楚兵的興奮，轉過身，望見奔騰而至的煙塵，心中大駭，拔腿向山下衝去，他們剛剛被犧牲過一次，這一回，誰也不能攔住他們逃亡了。

山腳的匈奴騎兵最為迷惑，他們看不到遠處的煙塵，卻能感受到外圍騎兵的慌亂，從半山腰再次衝回來的步兵，更讓他們驚恐不安，至於從更高處射來的箭，雖然沒有殺傷力，卻顯露出楚軍不可遏制的興奮。

陷入絕境時還能再度振作，只有一個原因，那就是楚軍的援兵真的來了。

混亂不是一下子產生的，一部分匈奴騎兵試圖攔阻逃走的步兵，甚至射出幾箭，結果惹來更瘋狂的崩潰，幾百名步兵不要命地衝進己方陣營，將騎兵從馬背上拽下來，翻身上馬就跑。

韓孺子走到半山腰的時候，山下的匈奴人已經亂成一團，從將帥到士兵，從外圍到裡層，所有人都在奪路奔逃。昨天楚軍奔向此山的時候，匈奴人就懷疑過會有埋伏，觀察了一段時間才上前攻擊，遠方突然出現的煙塵，正是伏兵出現的跡象，只是來得比較晚一些。

韓孺子止住楚兵，命令一半人繼續射箭，另一半人尋找傷者。

杜穿雲被人從兩具屍體下面拽了出來，肩上中了一箭，但是沒死，「輕點、輕點，老子流血呢。匈奴人怎麼了？那是咱們的救兵嗎？哈哈，大難不死，大難不死！」

傷者都被集中在一起，韓孺子下令所有人停止射箭，將死者也都找出來。

杜穿雲右肩上還帶著箭，用左手握劍，「再殺一陣啊！」

韓孺子攔住他，「窮寇莫追，匈奴人雖然潰退，人數仍然佔優。」

「有救兵啊，怕什麼？」杜穿雲還在躍躍欲試，似乎感覺不到肩上的傷。

房大業將杜穿雲拽到身邊，「將命不可違。」說罷一手按在杜穿雲肩上，同時抓住箭桿，另一手將露在外面的部分折斷。杜穿雲慘叫一聲，疼得差點坐倒在地上，再不提追殺匈奴人了。

匈奴人都有馬，即使是那些步兵也不例外，只是不在身邊，所以要搶奪別人的坐騎，他們跑得很快，遠處的煙塵剛來到山腳，匈奴人已經逃至數里之外。

倖存楚兵的興奮之情迅速減少，他們看到，煙塵之中並沒有多少人馬，頂多三百。就連這個數目也是高估太多了。

「咦，援兵……不多啊。」杜穿雲說出了大家的疑惑。

援兵只有一百來人，每匹馬身後都拖著酒囊、頭盔等物，用以製造大量煙塵。

柴悅帶隊上山，跳下馬，向倦侯下跪：「令將軍受驚，卑職死罪……」

韓孺子上前將他扶起，「誰找到你們的？」

「不就是我？」崔騰騎馬出現，沒有下來，不停地向東邊遙望，「他們送金鐲子回城，我突然想起柴悅帶隊往東北方向去的，應該正在返程，離著或許不遠，所以就去找他。還真讓我猜對了，他一開始還不相信我呢。快走吧，匈奴人說不定什麼時候就會發現自己上當了。」

崔騰說得沒錯，匈奴人是被嚇走的，一旦發現楚軍沒有想像得那麼多，很可能會惱羞成怒，調頭再追上來。

楚軍可以留下來繼續堅守，等待碎鐵城大軍到來，可那至少也要等到明天早晨，甚至更晚一些。有機會逃跑，誰也不想留下，就連杜穿雲也希望快點上馬。

柴悅的隊伍中有三十幾匹馱東西的馬，正好讓出來，傷勢不是特別嚴重的士兵全都自己乘馬，一些重傷者與別人共乘，還有幾十具楚軍屍體，想帶走就太麻煩了，只能堆在那裡，日後再來收拾。

匈奴人還在遁逃，對於楚軍來說，形勢與昨天全然不同，是一次極其難得的逃生機會。

一百四五十人向東行軍，韓孺子帶隊居前，柴悅領兵殿後，途中沒有任何人說話。過了午時，馬匹必須停下休息，有些馬已經累得吐白沫了，柴悅調集十匹最強壯的馬，指定八名士兵，命他們保護鎮北將軍先行撤退，「楚軍縱然戰敗，大將不能落入匈奴人之手。」

「不，我得……」韓孺子話沒說完，杜穿雲等人已經將他托上馬背。

柴悅對杜穿雲道：「抱歉，傷者不宜跟隨將軍。」

杜穿雲不在意，「哈，我還沒打夠呢。我留下沒問題，可是有一個人一定得跟倦侯走。」

「哪位？」柴悅看向隊伍中的勳貴子弟，他剛才指定的八人有一半來自世家，看不出剩下的人當中還有誰有資格隨行。

韓孺子也不再推辭，指著一人道：「房老將軍得和我一塊走。」

柴悅微微一愣，以為倦侯是要帶著將旗，於是道：「將軍的幡旗最好留下，可以迷惑匈奴人。」

「旗留下，人跟我走。」

令柴悅更加驚訝的是，那些倖存的將士似乎與倦侯有著同樣的想法，紛紛讓開，神態恭謹，對老旗手的隨行沒有任何爭議，就連幾名倖存的勳貴子弟也是如此。

柴悅又分出一匹馬，十個人十一匹馬，多出一匹是給鎮北將軍準備的。

休息片刻，韓孺子等人出發了，一路上幾乎馬不停蹄，心裡不停地計算著匈奴人大概什麼時候會追上柴悅。入夜不久，韓孺子與碎鐵城援兵相遇，一共兩千多人，碎鐵城的馬匹幾乎都被帶出來。韓孺子等人換馬，由一百人護送回城，剩下的援軍繼續前進，去接應柴悅。

回到城裡已是深夜，韓孺子又累又餓，可他吃不下、睡不著，在張有才的苦勸之下，才勉強吃了一點東西，命人好好安置房大業。房大業太老了，連下馬都需要幾個人同時攙扶，剛一沾床就呼呼大睡。

「把金純保帶來。」韓孺子不想枯等。

張有才沒法勸說主人休息，只好讓泥鰍去喚人，沒多久泥鰍匆匆跑回來，「金老大被帶走了。」

「帶走？被誰帶走？帶到哪去？」韓孺子發出一連串疑問。

泥鰍撓撓頭，轉身跑了出去，服侍倦侯至今，他也不太懂規矩，腿腳倒是利落，說去哪就去哪，回來得也快，「被大軍使者帶到神雄關去了。」

神雄關外的山谷裡駐紮著三萬楚軍，等候圍殲匈奴人，他們的將帥留在神雄關內，每天派使者來碎鐵城通報信息，正好趕上金純保被送回來，於是使者將他帶走。

韓孺子頓足，他還是經驗不足，忘了下達嚴令將金純保留在城內，急忙讓張有才備紙筆，寫了一封信，命人即刻出發，送往神雄關。他在信中提醒楚軍大將：金純保的逃亡明顯是匈奴人安排好的，所說匈奴人分裂之事不可盡信，很可能是誘兵之計，留在邊塞的匈奴人或許不只一萬人。

送信者出發，韓孺子心裡卻不踏實，金純保所言句句有據，他的反駁卻全是猜測，最強大的理由只有一條，他卻沒法細說。

如果匈奴人只想引誘倦侯，就應該像柴悅一樣，多拿金垂朵做藉口，可金純保說來說去卻都是匈奴人再次分裂的事情，這番言辭想引誘的人絕不只是鎮北將軍和碎鐵城，而是職位更高的將軍以及更多的楚軍。金純保在不自覺的狀況下遭到利用，自以為說的都是實話，更具蠱惑力。

「定居的匈奴人與楚人越來越相似，不僅學會了楚軍的戰法，也學會了同樣的計謀。」韓孺子自言自語，越來越擔心，甚至後悔當初沒有殺掉金純保，可當時他要利用金純保搬救兵，沒有太多選擇。

匈奴人果然沒有追捕金純保，更證明他是被故意放出來的。

韓孺子又寫了一封信，讓泥鰍找來望氣者林坤山。

「麻煩林先生去一趟神雄關。」韓孺子將自己的猜測全說了一遍。

林坤山不住點頭，最後道：「我這就出發。」

韓孺子直到這時才稍稍鬆了口氣，由林坤山去說服楚將，比他更有效果。

天亮不久，一隊楚軍回城，帶來最新的消息，援兵已經接回柴悅等人，與匈奴人遙遙相對，匈奴人立刻撤退，這回是真退，沒再回來，雙方沒有發生戰鬥。

韓孺子又鬆了一口氣，可還是提著一顆心放不下來，等到大軍陸續進城的時候，他終於明白自己懸念的事情是什麼了。

他與柴家人還有一筆帳沒算。

第一百五十七章 「柴家人」

洪伯直是一名江湖人，號稱「摘星神鼠」，長得瘦瘦小小，確有幾分老鼠的模樣，但他摘不到星星，也極少有人在意這個威風的綽號，大家更習慣叫他「老伯」。老伯不喜歡當兵，規矩太多、日子太苦，比坐牢還要無聊。他更不喜歡碎鐵城，城裡差不多都是軍營，少量民居裡住著士兵或囚徒的家眷，丟個碗也會鬧得滿城風雨。

老伯是名竊賊，他更喜歡另一個稱呼——俠盜，可惜，願意這麼叫他的人少之又少。

他早就想當逃兵，一聽說「開路神」王靈尚、「風刀」古聚仁和「踏破鐵鞋」宋少昆刺殺鎮北將軍失敗，並死於荒山之上，他就知道不能再等了。碎鐵城進入戒嚴狀態，想逃走並不容易，老伯暗中收集了一些水和食物，打算入夜之後悄悄離城，如果能帶走一匹馬，自然再好不過，如果不能，他打算步行，走個十來天，怎麼也能到達神雄關。

只要能進入關內，老伯將如魚得水，總能找到江湖好漢接待自己。

一切順利，鎮北將軍驚魂未定，一整天都在將軍府中休息，除了要求加強戒備，沒有發出別的命令。夜至二更，其他士兵還在酣睡，老伯悄悄走出營房，背著一個包袱，腰上纏著繩索，向碎鐵城東南角走去。城池的這一角有座靠牆的大土石堆，腿腳靈活些，能夠爬到城牆上去，對老伯來說不在話下。

途中，他特意繞行到將軍府，心存僥倖，萬一能帶走鎮北將軍的頭顱，這一趟就沒有白來。

府內一片安靜，老伯看了一會，還是放棄了這個過分大膽的計畫，如果頭顱就擺在某間密室裡，他有八九分把握能夠順手牽羊，至於拔刀殺人，他的功夫還不如一些普通的士兵。

老伯爬上土石堆，扒著牆頭靜靜地觀察了一會，守城的士兵明顯增多，一隊一隊來回巡視，他只有極短的時間越牆而出。老伯從包袱裡摸出特製的三指鐵爪，將繩子一頭牢牢繫在上面，趁著巡邏士兵拐彎，他貼著地面快速爬到對面，用鐵爪摳住城牆，自己越牆而出，慢慢鬆繩下降，他計算好了時間，絕對夠用。

腳踏實地，逃亡的第一步成功。

老伯輕輕晃動繩索，這也是一門功夫，能將鐵爪晃下來，許多武功高強的好漢都做不到，老伯對此頗為自得。

繩索鬆動，鐵爪從高牆上掉下來，老伯抬頭仰望，雙手快速收繩，在黑夜裡接鐵爪更需要膽大心細，得在最後一刻躲開，讓鐵爪自由落地，同時緊緊抓牢繩子，減少衝擊，以免鐵爪發出太大聲響。

自從出師以來，他還從來沒有失敗過。

「嘿！」

附近突然傳來一聲招呼，老伯大驚，猛一回頭，只見黑夜中有十餘人正舉著弓箭對準自己，他一心躲避城牆上的巡邏士兵，全沒料到城外會有埋伏。

無數個念頭在老伯心中閃過，只有一件事他給忘了。

「啊！」老伯一聲慘叫，倒在地上，被自己的鐵爪準確砸中，被送到將軍府裡時還昏迷不醒。

要跟柴家人算帳，必須得有證據，韓孺子繞過自己的部曲士兵，那些漁民雖然忠於他，但是與江湖人同吃同住數月，交情不淺，也不用大將軍韓星指派來的正規士兵，他們與江湖人不熟，卻可能接受柴家人的收買，他派出碎鐵城原有的幾隊士兵，以巡查的名義出城，任務只有一個，抓住任何偷離碎鐵城的人。

韓孺子只是在碰運氣，猜測王靈尚等人在城中可能還有同夥，他們要麼繼續刺殺鎮北將軍，要麼逃亡，如果今晚抓不到人，韓孺子就只能將部曲營中的十幾名江湖人通通囚禁起來拷問。

那是最差的選擇，極可能冤枉真正的忠誠士兵。

韓孺子白天睡了一小會，雖然還有些疲憊，但是精神尚可，看著郎中為洪伯直敷藥療傷。他記得這名瘦小的江湖人，甚至能說出此人的綽號。瘋僧光頂曾經說過，倦侯不懂得如何與江湖人打交道，所以留不住奇人異士，更不能讓他們為己效命。

韓孺子看著昏迷的洪伯直，納悶柴家並無俠名，如何能取得江湖人效忠？

郎中已經盡力了，說道：「天亮之前應該能醒過來，要是不能……卑職也沒有回天之力。」

韓孺子點了下頭，回自己的房間裡休息，將軍府看似平靜，其實戒備森嚴，可他仍不放心，連部曲中都藏著刺客，還有誰值得相信？

韓孺子又一次想起太祖韓符，他在爭奪天下時遇到過多次背叛，楊奉說太祖對叛徒從不手軟。

馬軍校尉蔡興海求見，韓孺子相信這名太監，城外的埋伏者全是碎鐵城老兵，指揮者卻是蔡興海。

「暫時就這一個。」蔡興海是來報告情況的，「我派人暗中查過了，名單上的其他人都在營中安歇，沒有異常。」

韓孺子已將部曲營江湖人列入名單，嚴加提防。

蔡興海沒有告退，欲言又止，韓孺子說：「蔡興海，在我面前無需拘束。」

胖大太監還是跪下磕頭，起身道：「有件事我得提醒倦侯，希望倦侯能早做準備。」

「說吧。」

「倦侯出城時帶著十七名勳貴子弟，有七人在荒山上陣亡，可能會惹來不小的麻煩。」

那十幾人無不家世尊貴，曾利用父兄的關係想調至神雄關，被韓孺子拒絕，帶著他們伺察敵情，沒想到真會遇上匈奴人。

「北軍右將軍馮世禮的侄兒是亡者之一吧？」

「是。馮世禮坐陣神雄關，指揮三萬伏軍，肯定……不會高興。」

韓孺子嘆息一聲，「我明白。」

「老實說，所有勳貴子弟都是隱患，派上戰場怕傷著，放任不管是禍害。」

「既然是打仗，就會有傷亡。」

「話是這麼說，但是身為勳貴後代，總會有一點特權，一個人的命比得上百名、千名普通將士。」

韓孺子沉默片刻，說：「大楚就是這麼衰落的，一人之命重於百千名將士，卻連一人之力都發揮不出來。」

蔡興海又一次跪下磕頭，起身道：「無論如何，請倦侯輕易不要前往神雄關，在碎鐵城，我們就算拚上性命也要保得倦侯安全。」

韓孺子微笑道：「你覺得我的命比你們更重要？」

「重要萬倍。」蔡興海認真地說。

韓孺子又笑了笑，「我明白了，你退下吧，我會小心的，洪伯直若是醒了，立刻通知我。」

「是。」蔡興海退下，比倦侯更加憂心忡忡。

韓孺子拿出幾頁紙，上面列出了十幾名江湖人的姓名，還有十一名柴家勳貴。

說是柴家勳貴，大都卻不姓柴，各個姓氏都有，都是透過姻親關係與柴家緊緊捆綁在一起，被視為「柴家人」，還有更多的勳貴子弟與柴家有著或遠或近的親屬關係，就連韓孺子本人，也因為老公主的原因，算是柴家的親戚。

蔡興海說，一名勳貴的性命抵得上百名、千名普通將士，從影響的廣泛上來說，確實有一點道理。

韓孺子打算休息了，張有才突然推門進來，「主人，那個傢伙醒了。」

韓孺子將幾頁紙折疊，放入懷中，邁步走出房間，要去親自審問洪伯直，對於收買刺客的柴家人，他絕不會手軟。
外面天還黑著，韓孺子和張有才迎面遇見了東海王與崔騰。
「還好你沒睡，我找你有事。」東海王說，他也住在將軍府裡。崔騰則是傍晚時來見東海王後，就一直沒出府。
「我有要務，待會再說。」韓孺子急著審問犯人。
東海王卻不肯讓路，「我的事情更重要，進屋說話。」
東海王的脾氣在碎鐵城收斂許多，這還是第一次堅持己見不肯讓步。
韓孺子看了一眼崔騰，崔家二公子站在東海王身後，他剛剛立下大功，帶著柴悅等人救回鎮北將軍，這時卻臉色蒼白，神情慌張，好像犯下了大錯。
「好吧。」韓孺子向張有才使個眼色，讓他去通知蔡興海好好看守洪伯直。
韓孺子習慣素淨的屋子，住進將軍府之後，幾乎沒有添置任何擺設，牆上連幅字畫都沒掛，桌椅也都是從前的舊物。
韓孺子和東海王坐下，平時總自認為是「一家人」的崔騰，卻垂手站立，不敢入座。
「崔二，你自己說吧。」東海王略顯氣憤。
「什麼都說？」崔騰還有點猶豫。
「廢話，到這個時候了，還有什麼可隱瞞的？難道非要讓倦侯自己查出真相？」
崔騰皺眉想了一會，突然跪下了，哭喪著臉對韓孺子說：「妹夫，我不是有意的，我也不知道那些人真會動手，我跟他們說過要等我的命令，沒想到……」
「原來是你收買的刺客。」韓孺子怒火燒心，真想起身拔刀，狠狠砍下去。
「沒花錢，是別人介紹來的。妹夫，我是曾經想過要為柴韻報仇，可我發誓，我沒想殺你，就算為了妹妹，我也不會這麼做……」

崔騰不停自辯，韓孺子連擺幾下手才將他打斷，「誰把刺客介紹給你的？」

崔騰看了一眼東海王，沮喪地說：「是花虎王。」

韓孺子一愣，自從宮變失敗之後，花家人不是身陷囹圄，就是亡命江湖，沒想到居然在碎鐵城與他又產生了聯繫。

第一百五十八章　招供

俊侯醜王布衣譚，名揚天下不虛傳。

俊陽侯花續既是皇親國戚，也是江湖豪俠，在朝堂的時候，花家連著江湖，逃至江湖的時候，花續與朝堂的關係並未中斷，就在一片緊鑼密鼓的追捕聲中，花續與兒子花虎王仍受到一些勳貴家族的庇護。

衡陽主發誓要為心愛的孫子報仇，一怒之下，甚至聲稱誰能殺死倦侯誰就可以繼承侯位，其實她心裡很清楚，任何一位柴家子孫，只要與謀殺廢帝扯上關係，都將必死無疑，就算是寵愛她的武帝還活著，也不會寬恕這樣的罪行。

她需要非常手段，需要那些傳說中來去無蹤、殺人於無形的刺客，為了找到這樣的人，她首先需要找到逃亡在外的花續。

柴家與花家的關係只能說是一般，衡陽主無處尋找隱姓埋名的逃犯，就在這個時候，崔騰登門了。

崔騰與柴韻的交情非同一般，即使打得不可開交，也是朋友之間的衝突，崔騰懷念與柴小侯一塊尋花問柳的日子，尤其是在誘引富貴人家女兒的時候，唯獨柴韻同時兼具膽量與手腕，剩崔騰一個人，就只能以勢壓人，他試過，效果非常不好。

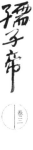

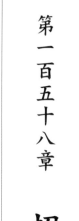

崔騰前往柴府弔唁，與衡陽主抱頭痛哭，很快就提到了報仇，盡釋前嫌之後，又提到了俊陽侯花續。

花虎王是崔騰另一位知心朋友，雖然比不上柴韻，但是彼此信任，花家父子逃亡的時候，曾在崔家的莊園裡住過，幾張通關文書也是從崔騰手裡拿到的，因此一直保持聯繫。

花虎王頗有豪俠氣派，接到書信之後親自回京面見崔騰。當然，他也沒什麼可怕的，願意保護他的勳貴不只崔家，只要不是招搖過市，沒有人真會抓他。甚至，還帶來了衡陽主期盼的江湖高手。

可惜，這些高手做不到來去無蹤、殺人於無形，而且在當時的情況下，無論誰殺死倦侯，都會牽涉到柴家，於是花虎王定計：讓四名江湖人混進倦侯的義軍，到戰場上伺機暗殺，栽贓給匈奴人，柴家人不會受到任何影響。

那時候崔騰是真的想殺死倦侯，在馬邑城，以及前往碎鐵城的路上，這個念頭越來越強烈，只是時機不對，他只能強行忍耐。

在碎鐵城，崔騰改變了主意。

「我一直以為你和我們一樣。」崔騰仍然跪在地上，時不時懊悔地拍打自己的腦袋，「所謂打仗就是來玩玩，順便避避風頭、揀點軍功什麼的，當你攆走多餘的隨從、把我關起來的時候，我還以為你是在裝樣子，無非是為了顯示你與崔家無關，以此討好太后……」

崔騰想給自己一巴掌，手舉起來，又有點捨不得，於是改為在額頭上狠狠拍了一下，手掌生疼，腦袋也有點暈沉沉的，輕輕晃了兩下，繼續道：「可是到了碎鐵城不久之後，我覺得你可能真是要做點事情，等你親自出城當斥候，我終於相信你不是鬧著玩的。」

東海王吒了一聲，「你以為人人都跟你一樣嗎？這麼大的事情，你居然一直瞞著我。」

「是花虎王特意提醒我不能向你洩密，他說你想法太多，不會專心為柴韻報仇……」崔騰倒是沒有隱瞞。

東海王又吒了一聲，「當然不會，柴韻算什麼東西，值得我為他報仇嗎？」

房門突然被撞開，張有才氣喘吁吁地跑進來，神情驚慌，伸手指著崔騰，韓孺子點點頭，示意這裡沒事，張有才退出，將房門關上，另一間屋子裡的洪伯直顯然已經招供。

崔騰繼續往下說：「我發誓，改變主意之後，我立刻命令王靈尚等人罷手，他們答應得挺好，沒想到……沒想到……」

「沒想到人家根本不把你的話當回事。」東海王冷冷地說，一副恨鐵不成鋼的憤怒神情，「你也不想想，那些江湖人講的是義氣，他們的義氣都在花虎王和花繽那裡，跟你有什麼關係？利用你而已。」

崔騰垂頭小聲道：「花虎王親口要求他們聽我的命令……」

東海王怒極反笑，向韓孺子搖頭道：「瞧，就是這麼一個蠢貨。」

韓孺子端正坐姿，開口道：「我不殺你……」

崔騰立刻面露喜色，韓孺子抬起手掌，表示自己的話還沒完，「我不殺你，不是因為你帶著援兵救過我，而是因為你是小君的哥哥。」

「是一母同胞的哥哥，崔家的兄弟姐妹當中，小君和我的關係最好……哦，你接著說。」

「可你對我動過殺心，親情已斷，從此以後，不要再對我提起小君。」

「別這樣啊，妹……倦侯，給我一次機會。」崔騰一下子急了。

東海王輕嘆一聲，「笨蛋，倦侯的意思是說你得將功補過，或許還能恢復親情。」

崔騰疑惑地看向倦侯，見他點頭之後，才露出笑容，「那還好，等你下次遇險，我一定拚命救你。對了，城裡還有一名江湖人……」

「洪伯直，他已經落網了。」韓孺子說。

崔騰臉色一變，摸著自己的腦袋，「還好我認錯認得早。」

韓孺子心裡清楚，這份「功勞」屬於東海王，也不點破，說：「我問你一件事，你要老實回答。」

「你問吧，我肯定老實。真的，我知道在大家眼裡我就是一個紈綺子弟、一個廢物，可我生在崔家，又不像你們兩個有機會當皇帝，不當紈綺子弟還當什麼？其實我也想建功立業，只是沒有機會，在倦侯之前，我還沒遇到過真敢訓練勳貴子弟並讓我們上戰場……哦，倦侯想問什麼？」

「花虎王，還有那四名江湖人，有沒有向你提到過望氣者？」

「望氣者？」崔騰仔細想了一會，「沒有。」

「淳于梟、林乾風、林坤山、方子聖、袁子聖……望氣者不只一位，名字很多。」

「花虎王提起過一個人，叫……鮮于雄。」

「就是他，花虎王說什麼了？」

崔騰更加仔細地回想，「大概意思是說，這位鮮于雄正在幫助他父親東山再起，我說『花家犯的是不赦之罪，怎麼可能東山再起？』花虎王就不再說了。」

韓孺子在桌子上重重一拍，站了起來。

剛剛獲得原諒的崔騰，嚇得一哆嗦，馬上哀求道：「我還沒成親，沒給崔家傳宗接代……」

韓孺子沒理他，看向東海王，「我犯了一個錯誤，把林坤山派到神雄關去了。」

「你覺得望氣者要殺你？可是……沒理由啊。」

韓孺子慢慢坐下，「望氣者沒想殺我，起碼現在還不想，他們……順勢而為，可大勢到來的時候，他們得保證自己真能有所為。望氣者在悄悄佈局，等待一個時機，或者殺我，或者輔佐我，那些江湖人本應一直潛伏在軍中，可他們不瞭解望氣者真實的用意，提前動手，壞了望氣者的大事。」

「你把望氣者想得太厲害了吧？」東海王笑道。

「不止如此。」韓孺子起身向外走去，崔騰和東海王不明所以，留在原處。

在門口，韓孺子轉身道：「崔騰，你留在這裡，不准出屋半步。」

「我留下，一個指頭都不出去。」

「你跟我來。」韓孺子推門出去。

東海王不情願地站起身，對崔騰說：「誰都有居於人下的時候，你不也是說跪就跪了？」
崔騰笑道：「我沒想當皇帝，所以不在乎居於人下，你不一樣，嘿嘿。」
「口無遮攔，有勇無謀，崔家早晚會亡於你手。」東海王出去追韓孺子。
崔騰愣了一會，大聲道：「崔家才不會滅亡，起碼不會亡於我手，還有大哥和三弟呢，喂……」崔騰起身，喃喃道：「將軍的屋子跟監牢沒什麼兩樣。」
韓孺子對追上來的東海王說：「你應該給你舅舅寫封信……」
「不寫。」東海王拒絕得很乾脆。
韓孺子也不勸他，自顧自說下去：「望氣者不會只在我一個人身邊佈局，那對他們沒有多大意義，南軍崔太傅、北軍冠軍侯、大將軍韓星十有八九都是望氣者的目標，還有你。」
韓孺子突然止步，「望氣者不會對你棄之不理。」
東海王不以為然地撇了下嘴，「監視你的人，大概順便也在監視我吧。」
韓孺子笑了笑，繼續前行，不管怎麼說，他與東海王目前同在一條船上。
走出不遠，東海王道：「當心，你不能懷疑每個人，人至察則無徒，等你將所有可能的威脅都去除之後，身邊也就沒有人了。」
「嗯，我有分寸。」韓孺子可以不殺那些心懷鬼胎的人，但是不能裝糊塗，必須知道他們想做什麼。
一間廂房裡，洪伯直正跪在床上求饒，他已經交待一切，只想保住自己的小命，什麼江湖義氣、豪俠風度，都被拋在九霄雲外，他是一名竊賊，只想承擔竊賊的責任。
韓孺子和東海王進屋，看守洪伯直的蔡興海和張有才躬身行禮，張有才問道：「怎麼處置這個奸細？」
「他招供了？」韓孺子問。
「還沒拷打就招了。」蔡興海鄙夷地說，瞥了一眼東海王，繼續道：「是花虎王將他們介紹給……崔二公子的。」

「我知道了，還有別人嗎？」

「花虎王、崔騰，還有三人已死，就是這些，他沒再招供別人。」蔡興海說。

洪伯直磕頭道：「我沒撒謊，將軍想要誰的名字，我可以……」

「花虎王給你們安排的任務都有什麼？」

洪伯直抬起頭，「任務？一個是伺機暗殺……我也不明白王靈尚他們為何要提前動手。還有，讓我們盯著……東海王。」

「這個混蛋。」東海王恨恨地說。

「還有呢？」

「還有……沒了，真沒了。」

韓孺子使個眼色，蔡興海拔出刀，洪伯直一下子癱軟在床上，「我們的任務就這些，可我知道柴家人的事情，他們好像要殺誰。」

「殺倦侯？」張有才問。

洪伯直搖頭，「不是，他們要殺的好像是自家人。」

「自家人？」韓孺子心中一動，「是柴悅！」

第一百五十九章 亂前

韓孺子的名單上記錄著十一名「柴家人」，聚在一起的卻有二十三人之多！果然親情是可以培養的，有些人希望通過重重考驗得到柴家的認可，擠進京城最具實力的勳貴圈子之一。今晚他們要做的事情就是一次考驗，參與者都很得意，因為他們要解決的是「家務事」。

自從鎮北將軍整頓之後，勳貴營裡再沒有夜夜笙歌的景象，與普通軍營一樣，天黑不久就已安靜下來。大概三更左右，不同的營房裡走出一個個身影，悄沒聲地走向同一個地點，見面時互相點頭致意。

他們來見蕭幣。

蕭幣是左察御史蕭聲的親侄兒，大哥娶的是柴家之女，兩家通婚，關係頗為緊密，被視為「一家人」，即使他不姓柴，也能成為這群「柴家人」的頭目。他默默地點數夜色中的身影，受邀的二十三人全都準時到齊，這讓他很滿意，低聲道：「走。」

眾人排成兩行，跟在蕭幣身後，向軍營大門口走去，腰間未懸刀劍，像是一隊前往倉庫領取器械的士兵。但是他們沒有走出軍營，在把頭右手第一間房門前停下，其他人貼牆站立，蕭幣一人舉手敲門。

「哪位？」屋子裡傳來聲音。

「蕭幣，找柴參將有要事相商。」

又等了一會，門打開了，蕭幣推門就進，後面的人魚貫而入，開門者是柴悅的隨從，嚇得呆住了，不敢阻攔，也不敢叫喊，尋思片刻，自覺地退到角落裡蹲下，另一名隨從不住在這裡，躲過一劫。

柴悅從床上坐起來，身上穿著甲衣，腰刀就放在手邊。

參將的屋子稍大些，二十多人擠在裡面卻也滿滿當當，蕭幣站在床前，輕輕拍了兩下手掌，有人點燃一截小小的蠟燭，屋子裡沒那麼黑了，能夠看清彼此大致的面容。

蕭幣看著床上的人，說：「我們沒帶兵器。」

柴悅猶豫片刻，將手邊的刀往旁邊挪了挪。

「做出決定了嗎？」蕭幣問。

柴悅又猶豫了一會，「不能等圍殲匈奴人之後嗎？」

「與匈奴人無關。」蕭幣冷淡地說，「這是要證明你到底是不是柴家人。」

「我姓柴。」柴悅比屋子裡大多數人更有資格稱得上是「柴家人」。

「可你卻背叛柴家、背叛公主。」蕭幣稍稍彎腰，盯著柴悅的眼睛，「大家都在，你能解釋一下十天前為什麼要去援救倦侯嗎？」

「崔騰找到了我，援救主帥是我的職責。」

「柴家人的職責呢？公主立誓復仇的時候，你不在現場嗎？」

柴悅無言以對，過了一會，他跪坐在床上，誠懇地說：「那時謠言甚囂塵上，可現在事實已經很清楚了，殺害柴小侯的人是金家女兒，與鎮北將軍無關，他只是恰好在場而已。」

「他還恰好護送金家兄妹北上，恰好放他們進入草原，恰好讓他們領著匈奴人進攻大楚。柴悅，這件事咱們早就說清楚了，金家是仇人，倦侯也是。」

柴悅沉默不語。

蕭幣從懷裡取出一封信，「這是前天送來的信，公主手書，她還不知道你救倦侯的事，可是已經對你非常憤怒，因為你好像已經鐵了心要給倦侯當忠僕了。」

「這是大楚與匈奴之間的戰爭，不是柴家報私仇的時候。」柴悅做出最後的嘗試。

蕭幣冷笑一聲，將信遞過去，柴悅搖搖頭，沒有接信。他相信這是真的，也能猜出信裡會說什麼。

蕭幣收起書信，「廢話少說，你還有一次機會，要麼跟我們去攻打將軍府，要麼用你的刀自盡，以死向公主謝罪，我們替你作證。」

「攻打將軍府？」柴悅的第一反應不是自己的生死，而是這群「柴家人」的膽大妄為。

「你覺得我們不會成功嗎？」蕭幣冷冷地問。

「自從刺殺事件之後，將軍府裡每晚至少有一百名衛兵巡視，不可能，你們不可能成功。」

「嘿，人人都說柴悅最善於審時度勢，怎麼也變得愚蠢了？倦侯自以為還是皇帝，視勳貴如草芥，在荒山上害死數人，惹下了大禍，已有信息從神雄關傳來，北軍右將軍馮世禮要為侄子報仇，很快就會親率大軍來碎鐵城，柴家人不過搶先一步報仇而已。至於將軍府裡的衛兵，我們自有辦法解決。」

「你又不姓柴，何必蹚渾水？」

蕭幣冷笑一聲，身後有人道：「還說什麼廢話，柴悅，你沒膽子報仇，也沒膽子自裁謝罪嗎？」

柴悅長嘆一聲，伸手拿來腰刀，橫握胸前，拔刀出鞘，蕭幣等人不由自主向後一仰，害怕柴悅會做拚死一搏。

柴悅卻沒有這個想法，在昏暗的燭光中盯著自己的刀，「我可以自裁，但是請你們就此收手吧，大楚經不起折騰，應該齊心協力對付匈奴人……」

「別給自己的膽小找藉口。」蕭幣打斷柴悅。

柴悅再次嘆息，屏住呼吸，正要刎頸自殺，外面突然又響起了敲門聲，他一愣，其他人卻是一驚，站在門口的一人轉身問道：「是誰？」

「晁化。」

眾人大驚，晁化是鎮北將軍的部曲主將，與勳貴向來井水不犯河水，此番前來不像是有好事。

蕭幣怒道：「柴悅，你敢洩密？」

柴悅一臉茫然，「不是我，我縱然不在乎自己的性命與柴家的名聲，也放不下京城的母親和弟弟。」

就是因為母親和同胞弟弟還留在京城柴府，柴悅只能選擇自裁「謝罪」，蕭幣等人也因此敢於上門要挾。

「怎麼辦？」有人小聲問。

「殺了柴悅，衝出去。」

「別胡鬧，咱們人還沒聚齊呢，先問問他有什麼事。」

還是門口那人，強自鎮定，問道：「晁將軍來此何事？」

「神雄關來信，鎮北將軍派我來請柴將軍前往府中議事，呃，快點，鎮北將軍很急。」

屋子裡的二十多人又展開小聲議論。

「他在撒謊，平時來請人的不是他。」

「現在是半夜，可能他正好輪值。」

「怎麼辦？這就衝出去嗎？」

「誰能看看，外面是不是還有其他人？」

「好像……就他一個人。」

「噓，都小聲點。」

屋子裡安靜下來，外面的敲門聲變得不耐煩了，「柴將軍，請即刻動身，鎮北將軍在府裡等著你呢。」

蕭幣舉起雙臂，示意眾人不要吱聲，先是大聲道：「馬上就好。」然後低聲道：「讓柴悅去將軍府，咱們分頭聯絡城中將官，天明前進攻。」

蕭幣是頭目，做出的決定無人反對，即使有人心裡覺得不妥，也都不吱聲。
蕭幣對柴悅說：「別多嘴，否則的話……」
「我連命都不要了，還會多嘴？」
蕭幣側身，示意其他人往兩邊擠一擠，讓出通道來，突然想起蠟燭還燃著，急忙轉身吹滅，又覺得多此一舉，卻已來不及重新點燃。
柴悅衣鞋俱全，從人群中走過去，打開房門，對外面的晁化說：「有勞晁將軍久等。」
晁化站在幾步之外，冷淡地說：「我等多久都沒事，鎮北將軍比較著急。」
兩人一個是勳貴之家的參將，一個是漁民出身的部曲首領，平時沒什麼來往，更算不上是朋友。
晁化不再多說，帶頭向營外走去，隨口問道：「怎麼回事，勳貴營連大門也不守了？」
「大概是躲起來休息了，等到天亮，我會調查該誰輪值。」柴悅不得不掩護房間裡的那些「柴家人」。
他的住處離營門不遠，十幾步路就到了，剛走出門口，他愣住了。
街道上站滿了士兵，看樣子都是鎮北將軍的部曲。
柴悅轉身望去，猶豫著要不要提醒蕭幣等人。
晁化替他做出決定，在他肩上一推，「快點吧，鎮北將軍已經等急了。」
柴悅半推半就地向將軍府走去，可心中還是不安，他現在的舉動是在背叛柴家，雖然是受迫背叛，衡陽主卻不會在乎，她不放過倦侯，也不會放過庶出的兒子，更不會放過府中的妾與子。
「我不能見鎮北將軍。」柴悅轉身向勳貴營跑去，順手拔出腰刀，不是為了自保，而是要死在蕭幣等人面前，以保住母親和弟弟的性命。
晁化二話不說，猛地一衝，將柴悅撞倒在地，幾名士兵上來，奪下腰刀，拖著他向將軍府快步疾行。
晁化沒有跟隨，做出幾個手勢，部曲士兵手持刀槍走進無人把守的勳貴營。

柴悅被帶進將軍府大堂，裡面點著一盞油燈，兩邊站滿了將官與軍吏，東海王、崔騰都在其中，鎮北將軍坐在主位上，對柴悅說：「大楚，還是柴家，你得做出選擇了。」

柴悅跪在地上，一身冷汗，「我的生母，還有弟弟，都在柴府……」

韓孺子向前傾身，「你死了，他們還是朝不保夕；你活著，還有建功封侯、救他們脫離苦海的希望。柴悅，天下即將大亂，保國還是保家，你得馬上做出決定。」

「大亂？」柴悅沒明白這句話的意思。

韓孺子手裡一直握著一封公函，將「柴家人」一網打盡是他原定的計畫，這封公函則是意外到來。

「關內眾多郡縣發生暴亂，大將軍命令碎鐵城立刻出軍剿滅匈奴人，然後進關平亂。」

望氣者林坤山預言過的「秋後暴亂」真的發生了。

第一百六十章　大軍過河

關東各地發生暴亂已有一段時間，只是消息剛剛傳到碎鐵城。

暴亂發生得非常「不巧」，或者說「太巧」了，大楚的精銳軍隊多在戍邊，關內兵力空虛，郡縣只能勉強控制住本地暴亂，因此朝廷緊急調動邊疆軍隊分赴各地平亂。

楚軍已為碎鐵城伏擊之計做出諸多準備，於是大將軍韓星命令神雄關外的軍隊盡快出擊，先解決匈奴人的威脅。

柴悅一陣恍惚，剛剛還在懸念母親和弟弟的生死，突然間卻要考慮大楚的危機，他只能勸說自己，衡陽主雖然冷酷無情，未必就敢對無辜的家人下手。

「三萬北軍什麼時候到？」柴悅問，只憑碎鐵城幾千士兵不是匈奴人的對手，必須有大軍支持。

「已在路上，午時之前就到。」

柴悅還是有些慌亂，穩了穩心神後，說道，「可咱們還不知道匈奴人主力在哪，甚至不知道他們是否聚在了一起。」

韓孺子正為此事擔心，「事情都趕在了一起，朝廷希望盡快出擊，金純保又帶來了匈奴人分裂的消息，大將軍或許覺得這是一個可趁之機。」

柴悅看了一眼兩邊的將官，覺得自己不宜說得太多，可有件事他必須問個清楚，「將軍，動貴營……」

「不急，匈奴人才是眼前要務。」

柴悅稍鬆口氣，「柴家人」暫時無憂，雖然那些人逼他自裁謝罪，他卻不能眼睜睜看著他們被殺。

三萬北軍來得比預料更早，天亮不久，先鋒部隊已到。沒有進城，直接過河，前往對岸選地紮營，只派數名軍吏與城中接洽。

此後一支支軍隊陸續到來，全都繞過碎鐵城，去往河對岸。離午時還差一個時辰，北軍右將軍馮世禮到了，同樣沒有進城，在城外設置了臨時軍帳，請鎮北將軍出城會面。

這個要求有點不尋常，馮世禮的職位比韓孺子要高一級，節制神雄關至碎鐵城的全部軍隊，本應進城置府，他卻寧願留在城外。韓孺子不能不服從命令，安排好城中事宜，只帶柴悅和幾名侍衛出城。

上千名士兵組成數層人牆，數不盡的旗幟在風中飄揚，留出的道路很窄，兩邊的槍戟幾乎觸手可及。韓孺子等人下馬，侍衛被攔住，只有他與柴悅獲准進帳。

馮世禮四十多歲，年紀不算太大，皮膚白淨，容貌儒雅，若不是身上穿著盔甲，他會更像是文臣。帳篷裡還有十名持戟衛士保護右將軍，馮世禮正坐在書案後面查看卷宗。

柴悅身份低，上前磕頭行禮，韓孺子只需點頭。

馮世禮沒有回應，將一份卷宗看完才抬起頭，像是剛看到兩人，笑道：「鎮北將軍已經到了，請坐。」

有衛士搬來一張凳子，韓孺子能坐，柴悅站在他身邊。

馮世禮看著鎮北將軍，臉上的笑容逐漸消失，「鎮北將軍見到匈奴人了？」

「是，我在公文裡說得很清楚。」

馮世禮輕拍桌上的卷宗，「我看到了，有點小麻煩，不要緊，很容易解決。先說重要的事情吧。」

韓孺子覺得對方是有意提起「小麻煩」但又不說明，因此他也不追問，馮世禮的目光轉向柴悅，「伏擊匈奴人的計畫最早是你提出的？」

「是，卑職淺見，幸得大將軍重視。」

「好像不太成功啊。」

柴悅臉色微紅，大軍埋伏已久，入冬在即，匈奴人卻沒有如他所預料的攻擊碎鐵城，的確不太成功，「卑職愚鈍……」

「不算什麼，這種事常有，誰也不能做到料事如神，對不對？」

馮世禮遲遲不進入正題，韓孺子問道：「大軍北上，是要與匈奴人開戰嗎？」

馮世禮點點頭。

「找到匈奴主力了？」

馮世禮又點點頭。

帳篷裡突然間誰也不說話，變得有些尷尬，韓孺子深深厭惡這種無聊的故弄玄虛，臉上卻露出微笑，挺直身板、正襟危坐，好像所有問題都已再清楚不過。

馮世禮彷彿剛剛睡醒，猛吸一口氣又重重地吐出來，從桌上翻出一份公文，「有消息聲稱，東單于病故，札合善王子急於爭奪單于之位，因此聚集所有騎兵，正往西去，大將軍命我攔截，兩三日後會戰。」

韓孺子和柴悅互相看了一眼，這是他們都不知道的消息。

「消息準確嗎？」韓孺子問。

「大將軍相信，北軍大司馬也相信，這消息不可能不準確。」

韓孺子不想再這樣周旋下去，站起身，問道：「馮將軍見過金純保了？」

「見過了，他說了一些挺有意思的事情。」

「依我猜測，那很可能是札合善故意灌輸……」

馮世禮抬手阻止鎮北將軍說下去，以公事公辦的語氣說：「大將軍已經下令了，我想咱們還是少猜測多做事吧。」

韓孺子爭不過這樣的官場老滑頭，只好說道：「馮將軍希望碎鐵城守軍做什麼？」

「不是我希望，是大將軍的命令。」馮世禮拿起另一份公文，打開看了一會，嗯嗯幾聲，闔上公文，「碎鐵城守軍要跟我一塊去阻擊匈奴人。」

「總得留一些人守城，以防萬一。」

「那就把勳貴營留下吧，足夠了，反正這是一場必勝之戰，要他們無用，還盡惹麻煩。」

韓孺子以為馮世禮要說起陣亡的侄子，結果他話鋒一轉，「鎮北將軍可以選擇守城或是出戰。」

「我留下守城。」韓孺子沒有逞強的打算。

馮世禮含笑點頭，好像早就料到會是這樣，「好吧，那就這樣，鎮北將軍請回，天黑前派守軍過河，不可違時。」

直到會面結束，馮世禮也沒有提起私事。

回城的路上，柴悅沉默不語，韓孺子猜到了他的想法，說：「你想參戰？」

「我就是為這個來塞外的。」

「你不認為那可能是個陷阱嗎？」

「就因為可能是陷阱，我更要去，鎮北將軍……應該能夠理解。」

韓孺子當然理解，柴悅左右為難，留在鎮北將軍身邊，會更加激怒衡陽主，而且他急於立功，即使希望微弱，也要去爭取。

韓孺子剛剛將柴悅救下，卻不得不放他走，「好吧，你帶兵過河，希望我的猜測是錯誤的。」

柴悅抱拳稱謝，在城門口他說：「卑職斗膽奉勸一句，請鎮北將軍稍忍一忍，不要對勳貴營下手，到目前為止，馮將軍還找不出鎮北將軍的大錯。」

韓孺子笑了笑，「用不著忍，我本來就沒想做什麼，只是嚇唬一下他們。」

部曲營歸韓孺子私人所有，不受軍令管轄，仍然留在城內，剩下的將近三千名士兵，包括碎鐵城原有的老弱士兵，全都奉命出城，過河與馮世禮的大軍匯合。

城裡一下子空了許多。

韓孺子到勳貴營走了一圈，聽說不用上戰場，並非人人高興，未來無憂的勳貴子弟畢竟是少數，更多人希望在戰場上建功立業，留在城中等於失去了一次機會。絕大多數人仍然相信，三萬多楚軍肯定能戰勝一萬匈奴騎兵。

但是勳貴子弟們都有點害怕鎮北將軍，不敢當面質疑。

二十三名「柴家人」還被關在柴悅的屋子裡，韓孺子一進去，他們便跪成一片，沒有一個敢站著說自己要報仇。

韓孺子也不多說，直接下令將這些人帶走，關進正式的監牢。

回到將軍府，馮世禮所謂的「小麻煩」正等著鎮北將軍。

大將軍麾下的三名軍吏來調查鎮北將軍帶兵伺察、被匈奴人圍困的經過。三人表現得很恭敬，對鎮北將軍只問了幾句話，對其他人卻是事無巨細，全要問個清楚，杜穿雲、房大業等人都被詢問了將近一個時辰，還有一些人已經隨軍出城，另有軍吏向他們問話。

韓孺子這才明白馮世禮為何隱忍不發、為何要讓碎鐵城守衛過河。

住在府中的東海王讚揚馮世禮，「這個老滑頭，帶兵打仗沒什麼本事，微文深詆倒是一把好手，他不該當將軍，應該去刑部當官。你的事情說大不大，說小不小。伺察隊伍碰上敵人很正常，傷亡更是常有的事，可你是鎮北將軍，通常情況下是不會親自當斥候的，人家筆鋒一轉，不說你是伺察而說是率兵冒進，遭遇匈奴人傷亡過半，這就是重罪，至少削你幾千戶，你這個倦侯可就更窮了。」

在那次遭遇戰中，匈奴人傷亡更多，但是按照大楚軍法，本軍傷亡三成以上，即使獲勝也只能功過相抵，本軍傷亡五成以上，有過無功。

關鍵就在於韓孺子所率領的百名將士是斥候還是一支正式的軍隊，軍法對前者寬宏，對後者則極為嚴苛。

「看來我要感謝那些『柴家人』了。」韓孺子說。

「你想出什麼詭計了？」東海王笑著問，他現在置身事外，不用擔心自己的安危，「小滑頭對老滑頭，有意思。」

「『柴家人』逼柴悅自盡、意欲製造兵亂進攻將軍府，是重罪吧？」

「當然，比你兵敗的罪還大，嚴格來說，你現在就能以軍法將他們砍頭。」

「留著他們的腦袋更有用，大將軍派來的三名官吏還在，待會讓他們去審審『柴家人』。」

東海王想了想，笑道：「這不是詭計，這是妙計，那些『柴家人』與你有仇，只要他們聲稱你是帶兵伺察，軍吏再怎麼妙筆生花，也改不了說辭。」

「脫罪事小，關鍵是那三萬多楚軍，萬一進入匈奴人的陷阱……」

「那也與你無關，對你來說，沒準還是好事呢。」

如果好事要靠犧牲三萬楚軍才能得到，韓孺子寧願不要。

第一百六十一章　碎鐵城不夠高

房大業真是累壞了，彷彿年久失修的車輛，看著還很完整，出去推行一圈，就有散架的危險。在那場戰鬥中，他沒有受傷，回城之後卻足足休息了五天才恢復過來，能夠下床行走，精神仍顯委頓，只有肚子還是高高鼓起。

他不用扛旗，不用幹活，守城士兵過河與大軍匯合的時候，他因為名籍在囚徒冊上，也不用隨軍，每日裡無所事事，像普通的老人一樣，在街上閒逛，或者在陽光下一坐就是半天。他最喜歡的地方是城牆，經常在上面走來走去，沒人攔他。一名小兵跟在後面，肩上挎著一張折凳，隨時為老將軍打開。

這天下午，房大業坐在折凳上，裹著披風，向西遙望流沙城，耳畔只聽得風聲颯颯，小兵趴在牆垛中間，百無聊賴地往城下扔石子。韓孺子登上城牆，示意衛兵留在原地，獨自走到老將軍身邊，與他一塊遙望，兩人都不說話。

小兵聽到腳步聲，回頭看見鎮北將軍，吐了吐舌頭，呆呆地站了一會，終於反應過來，撒腿跑開了。

「房老將軍無恙？」

「嗯，還能喘氣。」

「我這幾天一直在忙，沒能過來感謝房老將軍。」

房大業扭頭看著鎮北將軍，「謝我什麼？」

「感謝房老將軍的救命之恩。」

房大業低頭想了一會，「如果每次戰鬥之後，將軍都要感謝部下的『救命之恩』，你會欠下許多人情，直到你根本還不起。」

韓孺子笑了笑，「合格的將軍會怎麼做？」

「請大家吃喝，給予獎賞，最重要的是評定軍功，越快越好，私人感謝只是一時，軍功才是一輩子的事。不過這回戰鬥傷亡過多，應該不會有軍功了。我能坐在這裡曬太陽，就是最好的獎賞。」

韓孺子走到小兵剛才站立的地方，俯身向下望去，碎鐵城建在荒野之中，遠看一點都不高聳，站在上面才能察覺到城牆的高度。

「房老將軍覺得楚軍此戰勝算幾何？」韓孺子轉身問道。

房大業尋思了一會，「給我一張弓，再有一點運氣，我能射中幾百步以外的敵人，可就這麼遠了，比這更遠的距離，我一無所知。」

「房老將軍瞭解匈奴人……」

「農民瞭解莊稼，擔任農官的可不是農民，我就是一名士兵，除了打仗，其他事情都不懂，天生要被人管，而不是管人。」

韓孺子笑了笑，想讓房大業開口說出心中的想法，比讓他彎弓射箭困難多了。

「能說說齊王父子嗎？」

房大業扭頭盯著他，目光中似乎有一股怒意，「可以，你是鎮北將軍，說什麼都行。」

「你覺得他們冤枉嗎？」

「不冤。」

「那你為什麼……還要劫獄救齊王世子呢？」

「因為我不是刑吏，齊王父子冤枉與否不由我來判定，我是世子的保傅，自然要盡保傅的職責。」

「嗯，很好，你現在是輔軍校尉了，盡你的職責吧。」韓孺子取出一封委任書，走到房大業身前，遞了過去。

房大業疑惑地接在手中，打開看了一會，「你替我出錢贖刑？」

「大將軍願意供養我的部曲一年，省下不少錢，正好為房老將軍贖刑。」

房大業沉默了一會，「即使贖刑我也只是個庶民，這個『輔軍校尉』是怎麼回事？」

「是我任命的，你以後就是我部曲中的輔軍校尉。」

房大業不語，不像是受到恩惠，倒像是被人算計了。

「當然，如果你不同意，隨時可以回鄉與家人團聚，你不再是囚徒了。」

房大業緩緩站起身，比韓孺子高出足足一個頭，「你的野心太大，實力卻太弱，跟著你，我怕全家人的性命都搭進去了。」

韓孺子也不辯解，「我已備好三百兩白銀以及相關文書，房老將軍什麼時候出發？」

「明天吧。」房大業揀起折凳，轉身離去。

韓孺子看著那張寬大佝僂的背影，心中患得患失，直到房大業順著台階走下去，他才惋惜地嘆了口氣。

韓孺子走到北城，向河對岸望去，大軍營地隱隱可見，裡面卻沒有多少人，三萬楚軍幾乎全軍出動，前往預定地點阻擊西撤的匈奴人，按照預期，戰鬥應該已經結束，只是消息尚未傳來。

泥鰍匆匆跑上來，「將軍，林先生回來了。」

韓孺子吃了一驚，沒想到林坤山還敢回來見自己，急忙下城牆，騎馬回府。

林坤山正在廳裡與東海王相談甚歡，看見倦侯，立刻起身行禮，「倦侯見諒，林某未能完成所托之事，回來得也晚了。」

林坤山奉命去勸馮世禮不要相信金純保的話，結果大軍還是趕來阻擊匈奴人，而他又耽誤了幾天才回來，的確不應該。

韓孺子曾經懷疑望氣者與關內的暴亂有關，這時反而不能說了，笑道：「回來就好，我還以為林先生遇到了意外，沒有林先生，我就像是失去了左膀右臂，做什麼事都不順利。」

東海王沒動，一直坐在椅子上，笑吟吟地聽著韓孺子說謊，覺得很有趣。

林坤山長揖，「倦侯過獎，我若是臂膀，也是無用的臂膀，在倦侯身邊待了這麼久，沒幫上什麼忙，反而有辱使命。」

「是我想得太簡單了，關內暴亂，朝廷急於結束與匈奴人的戰爭，韓大將軍和馮右將軍都要奉命行事，就算是神仙也不可能勸他們抗命。」

兩人彼此客氣了一會，林坤山道：「說到意外，我在神雄關的確是為了一些事情耽擱了幾天。」

「哦？林先生請坐。」

林坤山坐下，正色道：「過去的一個月裡，關內各郡縣頻生暴亂。」

「正如林先生之前所料：入秋必有大亂。」

林坤山長嘆一聲，「倦侯以為我預料得準，卻不知道我比倦侯還要意外。」

「怎麼會？暴亂不是望氣者煽動起來的嗎？」

林坤山苦笑不已，「望氣者怕的就是這種想法，說實話，的確有一些望氣者分赴各地體驗民間疾苦、觀察大勢所趨，以為入秋之後會有暴亂，但我們可沒煽動任何人，只是旁觀而已。」

韓孺子笑了笑。

林坤山繼續道：「可暴亂的範圍與規模出乎我們的意料，我在神雄關接到淳于恩師的信，恩師認為大勢混亂，已無人能看清走向，更無法預測未來，恩師讓我提醒倦侯：在這種時候，最好遠離是非，明哲保身，大亂過後，方可順勢而為。」

韓孺子笑道：「林先生在神雄關可曾遇見花家人？」

「花家人？」林坤山一愣。

「俊陽侯花繽和他的兒子花虎王。」

「哦，那個花家，在神雄關碰不到他們。倦侯可能還不知道吧，花家父子落草為寇，在南方雲夢澤稱王了，吸引了不少江湖好漢和貧窮百姓，關內郡縣暴亂，他們獲益匪淺，據稱已經聚眾兩三萬人。」

東海王吃驚地說：「花繽稱王了？他是嫌死得不夠快嗎？望氣者跟花家關係不錯，也不勸勸他？」

林坤山笑道：「望氣者只順勢不逆勢，俊陽侯執意稱王，誰也勸不住，我們不會白費功夫。」

「還會給俊陽侯出出主意，幫助他稱王造反。」韓孺子補充道。

林坤山笑了一會，「如果真有望氣者前去輔佐俊陽侯，我不會感到意外，但我的確不太瞭解那邊的情況，對了，俊陽侯現在自稱『雲夢王』，或者『雲王』。」

「嘿，我看是『做夢王』。」東海王是真正的宗室諸侯，對那些自稱王者的外姓人充滿了鄙視。

望氣者不可信，但韓孺子還不想除掉他們，於是道：「不管怎樣，歡迎林先生回來，也謝謝淳于先生的提醒，我會老老實實地留在碎鐵城，除非朝廷調我入關，畢竟我不能做抗旨不遵的事情。」

「那是當然。」

東海王察覺到自己的在場有點多餘，起身笑道：「你們聊吧，我去找崔騰，他跟花虎王的交情最好，現在人家是『王子』了，看他還得意不。」

東海王告辭，張有才又進來了，「主人，房大業來府上領銀子和文書……」

「都給他。」韓孺子說，眼下他還用不到房大業，不如放老將軍回鄉。

張有才退下，林坤山道：「房大業是位了不起的人物，倦侯就這麼讓他走了？」

「強留無益，不如做點好事，這也算『順勢而為』吧。」

林坤山大笑，「倦侯深得精髓。」隨後收起笑容，探身道：「無為而無不為，既要順勢，也要造勢，還要有為。」

「林先生的話太高深了，我可聽糊塗了。」

「天下已亂，譬如洪水滔天，人力不可與之爭強，但是也得找個高點的地方避難，等到水落石出，才有資格順勢而為。」

「碎鐵城不夠高嗎？」

「碎鐵城孤懸塞外，無地無民，北鄰匈奴，隨時會被攻陷，南隔神雄關，一旦有事，進退不得，非但不高，實是窪中之窪。」

「這麼說，林先生從淳于先生那裡得到建議了？」

林坤山點頭，「恩師建議倦侯奪取神雄關，那裡夠高。」

韓孺子笑道：「我是宗室列侯，朝廷委任的鎮北將軍，怎麼會『奪取』神雄關呢？何況我手下只有部曲千人，拿什麼奪關？」

「奪關不在人多，說時機，眼下就是時機，三萬楚軍正在河北與匈奴人作戰，關守吳修奉命回京，神雄關沒有主帥。」

「吳修回京了？」韓孺子真的吃驚了。

吳修是皇帝的親舅舅，他在這個時候回京，似乎預示著什麼。

第一百六十二章 後悔

前線傳來消息，大獲全勝，根本沒有任何埋伏。

一萬匈奴騎兵帶著大量牲畜倉皇西撤，被楚軍打個措手不及，幾乎全軍覆滅，只有少數人逃出生天。

大軍在外，不好供養，馮世禮命令兩萬多人回碎鐵城待命，自帶五千人追趕匈奴人，務必要活捉或殺死漏網之魚札合善。

韓孺子有點尷尬，但也很高興，楚軍大勝比他的預測與面子重要得多。

這天上午，韓孺子送走了老將軍房大業，迎來了第一批回歸的楚軍；下午，他與東海王一塊去觀河城迎接另一批楚軍，這批楚軍由柴悅率領。

觀河城廢墟已得到清理，以供大軍通過，時值深秋，河水清淺，更不成為障礙。

東海王極少出城，看著廢墟發了一會感慨，然後扭頭笑道：「咱們算是白來一趟了，在碎鐵城受了幾個月的苦，結果寸功未立。」

「只要楚軍獲勝就行。」

「是啊，只要楚軍獲勝……不用在碎鐵城過冬了吧？」

「要看朝廷怎麼安排，大軍肯定要進關平亂，可碎鐵城也得有人守衛，明年還有更大規模的戰爭……」

東海王靠近韓孺子，低聲道：「林坤山對你說什麼了？」

韓孺子看著那雙狡黠的眼睛，也問道：「他對你說什麼了？我回府的時候，看你們談得挺開心。」

東海王笑了幾聲，「他想撮合我與舅舅合好如初。」

「這對你來說是件好事。」

「好事？心被至親之人扎了一刀，傷還沒好呢，就想讓我忘掉仇恨，假裝什麼都沒發生過？」東海王可不會輕易原諒那些背叛自己的人。

「要不然怎麼叫『至親』呢？」

東海王哼哼幾聲，「該說你了，林坤山肯定給你出什麼主意了。」

「他建議我奪取神雄關。」

「哈，他瘋了嗎？先不說朝廷同不同意，你就算有十萬大軍，也未必能攻下幾百人駐守的神雄關。」

「不用十萬大軍，幾個人就行，吳修回京了，眼下神雄關沒有守城大將。」

「吳修回京了？」東海王一愣，對這件事更感興趣些，「奉命回京？私自回京？回京幹嘛？」

「林坤山說他不知道，神雄關封鎖消息，他也是偶然得知。」

「嗯，奇怪。」東海王扭頭看了一眼身後的衛兵，再次湊近韓孺子，「咱們……你真的應該奪下神雄關，然後請朝廷封你做守關將軍。」

「師出無名，既難服眾，也很難取得朝廷認可。」韓孺子不認為事情會這麼簡單。

「師出無名？關內不是在造反嗎？你佔據神雄關是為了平亂啊。朝廷認可……先讓韓星封你一個官，大將在外，可以便宜行事，既成事實之後，朝廷一般情況下都會承認。」

韓孺子笑著搖頭，以他的身份，做出的任何事情都不是「一般情況」。

「留在碎鐵城就是等死，馮世禮肯定要為侄兒報仇，還有柴家，你算是徹底得罪衡陽主了，她更不會放過你。」

「回來了。」韓孺子指向前方。

柴悅率領一支軍隊回城，押送著大量俘虜與牲畜。

得勝的楚軍這回沒有在城外紮營，直接入住碎鐵城，他們在這裡只是暫住，等右將軍馮世禮趕回來，大軍將趕赴神雄關，稍事休息後，還要參加關內的平亂之戰。

與城內將官交接完畢，柴悅來府中拜見鎮北將軍，感謝他的迎接，也帶來一些新消息。「鎮北將軍沒有猜錯，匈奴人的確是在引誘楚軍進攻。」柴悅連盔甲都沒換，風塵僕僕。

韓孺子驚訝不已，「可是楚軍大勝，聽說匈奴人只有那一萬騎兵，別無援軍。」

柴悅將房門虛掩，走到鎮北將軍面前，嚴肅地說：「事情怪就怪在這裡，抓獲俘虜之後，我在行軍途中審問過一些匈奴權貴，他們證實札合善的確策劃了計謀，幾天前他們還接到東單于的來信，說是一切順利，結果到了約定日期，楚軍來了，匈奴大軍卻沒有出現。他們很困惑，也很憤怒，看樣子不是在說謊。」

「這真是……」韓孺子不知該怎麼說，世事就是這麼複雜，自己猜對了，卻失去了一場勝利，馮世禮冒險出兵，結果建立大功，「馮右將軍向西追敗，豈不是很危險？」

「我一得到消息就派人去通知馮右將軍，他不會追出太遠，應該沒有危險，奇怪的是單于大軍究竟發生了什麼事？竟然耽誤日期，白白犧牲了一萬騎兵。」

「難道東單于真的病故了？」

「或許吧，那可真是大楚的幸事，以匈奴人的慣例，單于升天，眾王子奪權之戰少則三五月，多則十餘年不止，大楚又有一段安穩，可以專心平定關內暴亂。」

「恭喜柴將軍立功，朝廷必有重賞。」韓孺子笑道，事情就是這樣，再猜下去也是無用。

「一點小功而已。」柴悅也露出微笑，這點小功對他來說至關重要，只要得到朝廷封賞，就是為柴家增添榮譽，生母與弟弟就能過得好一點，不至於受到生命威脅，「馮右將軍所攜五千將士皆是親信，活捉札合善，大功一件，若是真趕上東單于病故……沒準會是奇功，封侯增爵不在話下。」

兩人互視片刻，同時笑了一聲，因為他們都心生嫉妒，並為此感到可笑。

韓孺子嘆了口氣，「流年不利，不對，應該怪我自己，被匈奴人圍困之後，變得太小心、太謹慎，到手的機會就這麼溜走了。」

「小心謹慎方得長久，鎮北將軍做得沒錯。反倒是我，策劃多日，鼓動鎮北將軍從馬邑城轉至碎鐵城，結果這場戰鬥卻與我的計畫沒有多少關係。」

「沒有你的計畫，三萬北軍就不會駐守在神雄關外的山谷裡，也就沒機會阻擊匈奴人，所以你的計畫還是很有用的。」

兩人又聊了一會，柴悅道：「俘虜當中又有一名金家人。」

韓孺子眉毛微揚，柴悅繼續道：「金家小姐不知去向，可能是與札合善一塊逃走了，金純忠被楚軍俘獲，我審問過他，他托我向鎮北將軍道歉。」

「道歉？」

「嗯，他說自己太蠢，非要回草原，沒有留在……鎮北將軍身邊，如今後悔莫及。」

「那是他的選擇。」韓孺子聳了下肩，他不欠金家任何人情了，用不著擔心金純忠的安全，更用不著救他的性命，金家兄弟都是俘虜，該怎樣就怎樣。

柴悅觀察片刻，「三到五日，馮右將軍就能回來，明日我要先押送俘虜去神雄關，鎮北將軍……」

「嗯，我就不送行了，望柴將軍早日飛黃騰達。」

柴悅再不多說，向鎮北將軍深鞠一躬，告辭退下。

韓孺子獨自在房間裡坐了很久，他沒能留下老將軍房大業，如今又要送走柴悅，柴悅雖然未立大功，但肯定會升遷，大將軍韓星似乎也很欣賞他，沒有意外的話，柴悅前途無量。

兩名大將就在眼前，韓孺子卻無力收服，不能不心生遺憾。可他沒有辦法，一名小小的鎮北將軍無力許下榮華富貴，自然得不到追隨者效忠，房大業、柴悅這些人與食不裹腹的漁民不同，他們有更遠大的追求。

楚軍一隊隊回城，心情極佳，碎鐵城一下子變得熱鬧起來，嚴格的軍法也放鬆了，成群的士兵走在街上，喝酒、吵架、鬥毆，只要不死人就行，一些軍營裡甚至出現了半裸的女人，嬉笑著與醉醺醺的將士互相追逐。

韓孺子在城裡轉了一會，驚訝萬分，找來部曲營的頭目晁化，問他城裡哪來這麼多酒，還有那些女人是怎麼回事，城裡明明只有少量女囚，洗衣舂米，極少與將士們接觸。

晁化直撓頭，「我也納悶，酒嘛，大家都藏了一些，女人就不知道是怎麼來的了，從地裡冒出來的？但我敢保證，部曲營裡肯定沒有。」

韓孺子也只能苦笑。

晁化趁機說道：「大家沒上戰場，都挺煩惱的，能不能……」

「反正明天天亮之前，我不再出府。」

晁化明白話中的意思，樂呵呵地走了，當兵太辛苦，即使沒立功的人也時不時要放縱一下。

蔡興海、劉黑熊等人回來得晚一些，安頓好士兵之後，也來拜見鎮北將軍，他們對匈奴人發生了什麼意外不感興趣，興高采烈地談論戰鬥情形，半個時辰之後才告辭。

杜穿雲的傷養得差不多了，過來恭賀，等兩人一走，他向倦侯埋怨道：「一場大戰啊，而且是咱們人多，匈奴人少，就這麼錯過了，倦侯，你不後悔嗎？」

張有才將不會說話的杜穿雲推了出去。

實話實說，韓孺子後悔了，整個秋天，四處冒險的是他，結果卻在最後一刻退縮，失去了一次難得的立功機會。

二更過後，韓孺子快要上床休息時，東海王跑了進來，揮手讓張有才出去，認真地說：「我有一個辦法。」

「什麼？」

「我有一個辦法能讓你安全奪取神雄關，舅舅不是想跟我和解嗎？好，我給他寫封信，讓他給予你掌管神雄關的權力。」

「崔太傅是南軍大司馬，我既非他的部下，神雄關也不是南軍的管轄範圍。」

「這不重要，關鍵是神雄關沒有將領，咱們……你趁虛而入，先奪關，再要名份。」

「然後呢？守著神雄關我能做什麼？」

「你還不明白嗎？吳修回京必有蹊蹺，拿下神雄關，咱們……你才有機會也回京城。」

「如果吳修回京只是辦理私事呢？」

「這就是冒險啊，韓孺子，你不是最愛冒險嗎？」

「讓我考慮一下，楚軍大勝匈奴人，我沒參與就算了，還要趁機奪關，實在不應該。」

「對別人不應該，對你自己卻是應該，好好想想吧，你得快點做決定，馮世禮一回來，機會就沒了。」

韓孺子睡不著了。

三更過後，韓孺子才剛迷迷糊糊地睡了一小會，就被張有才推醒，又有一隊楚軍回城，帶來的卻不是好消息，也終於讓韓孺子下定決心。

第一百六十三章　突然出現的匈奴人

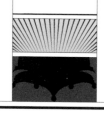

夜裡回城的楚軍數量不多，只有十來個人，他們跟隨右將軍馮世禮追逐潰逃的匈奴人，途中與大軍分離，結果撞見一支龐大的匈奴軍隊，他們不敢露面，策馬狂奔，找不到右將軍，於是一路逃回碎鐵城。

他們真是嚇壞了，一路上幾乎沒有休息，人人嘴唇發乾，臉上全是汗水與灰塵，找不到上司在哪，於是被送到將軍府。

消息來得太突兀，韓孺子必須謹慎對待。

「你們在哪看到匈奴大軍？」

「離此不到兩日路程的一片草原上。」

「草原上？不是山谷？」

士兵們一塊搖頭，「是草原，匈奴大軍駐營休息，營地一眼望不到頭，只怕有幾十萬人！」

他說得太誇張了，韓孺子沒法相信，想了想，問道：「你們當真看到了匈奴人營地？」

「看到了。」士兵們異口同聲地說。

「再想想，仔細想想。」韓孺子只與匈奴人遭遇過一次，但他看過不少書，裡頭都說匈奴軍隊雖然規矩不多，但是駐營時必然遠派斥候，這十多人居然能一路奔到營地附近，有點不同尋常。

就算一部分匈奴貴族習慣了中原的生活，大軍也不至於丟掉從前的好習慣。

士兵們呆呆地想了一會，其中一人道：「牛二，你確實看到營地了吧？」

眾人的目光看過去，被叫作牛二的士兵面露慌張，好一會才說：「遠遠看了一眼……可咱們的確遇見不少匈奴人。」

這回大家同時點頭，非常肯定。

韓孺子不得不從頭問起，終於弄清楚大致情況。

馮世禮率軍追趕逃跑的匈奴人，於兩天前的上午將札合善等百餘人包圍，戰鬥本應是一邊倒，可是突然刮起一陣大風，打亂了陣形，楚軍分頭作戰，牛二等二十幾人發現一名騎著駿馬的匈奴人，便追了上去。

沒多久，他們發現跑在前方的匈奴人是名女子，以為那是札合善的妻女，於是決定活捉，沒想到那名女子不僅騎著一匹快馬，而且箭術精湛，每到快要被包圍的時候，總能射中一兩人，衝出一道缺口。

就這樣追追打打，楚軍被激怒，不想要活口了，也向她射箭卻沒有射中，到了下午，楚兵突然發現側翼有一隊匈奴騎兵，數量比他們多得多，急忙停止追趕，調頭回撤，那隊匈奴騎兵並未緊追，而是迎向匈奴女子，將她帶走了。

楚兵越想越不對勁，牛二大著膽子駛上山坡，結果看到了無邊無際的營地，但他也承認，望的時候正對著夕陽，看得不是很清楚。

「但是有聲音，咱們都聽到了，對不對？」牛二急於得到同伴的認可。

其他人都點頭，「沒錯，那是千軍萬馬奔馳的聲音，轟轟響，地面都在顫抖。」

回想當時的場景，士兵們駭然失色。

他們想與右將軍匯合，一時間找不到回去的路，只得向東沒命奔逃，一天兩夜之後，終於回到碎鐵城。

「匈奴騎兵看到你們，卻沒有追趕？」韓孺子問。

「我們也不知道為什麼，匈奴人喊了幾聲，我們聽不懂。」牛二說。

韓孺子立刻命人找來柴悅和蔡興海。

柴悅還好，沒有參與滿城狂歡，蔡興海卻是酩酊大醉，被澆了一盆涼水才清醒過來，聽說匈奴大軍就在附近，酒勁立刻全沒了。

牛二等人是前天下午遇見匈奴人的，如果對方一直東進，那麼離碎鐵城已經沒有多遠。

「這不可能，我們也擔心會有埋伏，所以特意派人四處伺察，沒見到匈奴人的影子。」蔡興海的第一反應是不相信此事。

柴悅提醒道：「斥候都是戰前派出去的，獲勝之後就沒派過。」

韓孺子讓柴悅和蔡興海再次詢問那些楚兵，他在自己的房間裡沉思默想，一會之後，命張有才去請東海王、泥鰍去傳崔騰。

東海王先到，看樣子並沒有睡覺，笑道：「怎麼，想通了？」

「你給崔太傅寫信，然後跟我一塊去神雄關。」

「不是我本人去的話，可能沒用。」

「讓崔騰去。」

「好吧。」東海王並未堅持，「就按你說的來，事成之後，也給我請個官當當。」

張有才鋪紙研墨，東海王的信寫到一半，崔騰睡眼惺忪地來了，怒聲怒氣地問：「找我幹嘛？大半夜的。」說罷打了一個大大的哈欠。

聽說要讓自己去見父親，崔騰一下子清醒了，「我去！什麼時候出發？」

「天亮時我們送你去神雄關。」韓孺子說。

東海王寫好了信，正等乾透，轉身對崔騰說：「快去快回，別在路上耽擱，這可是要命的大事。」

「放心吧。」崔騰拍胸脯保證。

東海王還是不放心，「讓杜穿雲跟著他。」

「不用。」崔騰一個勁搖頭，他雖然已與杜穿雲盡棄前嫌，但是不希望被人監視。

韓孺子覺得這是一個好主意，又讓泥鰍去叫杜穿雲，來回踱了幾步，將張有才叫過來，附在耳邊小聲交待了幾句，張有才點頭，拿著筆墨匆匆出門。

東海王笑道：「你這是怎麼了？突然改變主意，還一副如臨大敵的架勢。」

「的確是如臨大敵，匈奴大軍離此大概不到一日路程。」

崔騰嚇得一哆嗦，「怪不得派我去見父親，妹夫，你對我真是……太好了。」

杜穿雲和泥鰍來了，默默地站在一邊。

東海王一臉疑惑，「哪來的匈奴大軍？」

柴悅和蔡興海正好走進來，神情嚴峻，他們問得比韓孺子還要詳細，最終確認那些楚兵所言非虛。

「逃跑的匈奴女子，很可能是金家的女兒。」柴悅看了鎮北將軍一眼，繼續道：「可她不像是誘敵深入，更像是偶然碰上的，這就非常奇怪了，札合善竟然不知道這支匈奴大軍的到來……」

韓孺子也有疑惑，但他決定先做事，「那支匈奴大軍是存在的？」

柴悅和蔡興海互視一眼，同時點頭稱是。

「既然如此，馮右將軍和他的部下凶多吉少？」

柴悅和蔡興海再次點頭，東海王插口道：「等等，馮世禮凶多吉少，這些楚兵是怎麼逃回來的？」

「他們是被匈奴人放回來的。」柴悅道，他對匈奴人的瞭解稍微多一些，「這大概是一種威脅，想在碎鐵城製造混亂。」

「愚蠢。」東海王評判道。

韓孺子卻正需要這種「愚蠢」，他看向屋中數人，說：「事發突然，馮右將軍生死未卜，我是鎮北將軍，奉命駐守碎鐵城，有資格接管全部楚軍嗎？」

此時城裡共有楚軍兩萬多人，馮世禮已經指定了兩名親信副將暫時掌管全軍，按理說沒鎮北將軍什麼事，要不是兩位副將醉得太厲害，把守城門的士兵又都是韓孺子的部下，那些逃回來的楚兵根本不會被送到將軍府。

蔡興海第一個表態，「既然是鎮北將軍，整個北疆都能接管。」

這算不上理由，柴悅道：「只要楚兵還在城裡，鎮北將軍……應該有資格接管。」

「好。」韓孺子又將眾人掃視一遍，「孤城難守，我要親自去神雄關求援，我將接管全部楚軍，再交給兩位代管。」

柴悅和蔡興海大吃一驚，臉色都變了，柴悅道：「這個……匈奴大軍數量未知，碎鐵城或許不用救援……」

只有東海王知道韓孺子前往神雄關的真實意圖，說道：「求援或許多餘，可匈奴人萬一人多勢眾，將碎鐵城包圍，現在不求援，以後怕是沒有機會。」

柴悅明白這個道理，只是對接管楚軍感到忐忑，「跟兩位副將說一說，沒準……」

韓孺子搖頭，「我信任兩位，兩位信任我嗎？」

這可是一場豪賭，萬一所謂的匈奴大軍沒有多少人，萬一匈奴大軍根本不是來攻城的，萬一馮世禮活著回來……每個「萬一」都會給在場幾人惹來大麻煩，尤其是打算接管全軍的韓孺子、柴悅和蔡興海。

蔡興海突然跪下，他早就準備好了，甚至覺得這天來得太晚了些，「請倦侯下令。」

對柴悅來說，選擇更難一些，他剛剛立功，前途一片大好……可是一想到那些逼他自裁謝罪的柴家人，也將心一橫，跪下道：「柴某願唯將軍馬首是瞻。」

崔騰在一邊看得興起，也跟著跪下，不知該說什麼，只是激動地叫了一聲「妹夫」。

東海王退後兩步，微笑不語，他可不會再向韓孺子下跪。

「跟我去見兩位副將。」韓孺子說，走到牆邊，取下自己的佩刀。

路上，韓孺子叫上值夜的十名部曲士兵，在大門口又與張有才匯合，他已完成任務，在牆上寫下「陳」字，這是召見孟娥的信號。

杜穿雲護送崔騰，韓孺子身邊急需一位保護者。

韓孺子、東海王、崔騰、柴悅、蔡興海、張有才、杜穿雲和泥鰍，再加上十名衛兵，一行十八人穿街過巷，人人都帶著刀劍。

快要天亮了，除了少數徹夜狂歡者，大多數士兵已經入睡，碎鐵城一片安靜。

馮世禮的兩位副將一個正在呼呼大睡，一個還在與部下喝酒，一手抱著一名女子，讓她們給自己夾菜餵酒，對即將發生的事情全然沒有防備。

第一百六十四章
當斬

羅副將其實已經醉得麻木了，腦子裡一片空白，仍捨不得送到嘴邊的酒肉，更捨不得鬆開臂中的兩名女子，他很清楚，只要一鬆手，那些如狼似虎的將官就會撲上來，將她們奪走。

他是個手緊的人，手指能彎曲絕不伸直，握杯緊、抓錢緊、抱女人緊，寧可讓東西爛在手裡，也不願與他人分享，滿桌的酒肉，都是手下將官孝敬的。

「幾十萬楚軍，只有……只有咱們……立下了大功，右將軍吃肉，咱們……喝湯，必須……必須喝個夠才行，來！」

兩杯酒送到嘴邊，羅副將一杯各喝一口，咧嘴大笑，將兩名女子摟得更緊，她們只好使出渾身解數，面帶微笑的同時，保持手中酒杯的平衡。

十幾名將官早已爛醉如泥，又一次，他們敗給了羅副將，沒能將他灌醉。

韓孺子就在這時帶人趕到，看著滿屋子的烏煙瘴氣，越發堅定了奪取兵權的意志。

屋子裡燃著十幾根蠟燭，亮如白晝，羅副將瞇眼看了一會，認出那是鎮北將軍，立刻將女子按在桌下，兩人只好放下手中的酒杯。然後他想起來，自己奉命領軍，職位比這位廢帝高了一級，於是稍稍鬆手，衝著門口傻笑。

「鎮北將軍，你來晚了……來晚了，去別處……找女人吧，你幾歲了？」

「交出將軍印。」韓孺子命令道。

「憑、憑什麼?」羅副將藉著酒勁，一點也不怕廢帝，甚至不肯起身迎接。

杜穿雲帶著兩名衛兵，繞過滿地的醉酒者，來到羅副將身邊，衛兵伸手去拽兩名女子，羅副將大怒，雙臂用力，喝道:「我的，都是我的!」

杜穿雲在羅副將脖子後面劈了一掌，羅副將雙臂微麻，沒能保住懷中的女人，怒不可遏，騰地站起來，酒勁上湧，腦中一陣眩暈，自己倒下了，就算整個天下在手，他也只能鬆開，打個哈欠，闔上眼睛，「我的，誰也不能……」

杜穿雲在副將懷裡翻了兩下，掏出一個小包裹，打開之後看了一眼，送到倦侯面前。

果然是馮世禮託付給羅副將的將軍印。

韓孺子對軍中事務已有瞭解，收印入懷，下令道:「兩位副將酗酒誤事，下獄;即刻召集軍中所有七品以上將官與文吏，兩刻鐘之內到將軍府議事，後至者以軍法論。」

奪印輕而易舉，眾人信心大增，立刻奉命行事，但是韓孺子和柴悅明白，奪印只是開始，讓眾人承認奪印之舉，才是最難的一步。

部曲營的士兵夜裡也在縱酒狂歡，只有少數人因為要守衛將軍府，沒有參與慶祝，韓孺子聚集到七八十人，命他們手持刀槍，站在左右兩邊。

羅副將雙手背負，靠著一根柱子坐在地上，仍在做美夢。

一大半正與羅副將喝酒的將官與軍吏，也被拖至將軍府，倒在地上仍在酣睡，少數人稍有清醒，沒敢睜眼，趴在地上裝睡。

柴悅等人陸續將其他將吏找來，第二位孫副將也喝了不少酒，睡得早，比較清醒，是被杜穿雲和崔騰硬給拖來的。

孫副將很不服氣，在堂上立而不跪，昂首大聲道：「鎮北將軍，誅殺立功將士，你這是要造反嗎？」

韓孺子取出將軍印，放在案上，下令道：「澆水。」

部曲士兵早已準備好涼水，一盆盆澆下去，正值深秋的凌晨，雖然不至於冷得將鐵凍碎，冷水澆頭的滋味可也不好受，裝睡的幾人最先起身，其他人隨後跳起來，嘴裡哇哇大叫，搖搖悠悠地轉動，不知發生了什麼事。

羅副將也醒了，早已不記得之前發生的事情，發現女人不在懷裡，雙手被捆，怒道：「誰？誰在跟本官開玩笑，不想活了？」

看到倒地的同僚們沒有被殺死，孫副將稍安，再看向案上的將軍印，不安地問：「怎麼回事？」

「匈奴大軍即將殺到碎鐵城，馮右將軍很可能已經遇難。」

此言一出，眾將吏大驚失色，羅副將終於站起身，手上的繩子卻解不開，「匈奴人被打敗了，哪來的大軍？把印還給我！」

「大敵當前，兩位將軍不宜掌印，從現在起，碎鐵城楚軍聽我命令。」

「哈哈，你一個毛孩子，想讓我們聽你的命令？做夢！」羅副將使勁晃動雙臂，「右將軍將大軍託付給我們兩人……」

「縱酒狂歡、私挾女子，這就是你們兩人的治軍之術？」韓孺子拍案而起，抓起將軍印，「羅副將為官無道，帶頭破壞軍紀，當斬。」

「誰敢斬我？我是朝廷任命的北軍右軍副將，我伯父是……」

蔡興海拔刀上前，「我是北軍監軍，專斬你這種無能誤事之輩！」

所謂監軍並無實權，而且蔡興海已被調任為鎮北將軍麾下的馬軍校尉，比右軍副將低了一大截，更沒權力斬將，羅副將瞪起雙眼，更不服氣，「除了右將軍，誰也不能……」

蔡興海行伍出身，又高又胖，力量不小，一刀砍下去，羅副將人頭落地。

蔡興海收起刀，向韓孺子拱手道：「執法畢，請將軍查驗。」

堂上的將吏跪下一片，孫副將目瞪口呆，不敢相信自己的眼睛，不知被誰在身後輕輕踢了一腳，膝蓋一軟，也跪下了。

「匈奴大軍將至，碎鐵城三萬將士的性命握於我與諸位之手，請諸位就在這裡推舉一位賢將，我立刻交出此印。」

羅副將的人頭就在地上，沒人會犯糊塗，孫副將第一個表態，其他人附和，認為於情於理、於公於私，鎮北將軍都最適合掌印。

天邊泛光，韓孺子再不推辭，開始下達命令，首先派出斥候伺察匈奴大軍，其次緊閉城門整頓全軍，然後派人快馬加鞭先行去往神雄關報信。

韓孺子還不能立刻出發，殺將奪印，正是軍心極度不穩的時候，他得留一陣。

剛剛慶祝過勝利的將士們，很難相信還有一支匈奴大軍就在附近，只是憚於軍法，不敢亂說，鎮北將軍身份又比較特殊，他們也不知道這背後究竟藏著什麼朝廷陰謀，因此嘴閉得更嚴。

韓孺子一整天都在城中巡視，先到部曲營，晁化醒來之後羞愧難當，鎮北將軍最需要親信的時候，他卻與士兵醉得不省人事，但這不能完全怨他，喝酒之前他請示過，得到了允許。

接下來，韓孺子帶著柴悅和蔡興海走遍每一座軍營，爭取讓所有將士都看到自己。最後巡視的是勳貴營，這裡的軍心最亂，可是掩飾得也最好，韓孺子不指望四百多名勳貴子弟全都支持自己，只要他們不惹事就行。

午時過後不久，第一撥斥候返城，帶回確定無疑的消息，真有一支匈奴大軍正在逼近碎鐵城，天黑之前就能趕到。

消息傳開，全軍聳動，鎮北將軍威望陡升。韓孺子趁熱打鐵，命柴悅安排防守、蔡興海執行軍法，柴悅的第一道命令，就是派人去駐守城東小山上的烽火台，那裡已經堆好了石塊，隨時能夠推下山去，將觀河城堵住。

進城、出城的斥候一隊隊絡繹不絕，帶回來的消息越來越驚人，太陽落山前半個時辰，斥候已經沒必要出城，匈奴大軍在河北出現。

一開始到達的是前鋒軍隊，大概有四五千人，離得很遠，縱馬來回奔馳，顯然也在勘察周圍情況。沒過多久，更多匈奴騎兵陸續趕到，沒有過河攻城，而是在遠處安營。

匈奴人越來越多，柴悅下令，向烽火台上的士兵傳信，推下石塊，天黑時將觀河城堵住。

沒人懷疑匈奴大軍的存在了，天黑之後看不清對岸的情形，但最低的估計也有五萬敵軍，遠遠多於碎鐵城號稱三萬、實際只有兩萬五千人左右的楚軍。

到了這時候，軍中的氣氛不是懷疑，而是膽怯了，大家都在想一個問題：為什麼不撤防神雄關？直說的話，就是為什麼不趕快逃走？

柴悅負責向眾人解釋：按照大楚軍法，遇敵畏懦和棄城不守，將吏都是死罪，士兵也會被削奪軍餉，甚至被處以徒刑，以囚犯的身份從軍。

「匈奴人雖眾，三萬楚軍總能堅守一陣，鎮北將軍會親赴神雄關搬取援兵，關內楚軍不下二十萬，很快就能趕來與匈奴人決戰。」柴悅只好連哄連騙，關內楚軍數量不少，但是大都前往各郡縣平亂，一時半會集結不起來。

但是身為楚將，柴悅明白一點，碎鐵城必須守住，只有在這裡，楚軍才能進退自如，一旦退至神雄關，楚軍有守無攻，或者只能從北方繞行才能進攻匈奴人，將會失去背靠城池的優勢。

韓孺子原打算入夜之後就出發，為了穩定軍心，他又多留了一段時間，在見過許多將士之後，他發現自己不能帶走太多人，尤其是不能帶走東海王。

「崔騰要去南軍送信，咱們兩人前往神雄關，在外人看來，這是『一家人』都要逃跑。」韓孺子必須給城裡的楚軍留一點保證，「一個去神雄關，一個留在碎鐵城，你選吧。」

東海王轉了轉眼珠，「我留下，但你得保證能將援軍帶來。」

他當然要留下，城內楚軍已經接受鎮北將軍和柴悅的指揮，還算穩定，奪取神雄關卻是勝負難料，「大家各有所長，你能奪權，我能守成。」

夜至三更，孟娥如約而至，韓孺子只帶二十多人，出發前往神雄關。天亮不久，空中陰雲密布，將近午時，雪花飄落，宣示冬季的到來。

冬季本是阻擋匈奴人的天塹，今年卻對楚軍不利，河水一旦結成厚冰，北邊的匈奴大軍將能長驅直入，直達碎鐵城下。

第一百六十五章

混亂的神雄關

孟娥靜靜地坐在房間裡，行蹤詭祕的她善於等待。

張有才跑進屋子，點燃蠟燭，驟然看到多了一個人，差點尖叫出聲，隱約認出對方，吃驚地說：「妳是……妳是……」

孟娥穿著女囚的粗布衣裙，滿面風霜，看上去老了幾十歲，若是在外面相遇，張有才根本認不出來她是從前的宮女。

「嗯，我是。給我找一身士兵的盔甲。」

「啊？好。」張有才轉身要去尋找盔甲，又覺得不對，轉回身，「妳怎麼會在這裡？」

「倦侯請我來的。」

張有才撓撓頭，恍然大悟，「哦，主人讓我在牆上寫『陳』字，就是為了找妳吧？」

「嗯。」

張有才又撓撓頭，他不瞭解倦侯與孟娥往來的狀況，因此十分費解，「妳怎麼會被發配到碎鐵城？」

「有人花錢雇我替他的妻子服刑。」孟娥微微歪頭打量張有才，「你還有多少問題？」

「沒有了。」張有才急忙出屋，很快便捧回一套比較輕便的盔甲來，放在桌子上，然後匆匆地打了一個包袱，退出房間，等在外面。

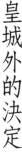

沒多久，孟娥出來了，雖然比普通男子瘦小些，但是穿上盔甲後，全身上下一點也看不出女子氣，面容滄桑得像是三十多歲的男子。

張有才笑道：「妳若是早做這身打扮，我肯定認不出來。」

「以後叫我陳通。」

「好，叫妳陳通。妳為什麼要用陳姓呢？是主人找到你，還是妳找到主人？妳跟宮裡還有聯繫嗎？當初妳怎麼不加入『苦命人』？蔡大哥也在，妳想見他嗎？主人不肯帶我上路，本來我還不太放心，有妳照顧主人，我放心多了。」

張有才提出一連串問題，孟娥一個也不回答。

韓孺子一眼就認出了孟娥，倒不是眼力好，而是早有期待，因此一見到陌生面孔立刻猜到會是誰。

一行二十多人出發，走了一整天，夜裡紮營休息的時候，韓孺子與孟娥做了見面之後的第一次交談，簡短而直接。

「保護我的安全，別讓我被刺客殺死，如果我能奪回帝位，登基之後的五年內，我會借給妳一支軍隊。但妳要保證，被攻打的國家罪有應得。」

「好。」孟娥回答得很乾脆，沒有半點討價還價，就此留在帳篷裡，從前她是宮女，現在是士兵，唯一的共同點，是這兩種身份皆為假扮。沒人認識這名「新兵」，都以為是鎮北將軍調來的親信，沒有在意。

眾人趕到神雄關時，地上鋪了一層薄雪，關口守衛明顯嚴格了許多。在詳細詢問來者身份並檢查文書之後，才放他們進城，有人引導他們直接前往神雄關衙門。

城裡一片混亂，大批平民百姓想要進入關內，數不盡的車輛堵在街上，與來往的士兵衝突不斷，最後韓孺子等人只能下馬步行，才能繞過重重阻礙。

衙門裡更亂，大量奴僕與士兵進進出出，門前停著十餘輛車，上面堆滿了東西。

「這是……這是要逃跑嗎？」崔騰得在關文上蓋印才能出城，所以跟來衙門，他聽說匈奴大軍到來，第一個反應也是逃跑，不過現在看到別人想逃，卻鄙夷得很。

林坤山並未跟來，眾人當中，只有韓孺子知道守城大將吳修已不在城裡，因此有點納悶車上這些東西都是誰的。

引導者是一名小校，請鎮北將軍等人在門口稍等，他要進去通報一聲，臨走時問道：「匈奴大軍真來了？而且有幾十萬人？」

「的確有一支軍隊，多少人還不清楚，估計明後天會有確切消息。」

小校長嘆一聲，搖搖頭，進衙門去了。

門口來往的人太多，韓孺子等人只能站在一邊，除了他們，還有一大堆人守在衙門外等候接見，杜穿雲眼尖，最先看到人群中熟悉的面容，「嘿，那不是……房大業！老房！」

房大業晃動著龐大的身軀，擠過人群來拜見鎮北將軍。

他從碎鐵城走的時候，還沒有匈奴人的消息，年紀又大，因此路上走得比較慢，韓孺子最初派出的信使反而跑在了前面。等房大業趕到神雄關，已是全城驚駭，衙門處於癱瘓狀態，房大業能進城，卻出不了城，只好跟其他人一樣守在衙門口，希望能有人幫他的文書蓋印。

崔騰應承下來，「別急，待會跟我們進衙門，我也要出城，正好一塊蓋印。」

身上未穿甲衣，手中沒有刀劍弓弩，房大業看上去與普通的老人無異，態度卻仍然不卑不亢，向眾人點頭，對鎮北將軍也只是稍稍彎腰。

衙門裡遲遲沒人出來迎接，崔騰生氣了，「怎麼搞的？就算不知道我的身份，鎮北將軍親至，他們也該出來迎接啊。不行，我要進去看看。」

崔騰邁步往衙門裡闖，韓孺子沒有勸阻，反而帶人跟上。

守門的兩名士兵上前攔阻，崔騰抬起一腳，將一名士兵踹倒，另一名士兵急忙挺槍戒備，杜穿雲上前，奪過長槍扔在地上，將士兵推出十幾步。

進進出出搬東西的奴僕與士兵側目而視，卻沒有過來干涉，等在街上的百姓則哄然叫好。

崔騰大搖大擺地往衙門裡闖，嘴裡喊道：「人呢？人在哪？還不快點出來迎接你家崔二公子？」

衙門口還有一些衛兵，互相看看，沒有攔阻這批氣勢洶洶的軍人。

大堂裡空無一人，崔騰直奔後院，撞上那名帶路的小校，一把抓住對方的衣領，怒道：「知道我是誰嗎？我是南軍大司馬崔太傅的親兒子，就算是皇帝見我都要客氣三分，吳修不過是湊巧當上國舅，憑什麼不見我們？」

小校弄不清楚這人到底是誰，卻被其氣勢嚇住，苦著臉說：「公子請，鎮北將軍請，吳將軍等著呢。」

崔騰這才鬆開手，讓到一邊，笑道：「妹夫請。」

後廳裡擺好了茶水，卻沒有人，韓孺子將衛兵留在外面，只帶崔騰、杜穿雲、孟娥和房大業進去。

小校匆匆離去，很快就帶回一名軍吏，自己退下。

「在下是吳將軍麾下的主簿，不知鎮北將軍到來，有失遠迎……」

崔騰仍是一馬當先，兩步來到主簿面前，「少來這套，整個神雄關都知道鎮北將軍來了，你不知道？吳修呢？讓他出來。」

主簿愁容滿面，「這個……吳將軍……有事……」

韓孺子上前道：「吳將軍已經回京，現在主事的是誰？」

崔騰吃了一驚，「好小子，跑得真快！」

主簿更是大吃一驚，臉色都變了，「你、你……」

「這是鎮北將軍。」崔騰冷冷地提醒。

主簿急忙改口：「鎮北將軍怎麼知道……」

「吳將軍回京，官印交給你了？」韓孺子問。

主簿點頭。

主將不在，通常情況下會指定副將掌管軍隊，吳修卻將官印留給一名主簿，顯然是怕走漏消息。

「交出來。」韓孺子命令道。

直到這時，其他人才明白鎮北將軍又要奪印，崔騰大喜，跟著說道：「對，快交出來，別等我殺人搜身。」

主簿面無血色，神雄關平時軍務不多，他能夠掩飾得住，一旦大亂，他卻不敢做主，「那個……印不在我這裡。」

「你敢戲耍我們！剛才還說在，現在不認了嗎？」崔騰舉起拳頭。

主簿最初只是點頭，還沒來得及解釋，這一急，嘴上更不靈活了，雙手擋臉，「官印被韓將軍拿走了。」

崔騰放下拳頭，「韓將軍？哪個韓將軍？」

「北軍左將軍韓、韓桐。」

「韓桐？」崔騰認識的勳貴最多，轉念間便想起了這人是誰，「武帝第十七皇子的兒子，嘿，妹夫，是你的堂兄。」

韓孺子聽說過韓桐，冠軍侯韓施就任北軍大司馬之後，招入大量宗室子孫，韓桐就是其中之一，位為左將軍，深受信任。

奪印一下子變得困難了。

「桐將軍什麼時候來的？」韓孺子問道，按宗室的習慣，稱名而不稱姓。

「今天上午，比鎮北將軍早了兩個時辰。」

韓孺子心中一嘆，原來他只晚了一步，要不是為了安撫碎鐵城中的楚軍，他本應早到一些的。

事已至此，後悔是沒用的，何況安撫楚軍是一項必須的任務，即使提前知道會晚，韓孺子當時也只能選擇留下。

「桐將軍人呢？」

主簿早已亂了方寸，馬上答道：「去東城查點倉庫了。」

「帶我去找他。」

主簿搖搖頭，「不行，我得把吳將軍的東西打點好，天黑前送出城，少了一件，我也擔不起責任。」

崔騰和杜穿雲一塊上前，兩人只會動手，不會別的。主簿舉手護頭，卻不肯鬆口，他是吳修的心腹之人，只為國舅一人做事，官印可以交，私人物品卻不能丟。

房大業攔住兩人，問道：「吳將軍的東西是要送回京城吧？」

主簿茫然地點頭，不明白這位平民裝扮的老頭子是怎麼進來的。

「通關文書已經準備好了？」

主簿再次點頭。

「拿出來看看。」

主簿搖頭，雙手按住小腹，這回崔騰和杜穿雲知道該做什麼了，一人抓一條胳膊，崔騰伸手入懷，掏出一封木函，打開之後，從裡面取出文書，「老子過關這麼難，吳修連人都不在，倒給自己的私財準備好了文書，真應該參他一本。」

房大業接過文書，掃了一眼，那上面寫著主簿的姓名，看來是要棄關而逃。房大業也不詢問，撕掉文書，對呆若木雞的主簿道：「你需要一份新文書，帶我們去見左將軍吧。」

韓孺子完全沒料到房大業會幫忙，當時帶他進來只是想盡快給他一份通關文書。

房大業像年老的雄獅一樣沉重地喘息，冷淡地說：「我也要出城。」

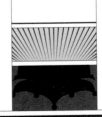

第一百六十六章 敢死之士

東海王親自登城向對岸望了一眼，心裡一沉，有點後悔留在碎鐵城了。

整個天際都被顏色暗淡的帳篷佔據，一隊隊騎兵在對岸肆無忌憚地縱橫馳騁、觀察南岸，有一些匈奴人就立於岸邊，向碎鐵城指指點點。東海王覺得自己被發現了，甚至被弓箭瞄準，雖然隔著一條河，好像也不太安全，於是轉身向隨行將官問話，順勢躲在牆垛後面。

「真有十萬人？」

「從帳篷數量推算，大概七萬到十萬人。」一名將官回道，這是多批斥候親眼觀察之後得出的結論。

「這麼多！」東海王已經聽過這個數字，還是感到震驚，當初在馬邑城的時候，有二三十萬楚軍做靠山，他覺得十萬匈奴人太少，現在卻感到「十萬」像山一樣沉重，可他不想表現得太膽怯，勉強笑道：「已經下雪了，糧草難以為繼，匈奴人越多，退卻得越早，對不對？」

幾名將官點頭，一人補充道：「當然，碎鐵城也要守得住才行。」

真話刺耳，東海王很難維持臉上的笑容，只好轉身又向對岸望去，「你們已經制定好守城計畫了吧？」

「是，柴將軍有兩條計畫：匈奴人一直在伺察觀河城，很可能要從那裡過河，等他們過河清除石頭的時候，東山烽火台可以推下木石，重新封堵通道。」

「嗯，不錯，是條好計畫，應該能將匈奴人堵住幾天，第二條計畫呢？」

一名將官指向西邊的流沙城，「河水正在結冰，變得厚實以後，匈奴人大概會從那邊長驅直入，柴將軍打算在流沙城設置一支奇兵，伏擊匈奴人前鋒，挫其銳氣。」

「好。」東海王不太會領兵，只要將軍們有計畫，他就稍稍安心。

在城牆上站得夠久了，東海王抓緊披風，離開城牆，「城門一定要關緊，城牆一定要牢固，千萬別給匈奴人可趁之機。」

回到將軍府，一群勳貴子弟正等著他，十來個人，一見到東海王，立刻上前謙卑地行禮，與這些人在一起，東海王自在多了，立刻猜到了他們的來意，冷淡地點點頭，邁步走入正廳。

果不其然，端茶送水的奴僕一退下，這十餘人就將東海王圍住，七嘴八舌地勸說。

「停停。」東海王用手指了半圈，停在勝軍侯的兒子身上，「樓忌，你來說。」

東海王的選擇是有理由的，在這些人當中，樓忌的父親爵位最高。

樓忌與東海王比較熟，也不客氣，馬上道：「咱們離開碎鐵城吧，還來得及，匈奴人一時半會過不了河，咱們快馬加鞭的話，用不上兩天就進關了。」

東海王的手指繼續移動，停在宰相殷無害的一個姪孫身上，「殷小眼，你怎麼說？」

殷小眼的眼睛並不小，只是平時總笑眯眯的，顯得小，這時瞪得滴溜圓，幾乎嚷了起來，「碎鐵城守不住！鎮北將軍帶不回援兵！咱們不能坐以待斃，得快點逃……快點撤離！」

「你們的想法都一樣？」

眾人點頭，樓忌道：「塞外的一座孤城而已，值得守嗎？要我說，咱們先撤，大軍隨後，能將三萬楚軍帶回關內，也是大功一件。」

東海王想了一會，「你們說的有點道理，咱們去找柴悅說說，畢竟守城軍務由他負責。」

「可您是東海王，鎮北將軍指定您總攬全局。」眾人勸服了東海王，都很高興，一個個如釋重負。

東海王起身，眉頭微皺，「勳貴營將近五百人，想撤退的不可能只有你們幾個，多找些人，一塊去見柴悅，給他一點壓力。」

「對對，大家都想撤，憑什麼只讓咱們出頭？」

沒多久，五十多名勳貴子弟聚在將軍府，準備跟隨東海王一塊去見柴悅，人人面帶喜色。東海王還不滿意，又說出幾個名字，讓樓忌等人去叫過來。

張養浩、謝瑛、丁會三人來了，膽戰心驚，面如土色，他們都曾在河邊寨棄東海王於不顧，一直擔心遭到報復。

出乎他們意料，東海王很是熱情，笑呵呵地迎上來，「這種時候，咱們就別記仇了，還是做朋友吧。」

三人感動得快要哭了，跪下懺悔，被東海王扶了起來。

一行人浩浩蕩蕩地去見柴悅，一路上吸引不少目光。

柴悅住在西北角的一座城樓裡，在這裡能夠方便地觀察敵情，他正與十幾名將吏商議流沙城的伏擊計畫，聽說東海王帶著一群勳貴子弟前來求見，心裡咯噔一下，城內楚軍只是勉強穩定，勳貴營若是帶頭鬧事，只怕大軍很快就會隨之崩潰，就算鎮北將軍本人在此也彈壓不住。

可拒而不見也不是辦法，柴悅只好讓他們進來。將吏退到兩邊，心中想法都一樣，如果勳貴子弟們想逃，他們也不用冒險開戰了，大家一塊奔回關內，就看誰的速度更快。

五十多人走上城樓，有東海王在，眾人立而不跪。

東海王道：「柴將軍，有件事我們想問問你。」

「請說。」柴悅起身相迎，十分客氣，這些人他一個也得罪不起。

「楚軍為什麼非要守衛塞外的一座孤城？」

柴悅已經向許多將士解釋過，東海王問起，他只好再說一遍：「碎鐵城雖然孤懸塞外，卻是大楚之城，自武帝以來，大楚對匈奴保持了雷霆之勢，此城一捨，即意味著轉攻為守……」

樓忌打斷道：「在碎鐵城不也是守勢？」

柴悅微笑道：「那不一樣，碎鐵城依山傍河，周圍地勢開闊，援軍一到，就能立刻轉守為攻，若是將此城讓給匈奴人，楚軍退至神雄關，雖然易守，卻再難出關進攻。」

「那好吧，你守城，我們……」樓忌看了一眼東海王，慌忙退下，在他們這個圈子裡，身份比什麼都重要，搶話即是僭越。

東海王點點頭，「柴將軍說得有道理，你要在流沙城設置伏兵？」

「對。」柴悅對東海王的態度感到困惑，「匈奴人表面上伺察東邊的觀河城，我相信這是故布疑陣，三日之內，匈奴大軍必定從西邊過河。流沙城雖然殘破，尚堪一用，黃昏後，我會派一支楚軍從嶺下前往流沙城，對岸的匈奴人看不到……」

「夠了，具體的計畫你們制定吧，我這是給你送來一隊敢死之士。」

「敢死之士？」柴悅莫名其妙，看向跟來的那五十多名勳貴子弟。

樓忌等人也互相看看，突然明白過來，「敢死之士」就是指自己，一下子全慌了。

東海王正色道：「你們這些人，從出生那一天起就食國家俸祿，所謂養兵千日用兵一時，大楚養了你們幾代人，換不來一位『敢死之士』嗎？」

眾人無語，不只是羞愧，更多的是震驚，怎麼也想不到，這樣的話會從東海王嘴裡說出來。

「請柴將軍下令，如果有必要，我會親自上陣。」東海王心裡稍感緊張，如果對方是韓孺子或房大業，他絕不敢誇此海口，但柴悅應該懂規矩、會做人。

柴悅也很震驚，同時大大地鬆了口氣，「有這些敢死之士奔赴流沙城就夠了，碎鐵城需要東海王坐鎮，殿下不可出戰。」

東海王威嚴地嗯了一聲，又對目瞪口呆的眾勳貴子弟說：「建功立業在此一時，諸君努力，休令父兄蒙羞。」

東海王丟下眾人，轉身下樓，柴悅命人去勳貴營給這些人取來盔甲和馬匹。經此一事，本來不太服從命令的眾將官，對伏擊計畫再無異議。

東海王懲罰了心生退意的勳貴子弟，也報復了一下曾經背叛自己的張養浩等人，心情頗佳。回到將軍府，林坤山過來求見，一進屋就抱拳笑道：「東海王妙計，既教訓了膽怯者，又穩定了軍心，東海王的聲望會大為提升。」

「嘿，我需要這點聲望嗎？」東海王在望氣者面前無需隱藏真正的野心，「他們不在乎大楚的一城一池，只想自己活命，我可在乎。」

林坤山笑道：「大楚內憂外患不斷，正需要東海王這樣的宗室子孫力挽狂瀾。」

東海王哼了一聲。

相隔兩百餘里，另一個人也在乎大楚江山的完整。

在主簿的帶領下，韓孺子等人來到東城倉庫，卻沒有找到北軍左將軍韓桐，詢問過後才知道，韓桐領取了一些器械與食物，命人送到南城門，人剛走沒有多久。眾人又奔向南城門，出了此門就是關內，百姓與車輛都被堵在這裡，無論怎麼叫嚷，城門都不肯打開。

韓孺子讓主簿登上城樓為自己通報，等了好一會，主簿下來，一臉困惑，說：「左將軍請鎮北將軍一個人上去。」

情況有異，韓孺子想了想，說：「好吧，可我怎麼也得帶一名隨從。」

「這個……應該可以吧，我再去問問。」主簿匆匆跑上城樓，心中納悶，兩位將軍都是宗室子孫，怎麼彼此間一點親情也沒有？

杜穿雲緊緊腰帶，準備跟倦侯一塊上城樓，韓孺子止住他，「你留下，陳通，你跟我去。」

孟娥點點頭，在外人面前，她從不開口說話，以免洩露女子身份。

杜穿雲既驚訝又失望，不相信這名普通士兵的功夫會比自己更厲害。

主簿回來了，請鎮北將軍和隨從上樓。

第一百六十七章 城門之上

城樓內的梯階上擠滿了全副武裝的士兵，上樓的人只能側身而行，孟娥得交出腰刀才能放行。

樓上的屋子很寬敞，同樣站著許多衛兵，韓孺子第一眼看去，沒有找到目標，在神雄關主簿的提醒下，他終於在幾名衛兵身後的角落裡看到了堂兄韓桐。

兩人肯定曾經見過面，一個坐在皇帝的寶座上，一個與眾多宗室子弟站在一起，因此，韓桐認得韓孺子，韓孺子卻對那張臉孔沒有印象。

主簿忙來忙去是有理由的，上前幾步，諂笑道：「左將軍大人，通關文書……」

韓桐伸出雙臂向外揮手，好像在攆討厭的昆蟲，主簿卻比昆蟲更執著，又上前兩步，「左將軍大人，沒有文書我出不了關，我家將軍……」

韓桐突然大步向前，氣勢洶洶，右手握著刀柄，咬牙切齒地對主簿說：「誰也不能出關，就算是一隻老鼠也不行。」

主簿愕然失色，後悔之前交出了官印，「可是……可是……」

「來人！來人！」韓桐突然大叫，像是遇到了極大的危險。

不僅主簿，連韓孺子都被嚇了一跳，不明白這位堂兄的反應為何如此激烈。

「帶出去、攆出去、拖出去，我不要再看到他！一眼也不想看！」

屋子裡的衛兵都是韓桐從北軍帶來的，有兩人上前，架起主簿的胳膊就往外走，主簿又驚又怕，而且一頭霧水，自己怎麼就得罪了這位北軍左將軍？

韓桐大概十八九歲，神情陰鬱且驚慌，卻偏偏要做出威嚴鎮定的樣子，雙手握拳，按在書案上，目光投向韓孺子的雙腳，像是在跟一隻蟲子說話，「你終於來了，我就知道你會來。」

韓孺子莫名其妙，「嗯，我剛到不久，據說桐將軍比我早到一會。」

「一會？哈哈，就這一會，神雄關落入我手！」

韓孺子看了一眼孟娥，示意她留在原處，自己向前邁出兩步。

韓桐顯得更緊張了，即使身邊就是高大健壯的衛兵，仍然沒有自信，生怕被十幾歲的堂弟傷害，拳頭握得更緊，卻沒像剛才那樣大叫大嚷，目光始終低垂，就是不肯與韓孺子對視。

韓孺子能夠明顯地感覺到，這個人害怕自己。

「匈奴大軍已經攻至碎鐵城，桐將軍有何打算？」

「匈奴人……匈奴人……怎麼會有匈奴人？」韓桐領命來神雄關的時候，還沒有匈奴人的消息，上午聽說大軍已到，震驚不已，到現在也沒緩過神來。

「桐將軍有什麼打算？」韓孺子又問了一遍。

韓桐慢慢坐在椅子上，以手扶額，「打算？冠軍侯沒說過……冠軍侯讓我把守神雄關，不准任何人通過……」

韓桐抬頭，終於與韓孺子對視，「尤其是不能讓你過關回京。」

韓孺子笑了笑，「我沒想回京，我是來搬取救兵的。」

韓桐也笑了，得意，還有點瘋癲，「我還以為自己錯過了，可我比你早了一會，哈哈，冠軍侯料事如神，你走不了！走不了……」

等對方笑聲漸歇之後，韓孺子說道：「神雄關易守難攻，就算匈奴人來了，一時半會也攻不下來，桐將軍不必驚慌。」

「匈奴人……易守難攻……」韓桐整個身子突然一顫，「你是怎麼進關的？北門……北門也應該關閉，馬上關閉。」

韓桐伸手在桌上亂摸一氣，身邊的一名衛兵看不過去，上前幫忙鋪紙研墨，韓桐拿起筆，快速寫了一道命令，然後從懷裡取出官印，認真地按下去，將命令交給衛兵，衛兵匆匆離去。

韓孺子默默地看著，等衛兵領命而去，他說：「我已經來了，就站在桐將軍面前，請桐將軍開關將百姓放走，然後調集關外的軍隊，立刻去支援碎鐵城。」

韓桐面露驚訝，好像在納悶韓孺子為什麼還在這裡，「我已經派人去通知冠軍侯，他會做出決定，我只需守關，不能開門。」

韓孺子稍稍加重語氣，「碎鐵城危在旦夕，誰來都會立刻派出援兵，請桐將軍當機立斷。」

「我只守關。」

「碎鐵城有三萬楚軍。」

「我只守關。」

「丟掉碎鐵城，楚軍只能據守神雄關，再難出關決戰。」

「我只守關。」

「碎鐵城還有五百名勳貴子弟，個個家世顯赫。」

「我只守關。」

不管韓孺子怎麼說，韓桐的回答只有一個。

韓孺子轉身看了一眼，屋子裡至少有十名衛兵，孟娥站在門口，看樣子無法做到以一敵十，同時保護倦侯的安全。

「好吧。冠軍侯什麼時候到？」

「我已經派人通知冠軍侯了，我只守關。」

韓孺子轉身向門口走去，衛兵沒有阻攔。

在門口，孟娥使了一個眼色，韓孺子微微搖頭，韓桐戒心極重，現在奪印太冒險了。

城樓下，眾人等得正著急，主簿失魂落魄，還沒回過神來。

「妹夫，拿到……算了，當我沒問。」崔騰看出韓孺子是空手而歸。

韓孺子帶領眾人走開，街上擠滿了人與車輛，許多百姓不在乎通關文書，只想立刻出城，躲避隨時會殺來的匈奴大軍。

韓孺子止步，「桐將軍不肯開放城門，不肯調集援兵，也不肯交出官印，他要等冠軍侯的命令。」

崔騰愕然道：「冠軍侯遠在數百里之外，一來一回，還不得花上五六天的時間？到時候碎鐵城早就歸匈奴人了吧。」

韓孺子向主簿問道：「神雄關有多少士兵？」

主簿完全沒了主見，馬上答道：「關內有一千人，關外的軍營裡頭有四五千人，想要更多人，就得從別處調兵了。」

「沒有官印，你能調集多少人？」

「啊？」主簿預感到事情不妙。

崔騰一把抓住他的衣領，「別裝糊塗，問你能調集多少人？」

主簿苦笑道：「沒有官印……只有衙門裡的衛兵能聽我的命令，二十多人吧。」

「家丁呢？」

「老少四五十人，他們可不會打仗。」

「讓他們穿上盔甲，都帶到這來，跟他們說，不用打仗，壯壯聲勢。」

「我是吳將軍的主簿，就不參與鎮北將軍和左將軍之間的事了。」主簿害怕了。

「你想出城，就照我說的做，事情成與不成，都不會連累到你。」

主簿還在猶豫，崔騰又一次抓住他的衣領，主簿有了主意，急忙道：「可以可以，請崔二公子跟我一塊去吧，您是崔太傅之子，說話比我有份量。」

「那是當然。」崔騰推著主簿去往衙門，韓孺子派出五名衛兵跟隨。

他將杜穿雲叫來，「我在樓上的時候，桐將軍的一名衛兵下樓，去北城門傳令，你看到他了？」

「看見了。」

「記得他的模樣嗎？」

「記得。」

「帶人去攔住他，勸他帶咱們進入城樓，如果他不同意……」

「我知道該怎麼做。」杜穿雲已經撒腿跑了。

韓孺子還是指派五名衛兵跟隨，如此一來，他身邊只剩下十名衛兵，其中包括孟娥，還有一位一直不吭聲的老將軍房大業。

「拿到官印之後，房老將軍就能出城了。」

「嗯。」房大業連句感謝都沒說，邁步走開，與街上的普通百姓擠在一起。

韓孺子和衛兵們站在街邊等待，不遠處的一輛車上，包袱堆積如山，最上面坐著兩個孩子，正在放聲大哭，父母焦急地望著城門，沒精力照看。

與武帝時期相比，大楚的確衰落了，但還沒到不堪一擊的地步，韓孺子暗下決心，一定要擊退匈奴人，而不是被動守城。

崔騰和主簿最先趕回，帶來百餘人，比預料得要多一些，也不知崔騰是怎麼徵用的。

「這就開戰吧。」崔騰興致勃勃，他倒是什麼都不怕，那些被徵用的士兵與家丁，卻跟他們的主簿一樣臉色蒼白，還沒動手就已露怯。

「等等。」韓孺子說。

又過了一會，杜穿雲也回來了，「他不聽話，被我綁回來了。」轉身向後指去，在一處路口，韓孺子的五名衛兵架著韓桐的傳令兵。街上大亂，光天化日下的綁架也沒人在意。

韓孺子正要下令，城門下突然發生了騷亂，許多人在高喊「開城門」，沒有得到回應，憤怒的百姓轉向城樓，一個高大的身影衝在最前面，怒聲道：「城門官就在上面，讓他出來說句話！」

房大業穿著平民的衣裳，他這一喊，更多百姓跟上來，叫喊著讓城門官出來。

韓桐的衛兵有百餘人，紛紛抽刀拔劍，可湧來的百姓數量太多，衛兵們不能不緊張。

韓孺子向後方揮手，五名衛兵帶著傳令兵過來，韓孺子道：「向你的同伴求救吧。」

傳令兵鼻青臉腫，本來是要大叫的，這時卻緊緊閉嘴，憤怒地搖頭。杜穿雲道：「我來。」跳到一輛車上，伸手將傳令兵也拽上來，衝著城樓大喊：「北邊有匈奴奸細，快去人幫忙！瞧，你們的人受傷了！」

城樓內外的衛兵遠遠望見了受傷的傳令兵，大驚失色，陣腳更亂。

韓孺子對崔騰和主簿說：「可以上樓救人了。」

崔騰一愣，馬上明白過來，「沒錯，韓桐有難，咱們得幫忙，大家跟我上啊，救出左將軍，人人有賞！」

崔騰帶兵在人群中衝開一條路，向城樓上擠去，衛兵們弄不清這群士兵的來意，猶猶豫豫地讓開，一些衛兵甚至向外擠，想與傳令兵匯合，弄清楚北城門究竟發生了什麼事。

韓孺子站在街邊，看著自己製造的混亂場面，從前他在冒險的時候總會有一點緊張，患得患失，這一次，他卻是真的鎮定自若，相信勝券在握。

有時候，軟弱的敵人帶來的信心更多一些。

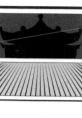

第一百六十八章 掌印大將

城裡的百姓已經在街上苦等了將近一天，心中的怒氣一旦發洩出來，就再也收不住了，開始還有些忌憚，等到聚集的人越來越多，後面的人往前擠，前面的人也只能身不由己地衝進城樓，與衛兵碰撞在一起。衛兵砍傷了幾個人，可是湧來的百姓太多，將梯階上的衛兵一一掀翻，一級級逼近樓上。

房大業是始作俑者，在局勢失控之前擠了出來，來到鎮北將軍面前，「從別的地方上去。」城樓有兩道門，一道位於地面，一道直通城牆。

崔騰帶領百餘雜兵，以「保護左將軍」的名義衝到樓上，這時也出現在城牆上，向韓孺子奮力揮手。

韓孺子立刻帶人進入東邊的一條巷子裡，與城牆上的崔騰時不時揮手響應，走不多遠，有台階直通城頂，十餘名士兵守在入口處，驚慌失措，朝城門的方向不住眺望，崔騰等人跑下來時，誰也不敢阻攔，甚至不敢詢問。

韓桐是被幾個人架下來的，面色如土，身子瑟瑟發抖，「造反了，這是造反了……」

崔騰將官印扔過來，得意洋洋地說：「完成，就這麼簡單。」

韓孺子抓住官印，在人群中找到主簿，對他說：「可以下令開城門了吧？」

主簿方寸大亂，雖然跟著崔騰上上下下，卻不知道自己做過些什麼，聽到鎮北將軍的話後，點了點頭，又搖了搖頭。

韓孺子正要正式下令，房大業開口道：「先不要開城門。」

「房老將軍有何見教？」韓孺子對這位老將軍十分尊敬。

「百姓大亂，此時開門，只會亂上加亂，而且會將混亂帶到關內。鎮北將軍應該召集城內將士，然後傳令城中，讓百姓去往衙門領取出關文書，一批一批地放行。」

韓孺子畢竟缺少經驗，經房大業指點後立刻醒悟，先帶人去往衙門，留下一些士兵，讓他們稍等片刻再去城門口發佈命令。

衙門裡空無一人，連掃地的老差人都被崔騰帶走了，門口的車輛無人看管，東西丟了一半多，遍地的字畫、布帛等物，揀東西的一群人看到官兵回來，一哄而散。

主簿頓足捶胸，「我可怎麼向吳將軍交待？」站在街上猶豫了一會，主簿想出了主意，顧不得收拾剩餘的東西，追上鎮北將軍，從此寸步不離，他「交待」不了，只好讓地位更高的人承擔責任。

韓孺子下令將街上的車輛挪開，衙門大門開放，所有士兵站在街道兩邊，以維持秩序，庭院內反而不安排士兵，大堂裡也只留十名衛兵，韓桐被送到後衙，由部曲士兵看守。

韓孺子坐在書案後方，手持官印，崔騰拿著印泥，主簿執筆，又讓人搬來大量公文，只需添上姓名、事由、日期、物品等項，持有人就可以順利出關，一路通行無阻。

第一張通關文書寫給房大業，事由「返鄉」，物品「馬一匹」，韓孺子蓋印，房大業拿過文書，看了一眼，仔細收好，躬身行禮，退出衙門。

連主簿都看不下去了，「這位……老者什麼來頭？在公堂上也這麼不敬？」

韓孺子雖然留不住房大業，對他的敬意卻一點也沒有減少，「天下太平，這就是一名普通的老人，天下大亂，這就是千里良駒。」

需要韓孺子簽發的命令太多了，放行百姓只是一小部分，他還要調集關外軍營裡的士兵、向更遠的郡縣徵調兵將、安排斥候前去打探碎鐵城情況、檢查關內的駐防與庫存……

主簿一個人忙不過來，還好幾名軍吏和將官及時趕到，神雄關群龍無首，他們一直在尋找掌印大將，之前的主簿不敢擔責，北軍左將軍只守城門，拒絕接見下屬，因此這些將吏見到鎮北將軍手持官印之後，立刻服從，絕無二話。

趕到衙門的人越來越多，百姓從城門口調轉方向的時候氣勢洶洶，接近衙門看到兩邊林立的士兵時，氣勢開始下降，完全不知道那些士兵比他們還要緊張。

等進到肅靜的衙門裡，百姓的氣勢衰落，許多人甚至不敢進來，幾名膽大者進衙，順利領取了文書，出門之後將文書舉在手裡，於是眾人怒氣全消，規規矩矩地排隊，與此同時，城內的將士也都陸續趕到，更沒人敢鬧事了。

事情越多越雜，韓孺子反而越清醒，乾脆站起身，在大堂裡來回行走，一邊向軍吏口授命令，一邊監督主簿簽發文書，偶爾向進來的百姓詢問幾句。

神雄關終於找到了主心骨，幾名將吏觀察了一會，開始向鎮北將軍提供建議，被問的時候也是知無不答，眼看天色漸暗，神雄關恢復了平靜。

大堂裡不知簽發了多少文書與命令，一盒印泥都用光了，崔騰衣服上沾得到處都是，他的任務非常簡單，就是托著印泥盒跟隨鎮北將軍在堂上走來走去，他的樣子卻比將軍還要興奮，一會點頭，一會咬牙，一會瞪眼，幾次想要開口，又都強行忍住。

事情忙得差不多了，韓孺子這才注意到一直跟在身邊的崔騰，輕輕一拍頭，「糟了，忘了讓你出城。」

「妹夫，不，鎮北將軍，讓我留下吧，送信這種事誰都能做。」

「不行，這封信是要送給崔太傅，最好是東海王親送，他去不了，就得是你。」韓孺子立刻讓主簿簽發文書，交給崔騰：「帶十名士兵出發，但是杜穿雲不能跟你走了，我另有任務交給他。」

崔騰接過文書，拍拍懷裡的書信，「我這就出發，妹夫，你放心吧，我一定給你弄個官職回來，父親不同意，我就自殺給他看！」

崔騰跌跌撞撞地跑出大堂，叫人備馬，連夜出發。

杜穿雲已經躍躍欲試，「倦侯，讓我做什麼。」

「我要你立刻回京。」

「回京做什麼？」

韓孺子本來在心中草擬了一封信，覺得不妥，還是放棄了，說道：「我要你回倦侯府去見夫人，然後立刻回來。」

「就這麼簡單？有信嗎？要我帶話嗎？」

韓孺子搖頭，「不用，但你得快去快回，路上可能會遇到阻攔……」

「嘿嘿，明白了，那你不用給我通關文書，那東西沒用，我也出發。」杜穿雲大步向外走去，在門口又轉了回來，「出神雄關的文書給我一份，在這裡用不著爬上爬下。」

韓孺子笑著命主簿簽發文書，看著杜穿雲的背影，心中的不安沒有緩解，反而越來越重。

國舅吳修突然返京，冠軍侯派韓桐守關，阻止韓孺子南歸，崔小君將近半個月沒有書信，這都是不祥之兆，預示著京裡發生了什麼事情，他卻一無所知。

大敵臨境，韓孺子不能棄而不顧，只能讓杜穿雲回京打探消息。

夜色已深，城門按規矩關閉，還沒有出關的百姓卻已不那麼恐慌，乾脆推車回家，反正文書已經到手，新來的將軍雖然年輕，卻像是值得依靠的人，老實待在家中，也不失為一種選擇。

衙門逐漸安靜下來，街上的士兵各回崗位，那些臨時穿上盔甲的家丁、奴僕也都恢復本來身份，打掃庭院、收拾房屋、升火做飯，將街上殘留的物品收回衙門，主簿對著它們流了一會眼淚，在鎮北將軍身邊跟得更緊了。

韓孺子也需要這名主簿，他帶來的人不多，派出去之後剩下得更少，孟娥是貼身侍衛，做不了別的事情，他需要更多的追隨者。

事情忙得差不多之後，韓孺子去後院探望北軍左將軍韓桐。

有崔騰的例子擺在前面，韓孺子不想輕易放棄任何一個人，主簿與其他將吏只能安撫神雄關，一名有官職的宗室子弟卻可能收服更廣大的區域與將士。

百餘名北軍守在後院門口，看到鎮北將軍走來後，全都恭敬地行禮，他們雖然早就來了，卻沒有試圖救出左將軍。

後院的一間屋子裡，韓桐還在瑟瑟發抖，桌上的飯菜一口沒動。

韓孺子獨自進屋，對韓桐的信心先減了三分，說道：「神雄關已經安定，我也沒有離開，你可以放心了。」

韓桐抬起頭，目光中盡是驚慌與困惑。

韓孺子取出懷中的官印，「這個東西只是一個象徵，真正的權力還是要自己爭取，有它，事半功倍。」皇權在於十步以外、千里之內，韓孺子覺得自己已經摸到了十里之內。

韓桐顯然沒聽懂韓孺子在說什麼，目光越發困惑，好一會之後他說：「我就不該接受冠軍侯的邀請，老老實實留在京城多好。唉，普通人有野心總能得到回報，甚至封侯拜相，宗室子弟卻只有一個結果，就是死。為什麼我如此倒霉？我沒想參與你們之間的爭鬥，也不想抵抗匈奴人。這都是意外，都是噩夢……」

韓桐拚命捶打自己的腦袋。

韓孺子終於確認，此人不值得拉攏，與此同時，對冠軍侯也有了一點輕視，雖然冠軍侯地位更高、掌握的軍隊更龐大、所知的消息也更多，韓孺子卻不將他視為第一大敵。

韓孺子沒再多問，出屋之後命人備馬，他要去追房大業，無論如何也要將楊奉推薦給他的老將軍挽留住。

第一百六十九章　夜談

夜路難行，尤其是在冬天，寒風呼嘯，地面冰滑，行人、馬匹走路時都要小心翼翼，房大業牽著馬，在官道上踽踽獨行，不停地被後面的人超過，那些人推著車、趕著牛羊、懷裡可能還抱著孩子，大家都奮力前行，好像匈奴人就跟在屁股後面似的。

慢慢地，後面追上來的人越來越少，而且也不那麼急迫了，一位妻子邊走邊埋怨自己的丈夫：「就你著急，左鄰右舍有不少都決定留在城裡，看看情況再說走不走……也不知家裡怎麼樣了，那十幾隻雞鴨今晚還沒餵呢。你鎖好門了？」

丈夫也有點後悔，不想承認，也不想爭論，只是不停地說：「我知道了。」

房大業轉身望了一眼，迎著北風，黑暗中早已沒有神雄關的影子，雖然穩定民心的主意是他出的，年輕的鎮北將軍似乎執行得不錯。

路邊一堵破敗的牆壁後面，燃起了一堆篝火，幾十人圍成一圈取暖，有人向官道上獨行的老人喊道：「別走了，前面沒村沒店，過來烤烤火，明天再趕路吧。」

房大業找地方將馬栓好，取出一點豆料餵馬，然後擠進人群，分享一點溫暖。

周圍的人大都互相認識，正在熱烈地討論「天下大勢」。

「幾十年了，大楚從未敗給匈奴人，這次也不會，咱們可能離開得太早了。」

皇城外的決定

「今非昔比，小伙子，今非昔比，武帝爺的時候，都是楚軍出關追著匈奴人打仗，哪有匈奴人逼近神雄關的情形？唉，我可記得，一直到河北幾百里以外都有楚軍的崗哨，楚人可以隨意來往、放牧牛馬。自從武帝爺升天，我就再也沒出過神雄關北門。」

「新來的鎮北將軍看上去不錯，好像是個會打仗的將軍。」

「太年輕了，武帝爺的時候，像他這麼年輕的人，不管出身有多高貴，只能當校尉，跟著老將學習幾年之後，才有資格獨立帶兵。不行，鎮北將軍太年輕了，不是匈奴人的對手。咱們走得對，就是……太著急了一點，其實可以等一晚。」

「唉，急急忙忙地返鄉，也不知道是好是壞，聽說關內不少地方有暴亂，希望我的老家沒事，千萬不要讓我遇見。」

「嘿嘿，最倒霉的不是遇見暴亂，是回鄉之後趕上官府徵兵，又被送回神雄關。」

神雄關內的百姓大都是商人，因此急著離城返回原籍，又怕被徵兵、徵錢，眾人連連唉聲嘆氣，「武帝爺的時候」被頻繁提起，相隔沒有幾年，百姓忘了武帝晚期的殘暴，只記得風調雨順，人人安居樂業。

「老丈，你是從北面來的吧？」有人問道。

房大業嗯了一聲，他不喜歡閒聊天。

「碎鐵城怎麼樣，能守住嗎？」

房大業尋思了一會，「大概能守住十至十五天，關內援軍若是遲遲不至，那就危險了。」

「關內哪還有兵啊，都去平定暴亂，內憂外患趕到一塊了。」

「大楚自知有內憂外患，匈奴人未必知道，他們連敗了幾十年，必定心虛，只要楚軍顯出鬥志，或許能將匈奴人逼退。」

房大業說話不像普通百姓，周圍的人對他肅然起敬，又為他讓出一點地方，甚至有人遞過來一壺燙過的熱酒，房大業喝了兩口，一股暖意由腹部流向四肢，倍感舒適。

「聽您的意思，應該先除外患，再平內憂了？」有人問道。

房大業在鎮北將軍面前惜字如金，面對一群百姓卻能侃侃而談，「關內暴亂頻發，無非是因為百姓財力不足，這幾年賦斂過重，因此民不聊生，一受鼓動，就加入了盜匪團夥。這裡面，重賦為因、暴亂為果，重賦主要又是為了與匈奴決戰。平定內憂並不能減賦，擊敗匈奴卻能還利於民，暴亂自消。」

眾人聽不太懂，卻越發敬畏，一名老人問道：「如今暴亂分散在郡縣，若不及時平定，只怕冬後就會連成一片，到時候減賦也沒用了吧？」

「對暴亂當然不能放縱，可是不用非得剿滅，各郡縣守住關口，阻止亂民離開本地就是了。只怕一點，匈奴人遠在塞外，暴亂近在腹背，朝廷懼近輕遠，兵力都用在平亂上，最後內亂未平，匈奴人卻已進關，再想攆出去可就不容易了。」

百姓不懂那麼多，只覺得老人說得極有道理，一名中年女子笑道：「您能看得這麼透徹，朝廷不至於犯錯吧。」

「應該不會。」房大業不想驚嚇這群人，他甚至不明白自己說這些幹嘛，可想法油然而生，非要脫口而出，遺憾的是，眼前沒有合適的聽眾。

突然間，老將軍意興闌珊，垂下頭，專心烤火。

又有一人恭敬地問：「老先生，您是朝廷命官吧？」

「我是一名犯人，剛被釋放。」

此言一出，篝火周圍一下子安靜下來，只聽得木柴噼叭作響，以及風聲呼嘯。

遠處突然傳來一陣急促的馬蹄聲，敢在這樣的夜裡和這樣的地面上疾馳，有點奇怪，眾人都向官道上望去。馳來的是三名騎士，有人熱心地喊道：「過來烤烤火……」話未說完，三名騎士已經停下，穿著盔甲，一看就是軍中將士。沒人吱聲了，一是怕官，二是不敢耽擱軍務。

「請問可有人見過一位老者？六十歲左右，身材高大，獨自一人，騎馬。」一名騎士大聲詢問。

幾乎不用打量，所有人的目光都看向了新加入的老丈。房大業重重嘆了口氣，轉身走向自己的坐騎，官道上的騎士看到了他，「那不就是……將軍……」

韓孺子跳下馬，心裡很高興，總算追上了，比預想得要順利，他準備了許多話，無論如何也要留住這位老將軍。

房大業牽著馬來到官道上，向鎮北將軍行禮，問道：「鎮北將軍能調動多少軍隊？」

韓孺子沒料到首先提問的會是房大業，愣了一下，「我正在爭取……」

「換個問法吧，鎮北將軍希望調動多少軍隊？」

韓孺子想了一會，「我希望調動所有楚軍。」

「好，我跟你回去。」

房大業跳上馬。

韓孺子又愣住了，可目的已經達到，他也翻身上馬，與房大業並駕，一同順原路走向神雄關，很快就談起了當前大勢，房大業一反常態，嘴裡滔滔不絕，韓孺子只有聽的份。

路邊篝火周圍，一名老者道：「我就說這不是普通人，肯定是落難的大官，又被請回去了，你們都記得吧，剛才是我把他叫住的。」

「三叔，你看誰都請人家過來，不只是他。」

「請人的那位將軍，你們沒認出來嗎？神雄關大堂裡就是他給咱們簽發的文書啊。」

「鎮北將軍？你說那是鎮北將軍？天這麼黑，你看清楚了？」

「絕對沒錯，哪還有如此年輕的將軍？」

眾人沉默了一會，一位老者道：「有這兩位在，楚軍何愁不能打敗匈奴人？等天亮，咱們回神雄關吧，不受遠行之苦了。」

回關時再不用縱馬疾馳，韓孺子卻覺得時間過得比出關更快，房大業的一番分析令他茅塞頓開，「明天我就派兵前去支援碎鐵城，分批前往；每天上下午各一批，數量不多，卻要讓匈奴人感覺到關內在不停地調兵遣將。」

「頻繁派兵能夠迷惑匈奴人，可最重要的事情還是糧草，碎鐵城沒想過要容納兩萬多名楚軍，所存糧草堅持不了多久；神雄關必須守住糧道，如果前方楚軍能將匈奴人擋在河北，萬事大吉；如果不能，得在沿途設幾個據點，保證糧草供應。鎮北將軍若是不覺得我老，就派我去吧。」

守衛糧道比守衛碎鐵城危險多了，韓孺子不想讓老將軍冒險，正好到了城門口等候開門，他笑著說：「冒昧一問，是什麼原因讓房老將軍決定跟我回神雄關？」

城門咔啦地響，房大業說：「我需要一個人聽我說話。」頓了頓，他繼續道：「鎮北將軍大概是唯一願意聽並且有能力照做的人。」

韓孺子笑了笑，「實不相瞞，之前我還沒到碎鐵城，就有人向我推薦房老將軍。」

「哦？居然還有人記得我這個老傢伙。」

城門敞開，包括主簿在內的一群將吏迎出來，他們真怕鎮北將軍一去不返。

「前中常侍、現北軍長史楊奉，向我力薦房老將軍。」

「楊奉？沒聽說過此人。」房大業長年駐守邊疆，後來又去齊國為官，對宮中太監瞭解不多。

回到將軍府已是後半夜，關內幾座軍營裡的將士正好奉命趕到，韓孺子和房大業也不休息，開始安排軍隊前去支援碎鐵城，在房大業的堅持下，韓孺子終於決定派老將軍出關，但是要求他穩定糧道之後，立刻返回神雄關。

倉促間，神雄關總共只能召集到五千多名將士，分成六隊，保證今後三天的上下午都有援兵前往碎鐵城。

這段期間，韓孺子必須找到更多援兵。

韓孺子在神雄關度過一個不眠之夜，另一邊的碎鐵城，全體將士同樣不眠不休。

第一批援兵尚未出關，匈奴人已經過河了。

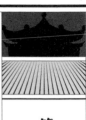

第一百七十章

神機妙算

寒冷並未將鐵甲凍裂，但是能感到更加沉重，即使隔著厚厚的棉衣，柴悅也能感受到鐵片的堅硬，以及附著在上面的寒冷，走路比平時更加艱難，像是背負著一大塊生鐵。

入夜不久，柴悅親自率領一千名士兵由嶺下繞行至流沙城，馬匹全被原路帶回，將士徒步進城，少數士兵站在城牆上觀望，大部分站在城牆下方待命，人人手持勁弩，可是等了將近兩個時辰，還是沒有匈奴人過河的跡象。

剛才下了一陣小雪，現在已經停了，柴悅守在城牆上方，借助微弱的月光望向大河。河水已經結冰，白天時，柴悅看到幾名匈奴人往河床上拋擲石塊，由此猜測他們今晚將會渡河，現在卻不那麼自信了，只能來回踱步，小聲提醒士兵們盯緊一些。

如果第一戰不能挫敗匈奴人的銳氣，碎鐵城很快就會失守，柴悅肩負的重任，比身上的鐵甲沉重多了，不僅是碎鐵城，還有將近三萬名楚軍的性命、鎮北將軍的信任和京中母弟的安全。

柴悅需要一次大勝，他相信自己的判斷絕不會錯，寒冬已至，匈奴人急於開戰，一有機會就會渡河，可是只有事實才能證明他是正確的。

對於塞外這支楚軍來說，柴悅的統帥地位有點名不正言不順，一兩次判斷失誤就足以令眾將士失去信任。牆上牆下一千人都還盡忠職守，沒人發出聲音，更沒人抱怨，可柴悅明白，天亮的時候匈奴人若是還不出現，他身上本來就沒有多少的威望，將消失得一乾二淨。

柴悅來到城牆下方，在士兵中間緩步走過，小聲說：「凌晨是最危險的時候，匈奴人十有八九會選在天亮前一刻渡河。」

將士們保持沉默，柴悅能猜到他們心中的疑問：十萬匈奴人何必偷襲三萬楚軍把守的小城？既然凌晨時分最危險，為何要整夜守在這裡？

柴悅是有解釋的，匈奴雖然兵眾，卻也希望用最小的代價攻下碎鐵城；凌晨最危險並不意味著其他時候就是安全的，為了應對各種可能，他只好在流沙城等候整夜。可這些解釋沒必要說出來，大家要看到的是偷偷渡河的匈奴人。

柴悅身後，有人用極小的聲音說：「乾脆凍死算了，匈奴人倒省事了。」

那是一名被東海王強制送來的勳貴子弟，柴悅假裝聽不到，事實與戰績能夠征服普通士兵，不過大概只有身份地位才能壓制這些勳貴。

城牆上有人用石子輕輕敲了兩下，柴悅整個人為之一振，一股熱血從腳底直升頭頂，頃刻間將寒意驅逐一空。全體楚軍也被這輕輕的敲擊聲所震動，甩動手臂，將勁弩握得更穩，準備拉弓引弦。

柴悅裝出鎮定的樣子，控制步行的速度，慢慢走上台階，走到最後幾級的時候，還是忍不住加快了腳步。

一隊匈奴騎兵真的過河了，可是數量太少，粗略估算大概有一至三百人，而且他們沒有直奔碎鐵城，而是縱馬來到嶺上，目標是流沙城。

柴悅等人急忙躲在牆垛後面。

匈奴騎兵的數量遠遠多於楚軍，可仍然非常謹慎，先派人過來勘察情況。

柴悅率領的這支伏兵一下子進退兩難，雖然發射勁弩殺死這些前驅的匈奴人輕而易舉，可如此一來就會暴露伏兵。

城下的匈奴人在小聲交談，北城門早已關閉，他們進不來，於是繞城而行，顯然要找別的入口。

柴悅立刻走下城牆，悄聲命令眾人躲進附近的屋子裡，城內的房屋大都殘破不堪，連屋頂都沒有，匈奴人只要稍一搜查就能發現楚軍，可柴悅沒有別的選擇，他已經等了一夜，不能在最後時刻放棄。

匈奴人真的出現，眾將士對柴悅的信任增加了幾分，立刻領命躲起來，那些勳貴子弟仍然很麻煩，柴悅從他們身前經過的時候，有人抓住了他的胳膊，低聲威脅道：「你已經得罪了柴家，還要得罪所有人嗎？我要是有個三長兩短……」

柴悅甩開此人的掌握，冷冷地說：「樓忌，在這裡你是士兵，不是勝軍侯之子。」

樓忌哼了一聲，與其他人一塊走進殘存的房屋，擔心用不著匈奴人進攻，牆壁坍塌就能將他們壓死。不過並非所有勳貴子弟都厭惡這次行動，辟遠侯的孫子張養浩在柴悅經過時小聲說道：「匈奴人急於進攻，不會查得太仔細。」

柴悅笑了笑，也躲進一間破敗的屋子裡。

流沙城沒有多大，匈奴人很快繞至虛掩的西門，撞開城門，馳馬進城，在路上馳騁往返。

楚軍進城的時候在路上留下了一些腳印，好在來得早，腳印已被霜雪覆蓋，楚兵站了大半夜，城牆下的腳印卻仍然清晰，只要點起火把，或者下馬仔細查看，匈奴人就能發現異常。

這時柴悅完全是在賭博了。

匈奴人膽子漸壯，開始大聲呼叫，最近的時候，與某些楚兵只有一牆之隔，但他們並未停留，叫聲很快消失了。柴悅走出藏身之地，真想仰天歡呼幾聲。

幾名將校也走出來，驚訝地說：「他們居然沒留下來守城。」

「匈奴人不喜歡城池。」柴悅平淡地說，其實他對此並不肯定，起碼有一部分匈奴人已經習慣定居，對城池並不陌生，但是這一隊斥候顯然不想留在城內。

在將士們眼中，柴將軍卻有了神機妙算的形象，當他們一隊隊從柴悅身邊經過登上城牆時，目光裡明顯多了幾分敬畏，就連樓忌那夥動貴子弟也都低下頭，老老實實地走上台階，沒敢要求留在下方。

一千名楚兵在城牆上站成三排，盡量彎腰，腳踩勁弩，雙手引弦，輕輕搭上箭矢。勁弩能夠射到河邊，令匈奴人無處躲藏。

柴悅從牆垛中間向外望去，一切如他所料，大批匈奴騎兵正在陸續過河，在嶺下集合，一些人扛著長長的雲梯，顯然是要在天亮之前向碎鐵城發起進攻。

柴悅心中的猶疑與緊張全都消失了，一股從未有過的自信油然而生，無論身邊、身後的將士有多緊張，他卻一點也不著急，默默地觀察，等待一個最佳的時機。

匈奴人在嶺下集結完畢，第一批前鋒開始前進，柴悅轉身走到傳令官身邊，衝他點了下頭，傳令官會意，舉起早已準備好的獸角，活動活動兩腮，運氣吹角，楚軍通常以鑼鼓傳令，但是作為一支伏兵，號角更實用些。

第一排楚兵挺腰前行，在牆垛中間射出弩箭，完畢之後立刻後退，第二排、第三排前行。

柴悅沒有觀看嶺下的戰況，能聽到外面的人叫馬嘶就夠了，他扶著刀柄，在城牆上來回巡視，監督士兵們輪番射弩。勝利已在手中，他要做的事情不是急著查看戰果，而是盡可能讓勝利更完美些。

他做到了，在將軍的監督下，三排楚兵不停地拉弓、引弦、搭矢、射擊，循環反覆，一絲不亂，即使柴悅走遠了，士兵們也覺得他的目光在盯著自己。

察覺到柴悅走近，勝軍侯的兒子樓忌變得有些慌張，連續兩次沒有將弩弦牽引到位，本排士兵上前的時候，他還在手忙腳亂地拉弓引弦。

柴悅示意樓忌前行幾步，保持隊型，不要佔據後退者的位置。

樓忌面紅耳赤，這一輪他無矢可射，重新退後，他才使出力氣，一次引弦成功。

柴悅繼續前行，越來越有感覺，這一千名士兵已經被凝聚成為一個人，全是他的臂膀與耳目，服從他的意志，聽從他的指揮。

嶺下慘叫聲不斷，數名觀戰的將校匆匆跑來，「柴將軍，匈奴人撤退了。」直到這時，柴悅才走到牆垛中間向外望去，黑暗籠罩的地面上留下許多屍體，更多的匈奴人則向對岸逃去，跑得太快，在冰面上人仰馬翻。

「要追殺嗎？」將校問道，勝利讓他的膽子也大了起來。

「撤退，全軍撤退。」柴悅心裡很清楚，匈奴人最擅長在追逐過程中發起反擊，就算碎鐵城所有楚軍全在這裡，追過河也是敗多勝少。

他只想挫敗匈奴大軍的銳氣，然後等待關內援軍的到來。

沒有馬匹，楚軍離開流沙河之後一路跑回碎鐵城，此時天已大亮，城內大軍聽到了戰鬥的聲音，也派斥候查看了戰況，立刻打開城門，迎接毫髮無傷的「敢死之軍」，還有他們的統帥柴悅。

東海王親自到城門口迎接，送來大批酒肉，當場就讓軍吏記下所有人的功勞，尤其是將軍柴悅。

一整天，對岸的匈奴人都很老實，直到傍晚時分才再次渡河，收拾屍體，派兵佔據了流沙城。柴悅一早就派出信使前往神雄關，眾將前來恭賀，他卻沒有完全放下心來，受挫的匈奴人只會暫緩進攻，偷襲不成，他們就只能採取最直接的戰術——白天攻城，這才是真正考驗碎鐵城的硬仗。

夜裡，柴悅踏實地睡了一覺，次日一早就被叫醒，匆匆前往西城牆，全城的將官幾乎都在城牆上，連東海王也在，一看見柴悅，他鬆了口氣，「柴將軍快過來看看，匈奴人這是要幹嘛？」

柴悅向西望去，前晚為楚軍帶來勝利、昨天還聳立在山嶺上的流沙城不見了，一夜之間，已經被匈奴人拆得乾乾淨淨。

「匈奴人火氣好大，拆城洩憤嗎？」東海王問道，多數將官也抱著同樣的想法。

柴悅看了一會，心中猛然一驚，「匈奴人要堆土攻城！」

將大量泥土堆到城下，形成土坡，到時敵軍就能直攻牆上，柴悅本來預計碎鐵城能堅守至少十天，這時卻要將時間大打折扣，不由得向南望去，希望能盡快看到神雄關的援軍。

第一百七十一章 攻城

真正的守城之戰就要開始了。

匈奴人正在遠處排兵布陣，騎兵守在嶺下，大量步兵聚在嶺上，手持盾牌，背著一筐筐的泥土，流沙城是座土城，拆毀之後提供了現成的材料。匈奴人毫不掩飾進攻意圖，步兵將泥土堆在西城門外，形成一道緩坡，直通城牆之上。

東海王遠遠望了一眼，心裡一陣陣發堵，表面上卻要保持鎮定，向周圍的將士笑道：「匈奴人真懂禮貌，知道大楚放棄了流沙城，特意幫咱們拆牆當見面禮。」

大家只能敷衍地發出笑聲，目光都望向柴悅，東海王也不例外。

柴悅的表現更像是真正的鎮定，站在牆邊沉思片刻，開始下達命令。這些命令大都平淡無奇，普通將吏也能想到，但是由柴悅嘴裡說出來，似乎多了幾分成功的把握。最後，柴悅命令一支隊伍專門取水，將城裡所有的桶、鍋、槽通通裝滿。

東海王雖不擅戰，卻是第一個明白柴悅用意的人，心中稍安，終於能夠坦然地大笑出聲。離開城牆，將守城之責全權託付於柴悅。他沒有直接回將軍府，而是來到旁邊的部曲營，為了顯示守城的決心，韓孺子只帶走極少數人，將大部分部曲士兵留在了城內。

東海王沒有下馬，停在營門前，派隨從叫來部曲營頭目晁化。

晁化身上還保留著拐子湖漁民與河邊寨兼職強盜的習慣，來到東海王面前只是稍一拱手，生硬地問：「找我有事？」

東海王微笑道：「匈奴人就要攻城了，鎮北將軍不在，就由我保護你們的安全，請大家放心，城裡有兩萬多正規楚軍，只要他們還在，就不會動用鎮北將軍的部曲。」

晁化和身邊的幾名士兵冷臉不語，東海王繼續道：「萬不可魯莽行事，我就在將軍府，有什麼事情儘管來找我。」

東海王走了，晁化臉色鐵青，一名部曲士兵說：「咱們跟隨鎮北將軍這麼久，就是吃乾飯嗎？」

「東海王能安什麼好心，分明是在用激將法。」

晁化抬手制止大家說話，命令道：「牽馬來。」然後看著這幾張熟悉的面孔，「東海王多此一舉，他不來激將，我也要向柴將軍請戰，我意已決，你們準備好了嗎？」

幾人同時點頭。

晁化再不多說，等馬牽來，上馬直奔西城。

柴悅已經從城牆上下來，正與幾名將吏安排士兵汲取井水。

碎鐵城裡有十餘口深井，外面修建了屋子以阻攔風霜，還能正常使用，打出的井水不能露天放置，西城騰出了大量房屋，專門存放水桶、鐵鍋等物。

晁化下馬，跟在柴悅身後，在街巷裡走來走去，聽他下達一道道命令。安排得差不多了，具體事務交給將吏處理，柴悅又向城牆上走去，對晁化招手，示意他過來。

「準備這麼多井水幹嘛？」晁化還沒有看明白此舉的用意。

柴悅笑道：「匈奴人要堆土攻城，等他們堆得差不多了，咱們就來個水凍城牆，看他們能不能爬上來。」

晁化恍然大悟，不住點頭。

「有什麼事嗎？」柴悅問道。

晁化攔在前面，正色道：「守城的不只是楚軍，還有鎮北將軍的千名部曲，柴將軍好像把我們給忘了。」

「我沒忘，一支軍隊有前鋒、有中軍，也有後備，部曲營屬於後備。」

「我們想當前鋒。」晁化有點著急。

柴悅沉默了一會，他不動用部曲營是有理由的，一則這是鎮北將軍的私人將士，主人不在不可擅用，二則部曲營的訓練仍不充分，與正規楚軍不可相提並論。

柴悅從小在軍營裡長大，對練兵、用兵天生感興趣，對他來說，訓練有素、服從命令這兩項素質遠比勇猛善戰重要得多。他喜歡正規的士兵，這些人總能準確理解主將的想法，臨陣時不膽怯、也不冒進，即使領軍不久，柴悅也能像運用手臂一樣指揮眾將士。就像前晚的伏擊，換成一支不成熟的軍隊，肯定會有個別士兵忍受不住匈奴人的馬蹄聲，衝出藏身地點與敵人搏鬥，從而壞了大事。

正規的楚軍，哪怕是平時名聲不佳的北軍，也能嚴守將令，立於危牆之下一聲不吭。

「讓你的人做好準備。」柴悅對部曲營不太熟悉，但是尊敬他們的求戰之心。

「我們早就準備好了！」晁化大喜。

「戰無常勢，你們可能要等很久，我只在必要的時候才會讓你們作戰，沒我的命令不可擅動，明白嗎？」

「明白，只有一個要求，如果柴將軍要派兵出城，務必第一個派遣我們。」

「好。」柴悅點頭。

一名傳令兵跑來，「柴將軍，匈奴人向碎鐵城進發。」

晁化離開，柴悅帶領衛兵與將吏登上城牆，向西望去。

匈奴人步騎並進，速度不快，像是一隻隻巨大的爬蟲，又像是一大片逐漸吞噬荒地的野草。東海王無法安坐在將軍府，又跑來觀戰，走到柴悅身邊，臉色有點發白，「咱們就這麼等著？」

「匈奴大軍人多勢眾，理應先進攻。」

東海王勉強笑了兩聲，左右看看，「大家的士氣不錯，都知道自己要做什麼，不用柴將軍下令。」

柴悅嗯了一聲，目光一直不離遠處的匈奴人，「這就是楚軍的長處，平時訓練得好，到了危急時刻自有應對手段。」

柴悅揮手叫來身後的一名將官，「通知北城小心提防，匈奴騎兵很可能會進攻那裡。」

將官領命而去，東海王疑惑地問道：「北邊鄰河，地方狹窄，匈奴騎兵為何選在那裡攻城，而不是空闊的南城呢？」

柴悅猜測匈奴步兵會在西城堆土，騎兵則在北城響應，至於南城他反而不太擔心，「這是匈奴人習慣的打法，三面圍堵，留一條出路，誘使敵軍逃亡，騎兵趁勝追擊。瞧遠處那隊騎兵，就是用來攔截逃亡者的。」

東海王向西南方望去，遠處的確有一隊騎兵，數不清有多少人，停在原處沒有動，看上去離南城官道還很遠，可一旦縱馬奔馳，很快就能從側翼攔截逃亡的楚軍。

東海王的臉色更白了些，「如果匈奴人堵住南方的山口，神雄關的援軍是不是就過不來了？」

「嗯，過不來。」柴悅又叫來一名將官，命他清理城牆入口，不要造成阻塞，然後轉身走到城牆另一邊，觀察下方的街巷，覺得哪裡可能會有擁堵，就派人去處理，寧可拆牆破門，也不能耽誤待會送水上城。

對他來說，戰鬥的主要內容從來不是盯著敵人的一舉一動，也不是勇猛拚殺，這些事情當然很重要，但是都有人專門負責，身為一軍主將，他的職責是確保己方準備充分、陣勢不亂。

東海王既敬佩柴悅的鎮定，又惱怒他的冷淡，正要追問，柴悅騰出工夫，說：「匈奴人暫時不敢靠近山口，害怕那裡有伏兵。」

「暫時不敢，以後總會有膽子的。」

「所以咱們得相信鎮北將軍，相信他能盡快帶來大批援軍。」柴悅平淡地說，他能挫敗匈奴人的銳氣，能想辦法應對土攻，可這些手段都是拖延。孤城難守，如果沒有援助，碎鐵城終將落入匈奴人之手。

東海王愣了一會，跟著柴悅回到對面，心中不由得一驚，不知不覺間，匈奴人已經很近了，嶺下靠河的騎兵正在加速，如柴悅所料，要從北城發起進攻，正面嶺上的步兵則豎起了長盾，他們不僅攜帶著泥土，還有大量的木頭。

「來人，送東海王回將軍府。」柴悅不希望有人破壞楚軍士氣。

「柴將軍勉力，我在府中備酒，靜候佳音。」東海王強自鎮定，匆匆下城，上馬走出沒有多遠，就聽到了城牆上的戰鼓聲。

部曲營裡，近千名士兵已經排列整齊，牽著自己的戰馬，身邊豎著長槍，就等一聲令下，上馬出城與匈奴人戰鬥。東海王衝他們揮揮手，經過將軍府來到勳貴營，在這裡，他更能找到聲氣相投者。

勳貴營裡剩下的人不多，所有隨從都被徵調，打水、運送器械，為全體楚軍做事，而不是只服侍主人。一半多勳貴子弟加入了戰鬥，剩下一百四五十人，以種種理由留在營內，柴悅並未強求他們。

城牆上的鼓聲時緊時緩，中間夾雜著人群的叫喊聲、不知來源的轟轟聲，營內的勳貴子弟全都走出營房，聚在一起互相尋求安慰，結果卻更加驚恐。

在這群人面前，東海王終於恢復了一點信心，策馬進營，立於眾人面前，「穿上你們的盔甲、拿起你的兵器，準備證明你們是大楚的精英與棟梁，城在人在，城亡人亡！」

沒人開口回應，但是他們都有點害怕東海王，紛紛跑回自己的房間，穿戴盔甲，拿著刀劍出來，沒有隨從的幫助，許多人的盔甲穿戴不整，只好互相幫助著繫緊絲絛。

東海王稍感滿意，不想獨自回將軍府，便留在勳貴營裡。

不知何處又傳來了幾聲轟響，沒過多久，一名傳令兵騎馬跑來，在街上大聲喊道：「部曲營，即刻前往北城！」

部曲營那邊傳來馬蹄聲，傳令兵連喊幾遍，又來到勳貴營，停在營門口，向裡面看去，他沒接到命令要動用這些勳貴子弟，可是看著一百多人無所事事，覺得有些怪異。

傳令兵沒有開口，拍馬離開。

東海王道：「還等什麼？都去守衛北城門！」心中卻是一驚，西邊的土堆應該還沒成形，北邊的城門就要被攻破了？

匈奴人攻得太快了，東海王第一次真心實意地懷念韓孺子，那是他的兄長。

第一百七十二章　出城

碎鐵城年久失修，看得見的漏洞都得到了修補，還有一些隱藏頗深，無法提前檢測，北城門即是如此，表面看上去很正常，內裡卻已腐朽，經不起打擊。匈奴騎兵向城上射了幾輪箭，派出百餘名步兵，以長盾掩護，抬著攻城木槌來砸門，原本只是試探，沒想到十幾下之後，真將大門砸得傾斜。

一隊楚軍用幾根圓木暫時將大門支住，可這只是權宜之計，發現北門易攻後，匈奴人立刻派來更多步兵支援，牆下的騎兵也越來越多，一點一點逼近，這時弓箭已能射到城牆上，楚軍受到壓制，很難再對門外的敵人發起進攻。

與關內的大城相比，碎鐵城矮了一截，最初的作用只是屯聚糧草，面對大軍攻城，準備嚴重不足。戰爭不只是槍林箭雨，部曲營將士來得正及時，可手中的刀槍毫無用武之地，他們立刻下馬，在幾名將吏的安排下，搬取土石封堵北門。

楚軍展現了優良的素質，數千人絡繹不絕地運送土石，絲毫不亂，像螞蟻一樣井然有序，十幾名將吏站在中間協調隊伍，背負土石的士兵從右側排隊跑步前進，將土石拋下，腳步不停地從左側撤退。

可堵門的速度還是慢了些，東海王率領勳貴營趕到的時候，門上多了一個大洞，能看到木槌猙獰的樣子。一名小校跑來，請東海王和勳貴子弟們離開，城門就這麼大，暫時不需要更多人手，他們站在街上反而誤事。

東海王等人也無意留下，立刻調轉方向去往戰鬥最激烈的西城，走出沒多遠就被客氣地攔住，除了東海王，其他人不可隨便登城。

碎鐵城不大，近三萬守軍數量也不算少，只有三成士兵在城牆上防守，大多數人都在牆下忙碌，道路必須暢通無阻，一群跑來跑去的勳貴子弟只會增添麻煩。

東海王獨自登牆，一路上不停地給上上下下的將士讓路，在這種時候，就算是皇帝親臨，也別指望得到尊敬。十幾名鮮血淋淋的士兵被抬下去，慘叫聲不斷，東海王不敢再往上走了，反正也沒人注意他，急忙轉身，跟在抬送死傷者的士兵後面，匆匆下來，上馬跑回將軍府。

一百多名勳貴子弟等在大門外，沒有戰鬥任務，他們反而更加緊張。

「跟我來。」東海王叫道，馬不停蹄向南城門跑去，眾勳貴子弟紛紛上馬，跟在後面。

南門相對安靜，在此守衛的士兵卻一點也不敢大意，牆上牆下嚴陣以待，東海王在這裡獲得了應有的禮遇，帶領幾名勳貴子弟登城的時候，士兵給他們讓路。

東海王跑上城樓，向西望去，心中一涼，從這裡看不到土堆的高度，但是匈奴人已經逼近城牆，正與楚軍互射，楚軍勁弩已不佔多少優勢。

東海王沒找到柴悅，就算看到，信心也增加不了多少，此前時急時緩的鼓聲變得不絕於耳。

碎鐵城堅持不到天黑，東海王自己得出結論。再向南望去，群山聳立，對人世間的小小爭鬥無動於衷，哪有援軍的影子？

東海王一把拽過來一名勳貴子弟，「帶人去神雄關求救，這就去！」

「是……」勳貴子弟驚慌地應道，與幾名同伴跌跌撞撞地往下跑。

「打開城門。」東海王對跟來的南城守將說。

「開城門？柴將軍……」

「我是東海王，不管什麼將軍，都得聽我的命令，開門，讓信使出去，沒有援兵，咱們都會死在這裡！」

守將猶豫了一下，傳令打開南門。

一隊而不是幾名「信使」衝出碎鐵城，聽說有機會逃離，一百多名勳貴子弟一個也沒留下，不叫隨從，也不帶乾糧，就這麼騎馬絕塵而去，有人甚至連隨身刀劍、頭盔都給扔了，只為減輕一點重量。

「關閉城門。」東海王命令道，站在城樓上哪也不看，只盯著那隊越跑越遠的勳貴子弟，那裡有不少他認識的人，稱得上是朋友，可跑的人沒有回頭張望，看的人也沒有掛念之意，東海王只想知道匈奴人會不會攔住這群人。

「不該相信別人。」東海王低聲自語，後悔沒有趁早逃離。

西南方的荒野中有一大批匈奴人，離得很遠，過了一會，東海王看到有一隊匈奴騎兵向官道駛去，速度看上去不快，似乎攔不住逃亡者。

東海王提著一顆心，一會擔心勳貴子弟們逃不掉，一會後悔自己沒有跟著逃走，沒準浪費了唯一的機會。

事實證明，匈奴人對距離的估算比東海王和那群勳貴子弟要準得多，一百多人跑出不過五六里，與匈奴人相遇了。

匈奴騎兵沒有攔在路上，而是與逃跑者並駕齊驅，中間相隔三五十步，然後從容不迫地側身引弓射箭，勳貴子弟毫無還手之力，只能拚命催馬跑得更快，可是怎麼也快不過箭矢。

逃亡者與追殺者馳下一道斜坡，不在城樓的觀察範圍內。

東海王呆住了，站在一邊的南城守將也驚得目瞪口呆，那一百多名勳貴子弟全都出身世家，光是身邊的隨從死了都會惹來不小的麻煩，這時卻像野草一樣被匈奴人收割殆盡，東海王可比鎮北將軍狠多了。勳貴子弟再沒有出現，反倒是那隊匈奴騎兵回到斜坡上，順著官道向碎鐵城駛來。

這也是匈奴人的習慣，殺死敵人之後要來炫耀與示威。

東海王臉色慘白，連強裝鎮定的心思都沒有了，匆匆下樓，騎上馬，獨自一人在城中亂跑，也不知要去哪，只覺得哪裡都比城牆上安全，可是又沒有一個地方真正值得放心。

「我要當皇帝，我不會死在這裡。」東海王反覆唸叨這句話，像是在與看不見的神靈談判。不知跑了多久，一隊騎兵迎面馳來，帶頭的正是晁化，滿身塵土，但是手裡又握上了長槍。

「北門失守了？」東海王大吃一驚。

「堵上了。」晁化大聲道，雖然疲憊，卻是中氣十足，「我們要支援南門。」

「南門……」東海王這才想起，一隊匈奴騎兵正馳向南門，這時應該已經到了，看樣子柴悅或者某位將官得知了消息，正在調兵遣將，「你們沒有弓弩，不是……」

一名部曲士兵騎馬來到東海王身邊，強迫他的坐騎改變方向，也朝南門跑去，並說道，「別光看熱鬧，一塊去吧！」

東海王認得此人，他就是那個既叫驢小又叫馬大的莽漢，別人可能只是開玩笑，他可會真逼著東海王去戰場。

「我不去……」東海王叫道，想要調轉馬頭，可是更多騎兵跟了上來，無論他怎麼用力，馬匹還是只能跟著大隊人馬一塊走。

部曲士兵的訓練的確差了一點，還沒出城，隊形就已經亂了。

「那幾個大鐵塊砸得真夠勁。」馬大興奮得像是孤身下河摸到了一條大魚，罵了一句，「怎麼不早用上？讓咱們背了半天土。」

「笨蛋，當然要等匈奴人聚集在一起才能使用。」有人回道，馬大也不生氣，呵呵地笑。

原來北城門也有準備。

「西城怎麼樣了？開始澆水了嗎？」東海王大聲問道，但沒人回答，部曲士兵剛從北門離開，不知道別處的情形。

「讓路，我要去西城……」東海王大叫，可是沒人服從他的命令，這群剛剛放下土石的士兵，急不可耐地奔赴另一個戰場，好像那裡有好東西等著他們去搶似的。

東海王身不由己的出了城門，每次他勒緊韁繩，都有人「好心」地在後面拍馬，讓他甚至懷疑這是韓孺子事前安排好的借刀殺人計。

城外的戰鬥已經開始，一隊楚軍出城，以勁弩逼退了過來示威的匈奴騎兵，另一隊槍盾楚軍在路西建立了臨時路障，防止城西的匈奴人趁虛而入。

部曲營與之前出城的楚軍騎兵合併，順著官道向南疾馳。東海王心中一喜，以為這是要護送他逃離碎鐵城，再不勒韁，而是與部曲士兵一塊加速。

他回頭望了一眼，城門又關上了，再向西望去，夕陽半落，看不清匈奴大軍在哪，但他知道，肯定有一股匈奴騎兵正在迅速接近官道，要攔住他們這些人。

「再快點！」東海王大聲呼籲，楚軍卻只按既定的速度前進，不慢，但也不算快。

遠處傳來號角聲和狼一樣的嗥叫，匈奴人真的來了，數量多極了，路西整個荒野似乎都被他們佔據了。

部曲營士兵不擅長騎射，保護側翼的是隨行楚軍，馬上用不了勁弩，他們也用弓箭與匈奴人對射。

東海王趴在馬背上，盲目地跟著前方的人奔馳，死亡離得如此之近，不像是來自西邊的匈奴人，倒像是懸在頭頂，離他只有幾尺遠，無論跑得多快都甩不掉。

前後的部曲士兵突然吼叫起來，速度明顯加快。東海王驚訝地抬起頭，發現側翼的楚軍已經進入荒野，與匈奴人混戰成一團，部曲士兵則在衝鋒。

前方的一座小小高地上，大批匈奴刀盾士兵正在構築臨時防線，他們剛到不久，馬匹停在附近，只來得及豎起長盾。

部曲士兵從盾陣兩邊衝過，高高舉起長槍，從上方刺下去，不管中與不中，都要立刻撒手。

東海王手裡沒有兵器，只能跟著眾人馳上高地，又順坡下行。在最高處，他終於明白了此行的目的。

南方的山口裡，一支楚軍正魚貫而出，官道邊上的這座小小高地，一下子成為必爭之地，佔據此處，就能方便地掌控整條官道。

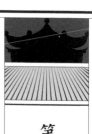

第一百七十三章 關內關外

房大業風塵僕僕地趕回神雄關，為韓孺子帶回第一手消息。

兩天前，在部曲士兵的猛攻之下，匈奴士兵被迫放棄路邊高地，倉皇逃離。碎鐵城城西的坡道已經堆成，守城士兵潑上了大量的水，可天還沒有冷到瞬間成冰的程度，好在坡道狹窄，匈奴騎兵無法一湧而上，楚軍依靠弓弩勉強支撐。

神雄關第一撥援軍趕到得正及時，雖然只有一千多人，但在匈奴人看來，山口裡湧出的楚軍卻是連綿不絕，匈奴大軍退卻了，他們不想在河南的狹窄地域與楚軍展開決戰。夜色降臨，碎鐵城還在楚軍手中。

房大業與柴悅會面，稍經商議，兩人得出同樣的結論，碎鐵城經不起再次攻擊，必須將匈奴人「嚇」阻在河北。

柴悅派出大批楚軍駐守在流沙城廢墟上，表現出死守之志，並在嶺上遍插旗幟，讓對岸的匈奴人誤以為嶺下盡是趕來支援的大批楚軍，然後派遣斥候過河查看地勢……總之，楚軍表現出想要渡河決戰的架勢。

東海王以為自己終於能離開碎鐵城了，可兩位將軍沒跟他商量，也沒有爭取他的同意，在碎鐵城豎起了高大的王旗，那上面的「東海王」三個大字不是繡上去的，而是用紅布拼湊而成。迷惑戰術成功了，匈奴大軍當夜退卻十幾里，但是沒有逃走，似乎也想決戰，河北開闊平坦，有利於匈奴騎兵發揮實力。

房大業趕回神雄關的時候，六撥援兵已經派遣完畢，從關內又趕來三千多援兵，可也僅此而已，冠軍侯的北軍、韓星的中軍、崔宏的南軍離得比較遠，尚無消息傳來，附近郡縣要留兵自守，分不出多少兵力支援神雄關，而且許多官吏對鎮北將軍發出的命令感到困惑。

奪印畢竟不是正常手段，群龍無首的神雄關願意接受鎮北將軍的指揮，附近的郡守、縣令和將官，卻對此疑慮重重，許多人既不派遣士兵也不給回執，信使只能空手而歸，有兩個縣甚至將信使也扣下不放。

碎鐵城楚軍依靠虛張聲勢對抗匈奴大軍，韓孺子在神雄關卻已接近無兵可遣，他缺的不只是兵，還有名份。

房大業猜到會是如此，在路上想了一個主意：「一百六十七名勳貴子弟在守衛碎鐵城時陣亡……」

「一百六十七？」韓孺子嚇了一跳，勳貴營共有四百多人，竟然傷亡將近四成，「只是勳貴，不包括隨從？」

「隨從沒有直接參戰，傷亡極少，不到十人。是東海王，他派出一百五十一名勳貴子弟出城──大概是想試探一下匈奴人的實力吧，結果全軍覆沒。」

沒人相信這種說法，久經戰陣的老將軍心裡很清楚，東海王這是驚慌失措之餘使出的昏招。

「還有一種說法，那些勳貴子弟急於逃跑，擅開城門，沒想到被匈奴人攔截。」房大業補充道，這種說法更沒人相信，只能用來隱瞞一時。

韓孺子沉默了一會，問道：「東海王怎麼樣？」

「東海王……受了一點驚嚇，但他後來與鎮北將軍的部曲營一塊衝出碎鐵城，從匈奴人手裡奪下一塊至關重要的高地，大家都說他很勇猛。」

韓孺子哭笑不得，他太瞭解東海王了，那絕不是勇猛，出城參戰必然另有原因。

房大業想出的主意與這次傷亡相關，「我建議鎮北將軍馬上將消息散布出去，好讓朝廷以及關內諸軍明白，匈奴大軍真的來了。」

「勳貴子弟同氣連枝，整個朝廷恐怕都會恨死我了。」

「越恨越會派兵支援，畢竟還有二百多名勳貴子弟活著，而且——」房大業頓了頓，「讓勳貴子弟出城是東海王的命令，與鎮北將軍無關。」

韓孺子笑了笑，「只要我是主帥，一切傷亡都與我有關。不過房老將軍的計策很好，就按你說的做，我馬上寫信。」

碎鐵城需要的是大軍支援，韓孺子只寫四封加急信，分別送給三軍與京城。

「碎鐵城還能堅持多久？」

「五至十天，如果匈奴人一心準備在河北決戰，碎鐵城還能堅持得更久一些。」

北軍大營離神雄關最近，次日一早，韓孺子接到了回執文書，看完之後卻不明所以。文書回應的不是昨天才送走的加急信，而是五天前的書信，那時韓孺子剛剛奪印，寫信求援，並且解釋了自己不得不接管神雄關的特殊情況。

北軍的回執已經有點晚了，平時來往要五天，碰到緊急軍務，頂多四天就能一去一返，北軍至少耽誤了一天。

回執內容更是莫名其妙，極其簡短，只說「軍情已知，堅守待命」。韓孺子找來經驗豐富的房大業，出示回執，老將軍看了一眼，立刻皺起眉頭，「守衛碎鐵城的將士大都來自北軍，我還以為他們立刻就會派兵前來支援。」

「只有這份回執，再無一兵一卒。」韓孺子更是納悶，「難道冠軍侯怨恨我奪取桐將軍的官印？」

房大業搖頭，「左將軍也沒有朝廷任命，嚴格來說，官印只屬於吳國舅，鎮北將軍和北軍左將軍都是奪印，一早一晚而已。匈奴人是大楚強敵，北軍大司馬就算心懷怨恨，也不至於見死不救，何況他要救的就是北軍將士。」

房大業想了一會，「信使見到北軍大司馬本人了嗎？」

信使是一名普通驛兵，自然見不到北軍大司馬，韓孺子已經問過。

「北軍大司馬派左將軍接管神雄關，專門為了阻擋鎮北將軍入關，可那時匈奴人還沒出現，鎮北將軍並無理由離開碎鐵城，除非……」房大業沒有說下去，他願意留下輔佐鎮北將軍，可事情總有個限度，打仗他義不容辭，朝廷奪權他卻不想參與。

「冠軍侯也悄悄回京了。」韓孺子只能得出這樣的結論，「北軍無人做主，所以才會給出這樣一份回執。」

「鎮北將軍和東海王在京中的消息不太靈通啊。」房大業說。

韓孺子又笑了笑，他已經很久沒有接到京中的來信了，「看來我得想辦法接管整個北軍。」

「鎮北將軍……不想盡快回京嗎？」房大業不願參與朝廷內鬥，問出這句話就是他的極限。

「匈奴，京城。」韓孺子不可能心無猶豫，京城必定發生了大事，吳修和冠軍侯才會急急忙忙地跑回去，「我要留下。」韓孺子權衡之後做出決定，「匈奴人一旦入關，大楚江山殘破，我就是千古罪人，而且，我現在回京，恐怕也是自投羅網。」

韓孺子在朝中幾無根基，隻身回京，鬥不過冠軍侯，他起碼要在北疆站穩腳跟。

韓孺子不想馬上回京還有一個重要理由，楊奉就跟在冠軍侯身邊，卻沒有送來隻字片語，他要麼被挾持，失去了自由，要麼覺得冠軍侯勝券在握，乾脆真心輔佐新主了。

無論哪一種可能，對韓孺子回京都不利。

房大業扶刀，向鎮北將軍躬身行禮，「北軍兵多將眾，鎮北將軍不宜前去犯險，讓我去吧。」

「房老將軍去的話更加冒險。」

房大業迄今沒有得到朝廷任命，真實身份只是一名獲釋不久的普通百姓，他卻一點也不怕：「冠軍侯回京，右將軍馮世禮陷沒，左將軍韓桐應該是職位最高的人了，我帶他去北軍，十拿九穩。」

「冠軍侯回京只是咱們的猜測，而且他很可能給北軍下達過命令……」

「那樣的話，鎮北將軍就更不能去了。若無鎮北將軍坐鎮神雄關，關內關外的楚軍很快就會潰散，你不能動。」

「還是太冒險……」

房大業厲聲道：「老夫從軍多年，衝鋒陷陣的風險都冒了，還怕自己人嗎？請把左將軍韓桐交給我，再有十名衛兵，這就出發！」

「起碼定個計畫。」韓孺子好不容易留住一員大將，不希望白白失去。

「見機行事吧，需要瞭解什麼，我在路上問左將軍。事不宜遲，我這一去一回，至少五天，加上整頓大軍的時間，可能還要更晚一些，總之七天之內必有回信，鎮北將軍只管守關，穩定碎鐵城軍心。」

韓孺子再不猶豫，寫信、簽發文書，派人帶來左將軍韓桐，喚入十名部曲士兵，一併交給房大業。聽說要回北軍大營，韓桐很高興，比房大業還急著出發。

韓孺子又命人給碎鐵城送信，聲稱北軍正在調動，七日內到達神雄關，十日內必至碎鐵城。手中無兵，韓孺子只能利用謊言穩定軍心。

兩天後，又有數千援兵到達神雄關，帶兵將領出身世家，一進關就要求鎮北將軍從碎鐵城召回自己的弟弟，韓孺子拒絕，兩人僵持了半天，恰好大將軍韓星的軍令到達，解決了這場爭執。韓孺子終於得到正式任命，仍以鎮北將軍之號，總管碎鐵城、神雄關以及關內十縣的一切楚軍抗擊匈奴，可以便宜行事。

送上門的數千楚軍一下子成為鎮北將軍的部屬，將領再不敢違令，只得帶兵出關，前去支援碎鐵城。碎鐵城的形勢還算安穩，匈奴人接連受挫，沒再發起進攻，一直留在河北。

又過了三天，一個大雪紛飛的日子，韓孺子先後接到兩封至關重要的來信。

一封來自柴悅，他在碎鐵城得到一條令人意外的信息：匈奴人提出和談，但是有一個要求，只跟鎮北將軍本人談。另一封來自京城，寫信者是崔小君，字跡潦草，只有一句話：妻染重疾盼君速歸。

第一百七十四章 獨自決定

「一劍仙」杜摸天歷經千辛萬苦，終於將一封只有幾個字的書信交到倦侯手中。

自從倦侯從軍北上，杜摸天送走了孫子杜穿雲，自己就搬出了倦侯府。每日裡與京城知名的豪傑往來，日子過得倒也愜意。

十幾天前，侯府的帳房老太監何逸突然找上門來，請他喝酒，大醉之後，交給他一封信，並傳達了倦侯夫人的請求。

也就是從那時起，杜摸天發現自己被人跟蹤，他沒有立刻出發，多等了兩天，繼續呼朋喚友的生活，直到得罪了一位江湖中地位頗高的豪傑，不得不「逃」離京城。

一路上，杜摸天得到了不少江湖舊友的幫助，也受到多次阻撓，甚至遭遇過兩次暗殺與一次公開挑戰，杜摸天必須遵守江湖規矩，於是接受挑戰，卻沒有獲勝。

「一劍仙」畢竟老了，接連數日的奔波耗盡了他的精力，在比武時敗給了對手，只能選擇返回京城。因此，將書信交給韓孺子的人不是杜摸天，而是他在比武之前託付的一位朋友。

這人二十來歲，身上沒有通關文書，不知怎麼混進了神雄關，在衙門前逡巡半日，不找任何差人或衛兵通報，直到黃昏時分，見到隨同鎮北將軍出府的孟娥，他才上前開口。

孟娥化名陳通，穿著打扮以至容貌舉止都與男性衛兵無異，偶爾開口，別人也聽不出破綻，跟隨鎮北將軍多日，從未被任何人認出來，送信的年青人卻一眼認定這是一位「江湖人」，遠遠地抱拳喊道：「四海之內皆兄弟，兄台可否賞口飯吃？」

孟娥吃了一驚，止住準備抓人的衛兵，將此人請進府內，詳細問明之後，帶他去見鎮北將軍。

青年直身不拜，將韓孺子上下打量了幾眼，交出書信，轉身就走。

韓孺子想要挽留，被孟娥阻止，「你不是江湖人，用不著跟他們打交道。」

如果有時間，韓孺子真想問問一心想要復國的孟娥算什麼江湖人，那些行為怪異的江湖人又能得到什麼好處，可是掃了一眼書信之後，他沒心情考慮江湖人了。

那的確是崔小君的筆跡，送信過程卻匪夷所思，陌生青年甚至不肯透露姓名，對杜模天的經歷講述得也過於簡略。韓孺子已經派杜穿雲回京，顯然沒有在路上與爺爺杜摸天相遇。

韓孺子拿著信思索良久，整個神雄關裡，唯一能與之商量的人只有孟娥，「妳相信這個人嗎？」

「我相信他並無惡意，可我也知道，許多無辜的人會受到利用，到死也不知道是怎麼回事。」

這樣的回答對韓孺子毫無幫助，他笑了笑，將信湊近點燃的蠟燭，猶豫片刻，還是燒掉了，「假設一切都是真的吧，小君自然沒有病重，她沒有寫明，我猜是另外有人病重，不是太后就是皇帝，所以吳國舅和冠軍侯急著回京。可小君寫這封信的時候，並不知道匈奴人入侵，也不瞭解我在北疆的情況……」

韓孺子陷入沉默，他是在自言自語，孟娥也不說話，守在一邊，目光緩緩轉動，耳中傾聽外面的聲音。

「小君希望我回京，必然有所準備，可房老將軍說得沒錯，我一離開神雄關，碎鐵城楚軍很可能會潰散，匈奴人是大患，真正的大患……」

韓孺子又拿起另一封信，是柴悅派人送來的，裡面說匈奴人希望與鎮北將軍和談，柴悅特意注明，他不太相信匈奴人，入冬後已經下了三場雪，再堅持一段時間，即使關內楚軍沒有大批增援，匈奴人大概也會退兵。

大概、可能、幾分把握……韓孺子越來越理解楊奉曾經說過的話：「皇帝因為掌握太多信息，反而比一無所知時更難做出決定」。柴悅是前線的將軍，將每種可能都提前想到是他的責任，但他不用做出最終決定；崔小君深居府內，為丈夫謀求最大利益是她的目標，可她不瞭解邊疆的危機，無需權衡利弊。

韓孺子坐在那裡，沒有思考下一步該怎麼做，而是在想，做決定是一件多麼艱難、又多麼有趣的事情。

「朕乃孤家寡人……」韓孺子突然想起這句話，在從前的記憶中，祖父武帝坐在勤政殿的陰影裡，威嚴而孤獨；現在這副場景卻發生了微妙的變化，武帝仍然獨自坐在陰影裡，但他並不孤獨，或者說他享受並喜歡那份孤獨。

「把金純保叫來。」韓孺子說。

孟娥目光轉來，稍顯驚訝，她是保鏢，倦侯極少向她發令。

「是。」她應道，走到門外，壓低聲音讓衛兵將主簿找來。即使是守城大將，也不能隨口一句話就召見在押犯人，得簽發命令，加蓋官印之後，才能去監獄領人。平時極少參與具體事務的孟娥，完成了整個流程，從倦侯手裡接過官印，在文書上按下去。

韓孺子一直沒說話，甚至沒注意到在讓孟娥做隨從的事情。

沒過多久，金純保被押來了。

金純保受了不少苦，為了確認他的話是否屬實，獄吏施加了酷刑，右將軍馮世禮陷沒之後，他又被折磨了一番。

昔日的歸義侯長子已經面目全非，衛兵一鬆手，他就跪在地上瑟瑟發抖。

「匈奴大軍已經攻到碎鐵城。」韓孺子從金純保身上只看到一個教訓，沒有遠見會帶來多大的後患。

金純保抬起頭，好一會才認出那是倦侯，顫聲道：「倦侯救我……」

「你是楚軍的俘虜，沒人能救你。」

「我不當匈奴人了，求倦侯再給我一次機會，哪怕留在大楚當平民、做奴隸也行！」

「想做大楚臣民，就要與匈奴人作戰。」

「我願意，我願意。」金純保不是一個堅強的人，一聽說有希望掙脫囚徒的身份，激動得眼淚都流出來了。

「帶他下去。」韓孺子命令道。

兩名衛兵將金純保架出去，到了屋外他還在大聲喊道：「我願意為大楚效力……」

韓孺子對主簿道：「真是失禮，共同守城多日，我還沒有請教主簿大人的姓名。」

主簿前趨道：「敢勞將軍動問，是卑職之罪。卑職姓華，名報恩。」

「華主簿是吳將軍帶到神雄關的吧？」

華報恩腿一軟，撲通跪下了，與這位少年將軍相處越久，他心裡越害怕，「卑職受吳將軍薦舉，但卑職是大楚七品主簿，食朝廷俸祿，為國家分憂，不敢有絲毫私心。」

「請起。」韓孺子笑道，「前段時間吳將軍不在的時候，華主簿將神雄關治理得很好。」

華報恩哪敢起身，「位卑而執重印，卑職無功，卑職死罪。」

「非常之時，當有非常之舉，你也下去吧。」

華報恩磕頭告退，出門之後好一會才緩過來，不明白鎮北將軍對自己說這些話是什麼意思，只覺得身上一陣陣發涼，想離開這個是非之地，卻又沒這個膽量。

孟娥也不明白，等屋子裡再無外人，她忍不住問道：「你明明看過名冊，知道主簿的姓名，為什麼還要再問一遍？」

能讓孟娥感到好奇，這種事情可不多見，韓孺子笑道：「我要讓這位主簿知道，從現在起，我盯著他的一舉一動。」

孟娥還是感到疑惑，但她沒有追問，對自己不懂的事情，她寧願保持距離，「你也要小心，有江湖人攔截杜摸天，就可能有江湖人一直在盯著你。」

「嗯，但我相信妳能保護我的安全。」

孟娥退到一邊，心中莫名地有一點警惕，從前是她提出條件，倦侯接受；現在卻是倦侯下令，她無條件接受。既沒有拒絕的理由，也沒有拒絕的意志。

韓孺子已經做出決定，沒有立刻行動，是因為在等房大業那邊的結果。

房大業前往北軍的第五天，終於派人送回消息，他與左將軍韓桐說服了北軍眾將，兩日之內將能率領五萬人到達神雄關，再有不到兩日即可支援碎鐵城。韓孺子接信之後即刻下令親率城中所有將士前往碎鐵城，主簿華報恩留守神雄關，手下只有數十名衙門差人，唯一的任務就是迎接援軍並放行。

金純保受命隨軍，沒有盔甲與兵器，身份還是犯人。自從看到希望之後，金純保就在冥思苦想，自己究竟能幫到倦侯什麼，因此隨行的時候，韓孺子剛一開口詢問，他就滔滔不絕地說起來。

「我想明白了，札合善王子想利用我引誘禁軍上鈎，可他對我說的那些話未必全是假的。以我在匈奴營中的所見所聞，東匈奴的確分裂了，一部分希望搶奪大楚的城池與百姓，就此定居關內；一部分還想逐水草而居。札合善和大單于都是前一種人，後一種人數量雖多，手中卻沒有權勢，他們只有一個選擇，另立大單于。在本部貴族當中找不到合適人選，就只能去找別的匈奴貴族。武帝時西逃的匈奴人，他們肯定還保留著傳統。我在營中的時候就聽過一些人說起西匈奴都甚是懷念，對源自西匈奴的金家頗為友好……如果我猜得沒錯，西匈奴人又回來了。」

「西匈奴為什麼要和談？」韓孺子最關心這個問題。

金純保說不出來了，他給出最大膽的猜想，只是為了立功保命。

韓孺子每日瀏覽大量前線公文，已經確定河北的敵人就是東西匈奴的聯軍，「匈奴人所謂的『鬧鬼』還有別的含義嗎？」

那還是伺察途中遇見金純保的時候，幾名匈奴牧民信誓旦旦地聲稱西方鬧鬼。

金純保不太懂匈奴語，只能絞盡腦汁地回想自己與匈奴人進行過的交談，「如果我沒弄錯，匈奴人神鬼不分，鬧鬼也可能是神讉，至於所謂的神是什麼，我就不知道了。」

第一百七十五章 各有計策

北軍勳貴眾多，數代為將者比比皆是，在這裡看的不只是職位高低，還有家世根基。有時候，連大司馬都指使不動自己的部屬。

劉昆升身為北軍都尉，乃是大司馬的副手，按慣例，大司馬不在營中，就由都尉掌管全軍。可是往上追溯，劉家只有兩代人從軍，祖父是農夫。以這樣的家世，在北軍必須加倍小心謹慎。

劉昆升做得到，他擔任皇宮宿衛多年，可以連續幾天一個字也不說，雖然不受尊敬，卻頗得上司信任。於是，他看著大司馬冠軍侯帶著少數隨從悄悄離營，看著眾將在自己面前飛揚跋扈，看著鎮北將軍派來的信使請求援救，看著大家爭論不休……

他什麼也不說，即使心裡想法再多，也不讓想法冒頭，直到一位新客人到來。

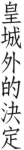

房大業和左將軍韓桐來得正是時候，一百多名勳貴子弟的死訊剛剛傳到北軍，眾將義憤填膺，發誓要為弟侄報仇！然而手段卻各不相同，有人拒絕出兵，要藉匈奴騎兵之手殺死仇人；有人希望立刻前往碎鐵城，先將倖存的子弟帶回關內，其他事情以後再說。

不出韓孺子所料，雖然是東海王將勳貴子弟派出去送死，鎮北將軍所承擔的恨意卻更多，是他不顧反對將勳貴營帶到碎鐵城，是他在大敵當前的時候堅持將勳貴子弟留在險地，而且他還是東海王的兄長。兩人之間的爭鬥，外人所知甚少，反而覺得他們的關係很親密。

與沉默寡言的北軍都尉劉昆升一樣，左將軍韓桐也寧願遠離一切紛爭，在中軍帳裡，兩人互相謙讓，都希望對方掌印，數十名將領則當兩人不存在，激烈地爭吵，甚至口出狂言。

「恆帝的兩個兒子已經沒希望了，宮裡早想將他們除掉，只是沒有宣之於口，咱們去殺死這兩個混蛋，有功無過！」

房大業坐在一邊，以客人的身份靜靜地聽著，偶爾喝杯茶水，自斟自飲。雖然與韓桐一路同來，他卻從來沒有指望從這位宗室子孫身上得到幫助，他在等待這場爭吵水落石出。

爭吵不可能一直持續下去，有人會被說服，有人會被壓服，還有人純粹就是累了，願意接受任何結果，只要大家能夠閉嘴。

終於有一位將軍佔據了優勢，一開始他的支持者就比較多，爭吵的過程中又拉攏了一批人，逐漸佔據上風，憑藉人多勢眾，將幾位最頑固的對手攆出帳篷，騰出手來對付兩位謙讓不止的大將。

他叫柴智，是柴悅的哥哥、柴韻的叔叔，現為北軍軍正，執掌軍法。

柴智大步走到劉昆升和韓桐身前，伸手指著一邊，「請兩位大人到那邊去聊。」

韓桐臉色微紅，劉昆升卻無動於衷，微笑著點頭，為誰先邁步又謙讓了一會，真與左將軍走到一邊，繼續討論該誰掌印。柴智膽子再大也不敢奪印，而且他也用不著大司馬印。

韓桐和劉昆升讓開之後，房大業暴露在柴智面前，幾十位將官走過來，站在柴智身後，一塊虎視眈眈。

「閣下怎麼稱呼？」柴智雙腿叉開，左手扶刀，右手按在皮帶上。

房大業緩緩站起，「在下鎮北將軍麾下參將房大業。」

「房大業？你是那個……房大業？」

「我沒聽說過還有別的房大業。」

房大業雖然不是世家出身，但是從軍的年頭長，在邊疆立下過赫赫戰功，年輕時以勇猛聞名。年老之後膽氣也沒有衰落，敢在京城劫獄救主，雖然失敗名聲卻不小，尤其是在楚軍之中，許多人都聽說過他的名字與事跡。

柴智神色略緩，微微點頭，道，「鎮北將軍倒有幾分眼力，選中閣下當參將。閣下從塞北而來，可見過匈奴人？」

「見過？」

「真有十萬之眾？」

「歷經數戰，匈奴人有些傷亡，剩下的至少八萬。」

「楚軍呢？」

「原有兩萬七千多人，去掉傷亡，加上後期增援，我離開的時候還有三萬一千多人。」

柴智回頭看了一眼，「北軍有五萬人，趕到碎鐵城，就能與匈奴人勢均力敵，以楚軍的實力，必然大獲全勝，只可惜兵力不夠圍殲匈奴人。」

眾將紛紛稱是，有人提出疑問：「匈奴人沒有後援嗎？」

「這是冬天，匈奴人哪來糧草支持更多兵力？」柴智自己就回答了這個問題，轉向房大業，「閣下是老將，立過軍功，也犯過王法，正好給我們提供一點建議：多大的軍功能彌補殺死皇子皇孫的罪名？」

站在一邊的韓桐打了一個激靈，謙讓得更堅決了，無論如何也不肯接受大司馬印。

眾將爭吵的時候，房大業聽得清清楚楚，知道柴智等人準備殺死鎮北將軍和東海王，然後擊破匈奴人以功贖罪。

「嗯……」房大業認真想了一會，「軍功可以贖罪，但是無故殺害皇子皇孫乃是不赦之罪，多大的軍功也贖不了。」

「無故殺害不可赦，『有故』呢？」柴智冷冷地問。

「那要看是什麼『故』了，如果趕上朝廷用人之際，贖罪的可能還會更高一點。」

柴智再次轉身面對眾將，「我會想出一個合適的理由，大楚內憂外患不斷，正是朝廷重用我輩平定天下之際。」他頓了一下，「冠軍侯已至京城，有他在，還有什麼不可贖之罪？」

如果這是一群普通將官，柴智斷不敢當眾說出這種話，眾人也不會被說服，可這些人不同，不僅是勳貴，還是掌權的勳貴，而且消息靈通，即使遠離京城，也能提前感受到朝中的風雨，這給予了他們做大事的膽量。

其他人卻只想置身事外，平民出身的劉昆升如此，宗室子弟韓桐更不例外，外姓勳貴可以在混亂之際選擇支持某一方，韓氏子孫卻難免會受到過多的猜忌，冠軍侯對韓桐表現出足夠的信任，韓桐卻仍然不敢拋頭露面，將大司馬印牢牢按在劉昆升手中，就是不肯接受。

只有一件事出乎韓桐的意料，他以為房大業是鎮北將軍的親信，沒想到這位老將軍不僅沒有為鎮北將軍說話，反而對柴智等人的計畫點頭。

柴智向前逼近一步，「閣下是楚軍老將，也是待罪之身，打算跟隨北軍建功立業，還是要像對待齊王世子那樣，為主盡忠？」

柴智等人對鎮北將軍派來的使者早有殺心，完全是因為房大業的名聲才沒有立刻動手。

「我在齊國為傅，是朝廷所任命，自然要為主盡忠，鎮北將軍給我一個參將的名銜，從未得到過朝廷的承認，他不是『主』。我只為大楚盡忠，為碎鐵城抵抗匈奴人、為等待援兵的楚軍將士盡忠。」

「全軍出發，即刻前往神雄關、碎鐵城！」柴智直接下令，然後對房大業說：「我要你給鎮北將軍寫一封信，就說援軍馬上就到，讓他不要擔心。」

「好。」

「別的不要多說。」

「請到了援軍，我也沒別的可說。」房大業表現得十分配合。

柴智又走到兩位「推印者」身前，左右掃視，韓桐立刻後退兩步，他在神雄關受過苦，心中最後一點膽量都已耗盡，寧可遭人恥笑，也不想承擔責任，「劉都尉掌印乃是冠軍侯的安排，我寧死也不能接印。」

柴智對劉昆升比較滿意，也不想換人，「劉都尉，下令吧。」

劉昆升無奈，「這個……既然大家已經做出決定，我也沒什麼可說的，誰來書令，我來蓋印。」

幾名軍吏上前，在書案上鋪紙研墨。柴智口授，另一人書寫，劉昆升捧著大司馬印，一臉無奈，無意中與房大業的目光對上，立刻扭頭看向別處。

房大業面無表情，目光中卻沒有無奈。

五萬北軍啟程的第三天，韓孺子率領神雄關剩餘的全體將士，出關奔赴碎鐵城，與此同時，東海王正為剛剛從京城傳到的消息焦躁不安，柴悅站在流沙城的廢墟之上遙望匈奴大營，努力猜測匈奴人的底細，心中越來越不安。

對岸綿延數十里的營地裡，金垂朵踏著碎雪闖進一頂帳篷，門口的衛兵對她頗為尊敬，沒有上前阻攔。

帳篷裡鋪滿了氈毯，十幾只銅火盆放置在各處，烘得帳內一片春意，一名肥胖的老者斜靠在床上，身邊環繞著數名姬妾，對面的三十多人或坐或站，都是匈奴人的將領名王，與大單于相談甚歡，時不時暴笑。

金垂朵一進來，交談停止，眾將領名王紛紛回頭張望，大單于笑道：「歡迎我的女兒，住得還習慣嗎？缺什麼東西嗎？」

大單于說的是匈奴語，金垂朵只能勉強聽懂，上前以中原話說道：「女兒一切都好，只有一個疑問，大單于要與楚軍和談，可是營中將士頻繁調動，又是何意？」

有人將她的話翻譯給大單于聽，大單于不住點頭，很快給出回答，金垂朵沒聽懂，看向譯者。

匈奴人譯者道：「大單于說，楚人狡詐，匈奴人應該學習這一點，和談要有，可是也要準備好戰鬥，匈奴人已經沒有退路，必須在積雪超過膝蓋之前，從楚人手中奪取一塊牧馬之地。」

第一百七十六章　奇怪的營地

東海王發現自己陷入了困境，成為碎鐵城裡最不受歡迎的人。

他在南城毫無必要地派出一百多名勳貴子弟，結果死傷殆盡，真相已經傳遍城內城外，倖存的勳貴子弟從此離他遠遠的，普通將士也對他的能力深感懷疑，只有部曲營的一些士兵，看在曾經一塊衝鋒的情面上，對他比較客氣。

鎮北將軍到來，東海王的地位更是一落千丈。

韓孺子帶來了好消息。

聽說五萬北軍不日即至，碎鐵城內外的楚軍一片歡呼，他們等待這個消息已經太久了，尤其是那些原本就屬於北軍的將士，失去右將軍馮世禮之後，更加盼望同袍的援助。轉眼之間，一直對匈奴大軍膽戰心驚的楚軍開始擔心另一個問題：匈奴人會不會在援軍到來之前逃跑？

韓孺子需要鼓舞士氣，但他對真實情況沒那麼樂觀，到達碎鐵城沒多久，甚至沒回將軍府，就與一批將官前往西邊的流沙城廢墟，與駐守此處的柴悅匯合，聽他報告對岸的軍情。

地面凍得跟鐵一樣堅硬，一陣風起，碎雪吹得到處都是。

楚軍沿河岸建立了五重鹿角柵，走向各異以阻擋匈奴騎兵的衝擊。嶺南遍布帳篷，大量士兵在此稍避風寒，可是不能解甲，兵器放在手邊隨時待命，尤其是在夜裡，只能輪流睡一小會。

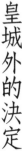

韓孺子騎馬立於嶺上最高處，迎風吹了一會就覺得臉如刀割，眼中含淚，寒意如箭一般射入腦門，離此不遠的幾座簡易望樓上，士兵們一站就是至少一個時辰，凍得僵硬，常常連步子都邁不開。

「聽軍中的老兵說，今年冬天比往年都冷。」柴悅穿著好幾層衣甲，頭盔和眉毛上沾著霜花，這些天來，他在嶺上待的時間比任何人都要長久，對岸即使只有一匹馬跑來跑去，他也要看上好一會。

「匈奴人在這裡堅持不了多久，楚軍也一樣。」韓孺子將身上的披風拉得更緊一些，「碎鐵城裡糧草所剩無幾，神雄關裡的儲備也不足以長久養活幾萬人的大軍。」

柴悅當然瞭解駐守塞北的難處，「鎮北將軍決定和談？」

「我想先聽聽你的看法。」

柴悅緩緩吸入一股寒冷的空氣，他觀察這麼久，就是為了能給鎮北將軍一個明確的回答，到了該開口的時候，還是沒有多少底氣。

「匈奴人的營地有點奇怪。」

「嗯。」韓孺子只覺得對岸的營地特別的長，沒看出異樣。

柴悅伸手指向西方，「那邊的營地被擋住了，我派斥侯去觀察過，據說營地裡的帳篷最為密集，差不多一半匈奴人都駐紮在那邊，顯然是在防備偷襲，可楚軍並不在西邊。」

他轉動手臂指向東方，「那邊的營地比較稀疏，但是延伸得更長，百里之外尚有一處小營，大概是在伺察地形，東邊是匈奴人選中的退卻方向。」

柴悅最後指向正中央，那裡有一座山嶺，幾乎全被帳篷所佔據，「大單于的纛旗聳立在那裡，曾有斥侯望見營地後方有匈奴人向東遷徙。」

「匈奴人是在逃亡嗎？」韓孺子問。

「看來是這樣，而且不只是東匈奴，還有大批西匈奴人，兩部已經合而為一，據說現在的大單于也是西匈奴人。」

「那麼和談是真心的了？」

柴悅沉默了一會，「難說，不管西方發生了什麼事，匈奴人急於逃亡，只是停戰對他們來說沒有太大意義，他們或許還想要一塊有關卡守衛的土地，足以抵擋在他們眼裡更強大的敵人。」

韓孺子也沉默了一會。

柴悅望著對岸的一小隊人馬，說：「使者回來了，聽聽他怎麼說吧。」

韓孺子等人下嶺，進入一間帳篷烤火驅寒，沒過多久，使者進來了，他奉命與匈奴人進行前期談判，同時也是打探軍情。

「匈奴人希望先交換俘虜，以示和談誠意。」

柴悅皺眉道：「咱們手裡倒是有不少匈奴人俘虜，他們哪來的楚軍俘虜？」

使者說：「匈奴人軍中有一千多名楚軍俘虜，馮右將軍也在其中，我親眼見過了。」

之前的兩戰，雙方都有死傷，但是活捉的不多，碎鐵城裡的俘虜都是右將軍馮世禮率軍抓來的東匈奴人。

帳篷裡的將官都是一驚，按照匈奴人的慣例，只抓婦孺當俘虜，擒獲的士兵不是殺死，就是逼著他們在下一次戰鬥中充當前鋒，可之前的兩戰都沒有見到楚軍士兵的身影，大家都以為馮世禮等將士必死無疑。

交換俘虜對雙方都無壞處，韓孺子與在場將官商議之後，表示同意，楚軍使者帶來一名匈奴人，他回對岸向大單于通報，約定次日一早交換俘虜，然後再商議和談之事。

回到城內的將軍府，韓孺子終於能夠好好地休息一會，張有才和泥鰍一直被留在碎鐵城，早已將房間收拾得舒舒服服，熱氣薰人，剛剛從前線回來的韓孺子甚至有點不好意思入住。

這時天已經黑了，韓孺子剛吃完飯，東海王跑了進來，「你要跟匈奴人交換俘虜？」

「嗯，馮右將軍還活著，他是大楚將領，無論如何要交換回來。」

「嘿，馮世禮……」東海王示意兩名隨從退出，「馮世禮是北軍右將軍，他一回來，誰還聽你的命令？」

「五萬北軍正在路上，很快就會趕到，無論馮世禮在與不在，北軍都會有自己的將領。」

「算了，不說北軍，你聽說京城的事情了嗎？」

「略有耳聞，未知詳情。」

東海王上前，「我就猜你不知道，否則你也不會從神雄關回碎鐵城。」他重重地嘆了口氣，顯出幾分怒意，「我得到消息，皇帝已經一個多月沒上朝了，太后也經常缺席勤政殿，奏章得不到處理，大臣們人心惶惶，吳氏三國舅都已祕密回京，聽說冠軍侯也躲在京城。」

「你怎麼知道這些事情的？」韓孺子只得到一封信，對京城的情況所知極少。

「我舅舅派人送信給我。」東海王又稱崔宏為「舅舅」了。

韓孺子沉默不語。

「你不相信我？」東海王急道。

「當然相信，我也得到消息，說京城有變，可咱們能怎麼辦？」

「怎麼辦？當然是立刻回京，越快越好，不能讓冠軍侯揀便宜，他若是稱帝，第一道聖旨大概就是殺死你和我。」

「這邊的匈奴人怎麼辦？現在回京未必能鬥得過冠軍侯，碎鐵城卻極有可能輸掉戰爭。」

「天吶，你平時不是挺聰明的嗎？怎麼最關鍵的時候反而糊塗了？北軍是冠軍侯的，他都棄軍回京，你在乎什麼？就讓北軍自己與匈奴人作戰吧，反正馮世禮明天就能交換回來，以後的勝負與咱們無關。你得分清楚輕重緩急，奪回帝位，天下盡入你手，留在碎鐵城，就算打敗匈奴人，功勞也歸別人，你連小命都保不住！」

「不急，反正京城還沒有明確的消息，等我……」

「啊！我真是要瘋了，你是當將軍當上癮了嗎？」東海王怒氣沖沖地轉身就走，很快又回來了，「你想和談，好吧，那就跟匈奴人談談，談完之後，你要立刻跟我回京。」

韓孺子想了一會，點頭道：「好。」

東海王走的時候仍然不住地搖頭。

孟娥走進來，這些天她一直與韓孺子共住一室，保護他的安全，就跟在皇宮裡一樣，她吹熄蠟燭，在給自己準備的小床上坐了一會，突然問道：「你為什麼不跟東海王回京？」

她沒有偷聽，可東海王說話聲音不小，出去的時候又是一臉怒氣，她能猜出大致情況。

韓孺子坐在床上，一邊暗自運氣，一邊答道：「冠軍侯回京，因為他有北軍，還有勳貴與宗室的支持，東海王希望立刻回京，因為他有崔太傅和南軍的支持，我有什麼？」

韓孺子最清楚不過，他對東海王只有一個用處：恢復桓帝之子的正統地位，為東海王繼承帝位創造條件。他不想再當任何人的傀儡。

「我能幫你什麼？」孟娥問。

「別讓我被殺死。」韓孺子笑道，然後正色道：「我有預感，五萬北軍一到，就會有人動手，至於是誰還不一定。」

「那你還要調遣北軍前來救援？」

韓孺子沒法再運氣了，下床走到孟娥身前，低聲道：「這一次，我要先動手。」

孟娥一愣，「這就是你要讓我做的事情？」

「嗯，只是保護我的安全還不夠，我不僅要活下去，還得消滅敵人、擁有一支效忠於我的軍隊。孟娥，妳覺得我有資格當皇帝嗎？」

「當然，否則的話我也不會跑來保護你。」

「從現在起，我得做一點皇帝該做的事情了，孟娥，妳準備好了嗎？」

「好了。」孟娥又一次感到眼前的少年已有某種不可抗拒的威嚴，使得她只能應承，不敢再提出條件。

「那就好，很好。」韓孺子退回自己的床上，默默地計算著，哪些人為敵，哪些人可信，哪些人可用而不可盡信。

不管京城發生了什麼，對他來說都是一次難得的機會，比預料得要早許多。

他有不少事情要做，第一件就是解決匈奴人的威脅。

第一百七十七章

暗潮洶湧

身為被楚軍抓獲的匈奴人俘虜，金純保、金純忠都不想被交換，在匈奴人之中生活過後，他們越發確信自己是楚人，希望留下來戴罪立功。

韓孺子拒絕了，「和談事大，說好了交換全部俘虜，那就一個也不能留下。而且俘虜沒有選擇，你們想當楚人，就在自由的時候做出選擇。」

北軍右將軍馮世禮回來了，他帶領五千楚軍追逃逐敗，結果被匈奴大軍包圍，最終只有一千多人倖存，這段經歷對他打擊甚大，見過眾將領之後，立刻躲進屋子裡，稱病不出。

楚軍與匈奴人互示信任之後，開始商議和談細節，雙方互派使者的級別越來越高，最後是柴悅與一名匈奴名王親自出面，在當天傍晚敲定了時間與地點。

三天之後，韓孺子將與匈奴單于和談，為此，匈奴大軍再退數十里。

正好利用這三天時間，韓孺子要在碎鐵城鞏固自己的地位，以迎接即將到來的五萬北軍。

經過多次增援之後，碎鐵城楚軍已經達到三萬四千多人，韓孺子不可能也沒必要拉攏所有將士，審視自己的身邊，他確定了幾層「圈子」。

第一層圈子的人數最少，只有孟娥、張有才兩人，絕對值得信任，但是對於掌控全軍幫助甚微。

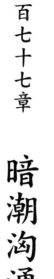

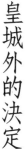

第二層圈子是部曲士兵，他們並非鐵板一塊，其中曾經隱藏過心懷鬼胎的江湖刺客，可是在關鍵時刻，韓孺子能夠指望他們的保護。這些人對於掌控全軍的幫助也不大，卻能提供至關重要的安全。部曲營與將軍府只有一牆之隔，韓孺子下令打破牆壁，令兩處合而為一，但是對部曲士兵，他什麼都沒有透露。

第三層圈子是勳貴子弟，韓孺子發現，計畫成功與否的關鍵全在這些人身上。勳貴營還剩下不到三百人，加上其他營中的勳貴將領，總數接近五百，只有他們敢於冒險、願意冒險。

韓孺子第一個要說服的人是柴悅。

柴悅仍在隔岸觀察軍情，派出大量斥候監視匈奴人的動向，確保鎮北將軍在和談之日的安全。

柴悅滿面風霜地來到將軍府報告情況，和談地點是他選定的，離楚軍更近一些，若有萬一，他連撤退路線都安排好了。到了這個時候，柴悅開始擔心另一個問題：「匈奴人大軍臨境，朝廷遲遲沒有回應，鎮北將軍決定和談，會不會……惹來麻煩？」

和談與守城不一樣，守城是大楚的既定戰略，任何將軍都應該將守城作為第一選擇，棄城才需要朝廷的允許，和談是比棄城更重大的決定。通常情況下，前線的將軍只能將匈奴人的請求傳達給朝廷，然後等待聖旨，自己絕不表露出半點傾向。

韓孺子打破了常規，「朝廷有段時間沒批覆任何奏章了，沒必要再等下去。」他笑了一聲，「咱們惹的麻煩已經夠多了，不在乎再多一件。」

柴悅也笑了笑，「援軍即至，鎮北將軍有什麼打算？」

五萬北軍到來之後，楚軍將與匈奴人勢均力敵，實力可能還要超出一截，按照慣例，統帥應該擇機一戰。

「我需要柴將軍制定一項進攻計畫，必要的時候，楚軍還是要過河一戰，可我擔心匈奴人也有後援。」

「是。」柴悅應承，似乎想說什麼，欲言又止。

「柴將軍有何顧慮，但說無妨。」

「事實上，我已經制定了計畫，可北軍援兵……未必會按我的計畫行事。」

韓孺子微微一笑，這正是他要解決的問題，從書案上找出一份公文，「大將軍韓星授權我總督碎鐵城、神雄關以及關內十縣的軍務，北軍援兵只要進入這個範圍，就該聽我的指揮吧？」

「當然。」柴悅猶豫片刻，還是接過公文看了一眼，心中稍安。

「可北軍將領向來以驕縱聞名，有時候連朝廷的命令都敢違抗，對大將軍的任命只怕不會當真。」韓孺子並不以為自己高枕無憂。

柴悅點點頭，鎮北將軍能想到這一點，他更覺得安心了，將公文放回桌上，「大敵當前，再驕縱的將領也會老實一點吧，碎鐵城的兩萬多名北軍就非常合格。」

想爭取一個人的支持，就必須打破此人對其他可能的幻想，韓孺子正色道：「一直以來，敵強我弱，北軍大將失蹤、副將無能，才給了你我可趁之機，五萬援兵到來，強弱之勢為之一變，北軍將領俱在，斷不會再接受你我二人的指揮。」

柴悅擅長制定細緻入微的作戰計畫，在奪權這種事情上卻是生手，雖然擔心北軍不肯服從命令，總還存著幾分希望，以為眾將領能以大局為重，直到被鎮北將軍說破，他終於明白過來，當北軍將領覺得勝券在握時，任何外人在他們眼裡都不會是「大局」。

「北軍名將不少，如果指揮得當……或許朝廷這兩天就能傳來聖旨，任命鎮北將軍掌管北軍……」柴悅自己也覺得不可能。

韓孺子盯著柴悅看了一會，說：「柴將軍最近可曾接到過家信？」

柴悅聞言一愣，「接到過，母親說……一切都好。」提起遠在京城的母親，柴悅黯然神傷，母親在信裡向來報喜不報憂，可柴悅還是從隻言片語中看出來，母親和弟弟在柴府的日子不好過，而原因正是他本人。

「如果你殺了我，衡陽主會原諒你嗎？會遵守諾言讓你繼承侯位嗎？」

柴悅大驚，撲通跪下，「鎮北將軍何出此言？衡陽主信口開河，說過的話常常不算數，何況柴某庶子出身，上有兄長，下有嫡侄，衡陽主就算手眼通天，也不可能讓朝廷改立繼嗣。」

「你只能靠軍功博取侯位。」

「軍功是柴某唯一的晉升之道。」

「如果有人要奪你的軍功，你是甘心忍受，還是奮起還擊？」

柴悅慢慢起身，「柴某微賤，遇事唯有忍耐，可奪我軍功，乃是不可忍之事。」

「再有柴家人命你自裁謝罪呢？」

柴悅咬咬牙，「北軍軍正柴智是我的哥哥、柴韻的叔叔，一定會想盡辦法為柴韻報仇，以討好衡陽主，北軍將領若不服從，帶頭者必定是他。柴某不想再忍，情願放手一搏！」

韓孺子要的就是這句話，「沒錯，你和我，咱們兩人都要放手一搏。」

「柴某願為鎮北將軍效犬馬之勞。」

「我有一計，必奪北軍，但是需要你離間北軍將領，替我創造時機。」

「柴某願意一試，可是柴智等人向來驕傲，只怕不會聽我的話。」

「柴將軍有兩大優勢可以利用，一是有碎鐵城諸將的支持，把他們拉攏過來，足以對抗柴智等人；二是掌握著右將軍馮世禮。」

「馮世禮與柴智的確有隙，可他……」

「馮世禮貪功冒進，以至損兵折將，為匈奴人所俘，按大楚軍法，這是何罪？」

「死罪，即使以爵位和金銀贖罪，也會被貶為庶民，入獄服刑。」柴悅終於醒悟過來，他會排兵布陣，能提前猜出敵軍動向，卻不懂得如何與自己人爭權奪勢，反而需要韓孺子的指點。

「我明白了。」柴悅想了一會，又道：「我明白了，我能說服馮世禮站在我這邊，碎鐵城北軍諸將至少有一半人也會支持我，可是說到奪印……」

「奪印的事由我解決，柴將軍只需做好一件事，不要讓新來的北軍將領太過得意。」

柴悅磕頭，走出房間時，信心滿滿，以為一切都在鎮北將軍的掌握之中，自己只是某個大計畫中的一環。

韓孺子並不知道柴智等人的計畫，可他必須奪取北軍的掌控權，唯有如此，才有回京奪位的資格，這就是他的「大計畫」。

接下來兩天，韓孺子召見了幾乎所有勳貴子弟，根據他們在戰時的表現，給予不同的獎賞。柴悅並非唯一的庶出勳貴，事實上，勳貴營一半多人的情況都跟他差不多，反而是被東海王派出去送死的那一百多人，身份更高貴一些，卻沒能倖存。

韓孺子乾脆取消了勳貴營，將勳貴子弟分派到各營當軍官，尤其是北軍之外的各路散軍，都接受了若干勳貴子弟。就連張養浩等人也獲得任命，韓孺子將他的威脅排得更靠後一些，暫時不用解決。

還有東海王和林坤山，韓孺子無意向兩人透露自己的計畫，只是承諾一旦與匈奴人達成和談，就立刻回京。

碎鐵城不大，人卻不少，誰也沒有能力監視所有將士，韓孺子忙著在即將到來的奪權鬥爭中建立優勢，其他人也沒閒著。

東海王不肯枯等，他察覺到了韓孺子的種種動作，於是也開始暗中尋找自己的支持者，東海王和崔太傅的名號仍然有用，在許諾了大量的官職與金錢之後，他重建了自己的勢力，至於如何使用這股勢力，他另有想法。

五萬北軍已經通過神雄關，即將到達碎鐵城，柴智制定了詳細的計畫，既要報仇，又要擊潰匈奴人。對他來說，和談毫無意義，必須取得足夠重大的軍功，才有可能免去殺死廢帝之罪。

他自己並不認為這是大罪，可是總得做點什麼，好讓朝廷有理由「寬宏大量」。
一河之隔，匈奴人的營地裡也是暗潮洶湧，金家兄弟又一次面臨選擇。

第一百七十八章　東海王的承諾

如果能有重來一次的機會，東海王一定會對那一百五十餘位勳貴子弟說：「留在我身邊，與我同生共死。」他深感後悔，不是因為白白損失了這麼多將士，而是因為當他需要用人時才發現，恰恰是那些身世高貴但又膽小如鼠的傢伙，才是他天然的盟友。

「其實那也不叫膽小。」東海王向林坤山解釋道，「就好像房子著火，奴僕才有勇敢與膽小之分，主人沒有。主人只分鎮定與慌亂，但不管怎樣，主人不用親自衝進火場，對不對？匈奴人就是燒過來的大火，那些勳貴子弟沒有參戰，因為他們覺得沒必要、有辱身份，他們本應是縱橫馳騁的將軍，卻被當成普通士兵對待。」

「有不少勳貴子弟其實參戰了，還很踴躍。」林坤山笑著提醒道。

「對啊，可是瞧瞧那些都是什麼人？多半是柴悅那樣的庶出子弟，剩下的人都跟張養浩一樣，空有勳貴之名，卻沒有相應的勢力，他們急著衝上去救火，因為他們沒資格當『主人』。」

「一不小心，『主人』都被燒死了，只剩東海王一位。」

「當然。」東海王長嘆一聲，如果還有可說話的人，他也用不著跟林坤山抱怨了，「但這不能全怨我，韓孺子和柴悅也得負一部分責任……大部分責任，他們兩個沒有給予這些勳貴子弟『主人』的待遇，才會發生這樣的悲劇。」

「就算是苦練十年的望氣者，也沒辦法說得比東海王更好了。」林坤山舉起酒杯。

外面寒風刺骨，兩人坐在屋子裡圍爐飲酒，每當酒要涼的時候，旁邊的隨從會立刻上來重新燙酒，完全不勞主人指使，就像是長了一雙能試探酒溫的眼睛。

「他很勇敢。」東海王指著自己的隨從說，「用手拿一塊炭出來。」

「是。」隨從立刻將手伸向盆炭，直到手掌碰到了燒紅的炭，東海王才揮了下手，「夠了。」

隨從退下，手掌蜷曲，不讓主人看到燙傷的痕跡。

「韓孺子身邊有這樣的人嗎？」東海王問。

林坤山笑著搖頭。

「他自以為拉攏到幾名跟班，就有資格當主人了？他拉攏到的都是勢利之徒，個個有求於他。比如柴悅，追隨韓孺子無非是為了躲避柴家人的懲罰，還有那個叫什麼才的小太監，只有跟著韓孺子，才能幻想自己是大總管，至於那些部曲士兵……哈！更是笑話，他們是為了吃飽飯，哪來的忠誠？只要有人肯出更高的價碼，他們都會背叛，無一例外。」

「東海王能出多高的價碼？」林坤山問。

東海王目光冰冷，「你以為我聽不出諷刺嗎？」

林坤山放下酒杯，「這不是諷刺，是個真實的疑問，眼下正值用人之際，我或許能為東海王在城裡招募一些勇士，但是我得心裡有數，所以要知道東海王願意付出多少報酬。」

東海王盯著林坤山看了一會，臉上突然露出笑容，「順便也為你自己問問。」

林坤山仰頭笑了兩聲，舉杯一飲而盡，伸手去拿酒壺。

東海王也伸出手，擋在林坤山手背上方，「該是你做出選擇的時候了，選得越晚，你能得到的價碼越低。」

林坤山保持姿勢不動，臉上收起笑容，「我在軍中已有半年，名為軍師，鎮北將軍卻很少找我議事，他不信任我。值此多事之秋，我在這裡與東海王把酒言歡，就已經表明了我的選擇。」

東海王挪開手臂，笑道：「韓孺子不是不信任你，而是不敢用你，他受楊奉影響太深，對望氣者的忌憚遠遠多於欣賞。」

林坤山拿起酒壺，先給東海王斟滿，然後才給自己面前的酒杯倒上。

東海王使了個眼色，隨從悄悄退下。

「東海王很欣賞望氣者？」林坤山隨口問道。

「能將我舅舅騙得團團轉，過後還能重新取得他信任的人，我怎麼會不欣賞？但我欣賞的不是所有望氣者，步蘅如就很讓我失望，太稚嫩，形勢稍有變化，與計畫對不上，他就慌了手腳。我欣賞的是閣下，還有淳于梟。」

「哈哈，實不相瞞，去年那次宮變只是恩師的一次試探，所以他老人家沒有露面，步蘅如也不是恩師的得意弟子。」

東海王大笑，對林坤山的話一個字也不相信，「這次呢？」

林坤山思忖片刻，「還是順勢而為。」

東海王傲然道：「大勢就在幾個人手中，我、冠軍侯，韓孺子……勉強算是一個吧，人人都想順勢，你們望氣者比別人強在哪裡？」

林坤山淡淡地說：「大勢在幾位皇子皇孫身上，啟動大勢的鑰匙卻在望氣者手中。」

東海王不做聲，因為他沒聽懂，卻不想發問。

「來砕鐵城之前，我提醒過鎮北將軍，讓他做好準備，可他沒有當真。」林坤山喝了一口酒，夾了一塊肉放在嘴中咀嚼，「大家都在等，可是只要那件事不發生，大勢就還在皇宮裡、還在太后手中。只要現在的皇帝活著，東海王就只是一位失勢的普通宗室子弟，皇帝之死，就是打開大勢的鑰匙。」

東海王忍不住笑了一聲，「抱歉，我一直很認真地與你交談，沒想到你會突然講笑話。」

「嘿，真正的笑話是冠軍侯，鎮北將軍反應太慢，他的動作卻太快了，這個時候潛回京城，只會讓他成為太后的眼中釘。」

「你怎麼能做到……不可能，那不可能，去年，一群宮女和太監就把你們給打敗了。」

「順勢而為。東海王，望氣者一直在順勢而為，有時候『勢』會自己跑到我們面前，是偶然？是意外？是湊巧？怎麼說都行，反正我們能一眼看出它的價值，將它牢牢抓住，然後耐心等待。」

「等待什麼？」不知不覺間東海王已經產生了興趣。

「等識貨者。」

東海王愣了一會，「你沒對韓孺子說過這件事？」

「如東海王所說，鎮北將軍對望氣者只有忌憚沒有欣賞，我透露了一點口風，他不放在心上，我自然要適可而止。東海王不一樣，你懂得望氣者的價值，也懂得如何與我們合作。你肯聽我的勸，與崔太傅合好如初。關鍵時刻，你首先想到找我，鎮北將軍卻將希望寄託在一群普通將士身上。」

東海王身子前傾，稍稍壓低聲音，「我若稱帝，願與諸君分享天下，望氣者想要什麼？還是國師嗎？」

林坤山輕輕搖頭，也壓低了聲音，「經過去年的試探，恩師不想當國師了，一山難容二虎，恩師不再強求留在大楚，他看中一塊地方，在大楚之外，如果能在那裡立足，望氣者就算大獲成功。」

「用大楚之外的土地換取望氣者的支持，我覺得好像佔了很大的便宜。」

林坤山笑道：「還是那句話，順勢而為，大楚氣運未盡，再怎麼折騰，勢也不在望氣者手中，不如退而求其次。」

「咱們這就算說妥了？」

林坤山點點頭。

「能跟我具體說說皇宮裡的情況嗎？」

「抱歉，我一直在邊疆，對皇宮只知大概，不知詳情。」

東海王猜到林坤山會用這種話搪塞自己，於是笑著問道：「跟望氣者達成交易的人不只我一個吧？」

「這個問題我更沒辦法回答，整體情況只有恩師掌握，我只知道一件事，在所有可能的合作者當中，東海王肯定是走在最前面的人之一。」

東海王在心裡痛罵望氣者，臉上的笑容卻越發顯得隨和，「我不只是走，還會跑，肯定會搶在所有人的前面。」

「鎮北將軍雖然走得慢，但是將他帶上，能令東海王事半功倍。」

「嗯，我也正有此意，只是……缺少人手。」

「我會幫東海王找些人手，但我需要東海王的一點承諾。」

「今日跟隨我者，他日必得封侯。」

「哈哈，這就夠了。事不宜遲，我這就去找人，請東海王靜候佳音。」

林坤山喝下最後一杯酒，起身告辭，東海王臉上的笑容與望氣者的背影一塊消失，小聲道：「好一個順勢而為，將宮裡發生的事情說成是自己的功勞，這就叫順勢而為？以為我是傻子嗎？嘿，騙過我一次的人，別想再騙第二次。進來！」

隨從推門進屋，垂手站立。

這是東海王在碎鐵城裡唯一相信的人，他是母親派來的隨從。

「『柴家人』怎麼說？」

碎鐵城裡二十多名「柴家人」因為意圖暗殺參將柴悅，一直被關在監獄裡，迄今未獲釋放，東海王感覺到孤立之後，派隨從給予這些人不少照顧。林坤山來之前，隨從剛去向「柴家人」的頭目蕭幣表示東海王的親近之意。

「蕭幣願為殿下效犬馬之勞。」

「嘿，以他現在的狀況，也就只能效『犬馬』之勞了，他願意為我牽線搭橋聯絡北軍的柴智嗎？」

「他願意，他還向我透露一件事，柴智要在和談的時候向匈奴人發起進攻，假手匈奴人殺死倦侯，並趁亂行刺殿下，然後擊潰匈奴人，以軍功贖罪，這是蕭幣剛剛得到的消息。」

東海王短促地笑了一聲，「柴家真是……能人輩出，將陰謀洩露得這麼徹底，也就他們能做得出來。蕭幣能勸說柴智改變主意？」

「他說能，可我不相信他。」隨從回道。

「只說事實就行，用不著你做出判斷。」東海王冷冷地說，可他的結論與隨從是一樣的，「這倒有意思了，柴智想借刀殺人，林坤山想帶上韓孺子一塊回京，嗯……我得先保住自己的命，然後該選哪一方呢？」

第一百七十九章　無字之信

離碎鐵城越近，北軍都尉劉昆升的位置越尷尬，心情也越發忐忑不安，突然間，他發現自己成為關鍵人物，這正是左將軍韓桐極力推卸，而他被迫接受的身份。

行至神雄關的那天傍晚，軍正柴智帶著三位將領登門拜訪，有些話要當面向北軍都尉講清楚。劉昆升畢竟是掌印之官，柴智等人表面上比較客氣，帶來了酒肉，但是沒給「上司」選擇的餘地，直接命人鋪設酒席，請北軍都尉坐了首席，先是安靜地喝，接著是高興地喝，最後免不了划拳行令、吆五喝六。

等大家臉都變得紅撲撲之後，就可以推心置腹地說話了。

柴智舉著酒杯，微微昂首，問道：「劉都尉，你覺得我們是什麼人？」

劉昆升喝了不少，臉色通紅，腦子更是一陣陣發暈，但他不敢醉、不能醉，笑呵呵地說：「怎麼，欺負我不勝酒力嗎？你是北軍軍正……」

柴智連連搖頭，「我說的不是軍職。」

劉昆升打了個酒嗝，「猜謎嗎？猜不中……我喝，猜中了，你們喝？先把這杯乾了。」

五人同時一飲而盡，柴智笑道：「這不是猜謎，只是說清楚事實。劉都尉，咱們不是一類人。」

「你們……更年輕？」

「哈哈，年輕十幾歲而已。劉都尉是繼承令尊、令祖的軍職嗎？」

劉昆升撓撓頭，「哦，我明白了，若是往上追溯，我們劉家比較普通，祖父是京城人士，種地為業，父親以良家子弟選入邊軍，戰死沙場，我以孤兒身份參軍，在軍中長大，迄今為止沒立過大的軍功。諸位都是侯門子弟，祖上為大楚立過奇功。咱們的確不是同一類人。」

「祖上立功，兒孫享受，劉都尉覺得公平嗎？」

劉昆升訝然回道：「當然公平，怎麼會不公平？若是不能將功勞傳給兒孫，大家拚死拚活地打仗又是為了什麼？」

其他四人大笑，柴智放下酒杯，「說得沒錯，世家傳承的不只是功勞，還有一份忠心，對陛下、對大楚的忠心，這才是咱們之間最大的不同。」

劉昆升藉著酒勁瞪眼，將杯子往桌子上重重一放，「柴軍正懷疑我的忠心？」

柴智急忙笑著道歉，與另外三將一塊勸酒，等劉昆升轉怒為笑，柴智繼續道：「此忠心與彼忠心不同，劉都尉是建功立業的忠心，是正在往上走的忠心，我們則是守在最上一層的忠心，立不立功不重要，重要的是保證大楚江山的穩定。」

話說到這裡，劉昆升沒法接了，嘿嘿乾笑數聲，舉杯致意，自己先乾為敬。

柴智拿起酒杯意思了一下，「大楚有雄兵百萬，外討夷狄醜虜、內斬亂臣賊子，但是有一件事，普通的楚軍將士從不參與。」

劉昆升低頭不語。

「楚軍不參與皇室的家務事。這是規矩，雖然沒有律令這麼規定，雖然偶爾有人破壞規矩，但是一位忠誠、聰明的將領，絕不會越線。我們不同，從我們的先祖立功封侯的那一天起，我們就是皇室的一部分，有資格也有義務參與皇室的家務事，人人如履薄冰，比在戰場上打仗還要危險，事成之後，功勞通常也不會宣之於眾。」

劉昆升又笑了兩聲。

「劉都尉明白這其中的區別了吧？」

劉昆升點頭，「明白，我一直都明白。」

「別怪我多嘴，我聽說劉都尉在皇宮擔任宿衛的時候，曾為平定宮變立過大功，好像與倦侯……有過接觸？」

在朝廷公開的說法裡，對劉昆升將太祖寶劍帶出皇宮的經過語焉不詳，一般人都以為是太后的命令，勳貴家族之間卻有其他傳言。

劉昆升不能再裝糊塗了，正色道：「如柴軍正所言，普通將士沒資格參與皇室的家務事，劉某愚鈍，卻也明白這個道理，擔任宿衛的時候，僥倖立過一點小功，朝廷已經給過封賞。對我來說，事情已經結束，連想都不用想，更無必要談論。」

柴智舉起酒杯，大聲說道：「我就說劉都尉是聰明人，來，滿飲此杯，祝劉都尉早日封侯，與我等成為同一類人！」

五人都喝多了，直到小校進來提醒他們明天還要行軍，酒席才告結束。

告辭的時候，柴智摟著劉昆升的肩膀，大著舌頭說：「收好大司馬印，然後等著擊破匈奴大軍立功受賞吧，別的事情，你看著就行。」

劉昆升也含含糊糊地說：「別的事情不歸我管，我幹嘛要看？不看，一眼也不看。」

柴智走的時候很滿意。

房間裡，劉昆升面色沉重，沉思良久方才睡去。

大軍天亮就要出發，劉昆升睡得遲，醒得卻早，坐在床邊，回味昨晚做過的一連串噩夢。

「我能做什麼呢？」劉昆升自問。突然抬起頭，警覺地四處張望，屋子裡很黑，隨從和親兵都睡在外面，還沒有醒。他站起身，自己點燃了油燈，原地轉了一圈，確認屋子裡的確沒有外人，心中稍安。在這種時候，連自言自語都不安全。

他又坐到床上，反正也睡不著，打算就這麼默默地等待天亮。

放在床鋪上的右手突然碰到一件奇怪的東西，劉昆升扭頭看去，自己剛剛躺臥的地方，居然多了一封信！信封平滑，顯然剛放上去不久。

劉昆升騰地站起身，從牆上取下腰刀，圍著屋子轉了一圈，大步走到門口，想推門，又改了主意，貼門傾聽，外面隱隱傳來馬匹的嘶鳴，除此之外再無其他聲音。

劉昆升回到床邊，盯著那封信看了一會，終於伸手將它揀起，打開信封，取出裡面的信。

信上沒有字，只畫著一柄劍。

外面有人敲門，「都尉大人，您醒了？」

「嗯。」劉昆升應了一聲，急忙將信折了兩下，收入懷中，拿起信封放到桌子上，這是神雄關衙門裡的一間屋子，有現成的筆墨紙硯，空信封並不扎眼。

五萬大軍出關可不是一件輕鬆的事情，前哨、前鋒、前驅三支隊伍出發之後，劉昆升才率隊出發。在他之後，還有大批軍隊停在關內，直到午後才能完全通過神雄關。

行軍途中，劉昆升一直心神不寧，有人問起，就裝作是宿醉的結果。

兩天之後，大軍走出群山，能夠望見碎鐵城了。碎鐵城太小，容納不下趕來增援的五萬北軍，城外嶺南已經劃好營地，一隊隊北軍按順序進入。

劉昆升畢竟是掌印官，不能插手皇室的家務事，卻必須負責北軍與匈奴人的戰鬥，離碎鐵城還有數十里，他帶領衛兵馳上一道山坡，向北遙望，觀察碎鐵城周圍的地勢。

作為守城老兵，房大業與數名嚮導一塊被叫過來，解答北軍都尉的各種問題。

劉昆升從小生活在軍營裡，對打仗並不陌生，對指揮大軍卻有點力不從心，具體的作戰計畫全由手下的將吏擬定，他只能提些不痛不癢的問題，順便發發感慨，「遙想武帝當年，這麼大規模的戰鬥也沒有幾次吧，此戰過後，又能為大楚爭得至少十年的平安。」

房大業在北軍無官無職，連參謀都算不上，只能與嚮導站在一起，卻因此敢於說話，「這一仗未必能打得起來。」

「閣下何出此言？難道以為匈奴人真心想要和談？」

「和談是真是假我不知道，我只看地形。楚軍與匈奴人隔著大河，想交戰，就只能一方過河列陣。楚軍的優勢是有一座碎鐵城可以防守，匈奴人則背靠草原。都尉大人請看，匈奴人那邊地勢開闊，一旦察覺到勢頭不對，立刻就能逃走，楚軍追不上，決戰自然打不起來。」

劉昆升點頭，覺得房大業的話有點道理。

一名參將上前道：「房老將軍只知其一不知其二，都尉大人不必擔心，楚軍已經制定詳細計畫，和談是虛，為的就是迷惑匈奴人，前方將領早已取得匈奴人的同意，明日和談的時候，楚軍要派一萬人過河。大河冰凍，楚軍暗中搭建了幾十座簡易木橋，兩刻鐘之內就能抬到河床上，溝通兩岸。屆時楚軍可全線出擊，至少三萬人向西進發，切斷匈奴人的退路，再向北進發，合圍之勢可成。」

劉昆升點頭稱讚。

房大業卻大搖其頭，「兵法有云『十則圍之，五則攻之』，楚軍與匈奴人不相上下，怎可分兵圍之？」

參將冷笑道：「老將軍太長他人志氣了吧，楚軍器械遠優於匈奴人，訓練有素，人人爭戰，自從武帝時起，一名楚軍就抵得上五名、十名匈奴人。」

「那都是從前的舊事了，就算是武帝的大將鄧遼，也沒以同樣數量的楚軍圍殲過匈奴人。」

參將還要反駁，劉昆升道：「莫要相爭，大軍已至，怎麼也要打上一仗。房老將軍無需憂慮，楚軍縱然圍不住匈奴人，擊潰總是可以的。」

房大業閉嘴，劉昆升走出幾步，將房大業叫過來，問道：「流沙城在哪個方向？」

房大業指明方向，劉昆升背對眾人，取出信紙，打開之後讓房大業看了一眼，馬上又收起來。

房大業愣了一下，嘴裡說著話，也取出一張紙條，上面畫著同樣的一柄劍。

兩人互視一眼，心中都有了底氣，以為鎮北將軍不只察覺到了危險，肯定也有應對之策。

第一百八十章「假象」

五萬北軍還沒到齊，碎鐵城內外的士氣已經升到頂點，將士們摩拳擦掌準備一戰。至於和談，人人都以為那是一個幌子，為的是給予匈奴人一次突然襲擊。

韓孺子親自帶隊出城迎接北軍將領，雙方都很熱情，氣氛頗為融洽，進城不久，氣氛發生了改變。

柴智等人堅持要去看一眼陣亡者的屍體，不是那些普通將士，而是將近兩百名勳貴子弟，屍體都已被收拾得乾乾淨淨，安置在一座院子裡，借助冬季的寒冷保持原樣，上方搭起了棚子，防止積雪壓身。

大批北軍將領來此悼念親友，即使沒有親人傷亡，即使並非勳貴出身，將領們也要來此湊個熱鬧，不久之後，碎鐵城倖存的那些勳貴子弟也來了，自從勳貴營被取消，這是他們第一次聚集在一起。

院子裡擠滿了人，身份低一點的，只能站在外面的巷子裡。沒人交頭接耳，但是只憑目光交流，這些人就已經敏銳地察覺到，今天的悼念並不簡單，必將發生一場激烈的爭鬥。

韓孺子和東海王也來了，與幾名隨從留在一間廂房裡，屋子裡空空蕩蕩，連折凳都是隨從帶來的。門戶洞開，內外一樣的冷，只是沒有寒風刺骨。

看著外面的勳貴將領們在親人的屍體前默哀以至痛哭，東海王有點緊張，拽了拽披風，小聲道：「咱們幹嘛要來？」

「他們為國捐軀，韓氏子孫理應到場悼念。」

「嘿，他們可不是平白捐軀，家家都能獲得封賞，身價是普通將士的百倍、千倍。」

韓孺子嗯了一聲，沒說什麼，他在準備「迎戰」動貴將領。

心虛的東海王誤解了韓孺子的沉默，黑著臉說：「最早陣亡的幾個人是被你帶出去當斥候的。」

韓孺子又嗯了一聲。

「你不怕嗎？我可聽說了，有人要報復咱們兩個。」

韓孺子微微一笑，「果真如此的話，我希望報復來得越早越好。」

東海王不吱聲了。

十幾名將領走進屋子，向鎮北將軍和東海王躬身行禮，帶頭者柴智也不客氣，直接說道：「明天即是和談之期，可我聽說鎮北將軍尚未決定是打是和，軍心因此不穩，請鎮北將軍速做決定。」

「兵無常勢，是打是和要看匈奴人的動向。」

「十萬禁軍對陣十萬匈奴人，乃是必勝之勢，什麼時候楚軍要看匈奴人的動向了？」柴智毫不客氣，按慣例報的是虛數。

韓孺子問道：「柴軍正以為這一戰多久能夠結束？」

「明日午時前後開戰，天黑前可結束。」

「算上追亡逐敗的時間。」

柴智略一估算，「三到十日。」

「碎鐵城的糧草最多還能堅持五日。」

碎鐵城是座塞北小城，最初的計畫是以三萬多楚軍圍殲一萬匈奴人，入冬之前結束戰鬥，然後留下少量駐軍，等待春季再戰，城中糧草都是按這個計畫儲備的。

結果戰爭延續至今，大批楚軍陸續趕來支援。可時至寒冬道路難行，糧草轉運比調兵困難多了，朝廷又遲遲沒有指示，各地難以配合，運來的糧草更少，不足以長久養活一支八萬多人的軍隊。加上奴僕與勞力，碎鐵城內外共聚集了十萬餘人、七萬多匹馬，就算是夏秋季節，供養也十分困難。

眾將都明白這個道理，柴智道：「既然糧草不足，更應抓緊時機給予匈奴人重創，即使不能追亡逐敗，也要令匈奴人今冬不敢南下。」

「時機是否合適，我在與單于談判時自會做出判斷。」

柴智微微一笑，「鎮北將軍親身涉險、探查敵情，令我等敬佩，可後方由誰做判斷呢？我相信鎮北將軍肯定已經將和談安排得妥妥當當，但事情總有萬一，萬一匈奴人設下陷阱，萬一鎮北將軍遇險，無法及時返回，後方由誰決定是戰是和？」

韓孺子看向柴智身後的柴悅，「將軍柴悅守衛碎鐵城多日，與匈奴人兩戰連勝，對南北軍情最為瞭解，我與匈奴人和談之時，楚軍由他掌管最為合適。」

柴智慢慢轉身，看著年輕的弟弟，上下打量幾眼，柴悅低著頭，就當自己不存在。

柴智對柴悅什麼也沒說，轉身向鎮北將軍道：「柴悅才只是參將吧？」

「我已任命柴悅為碎鐵城守城官。」

「那也不過是五品武將，而且還沒得到朝廷的認可。所謂名不正則言不順，尊卑有序，不可顛倒。北軍精銳盡聚於此，大司馬雖然不在，麾下將官如林，由小小的一名參將指揮，只怕軍令不順，以至貽誤戰機。」

柴悅沒有為自己辯解，在這場「鬥爭」中，他沒有說話的資格。

韓孺子完全可以反駁說，此前的兩萬多北軍將士被柴悅指揮得很順暢，但他笑了笑，問道：「柴軍正打算親自指揮北軍？」

柴智搖頭，「柴某何德何能？北軍有現成的統帥，大司馬臨行前親自將官印交托給此人。」

柴智側向，讓出身邊的北軍都尉劉昆升。

劉昆升尷尬地說：「大司馬交托官印的時候，還不知道匈奴人大舉入侵的事，實不相瞞，治軍我還勉強能行，判斷戰機、指揮大軍……我比不上諸位。」

「劉都尉無需擔心，眾將皆在，自會出謀畫策。」柴智也不徵求鎮北將軍的意見，轉向另一邊，「桐左將軍熟讀兵書、治軍有術，可為劉都尉分憂。」

韓桐聞言一驚，臉都白了，急忙道：「死讀書、死讀書……」

韓孺子也指向一人，「馮右將軍突入匈奴，最瞭解前方軍情，也可為劉都尉分憂。」

馮世禮當初大張旗鼓地來碎鐵城，現在卻是低眉順眼，一句話也不說。他是被交換回來的俘虜，按軍法屬於待罪之身，柴智掃了他一眼，沒有提出反對意見。

韓孺子將手指轉向柴悅，「柴悅職位雖低，但是熟知戰況，同樣可為劉都尉分憂。」

柴智轉身，連指三名將官，要為他們爭取「分憂」之職，從這時起韓孺子開始拒絕了，「大敵當前，需要當機立斷，不是人越多越好，四位將軍已經夠了。」

對柴智來說這可不夠，使了一個眼色，幾名將官共同推薦柴智，定要湊足五人之數。

韓孺子爭論了一會，還是同意了。

東海王坐在韓孺子身邊，一會咳嗽，一會使眼色，直到最後也沒得到推薦。

回到將軍府，東海王略帶惱怒地說：「幹嘛不讓我『分憂』？瞧這五個人，只有柴悅或許會保你的命，劉昆升只會隔岸觀火，其他人都想讓你死在匈奴人手裡。」

「想讓北軍盡力，必須給柴智一點甜頭。」

「他要的不是甜頭，是你我的人頭！」

「大局為重，先解決匈奴人，再處置內敵。」

「明天你一過河，南岸楚軍盡入柴智之手，只怕你連回來的機會都沒有，你一死，我也跟著倒霉。」

韓孺子走到東海王面前，「所以你要留在這邊，保證楚軍不會落入柴智之手。」

東海王一愣，「我能怎麼辦？手下沒有一兵一卒。」

「你有我的千名部曲。」

東海王又是一愣，「你要把部曲營交給我？」

「嗯，部曲營將士雖然不多，但是肯為我赴湯蹈火，我已經通知晁化，讓他聽你的指揮。明天一早，待我過河之後，你要嚴密監視柴智等人的動向，若是一切正常也就算了；若有異常，打算提前進攻匈奴人，你就將他們囚禁起來，奪下大司馬印，交給柴悅。」

「可我不是北軍將領……」

「你是東海王，去哪都不會受阻。」

東海王想了一會，「我需要有人傳遞信息，還要想個辦法將部曲士兵帶到中軍帳附近……我能做到，你放心吧。」

韓孺子微微一笑，「我放心。」

「你這麼相信我，實話實說，我可有點意外。」東海王的確沒料到自己會被委以如此重任。

「咱們是兄弟，理應同舟共濟，而且……」韓孺子嘆了口氣，「柴智要報復的是你我二人，除了你，我還能相信誰呢？」

東海王心中產生一股衝動，想將自己知曉的一切事情都說出來，可他厭惡這種衝動，笑道：「沒錯，咱們已經被捆綁在一起了。」

韓孺子從懷裡取出一張紙，遞給東海王，「這些天來，我勸服了一些人，他們願意為我效力，可他們需要一位領頭人，這個人只能是你，必要的時候，你出示這張紙，會有人站出來幫你。」

東海王接過紙，打開看了一眼，「這畫的是太祖寶劍？」

「這是一個信號，能拿出同樣紙張的人，可以信任。」

「看來你已經將事情安排得妥妥當當。」

「我不會讓咱們兄弟二人陷入險境。」

東海王心中又生起一股衝動，但他還是忍住了，笑道：「拿下北軍，咱們就可以一塊回京城了。」

「嗯，一塊回京城。還有，對匈奴人不能不防，我與柴悅約定了出兵信號，如有意外，該出兵的時候也得出兵，只是不能讓柴智提前。」

「放心吧，總之就是看住柴智，讓柴悅自由做決定。」

兄弟二人相視一笑。

東海王告辭之後，韓孺子獨自坐了好一會，他從孟娥那裡領悟到一招：在黑暗中東刺一劍、西擲一鏢，一個人就能造出數人、甚至數十人的假象。

他已製造出足夠龐大的假象，就看明天能否將敵人「嚇」得膽怯、將朋友「嚇」得堅定了。

第一百八十一章 定計

林坤山拿著紙條翻來覆去地查看，怎麼也參不透其中的「祕密」。

「那上面畫的是太祖寶劍。」東海王解釋道，夜已經深了，他卻一點睡意也沒有，「韓孺子還想再來一次宮變時的奇蹟。」

林坤山放下紙條，「你怎麼能認出這是太祖寶劍？」

東海王微微一愣，拿起紙條，又看了一眼，那上面畫的劍線條簡單，沒有任何文字標記，說是任何一柄劍都有可能，「肯定是啊，要不然他隨隨便便畫一柄劍幹嘛？」

「這柄劍可不隨便，我猜其中另有含義，鎮北將軍不肯向東海王洩露。」

東海王盯著那柄畫劍看了一會，「不管怎樣，他信任我，將部曲營交給我……我該怎麼辦？按他的計畫做，還是繼續咱們的計畫？」

林坤山沉默不語。

「林先生，我在問你話，現在可不是故弄玄虛的時候。」

林坤山笑了笑，「我在想，鎮北將軍究竟發出了多少張畫劍之令？」

「肯定少不了，否則的話，他也不會捨得將部曲營交給我，他這麼做，必然是另有準備。」

林坤山搖搖頭，「江湖中有一種煉金術，東海王聽說過嗎？」

「煉金術是騙人的。」

「當然，東海王知道怎麼騙人的嗎？」

「你想說什麼？」

林坤山笑道：「騙術的關鍵是讓對方相信你有數不盡的黃金，唯有如此，煉金術看上去才像是真的，所以煉金術士出手一定要大方，一擲十金、百金，臉不紅心不跳，好讓對方心甘情願交出千金。天下騙術莫不如此，東海王，出手太大方的人，通常值得懷疑。」

東海王自恃聰明，不太喜歡林坤山的教訓口吻，「第一，韓孺子不是煉金術士，他是韓氏子孫，從小生活在深宅大院裡，跟你們這些人接觸極少。第二，你沒見過他的本事，在皇宮裡，他是人所共知的傀儡，還能讓一批最低等的奴僕效忠於他，所謂的部曲，全是窮得連飯都吃不飽的傢伙，在碎鐵城，這種人多的是。」

林坤山想了一會，「或許你說的對，畢竟這不是騙錢，鎮北將軍賭上的可是自己的性命。」

「別多想了，先說咱們怎麼辦？按原計畫，咱們現在就應該行動了：劫持韓孺子並藏起來，然後派人假裝帶著鎮北將軍前去投降匈奴，明天一早，楚軍和匈奴人就會展開大戰，咱們趁機逃走。」

林坤山又想了一會，「東海王的意思是……」

「我在問你，你是軍師。」

林坤山嘿嘿笑了兩聲，江湖有江湖的騙術，朝廷也有朝廷的手段。所謂不恥下問只是障眼法，若他提供的計策與東海王相左，自會遭到拒絕；相符，東海王才會接受，萬一失敗，責任卻都在軍師身上。

「嗯……如果按照鎮北將軍的計畫進行，事成之後，他將擁有整個北軍，實力大增……」

「我會讓他得意嗎？」東海王冷冷地說，他曾經有過感動，現在卻已經冷靜下來，「先利用他的人奪取北軍，拿到大司馬印之後，我不會交給柴悅，而是自己留下，等韓孺子回來，如果他能回來的話。我會立刻宣佈軍中還有將領要刺殺鎮北將軍，以此理由將他軟禁，讓北軍歸我而不是他。之後我與舅舅聯手回京，冠軍侯不足為懼。」

「好主意，比我想出的計策好多了，就照此準備吧。」

東海王暗罵一聲「滑頭」，說道：「林先生的疑慮也有道理，不能完全相信韓孺子，誰知道他是怎麼對晁化說的，沒準柴智等人一落網，晁化就會立刻把我抓起來，所以你得保證我的安全，你的人呢？找到多少？在哪呢？」

「真巧，我找的人都在部曲營裡……」

「這有什麼巧的？整個碎鐵城，就屬部曲營魚龍混雜，當初建立的時候，就有望氣者參與。你在裡面安插一點人手，再正常不過，你當初一說要招人，我就知道必在部曲營。」

「東海王聰明睿智，林某不才，必須竭盡全力才能跟得上東海王。沒錯，我當初在部曲營裡安插了幾個人，他們又拉攏了一些人，現在總共有二十八位。不要小瞧這二十八人，個個都是敢做敢為的好漢，值得一用。」

「好，明天就讓他們跟隨我去中軍帳。」

「沒問題。」

兩人又聊了一會，林坤山告辭，去取消原定今晚執行的劫持計畫。

隨從悄悄進來，東海王問道：「怎麼樣了？」

「半個時辰前，柴智去探望被關押的柴家人，蕭幣會向他傳達殿下的意思。」

「嗯，柴智信不信不重要，關鍵是讓他放心，對我沒有防備……你得保護好我，絕不能再出現河邊寨的事情，我居然一個人被拋棄在那裡！」

「從現在起，我會一直留在殿下身邊。」

東海王的心事已經轉到別人身上，「張養浩、謝瑛、丁會，別以為我會忘了你們的背叛。」

與將軍府一牆之隔，勳貴營雖然取消了，監獄還在，二十多名「柴家人」都被關在這裡，待遇不錯，每人一間牢房。

雖然沒有性命之憂，這些犯人仍然備受煎熬，尤其是身為領頭人的蕭幣，這場失敗對他的聲望與前途打擊甚大，一看見柴智進來，立刻跪在地上，激動地叫了一聲「三哥」。

蕭柴兩家透過聯姻而成為至交，蕭幣的哥哥娶的是柴家女兒，他本人定下的未婚妻也是柴家近親。

柴智點點頭，示意衛兵和獄卒出去，他要單獨與蕭幣談話。

「三哥，放我出去。」

柴智搖搖頭，「別急，等到明天，我會讓你風風光光地出來。」

蕭幣大喜，連連點頭，「是是，我不急。還有，我把東海王拉攏過來了。」蕭幣急切地表功，想證明自己並非無能之輩。

「嘿，東海王害怕了嗎？」

「將一百多名勳貴子弟派出去送死，得罪了幾乎所有世家，他能不害怕嗎？還好當時我們都在監獄裡，反而因禍得福。」

蕭幣將東海王的求和之意轉述一遍，柴智聽後沉吟片刻，「東海王詭計多端，他分明是想利用咱們殺死廢帝，自己坐享其成。」

蕭幣心中有點忐忑，「殺死廢帝……真的不會惹麻煩嗎？太后對他好像挺寬宏的。」

「形勢變了，太后聽政的日子即將結束，冠軍侯才是未來，他對廢帝可沒有憐憫、寬宏之意，東海王大概也是察覺到了什麼，才會低三下四地求和。」

「原來如此，那就沒什麼好擔心的了。」

「可也不能大意，冠軍侯固然想除掉桓帝二子，咱們柴家卻不能擔弒帝之名，即使那只是一名廢帝。明天，我會利用匈奴人除掉廢帝，至於東海王，即使他屈服了，也絕不能讓他回到關內，只是該由誰動手……」

「我有一個人可推薦。」蕭幣馬上說道，將自己對東海王隨從做出的承諾忘得乾乾淨淨。

「誰？」

「張養浩，他好像因為什麼事背叛過東海王，一直受到欺侮，對東海王，他是又怕又恨，如果有機會的話……」

「張養浩？」勳貴子弟數量眾多，柴智也不能每個都記在心裡。

「辟遠侯的孫子，父母早亡，愛賭錢、愛鑽營的那個張養浩。」

「哦，知道了，他不錯，辟遠侯個性孤僻，家中香火不旺，張養浩惹事，牽涉不到別家。你能說服他？」

「能，可是我出不去。」

「那就讓他來，他若敢來，事情就已經成了五六分。」

「對對，三哥說的對。」

「待會我讓你的隨從去找張養浩，明天我會將東海王請到中軍帳，中間會有一陣混亂，讓張養浩見機行事，跟他說，我和冠軍侯會保他的安全。」

一個時辰之後，張養浩果然來了，看守監獄的士兵得到過好處，更不敢得罪北軍軍正，對深夜而來的探訪者什麼也沒問就給放行。

張養浩的信心又多了幾分。

面對張養浩，蕭幣的態度截然不同，坐在土炕上，坦然接受對方的躬身行禮，他只是點了下頭，「鎮北將軍取消勳貴營，你被分到哪了？」

張養浩臉色微紅，「右軍二十七營。」

「右軍只有二十營，哪來的二十七營？」

「是神雄關來的援兵，剛被編入右軍不久……」

「嘿，鎮北將軍膽子真大，隨便一支幾百人的軍隊，就敢編入北軍右軍。你打算就這麼認命了？」

「大家都這樣，我有什麼辦法？」

「京城的事情你聽說了嗎？」

張養浩猶豫不決地搖搖頭，他聽說過一點風聲，對真相知道得不多。

「冠軍侯已經回京，朝中將有大事發生，這正是有仇報仇、有怨報怨的時候，張養浩，你有仇人嗎？」

「我沒有仇人，可是有人恨我……」張養浩眼睛一亮，上前兩步，「蕭公子！」

「柴家在朝中聯繫太廣，有些事情想做卻不能做，如果有人願意幫忙，柴家會記得此人的功勞，冠軍侯也會。」

「東海王害死那麼多人，也該付出代價了。」張養浩脫口而出。

碎鐵城內外的陰謀家可不少，北軍都尉劉昆升手持紙條看到後半夜才入睡；老將軍房大業在屋子裡引弦數十次，才馳弓休息；柴悅更是徹夜難眠，在城外的中軍帳裡來回踱步。還有更多不知名的小人物，趁著夜色四處聯絡，拋出一個個傳言與承諾，引動人心蕩漾。

韓孺子睡得很踏實。

第一百八十二章 冠軍侯密令

天亮時空中開始飄落雪花，細細碎碎的，沒有多少，像是從房頂被風吹下來的殘雪。柴悅卻不敢大意，談判地點距離楚軍十幾里，萬一大雪紛飛，視線受到阻隔，後方將很難及時獲得消息。

柴悅立刻對北岸的楚軍做出調整，本來是三里一哨，現在變成一里一哨，一直延續到匈奴人大營前不到五里。定時傳信，不得中斷，匈奴人自然也要做出同樣的調整，因此耽誤了一些時間。

將近午時，韓孺子終於騎馬過河，隨身只帶十名衛兵。眾將送行至河邊，柴悅多送了一段路，直到匈奴人哨兵提出異議，他才停下，望著鎮北將軍遠去。

雪已經停了，天色還陰沉著，柴悅此前查看過多次，對帳篷的位置十拿九準，才能在灰色的天空下勉強認出它的模樣。

兩軍的哨兵都是三人一組，騎著馬，相隔十餘步，身上不准攜帶任何兵器，共有兩條哨兵線，分別是南北、東西走向，正好在談判帳篷所在的位置交叉，任何一個方向有異常，都會迅速傳到本軍大營。

柴悅回到河南岸時，空中又開始飄雪，這次不再猶猶豫豫，他來到中軍帳時，已是中雪，向北岸望去，只能看到三四里以外。

中軍帳建在流沙城舊址上，柴悅轉身向嶺南望去，數萬楚軍嚴陣以待，提前建好的十幾座簡易木橋一字排開，只需一聲令下，立刻就能抬到冰凍的河床上，增加多條過河通道。

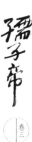

流沙城對面的一段河床本來就很平坦，昨天鋪撒了大量木屑，騎兵幾乎不用減速就能衝過去。總之，必要之時，八萬多名楚軍能以最快的速度過河，與匈奴人一戰。

「平安！」哨兵的叫聲從遠處傳遞過來，直達中軍帳前，柴悅身邊的一名士兵突然也大喊了一聲，他微微一驚，第一個反應是扭頭看向自己的一名衛兵。

這是鎮北將軍特意給他安排的衛兵，叮囑他說要寸步不離地帶著，直到鎮北將軍安全返回。

柴悅向衛兵點了下頭，邁步走進帳篷。

孟娥緊隨其後，只要不開口說太多的話，沒人能認出她的真實身份，今天她的任務很簡單，就是保護柴悅的安全。

中軍帳內，其他人已經到齊了。

北軍都尉劉昆升坐在主位上，腰板挺得筆直，神情嚴峻，可也僅此而已，他用這種神情警告眾人盡可能不要跟他說話，他本人也不想開口。

左將軍韓桐和右將軍馮世禮分坐兩邊，全都低著頭，像是被強請進來的客人，從落座的那一刻起，就在琢磨著待會找個什麼藉口告辭。

韓桐的下手坐著柴智，位置雖低，卻是唯一昂首挺胸、目光靈活的人。

每個人身後都站著一名衛兵。柴悅的位置在右將軍馮世禮下手，折凳已經擺好，他向劉昆升等人點頭致意，坐好之後身子側向門口，既能看到帳外的飄雪，也能避免與柴智對視。

十餘名將吏分立左右。帳篷裡異常安靜，能清楚聽見對岸哨兵的叫聲。

「鎮北將軍入帳，平安！」對岸的聲音傳來，帳外的士兵重覆了一次。

東海王就在這時到來，帶著數十名衛兵，都被攔在帳外，他一個人走進帳篷，衝五名有座位的將軍一一點頭微笑，「真是個大冷天，雪又這麼大，為什麼不推遲和談呢？」

東海王身份獨特，擁有王號，是鎮北將軍的弟弟，卻沒有任何軍職。自從在守衛碎鐵城時犯過錯誤之後，就失去了領軍的權力，但是不受任何人管束。

其他四人不出聲，柴悅只好開口道：「和談的每一步都不容易，鎮北將軍希望和談照常進行，匈奴人那邊也沒有提出異議。」

東海王深以為然地點頭，轉身向對岸望去，「為什麼這次和談沒有人質呢？」

柴悅耐著性子說：「一開始是說要互派人質的，後來是鎮北將軍覺得沒有必要。」

「嘿，他膽子真大。」

柴悅咳了一聲，「匈奴人想要東海王當人質，因此鎮北將軍才拒絕的。」

東海王不做聲了。

一直沒人給他搬折凳，關鍵是不知道放在哪個位置妥當。哨兵報平安的聲音照常傳來，前方的和談顯然還沒有任何進展。

柴智緩緩起身，帳篷裡的平靜氣氛瞬間發生微妙的變化，一直保持威嚴的劉昆升垂下目光，左、右將軍卻不約而同地抬起頭，東海王倏然轉身，微笑著退到一邊。

一名將官從柴智那裡得到暗示，走到門口將厚厚的簾帷放下，擋住了河對岸哨兵的聲音，只有門外士兵的叫聲還能傳進來。

柴智走到中間，先向劉昆升點頭，然後大聲道：「午時已過，楚軍如果還想在天黑之前擊潰匈奴人，現在就應該出兵了。」

柴悅馬上也站起身，向劉昆升抱拳行禮，「和談尚在進行，匈奴人也沒有異常動向，楚軍不可出兵。」

「不然，匈奴人顯然是想要利用和談偷襲楚軍，楚軍不可被動迎戰，必須先發制人。」

「楚軍先發制人，鎮北將軍怎麼辦？」

柴智終於轉身，看向同父異母的弟弟，「如果匈奴人先進攻，楚軍又該怎麼辦？」

「按照計畫，對岸有一萬楚軍，離和談地點比匈奴人稍近一些，匈奴人一有異常，他們會兵分五路，四路抵擋匈奴人，一路救出鎮北將軍。」

「很好，那就當匈奴人已經發起進攻吧。」

「不可，那是萬不得已的對策，太過冒險，必須……」

柴智揮手打斷柴悅，「不冒險怎麼打敗匈奴人？難道十萬楚軍就是隔岸看熱鬧嗎？劉都尉，你是掌印將軍，說句話吧。」

「嗯……這可難為我了……」

柴智笑了一聲，「倒也簡單，這裡不是有五位將軍嗎，大家表態，是攻是等，速做決定。」

劉昆升還在猶豫，門口的東海王上前兩步，笑道：「這倒是個辦法，軍正柴智主張進攻，守城官柴悅主張再等等，左、右將軍，說說你們的看法吧。」

韓桐和馮世禮互相謙讓，東海王指向馮世禮，「右將軍為尊，還是你先說吧。」

馮世禮起身，醞釀再三，終於開口道：「我建議再等等，匈奴人對這次和談似乎頗有誠意，但是準備也很充分。楚軍對匈奴人尚未形成合圍之勢，貿然進攻，雖會贏得一戰，卻不能全殲敵軍，以後會更加麻煩。」

柴智冷臉不語，東海王向韓桐道：「該左將軍表態了。」

韓桐起身，向帳內的所有人一一點頭，「和談很好，但是沒有得到朝廷允許，和談……能成嗎？十萬楚軍已經齊聚碎鐵城，按大楚的慣例，就該大膽出擊，不過……」

韓桐正要將自己的態度往回收斂一些，柴智打斷他：「左將軍已經表態，兩人主戰，兩人主等，還是得由劉都尉做出決定。」

劉昆升沒辦法，也站起身，沉吟良久，說道：「朝廷遲遲未有聖旨，這種時候，邊疆楚軍盡歸大將軍指揮。」他長久地頓了一下，「鎮北將軍由大將軍指派，總督神雄關、碎鐵城軍務，他就是這裡十萬楚軍的統帥。」再次長久的停頓，「鎮北將軍事先已經制定計畫，若無意外，不可更改。」

雖然沒有明確說出來，劉昆升的意見已經很明確了，他主張再等等，除非匈奴人有異動，楚軍不可渡河。

東海王攤開雙臂，「既然劉都尉這麼說了，那就再等等吧。」

幾位將領開口的過程中，帳外報平安的聲音準時響起，一聲不落。

對這個結果，柴智並不意外，他垂頭笑了一聲，轉向兩邊的十餘名將吏，「瞧，我早就對你們說過，十萬楚軍的安危與功名，比不上一位年幼無知的鎮北將軍，大楚的威風，都被無能之輩給丟盡了！」

如此公開的挑釁，眾人無不臉色一變，劉昆升臉色鐵青，「柴軍正，身為執法大將，注意你的言辭。」

柴智冷笑一聲，從懷中取出一張紙，舉在手中大聲道：「這是北軍大司馬冠軍侯臨行前留給我的密令，許我見機行事，從劉都尉手中收回大司馬印！」

眾人又是一驚，柴悅和東海王更是意外，沒想到柴智還有這樣一招。

劉昆升怒道：「密令？哪來的密令？」

柴智向一名軍吏招手，「將冠軍侯密令送給諸位將軍和劉都尉看看，認認筆跡與印章。」

軍吏快步上前，雙手接過紙張，自己先看了一遍，點點頭，首先交給左將軍韓桐，韓桐只掃了一眼，馬上道：「這的確是冠軍侯的密令，劉都尉，你該交出大司馬印。」

劉昆升伸手要密令，軍吏卻是柴智的人，捧著紙張先給其他人觀看，最後才送到北軍都尉手中。

柴悅和東海王也看過了，找不出破綻，劉昆升看過之後半晌無語，目光在眾人臉上掃過，尋找能在此時挺身而出的人。

右將軍馮世禮開口了，卻不再是鎮北將軍的支持者，「密令為真，柴軍正從現在起就是北軍主將，我收回之前的話，唯柴軍正馬首是瞻。」

柴智轉身，對弟弟柴悅不屑一顧，看向東海王，「你有什麼意見？」

東海王笑了幾聲，向門口退去，「冠軍侯擅離職守，北軍大司馬早就當到頭了，他的命令自然無效。」

東海王轉身向帳外跑去，準備大聲呼救，剛一掀開簾帷，就被外面的人撞了進來。

張養浩帶領數人扶刀而入。

第一百八十三章　獨騎回營

大單于走進帳篷，拍掉肩上的雪，衝先行到達的鎮北將軍笑著說道：「讓你久等。」隨後用匈奴語快速說了幾句。

金垂朵從大單于肥胖的身軀後面走出來，譯道：「大單于說讓你們久等了，天寒地凍，希望你們能夠習慣。」

韓孺子早到了一會，按照約定，身邊只帶一名衛兵，其他人都留在外面。

大單于不太會說中原話，透過翻譯交談，韓孺子也不肯直接說話，向身邊的衛兵小聲嘀咕，衛兵大聲道：「大楚地廣物博，四季交替，常年有之，楚民早已習慣。」

金垂朵小聲翻譯，大單于哈哈大笑，坐在一張軟椅上，伸手示意鎮北將軍也坐下，好像他是主人。

金垂朵和衛兵分別站在主人身後，大單于與鎮北將軍通常在思考、在對視，然後小聲將自己的想法告訴身後的人，讓他們開口說出來。

兩國談判，最重要的一件事情就是平等，韓孺子先來一步，在帳篷裡等了一會，氣勢上已經輸了一籌，發言時必須也像大單于一樣，透過他人轉達。

「楚軍在虛張聲勢。」金垂朵說。聲音呆板，面無表情，目光掠過對面兩人的頭頂，盯著帳篷的一角，「最多的一批援軍昨天才趕到，加在一起也不過八萬多人，士卒勞累，不堪一擊。」

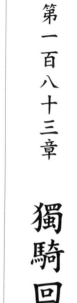

「過去的幾十年裡，不堪一擊的可是楚軍？就在數日之前，損兵折將的又可是楚軍？」衛兵不肯落於下風。

聽完金垂朵的翻譯，大單于大笑，發出一陣混濁的咳嗽。

金垂朵道：「鎮北將軍，別因為一兩場小勝就自鳴得意，現在不是幾十年前，楚軍退縮河南，銳氣盡失。匈奴人已結束分裂，我不是東匈奴人的偽單于，我是全體匈奴人的大單于，東西匈奴重歸一體，控弦之士二十餘萬，即便是鼎盛時期的楚軍，也不是我們的對手。」

「敗軍之將何以言勇？匈奴人當初也是氣勢洶洶，最終還不是落得東西分裂？西匈奴奔逃千里之外，東匈奴俯首稱臣，大單于年長，難道不記得大楚武帝時的往事了嗎？」

雙方唇槍舌劍，爭論哪一方將士更多、士氣更旺、戰鬥力更強，說出的話虛虛實實。大單于倒不生氣，聽過金垂朵的翻譯之後，時不時豪爽大笑，只是身體似乎不太好，笑著笑著就會咳嗽。

爭論持續了好一會，大單于選擇了退讓，透過金垂朵說道：「咱們不是來吵架的，是要和談，那就開誠布公地談，我先來。」

大單于說了許多話，金垂朵不停點頭，聽完之後向對面道：「西匈奴遠道而回，並非認祖歸宗，我們在西邊過得很好，根本不想回來與楚人打仗。可是沒有辦法，天不遂人願，我們回來了，但我們也是幸運的，途中遇見東匈奴人，偽單于病故，諸子爭位，連策劃好的誘殲楚軍計畫都給放棄了。」

「這是蒼天給我們的賞賜，它讓我們離開西方故土，卻給予我們整個東匈奴，大單于輕而易舉收編了東西兩部匈奴。鎮北將軍，匈奴人來了，但是不想與楚人開戰，攻打碎鐵城只是一次試探，看看楚軍還剩多少當年的勇猛。」

大單于又說了幾句，金垂朵嗯了一聲，繼續道：「大單于對楚軍比較滿意，所以提出和談。」

鎮北將軍小聲說了一會，衛兵道：「楚軍對匈奴人還沒有滿意，西匈奴人為何東歸？憑什麼與楚軍和談？」

聽過金垂朵的翻譯，大單于動動手，沒有開口，竟然讓金垂朵自行回答。

「匈奴人東歸的原因先不說，和談對雙方都有好處。」

鎮北將軍直接開口道：「我現在只看到對匈奴人的好處。」

「楚軍斥候應該看到大批匈奴人在向東遷徙吧？」

「嗯，都是老弱婦孺。」

「那是楚軍上當了，老弱婦孺的後面還有大批青壯男兒，現在沒必要隱瞞了，五萬匈奴騎兵很快就會到達馬邑城，如果鎮北將軍無意和談，咱們大可一戰。匈奴人不在乎這一戰的勝負，能打就打，不能打就向東撤。那時候，馬邑城已破，匈奴人直入楚境，也就不需要和談了。」

鎮北將軍與衛兵的臉色同時一變，大將軍韓星率軍入關平亂，此時馬邑城的駐軍所剩無幾，哪怕入侵的匈奴人只有一萬，楚軍也很難守住城池。

馬邑城也在塞外，比碎鐵城大得多，一旦失守，對楚軍來說是個重創。

鎮北將軍扭頭向衛兵低聲說了一會，衛兵道：「既然開誠布公，鎮北將軍也有一句實話：南岸楚軍已經做好準備，很快就會全軍渡河，匈奴人或許能奪下馬邑城，卻會在這裡慘敗。但是鎮北將軍相信，大楚與匈奴的和平來之不易，雖有一些小衝突，不至於再度反目成仇，所以，他願意停止楚軍的進攻計畫，真心實意地進行一次和談。」

聽過翻譯，大單于大笑，突然站起身，前行幾步，張開雙臂，似乎要與鎮北將軍擁抱。

金垂朵緩緩點頭，鎮北將軍起身，兩人同時前行，抱在一起，與大單于相比，鎮北將軍的體型太渺小，幾乎被鑲在了大單于的肚子裡。

大單于退回原處，讓金垂朵道：「大單于說，開誠布公是一個好的開始，鎮北將軍雖然年輕，但是敢做敢為，大單于很欽佩，他很高興自己沒有選錯和談對象。」

鎮北將軍點點頭，「我需要派人回去阻止楚軍渡河。」

金垂朵直接問道：「外面哨兵眾多，不能為你傳令嗎？」

「不行，哨兵只報平安，傳令的話，後方將軍不會聽從，反而會提前渡河。」

金垂朵轉述，大單于無所謂地揮揮手，金垂朵道：「可以，大單于和鎮北將軍各派一個人回去傳令，然後繼續和談。」

金垂朵與衛兵一前一後走出帳篷，九名楚軍士兵和九名匈奴人騎兵守在數十步之外，手持旗幟面面相對。

金垂朵壓低聲音，「你以為我會幫你欺騙大單于嗎？」

衛兵微微一笑，他能騙過從未謀面的大單于，卻不可能在金垂朵面前隱藏真相，「妳的匈奴話說得很好。」

金垂朵狠狠地瞪了對方一眼，兩人不能在帳前長久停留，只得緩緩前行，「我不會讓你離開，帶著楚軍突襲匈奴人。」

「我願對天發誓，我回去只是為了平定楚軍的一點內亂，絕不會攻擊匈奴人，我是真心和談，這邊的事情一了，我就要回京城。朝中發生了變故，我比大單于更急於結束這場戰爭，但我現在不能明說。」

金垂朵沉默不語，走出幾步之後她說：「我的匈奴語其實很差，大單于的話都是事前準備好的，你們的話我只是隨便轉譯大概意思，大單于說，他要看人，不是聽話，你的小隨從要是被認出來，我怎麼解釋？」

「那妳就轉譯得慢一點，給我一個時辰，最多一個時辰，我還會回來，向大單于解釋一切。」

「那我也有隱瞞之罪。」

「我在求妳幫忙，楚軍將領大都不願和談，想開戰立功，如果我失敗……」

幾十步路沒有多遠，金垂朵叫過來一名匈奴人騎兵，命令他回大營，韓孺子聽不懂匈奴語，分辨不出來金垂朵說的是什麼，只知道她沒有洩露祕密。

韓孺子自己跳上馬背，老將軍房大業跳下馬，準備進帳充當衛兵，以他的豐富經驗，足以鎮得住場面。

漫天飄雪，韓孺子獨自向南疾馳。

金垂朵與房大業回到帳篷裡，大單于看到進來一位體量不比自己小多少的老兵，笑著說了幾句。

金垂朵半猜半聽，能夠大致明白意思，翻譯的時候就用自己的話，「大單于問，剛才那位年輕的衛兵不錯，為什麼換了一個老人？」

房大業走到「鎮北將軍」身後，說：「閒聊的時候用年輕人，真談的時候要換老人。」

金垂朵的匈奴話其實很笨拙，可大單于能聽懂，在腿上拍了一下，大聲說了幾句。

「大單于很高興，他說閣下一看就是久經沙場的老將，值得信任。」

房大業微微躬身致意。

金垂朵站到大單于身後，心中惴惴不安，大單于信任她，認她當女兒，和談時只能帶一名隨從，選擇的是她，而不是那些精通兩族語言的親信。

可她卻幫著外人欺騙了大單于。沒辦法，她的兩個哥哥已經死心塌地不想當匈奴人，只要一有機會就想回楚軍，而他們唯一的投靠對象就是鎮北將軍韓孺子。

金垂朵不想離開草原，若是早知道要在大單于面前替韓孺子圓謊，她會拒絕，或者不當通譯，從而置身事外，沒想到一進帳篷就看到大大的麻煩，她猶豫多次也沒挑明，為的是給兩個哥哥鋪條路。

而且，她相信韓孺子，那是冒著風險一路將他們送到草原的人，言出必行。

韓孺子也沒想到大單于帶進帳篷的人會是金垂朵。

他與張有才出發之前互換了裡面的衣甲，故意提前一會進入帳篷，迅速更換頭盔和披風，於是張有才變成了鎮北將軍，韓孺子則成為衛兵。張有才小聲嘀咕時，其實什麼也沒說，都是韓孺子自己回答，他離開之後，這個任務就交給了房大業。

帳篷外面的幾名楚軍士兵都來自部曲營，絕不會當著匈奴人的面多說一個字。

韓孺子獨騎南馳，路過一組組哨兵時，盡量保持距離，以免被人認出來。大雪幫了不少忙，哨兵們只多傳了一句話：「鎮北將軍信使回營。平安。」

楚軍大營裡派別眾多，韓孺子一時間彈壓不住，手裡也沒有明晰的證據，他希望自己不在的時候將領之間能暴發一場混亂，更希望自己能及時回去止住混亂，從而將北軍牢牢掌握在手中。

這是一個誰也無法準確預估的計畫，韓孺子只知道一件事，光是獨騎回營這件事本身，就能為自己爭得不少威望。

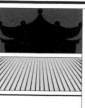

第一百八十四章 眾將奪印

「鎮北將軍信使回營。平安。」哨兵的喊聲遠遠傳來，速度比「信使」本人快得多，提前傳到中軍帳，卻沒有受到應有的重視。

帳內已經亂成一團。

張養浩、謝瑛、丁會各帶一名隨從闖進中軍帳，將東海王推了回來，張養浩厲聲道：「東海王，你想奪印造反，先過我這一關！」

東海王連退數步，怒道：「你胡說八道什麼？」心裡卻咯噔一聲，知道自己落入了陷阱，以張養浩等人的身份，沒資格守在中軍帳外，顯然是被柴智放進來的。

三名隨從將簾帷掀開，張養浩大聲道：「東海王，你聽說朝中有事，於是心生不軌，意欲奪取大司馬印，挾持北軍將士回京奪權，是也不是？」

帳外站著大量軍官、衛兵和隨從，聽到帳內的叫聲都吃了一驚，互相看了看，沒人敢出聲，更沒人敢動。

東海王怒極反笑，「你們幾個膽子不小啊，也不想想自己是什麼身份，我就算真要做什麼，輪得到你們插手干涉嗎？給我滾遠一點！」

東海王從小生活在勳貴圈子裡，有著皇孫、皇子的身份，又有崔家做靠山，向來無人敢惹，張養浩等人一直就懼怕他，已經成為本能，聽到喝斥，不由自主地一縮頭。

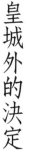

最後還是張養浩膽子更大一些，看了一眼帳內的柴智，從腰間拔刀出鞘，「東海王，你平時囂張跋扈也就算了，奪印造反卻是大逆不道……」

帳外突然響起一陣叫喊，數十名衛兵手持刀槍向中軍帳衝來，當先一人最為勇猛，一手舉刀、一手持盾大步向前，擋者披靡。

柴智向張養浩使了一個眼色。

就是這個眼色壞了事，張養浩是個賭徒，好幾次參與勳貴的陰謀，沒一次成功，挨了祖父不少打，自己的前途也越來越黯淡，要說這些失敗給了他什麼教訓，那就是察言觀色。

柴家人有冠軍侯支持，理應能夠大獲全勝，對這一點他不懷疑，可柴智用眼神而不是語言對他下令，卻是一個不祥之兆：必勝的柴家似乎需要一個替死鬼。

已經拔刀出鞘的張養浩沒有動手，反而裝出恐懼至極的樣子，後退一步，握刀的手臂不停顫抖。謝瑛與丁會當初也在河邊寨拋棄過東海王，一直在道歉，卻一直沒有得到原諒，他們的經驗不多，被張養浩說服之後，一心要將東海王除掉，根本沒看見柴智的眼神，拔刀衝過來，要當著眾將官的面動手殺人。

東海王下意識地舉起手臂，眼看著隨從離自己還有十幾步，斷然來不及相救。

噹的一聲，謝瑛的刀被格開了，呆呆的東海王被人一把拽走，堪堪躲過丁會的刀。關鍵時刻，中軍帳裡只有柴悅和孟娥出手相助，柴悅格開謝瑛的刀，孟娥拉開了東海王。

謝瑛、丁會只是粗通武藝，十六七歲的年紀，力氣也不大，卻有一股少年人的狠勁，一刀沒中，又揮刀衝上來，像瘋子似地亂砍。柴悅不擅刀劍，擋了兩刀就躲開了，東海王被孟娥揪著後脖領，腳步踉蹌，卻一直沒有摔倒，躲過一刀又一刀，險相環生，嚇得呆住了，甚至叫不出聲。

事情發生得太突然，中軍帳裡的眾將，無論希望東海王是生是死，都沒有做出反應。

張養浩提刀站在門口，尷尬萬分，再不出手，他連柴家人的支持也會失去，於是大吼一聲，邁步要來參戰，後腦突然遭到重重一擊，眼前一黑，撲通摔倒。

東海王的隨從終於衝進來，帳外的十幾名衛兵也沒能攔住他，隨從揮盾將張養浩擊倒，右手刀柄砸在丁會背上，大步上前，飛起一腳將謝瑛踹倒，來到主人面前，惡狠狠地盯著孟娥，像是在爭奪獵物的雄獅。

孟娥鬆開東海王，移步來到柴悅身邊，這才是她真正的保護目標。

帳外，東海王帶來的另外幾十名衛兵卻被攔住了，與一群北軍士兵糾纏在一起，雙方都沒有使出全力，因為誰也不知道事態接下來會如何發展。

東海王站在隨從身後，緊緊抓著他的腰帶，終於稍稍心安，不遠處的柴智反應卻比他更快，大聲下令：「東海王等人圖謀不軌，帳前武士，速速抓人！」

柴智身為軍正，執掌軍中律法，他的命令立刻得到執行。大量士兵湧來，將東海王帶來的數十名部曲營士兵團團圍住，只是對要不要進入中軍帳還有猶豫，這不是柴智所能決定的，需要掌印的北軍都尉親自下令，只有張養浩這樣的賭徒，才敢仗著勳貴子弟的身份闖帳。

劉昆升向後仰倒，雙臂張開，右腳蹬著書案，做出這個驚恐的姿態已經好一會了，一直沒有動彈。

東海王發現自己大大低估了柴智，情急之下，只能有招出招，一手仍然抓住隨從的腰帶，另一手掏出紙條，抖了幾下，大聲道：「我也有密令，鎮北將軍的密令！畫劍之令，還有誰接到了，給我站出來！」

帳外打成一團，帳內無人應聲，東海王一時間顯得很尷尬，緊接著是憤怒，難道真讓林坤山說對了，韓孺子只是虛張聲勢，騙自己為他賣命？

柴悅之前救下東海王，卻一直不做聲，這時大聲道：「我也有鎮北將軍密令，眾將，指揮你們守住碎鐵城的是鎮北將軍，柴智昨天才到，不能讓他奪權！」

「沒錯，奪權的是他！」東海王聲嘶力竭地喊道。

早在援兵到來之前，柴悅已經說服碎鐵城的一部分北軍將領支持自己和鎮北將軍，這些人就等柴悅的一句話，立刻站出來，帳內帳外都有，還帶動了一批士兵。

中軍帳內外一下子陷入更大的混亂，有人在戰鬥，有人在勸架，更多的人則不知所措，或退縮，或堅守崗位，傳令的哨兵仍然定時接受前方的信息，喊出「平安」兩字，雖然眼中所見的場景一點也不平安。

東海王見己方勢力增強，心中大安，韓孺子總算沒騙自己，於是鬆開隨從的腰帶，指著中軍帳最裡面的劉昆升，「快說你支持誰，要不然就交出大司馬印！」

兩派人突然全都明白過來，雙方都有隱藏的力量，結果勢均力敵，可不管如何號召，旁觀的中立者還是佔據了大多數，這些將士只聽一個人或者一件物品的命令——劉昆升和他手裡的大司馬印，他要麼開口下令、要麼交印，都能迅速結束混亂。

劉昆升不肯開口，也不肯交印，他接到過畫劍，可他很謹慎，不願意在這種時候表態，突然撲到書案上，緊緊抓住官印。

他的曖昧態度加深了混亂，也激起眾人的膽量，第一個衝上去的是柴智，怒喝道：「冠軍侯命我掌印！」東海王推著自己的隨從第二個參加爭奪，「大司馬印歸我！」

右將軍馮世禮和左將軍韓桐離北軍都尉最近，卻都晚了一步，互相看了一眼，也撲上去搶印，只是不知道自己究竟支持誰。

柴悅要上去幫忙，被孟娥阻止，她接到過命令，全力保護柴悅的安全，不要讓他涉險。

張養浩還暈著，謝瑛和丁會從地上爬起來，齊齊喊了一聲，衝進戰團，他們的目標不是官印，而是東海王，好在還有幾分清醒，怕傷著其他人，事先將手中的刀扔下。這兩人一參戰，中軍帳裡還有幾名將吏也不甘心置身事外，解下腰刀，赤手空拳地上前。

十餘人又叫又嚷，打得跟街頭無賴沒有兩樣。

帳外的情形好不到哪去，本來是旁觀者多，可帳內的將軍們不守規矩，士兵們也被激起鬥志紛紛參戰。他們沒有明確的立場，平時跟誰關係好就幫誰，看誰不順眼就揍誰……

柴悅目瞪口呆，想不到事情會變成這樣，他還以為鎮北將軍神機妙算，早把事情安排好了，他只需要配合就行。

事已至此，柴悅沒有別的選擇，孟娥不讓他參與奪印，他也不想加入書案上的混戰，於是邁步走出中軍帳，命令眾將士住手，可是手中沒有大司馬印，只有少數人肯聽他的話，挨打之後馬上還手。

「平安！」傳遞消息的哨兵最為盡忠職守，一聲不落地叫喊，只是臉上的神情一點也不「平安」。

柴悅無力阻止混亂，轉身向嶺南望去，中軍帳建在最高處，這裡的混亂，下面看得清清楚楚，一隊隊士兵暫時沒有異動。可這樣的安靜維持不了多久，大敵當前，主將先亂，會給整個楚軍帶來致命的影響。

柴悅對鎮北將軍安排給自己的衛兵並不瞭解，但是相信這個人能幫自己，轉身道：「必須奪下大司馬印，要不然……」

「我拿到了！」中軍帳裡響起一個興奮的聲音，東海王大步走出來，手裡舉著官印。真正立功的不是他，而是那名隨從，在一群奪印者當中，只有他練過高深的武功，在貼身肉搏中佔據上風。

「住手，所有人聽我命令！大司馬印在我手中！」東海王興奮地大叫，在韓孺子兩次奪印之後，他也終於做到了一次，而且更加成功，奪到的是北軍大司馬印。

帳外的混亂的確停止了一會，所有人都向中軍帳望了一眼，看到舉印者是東海王，他們重新開戰。

東海王臉上的笑容僵住了，不明白自己哪裡出錯，奪印之後卻沒有奪到權力。

軍正柴智搖搖晃晃地走出來，經過東海王身邊，撲通倒下，後心不知被誰刺了一刀，汩汩冒血。

他的死亡，引起了大亂。

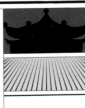

第一百八十五章 離開與到達

北軍將領的桀驁不馴是有名的，他們之間，身份地位、交情義氣都比軍法重要，身為執法軍正的柴智，人緣相當不錯，利用手中的權力，贏得大批將官的歡心與追隨。

這些交情用來號召奪印還差了一點，引發同情與憤慨卻足夠了。

如今，他在中軍帳前倒下，背上的鮮血在飄飄雪花的映襯下極為醒目，旁邊站著東海王，手舉大司馬印、心中困惑，臉上卻還殘留著剛奪印時的興奮與喜悅。

「柴軍正遇害了！」有人叫道，一聲聲傳下去，中軍帳前的混戰再度停止，眾人慢慢聚攏，看著那具屍體。

東海王突然醒悟，自己是在引火燒身，急忙放下手臂，後退兩步，「他不是我殺的，我連刀都沒有。」

然後他想起來，殺人者必在中軍帳內，自己身後，於是轉身又退後兩步，「誰是兇手，趕快站出來！」

「東海王殺死了柴軍正！」一名軍官大聲喝道，他眼中所看到的一切，都在表明這件事實，至於東海王的辯解，他沒聽進去，更不會相信。

「是東海王！」更多的聲音喊道，人群慢慢逼近，這畢竟是韓氏諸侯王，眾人還沒決定該怎麼做，只是互相影響，一步步前行。

「我殺的人，與東海王無關！」一人從中軍帳裡走出來，手中握著匕首，上面還沾著血跡。

東海王大吃一驚，低聲道：「怎麼是你？我還沒下令……」

東海王的隨從小聲說：「請殿下退到一邊，遠離險地。」

不用他說，東海王一直在後退，心裡也很明白，自己能奪得大司馬印，全靠隨從的幫助，可他還是心生埋怨：沒有更好的奪印辦法嗎？非得殺死柴智？為什麼隨從會如此愚蠢？

一名隨從激不起眾將士的敬畏，數十人加快腳步，揮舞著手中的刀槍，衝向目標。

東海王眼睜睜看著凶惡的將士從身邊經過，眼睜睜看著隨從只憑一柄匕首以一敵多，東海王有心持印下令，又擔心命令沒人聽從。兩雙手臂突然一左一右將他架起來，東海王大驚失色，正要掙扎呼救，耳邊有人道：「東海王，跟我們走，此地不宜久留。」

架他的人是兩名部曲士兵，而且是林坤山的人，專門來保護他的安全，之前被士兵攔住，沒能與隨從一塊衝進中軍帳。

東海王也埋怨他們，按照原計畫，部曲營裡的這些「好漢」本應一擁而上，與隨從一塊進入中軍帳，助他奪印並控制帳內全體將吏，結果卻被張養浩等人搶先一步，東海王來不及下令，好漢們一猶豫，失去了先機。

東海王總算保持著一絲理智，沒有真的開口埋怨，與數十名部曲營士兵匯合，倉皇上馬，向中軍帳望去，自己的隨從正奮力戰鬥，可是寡不敵眾，處於明顯的下風，身上已經中招，鮮血遍體。

這是一位武功高強而又忠誠的隨從，東海王心生遺憾，可他不記得隨從的姓名，更擔心另一件事：回京之後怎麼向母親交待？

其他重要將領都被攔在中軍帳內，只有柴悅提前出來，這時匆匆跑向東海王，叫道，「官印！官印留下！」

東海王這才反應過來，大司馬印還在自己手中，眾將士急著為柴智報仇，把它給忘了。

中軍帳前的混亂似乎傳到了河對岸，那裡明顯發生了騷動，哨兵按時喊「平安」，聲音卻有些不同尋常。

東海王看了看對岸，又看了看跑來的柴悅，喊了一聲「駕」，驅馬前行，將官印收入懷中。他不能留在這裡，將士們殺死隨從之後，很可能會將矛頭轉向他，即使他們不敢殺王，也會將他囚禁，東海王受不了這種羞辱，他相信自己肩負著更重要的使命。

東海王帶著數十名部曲士兵馳下山嶺，向碎鐵城跑去，在他們的右手邊，相隔不過幾十步，排列著大量的器械與士兵，混亂暫時還沒有傳播到這裡，可士兵們正在交頭接耳，互相詢問。

楚軍即將大亂，東海王得出這樣的結論，策馬跑得更快。他並未進入碎鐵城，在南門外遇見了林坤山，望氣者正在這裡觀望形勢，看到驚慌歸來的東海王，不免大吃一驚。

「怎麼回事？」

「別說了，計畫有變，即刻回京，這就出發，一刻也不耽擱。」東海王望向南方的官道，恨不得插翅飛行。

「鎮北將軍……」

「他完蛋了，就算回來也是個死。根本沒有那麼多人支持他，匈奴人不殺他，北軍也會。林坤山，你到底站在誰那邊？」

林坤山翻身上馬，「當然是東海王，但是別急，此去神雄關距離遙遠，大雪封堵，路不好走，得帶夠給養。」

「山口有北軍新建的營地，那裡能得到給養。」東海王心裡早有了成形的計畫，向西望去，無人傳令，嶺下的大軍卻開始移動，向中軍帳聚集，在他看來這更是不祥之兆。

他失敗了，韓孺子也失敗了，可他還有機會，能夠盡快返回京城參與奪位，或許可以先去投奔舅舅，在南軍的簇擁下返京。東海王摸了一下懷中的大司馬印，突然發現自己並沒有一敗塗地，甚至還立了一功：沒有此印，北軍必然陷入大亂，再不是南軍的掣肘。

「駕！」東海王當先進入官道，向南奔馳，一心只想快些離開是非之地。

他忘了以命護主的隨從，忘了正與匈奴人和談的韓孺子，忘了混亂的北軍，甚至忘了身後的林坤山以及數十名隨從，他只想跑得更快一些、再快一些。

東海王逃離中軍帳的時候，北岸發生了一陣騷動。按照約定，北岸有一萬名楚軍，一部分充當哨兵，剩下的分為五隊，如有萬一狀況，四隊用來迎戰匈奴人，中間一隊的職責只有一個：以最快的速度衝向和談地點，救下鎮北將軍。

這一隊的將官是蔡興海，手下的士兵不多，只有五百人，個個都是精兵，而且值得信任。一半來自部曲營，另一半則是蔡興海親自挑選的北軍將士。

蔡興海曾在北軍掛職為督軍，很擅長結朋交友，在森嚴的皇宮裡，以賤役的身份尚且能成為「苦命人」的重要一員，進入北軍之後，很快就融入進去，甚至能帶著一批人進城救助當時的倦侯。他自知今天的任務極為重要，帶著五百人盡可能靠前，直到與第一撥匈奴哨兵在雪中互相能夠望見為止，距離大河四五里遠，他自己又前行半里左右。

中軍帳內外的混亂一直沒有傳到這裡。

楚軍哨兵已經傳信說鎮北將軍的信使正在趕回，因此望見雪中一騎馳來，蔡興海並不意外，只是緊緊盯住來者，希望聽到一句「將軍平安」，這比哨兵定時傳來的「平安」更具說服力。

韓孺子低著頭，直接馳到蔡興海面前，勒住韁繩，抬頭小聲道：「別出聲。」

蔡興海險些從馬上跌落，很快反應過來，又驚又喜，急忙點頭。

「讓大家退後二里，然後再告訴他們我回來了。」

「是。」蔡興海調轉馬頭，盡量抑制心中的興奮，以正常的速度回到隊伍前，傳令退後。

不遠處的三名匈奴哨兵看到了這一切，鬆了口氣，與一隊楚軍相隔如此之近，實在讓他們感到緊張。

韓孺子跟在後面，逐漸加快速度，在兩里以外與隊伍匯合。

鎮北將軍竟然獨騎返回，所有人都既吃驚又高興，可是已經得到蔡興海的命令，不敢表露情緒。附近沒有匈奴人，只有楚軍哨兵，他們應該不會多事，韓孺子立刻命令幾名士兵去打探南岸的情況，他獨騎返回是要平定混亂的，如果一切太平，他就得執行另一套計畫。

士兵很快返回。

南岸中軍帳不僅混亂，而且是一場大混亂，隨時都可能失控，蔓延至全體楚軍。

韓孺子稍稍安心，與此同時還感到悲哀，他料到了混亂，卻無力提前阻止，只能採取出人意料的辦法，接下來才是真正的考驗，他可預料不到混亂的程度，更預料不到自己的聲望是否足以平定混亂。

韓孺子帶著蔡興海的五百人向大河疾馳，南岸的叫喊聲越來越清晰，過河的時候，他已經能看見中軍帳前的混戰。更多的士兵看到了鎮北將軍。

韓孺子摘下普通士兵的頭盔，身後沒有將旗，但是有五百名將士的追隨與襯托，即使是沒見過鎮北將軍的人，也幾乎在一瞬間認出了他，甚至不用向同伴詢問。

南岸距離中軍帳最近的一些士兵已有些亂相，他們想知道嶺上的將領們是不是正在互相殘殺？楚軍還有沒有統帥？

鎮北將軍的出現立刻阻止了混亂的萌芽，他就是統帥，沒人懷疑。

韓孺子沒有停留，他知道，如果想迅速制止混亂，他必須以最快的速度直達混亂的核心，這樣的做法有點冒險，但是值得。

嶺上的將士還沒有發現鎮北將軍的回歸，正在惡言爭吵、刀槍相向，指責對方是混亂的始作俑者，各種關於陰謀的猜測層出不窮。

蔡興海帶領一隊騎兵衝進人群，強行將大家分開，並闢出一條直達中軍帳前的通道。韓孺子騎馬前行，終於，帳前所有人都看到他，意外、惶恐、驚喜、猜疑……每個人都有不同的情緒，但他們終究停止了爭吵，全都安靜下來。

安靜並不是屈服，鎮北將軍只要一句話說錯、一道命令不對，都可能重新引發混亂，而且是再也無法平定的混亂。

三具屍體擺在帳前，一具是軍正柴智，一具是東海王的隨從，一具是某名軍官，雖然寡不敵眾，無名隨從最後還是抓了一名陪死者。

韓孺子跳下馬，發現事態比他想像得要嚴重，柴智該死，死得卻非常不是時候。

他向四周掃了一眼，沒看到東海王的身影。

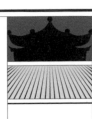

第一百八十六章 同仇敵愾

韓孺子從來沒有如此緊張過，周圍的人成千上萬，卻都敵我難料，他們可能成為最強大的助力，也可能突然舉起刀槍殺過來，決定一切的關鍵或許只是一句話、一個動作、一個聲音、一片雪花……

韓孺子看著地上的三具屍體，不知道第一句話該說什麼。

中軍帳內，十幾名將領慢慢走出來，他們之前害怕受到復仇者的波及，全都躲在最裡面，直到這時才敢露面。

北軍都尉劉昆升總在猶豫不決，與鎮北將軍對視的一瞬間，他跪下了，這是第二次了，少年在最為意想不到的時候出現。其他將領也都跪下，即使此前支持柴智的幾個人也不例外。

韓孺子坦然接受他們的跪拜，沒像平時那樣請他們起身，他轉過身，解下披風，接著開始脫身上的甲衣，蔡興海早已跳下馬，守在一邊，這時趨步上前，幫助鎮北將軍解甲。

韓孺子動作比較慢，誰也不知道他在做什麼，劉昆升等人抬頭看了一眼他的背影，又都急忙垂下頭。

柴悅帶著一批人跑過來，在鎮北將軍兩邊跪下，韓孺子還是不說話，也不請眾將起身，繼續一件件地解脫甲衣。

周圍的普通將士先是莫名其妙，漸漸地感受到恐慌，中軍帳前擅動刀槍已屬死罪，大敵當前擾亂軍心，更是罪不可赦。

「是東海王……」有人高聲喊道，想為自己的行為辯解，話說出一半就閉上嘴，心中更加恐慌。

韓孺子也不知道自己在做什麼，只是想吸引注意並拖延時間，等他脫下全部外甲，身上只剩棉衣，張開雙臂，正要開口說話時，附近突然響起一個聲音：「平、平安！」

帳前哨兵仍在盡忠職守，對岸的聲音不太響亮，到他這裡與中軍帳近在咫尺，聲音顯得十分突兀，喊完之後，他挺起胸膛，目不斜視地望向半空。

他這一聲的影響遠遠超出自己的想像，籠罩在中軍帳前眾將士頭上的恐慌因此大為減弱，終於有人喊出來：「東海王的隨從殺死了柴軍正！」「我們在報仇！」

韓孺子揮手，命令蔡興海手下的士兵後退，這樣一來他就與鬧事的將士直接面對。他前行數步，離眾人更近，柴悅、蔡興海等人都吃了一驚，未接暗示，不敢跟上去，只有孟娥以普通士兵的身份緊隨其後。

「我們只想報仇……」一名離鎮北將軍最近的軍官緊張地說。

「我在這。」韓孺子一直走到此人的五步之內才停下，「沒有盔甲、沒有刀劍，你想報仇，出手吧。」

軍官更緊張了，急忙搖頭，「是東海王……」這時發現自己手裡竟然握著刀，急忙拋在地上，「是東海王的隨從……」

「東海王是我的弟弟。」韓孺子寧可自己說出這個事實，也不想待會被別人捅出來，他抬高聲音，「這裡還有多少韓氏子孫？」

一些人羞愧地低下頭，北軍當中的確有不少宗室子弟，地位最高的是左將軍韓桐，此刻也與其他將領一樣，跪在中軍帳門前，身邊就是三具屍體。

「還有多少人是皇親國戚？是勳貴後代？」

更多人低頭，北軍的勳貴子弟本來就多，中軍帳前尤其眾多，無不與宗室沾親帶故。光憑這些話可止不住眾人心中的不滿，韓孺子終於想到了辦法，只有一件事能令眾將士暫時放棄紛爭與矛盾，那就是同仇敵愾。

韓孺子指向北方，雪花仍在飄揚，視線受阻，遠方因此更顯神秘。

「十萬匈奴人就在對面嚴陣以待，另有十萬匈奴人已經殺到馬邑城，只待大單于一聲令下就要攻城，還有更多匈奴人藏在北方，隨時南下支援。」韓孺子將進攻馬邑城的匈奴人數量翻了一倍，兩個「十萬」比較順口，更具威懾力。

果不其然，聽到這番話之後，所有人無不大驚。眾將敢於鬧事，最重要的原因就是對岸有一個現成的「大功」，如果匈奴人比預料得更加強大，楚軍沒有必勝的把握，他們剛才的所作所為就不是「胡鬧」，而是「重罪」了。

「你們是大楚的將士、大楚的精英，強敵當前，不戰自亂，有何面目返回關內？」韓孺子走進人群中，眾將士紛紛讓開，拋下手中的兵器。

韓孺子走到最高處，望著北方說道：「東西匈奴已經合併，楚軍卻要分裂，諸君縱不在乎大楚存亡，難道連自己的性命也當成兒戲嗎？」

這話說得稍有些重了，周圍的將士大都出身勳貴之家，最怕的不是軍法，而是與「不忠」沾邊，越來越多的人跪下，最後所有人跪成一片，紛紛叫嚷著請戰。

韓孺子心中稍安，大步走到中軍帳前，第一道命令是將三具屍體送進帳內，然後讓所有高級將領在他身邊圍成一圈，就在眾人面前商議軍務。

柴悅直到這時才有機會提醒鎮北將軍，大司馬印被東海王帶走了。

「印不重要。」韓孺子必須淡化這件事的影響，否則的話，有可能引發另一場混亂，他甚至沒有立刻派人去追東海王，真視大司馬印為無物，「劉都尉繼續執掌北軍。」

劉昆升羞愧難當，「劉某無能，不堪大任。」說罷又要跪下。

韓孺子這回阻止他下跪，「許你戴罪立功。集結全軍、採取守勢，沒有我的命令，不准渡河。」

一名將領驚訝地問：「不和匈奴人作戰了嗎？」

「起碼今天不能作戰。」韓孺子剛剛消除混亂，楚軍的穩定還很脆弱，這種時候根本不可能與匈奴人一戰，「馮右將軍、桐左將軍輔佐劉都尉，護送中軍帳退回碎鐵城，柴將軍留在前線……」

韓孺子接連下達數道命令，最後道：「我還要回去與大單于談判。」

這個決定比鎮北將軍獨騎回營還要令眾人意外與驚訝。

「鎮北將軍，萬萬不可……」劉昆升等人可不希望鎮北將軍這時候離開，他們幾個都沒信心掌控全軍。

韓孺子揮手阻止他們的勸說，「你們有你們的職責，我有我的，無論談判中發生什麼，無論我能不能回來，楚軍今日絕不可渡河，明白嗎？」

劉昆升等面面相覷，好一會才點頭應允。

由於丟失了大司馬印，劉昆升與左右將軍只好親自去傳令。韓孺子留下柴悅，低聲道：「盡可能多要士兵留守前線，這是你的職責。」

柴悅點頭，心裡還是不放心，「鎮北將軍真要回去繼續和談？」

「將領不和，上下離心，你覺得這一仗還能打嗎？」

柴悅不語，來了五萬援兵之後，楚軍的戰鬥力反而下降，的確不適合發起進攻。

蔡興海一直留在旁邊，上前道：「我送鎮北將軍回去……」

韓孺子搖頭，「必須是我一個人。蔡興海，你立刻帶一百人前往神雄關，給大將軍寫信，提醒他馬邑城危險，還有，如果可能的話，把東海王勸回來。」

蔡興海領命離去，韓孺子又對柴悅說：「對岸就是匈奴大軍，楚軍此刻沒有大司馬印，也沒有真正的統帥，你已經證明自己的能力，接下來得爭取自己的地位。」

「我？」柴悅心中惴惴不安。

「如果我回不來，楚軍需要一位大將，如果我平安回來，我需要一位得力的幫手。柴悅，你想建功立業、封侯拜相，沒有比現在更好的機會了。」

柴悅面紅耳赤，不知說什麼才好。

韓孺子招手，命人將自己的坐騎牽過來，翻身上馬，看了一眼孟娥，衝她點點頭，緩緩駛向河曲。

眾將士已經聽說鎮北將軍還要回去與匈奴人和談，全都感到不解，慢慢地有人給出了解釋：「楚軍內亂，不足與匈奴人一戰，鎮北將軍為了保住楚軍將士，不得不去和談，以牽制匈奴人。」

這個解釋說服了許多人，也讓許多人感到羞愧難當。

柴悅呆呆站了一會，孟娥上前道：「柴將軍。」

柴悅猛然醒悟，揮手叫來碎鐵城的一群將官，向他們佈置任務，「匈奴人對鎮北將軍的態度，取決於楚軍的強弱，楚軍要撤回南岸，整頓再戰，就像之前的兩戰一樣。」

柴悅稍稍修改了鎮北將軍的說法，不提楚軍內亂，不提實力稍遜，更不提退回自守，他敬佩鎮北將軍，但是對於如何指揮軍隊，他有自己的想法。

在柴悅的命令中，前方一萬楚軍的退回更像是蓄勢待發。然後，他帶著十餘名將官走向劉昆升等人，他們的動作比較慢一些，正在指揮衛兵抬出屍體，拆解中軍帳。

柴悅走到劉昆升面前，拱手道：「中軍帳回城，請將北軍將士留在前線。」

「全部？」劉昆升吃驚地問。

「是。」

「鎮北將軍說得很清楚，今天不渡河。」右將軍馮世禮道。

「正因為今天不渡河，才要做出開戰的架勢，令匈奴人不敢輕舉妄動，我要立刻將木橋全部架好，全軍向河邊集結。」

劉昆升目瞪口呆，「你這不是……不是逼著匈奴人對鎮北將軍出手嗎？」

「不然，匈奴人提出和談，是因為覺得楚軍強大，所以，越是示弱，對鎮北將軍越不利。」

劉昆升啞口無言，馮世禮和韓桐打量柴悅，不明白這位年輕的勳貴為何突然強硬起來。

「鎮北將軍任命我掌管前線。」柴悅道。

馮世禮哼了一聲，正要開口，劉昆升道：「就按柴將軍說的來。」

劉昆升意識到，自己並不是鎮北將軍的親信，也沒有能力指揮全軍，將權力「讓」給柴悅，或許是更好的選擇。

剛剛經歷過一場混亂，左右將軍都不想反抗北軍都尉。帳篷還在拆卸，柴悅護送北軍都尉和左右將軍提前回城，一路上向嶺下的各營將領傳令，讓他們聽從將軍柴悅的命令。

劉昆升成為活著的大司馬印。

河對岸，脫掉盔甲的韓孺子正策馬疾馳，以更快的速度返回和談帳篷。

匈奴哨兵已經發現異常，一路傳話回去，很快得到無需理會的命令，在大單于看來，這正是鎮北將軍「退兵承諾」的體現。

韓孺子順利回到原處，卻不能立刻進帳，一名匈奴人進去請示，得到大單于的許可之後，才讓這名奇怪的衛兵進去。

帳內，大單于和房大業也都脫去甲衣，正在把酒言歡。

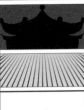

第一百八十七章 遙遠的西方

金垂朵的匈奴語不足以應對所有對話，一旦偏離既定的和談內容，開始隨意聊天的時候，金垂朵的翻譯更加笨拙。房大業的匈奴語比她還要好些，他在邊疆從軍數十年，戰時與匈奴人打過仗，和平時也與匈奴人有過來往，甚至結交過朋友。

大單于首先提起了往事，他問老將軍是否參與過幾十年前那場著名的馬邑城大戰，房大業點頭，那是武帝早期的戰爭，就是在那一戰之後，大楚由守轉攻，連戰連勝，最終迫使匈奴人分裂為東西兩部。

在那一戰中，雙方兵馬眾多，而且互不服氣，大戰持續了整整半個月，戰場逐漸向北方的開闊之地延伸，匈奴人想將楚軍引入更利於騎兵作戰的地方，楚軍氣勢正旺，真的緊隨其後進入草原。

雙方鋒芒畢露，最後是楚軍更勝一籌，匈奴人輸得心服口服。

大單于當時還是王子，房大業則只是一名普通小校，手下管著五十名士兵，都不是戰爭中的重要角色，但是回想起自己的戎馬生涯，都對那一戰的印象最為深刻。

「大將軍鄧遼用兵如神，他說往哪去，我們就往哪拚命地追，過一段時間之後，總能撞上逃跑的匈奴人，那是我第一次在戰場上立功……」

「匈奴人不是逃跑，引誘敵人追趕，等敵人疲憊的時候轉身再戰，這是我們一貫的打法。」

「大將軍看穿了你們的把戲，緊隨不捨，根本不給你們轉身的機會。」

兩人說著說著，用匈奴語吵了起來。帳篷裡有一張桌子，上面擺放著一些杯壺碗碟，兩人就在上面規劃地圖，重現當年的戰場，一個力證楚軍大獲全勝，一個想說明匈奴人倖存者眾多，不算慘敗。

金垂朵一句話也插不上，只能與對面的「鎮北將軍」面面相覷。

「他聽不懂我們的話？」

金垂朵冷著臉點下頭。

「我叫張有才，是倦侯的貼身隨從。」張有才笑道，「咱們其實見過面，一塊北上的時候，我就在軍中，金小姐平時不怎麼露面，有一次我去送……」

「我記得你。」金垂朵說。

「金小姐的兩位哥哥還好吧？兩國交戰，倦侯不能對他們有特殊照顧。」

「嗯，他們很好。」

「蜻蜓呢？我跟她見面的次數多一些。」

「她也很好，我們失散過一段時間……我想咱們還是不要說話了。」

張有才閉上嘴，偶爾衝金垂朵笑一下。

「拿酒來！」大單于吼道，絲毫沒有憤怒之意，反而很興奮。

不知怎麼回事，兩位老人由爭執不下，變成了互訴衷腸。

金垂朵出帳，張有才也差點起身跟出去，突然想起自己是鎮北將軍，及時坐穩，房大業走到帳篷門口，衝楚軍士兵喊道：「拿酒來，讓匈奴人嘗嘗楚地的烈酒！」

塞外的士兵通常都會隨身帶酒，當解渴的水喝，兩名士兵送來幾囊酒，大單于和房大業邊喝邊談，越來越投機，將金垂朵與「鎮北將軍」完全忘在了腦後。

張有才終於覺察到不對勁，「大單于……是不是認出我的身份了？」

金垂朵也只能得出同樣的結論，自從真正的鎮北將軍離開之後，大單于就沒再提起過和談的事情，一想到自己的背叛行為已被看穿，金垂朵臉紅了。

大單于扭頭對金垂朵說了幾句，然後又與房大業舉囊喝酒。

「他說什麼？」張有才問。

「房老將軍當年可能在戰場上追殺過大單于。」

「那他還這麼高興？」張有才很難理解。

金垂朵也理解不了，相逢一笑泯恩仇的事情她聽說過，可匈奴人與楚軍正在對峙，離「泯恩仇」差遠了。

各自喝了半囊酒之後，兩位老人的交談開始沒那麼起勁了，大單于在嚴肅地講述什麼，房大業傾聽，時不時點頭。

「大單于又說了什麼？」張有才問。

「他說……我也聽不太懂，等他回來再說吧。」金垂朵話中的兩個「他」分別指不同的人。

大單于說完了，又開始與房大業喝酒閒聊。

時間一點點過去，張有才確定自己無疑已被看穿，卻不知道該怎麼辦才好，只能盼望主人快點回來，對面的金垂朵反而比他鎮定，站在那裡一聲不吭。

當一名匈奴人衛兵進來通報說有一名楚軍士兵回來時，張有才差點跳起來歡呼。

韓孺子走進帳篷，身上沒有甲衣，頭上也沒有盔帽，像是遇難之後逃出來的倖存者，張有才騰地站起身，總算管住了自己的嘴，沒有多問。

大單于費力地站起來，緩步走來，對這名楚軍「小兵」說了幾句，金垂朵臉更紅了，譯道：「大單于說，看來你一切順利，今天就談到這吧，他很高興，認為以後可以繼續談下去。」

韓孺子一愣，「他認出我了？」

「大概早就認出來了，我說過，大單于要看人，不是聽話。」

韓孺子微鞠一躬，「請妳代我向大單于道歉。」

金垂朵說了一句，大單于笑著回了幾句，向韓孺子點頭，走出帳篷，金垂朵道：「匈奴與楚人建立互信不容易，總得有一方先表示善意，大單于願意由他開始。」

金垂朵也走出帳篷，心懷愧疚。

房大業上前道：「大單于跟我說了一些事情，鎮北將軍打算現在聽，還是回營再說？」

「回營。」韓孺子對這裡發生的事情有點迷惑，但他必須先解決楚軍的問題。

回到南岸時，天已經擦黑，韓孺子大半天的時間都花在了路上，心中沒有一刻安寧，他成功平定了混亂，可這份成功搖搖欲墜，隨時都可能崩潰，而他根本沒辦法提前預防。

柴悅給了他一個驚喜。

鎮北將軍的囑託，以及同父異母兄長柴智的死亡，終於讓柴悅下定了決心。他明白，無論事實怎樣，在柴家人眼裡，柴悅已是徹底的叛徒，站在了柴家仇人的一邊，除了追隨鎮北將軍，他已經沒有別的路可走。

八萬多名楚軍絕大部分都被他留在了前線，沒有大司馬印，柴悅就親自前往各營傳令，人數雖多，他卻調派得絲毫不亂，跟隨其後的將吏誰也挑不出錯。

之前守衛的兩萬多北軍早已被他折服，他們對柴悅的幫助最大，受到同袍的影響，新來的五萬北軍也接受了這位年輕的將軍，暫時忘記中軍帳前的混亂與死亡。

鎮北將軍安全返回，仗不用打了，柴悅仍然親力親為，安排大軍或駐守、或回營，忙得馬不停蹄，只來得及與鎮北將軍遠遠地打聲招呼。

韓孺子需要這樣的將軍，他沒有回城，就在流沙城舊址上搭起帳篷，與守衛前線的士兵連成一片。

需要他解決的事情也不少，第一件就是要任命一名新軍正，他還不能在北軍裡隨意安排自己的親信，派人去向城內的北軍都尉詢問意見，劉昆升、韓桐、馮世禮三人立刻騎馬趕來，一番謙讓之後，他們推薦了一位北軍老將暫領軍正之職，待朝廷批准。

新軍正與三位將軍一道，連夜審問張養浩等人，以弄清中軍帳的混亂究竟是怎麼回事，這是一件極為艱巨的任務，既要讓眾將士信服，又不能牽連太廣，對劉昆升來說，這卻比排兵布陣更容易一些。

一切安排下去已是後半夜，韓孺子睡不著，請來房大業，問他大單于都說了什麼。

對戰爭的回憶房大業一語帶過，他轉述了一件匪夷所思的事情，就是這件事，導致西匈奴人東歸，而且希望與大楚和談。

西方並非荒野一片，也有眾多國家與人民，西匈奴人佔據了一塊肥沃的草場，以此為根基，向四方擴展。尤其是南方、西方諸國，匈奴騎兵深入數千里，先後擊敗幾十個國家，迫使各國稱臣納貢，日子過得相當不錯，早已無意東歸與楚軍爭雄。

大概在十年前，某個小國裡的一群奴隸造反，匈奴人沒當回事，只派出少量騎兵前去助剿，結果卻出乎所有人的意料，奴隸勝利了，擊殺了所有匈奴騎兵以及該國的王公貴族。

獲勝的奴隸向鄰國擴張，接連獲勝，大單于卻沒有及時給予重視。之前的勝利來得太輕鬆了，以至於匈奴人普遍輕視西方各國，更別說是一群無名無姓的奴隸。

可就是這些奴隸攻城掠地，勢力迅速膨脹，他們不像匈奴人那樣只要求稱臣納貢，而是直接佔領城市，上至王公下至百姓，只有兩個選擇：要麼加入軍隊，要麼接受奴役。

幾乎所有國家都選擇前者。

最奇怪的是，這群奴隸自稱匈奴人，據說是更早以前西遷的匈奴人後代，他們的語言確實與匈奴語很相似。一開始，這些奴隸對北方的匈奴人很客氣，願意奉匈奴為宗主，將死亡的匈奴騎兵送回，還賠償了大量金銀。

大單于接受了金銀。這讓他後悔至今，他冷眼旁觀周圍各國的戰爭，打算選擇一個最為恰當的時機一舉剿滅這群奴隸，結果更讓他悔恨莫及。只用了五年，奴隸軍隊征服了大多數國家，開始向宗主挑戰，但他們已不只是奴隸的軍隊，也不是林立的小國，而是一支擁有騎兵、步兵、車兵等軍種的龐大軍隊。

西匈奴迎戰，連敗三場，終於明白，他們面對的敵人已經不是從前的軟弱小國。

大單于率領族人東遷，只要一停下，敵人就會追蹤而來，又用了五年，西匈奴人回到故地，與大楚接壤，順便收服了東匈奴。

整個過程的確匪夷所思，韓孺子很難相信，房大業卻傾向於認為大單于說的是實話，「那群奴隸自稱匈奴人後代，他們的首領號稱『神鬼所立眾生所敬萬王所拜大單于』，大家都稱他『神鬼單于』。」

原來西方所謂的「鬧鬼」是這麼回事，韓孺子覺得有必要再見一次大單于，他在意的不是遠在西方的威脅，而是眼前的局勢。

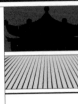

第一百八十八章　左右為難

張養浩將「屢賭屢敗」的原因歸結為運氣不好，賭徒都有過類似的經歷，雖然嘴上發誓立刻戒賭，心裡卻希望再來一次。總想著倒霉了這麼久，萬一就要轉運了呢？可賭徒終有輸得精光的時候，張養浩也走到了這一步，再也沒機會下注了。

北軍都尉等幾名將領連夜審問相關人等，最後得出一致結論：張養浩、謝瑛、丁會三人與東海王早有嫌隙，為報私仇挾兵闖帳，死罪，與他人無涉；東海王的隨從護主殺將，已伏誅，也與他人無涉；東海王奪印逃亡，派人追討，並上奏朝廷。

總之有罪的活人就是張養浩等三人以及他們的隨從。

至於東海王等人高喊的「畫劍之令」，誰也沒見過送令者本人，也就無法與鎮北將軍連在一起，與冠軍侯一晃而過的密令一樣，都被略過不提。

說是死罪，動貴子弟卻享有特權，不能立刻斬首，需要上報朝廷。很多時候，他們可以用自己或者父兄的爵位贖罪，因此張養浩等人被關押起來，等候朝中降旨。其實宮中已經很久沒有批覆任何奏章了，但是規矩不能破。

韓孺子暫時也沒有精力處置這三人，他正面臨著左右為難的處境，需要一個兩全其美的解決辦法。值得他信任並重用的人只有兩個，一位是柴悅，一位是房大業，他們的意見卻正好相左。

「匈奴大單于值得信任，大批匈奴人冒雪東遷，證明西方的確發生了大事，我覺得可以繼續和談。」這是房大業的意見，與大單于喝的那頓酒，是多年來最舒暢的一次。

三人在帳中議事，韓孺子居中，房大業與柴悅一左一右，孟娥坐在角落，張有才端茶送水，除此之外再無旁人。

柴悅已成為楚軍實際上的統帥，自然要站在將士們一邊說話：「無論西方發生了什麼事，也不管匈奴人是否有誠意，八萬楚軍是來與匈奴人作戰的，這是他們前來碎鐵城的目的，也是功勞。軍中人人以為和談只是藉口，突然變虛為實，很多人難以接受，軍心會因此更加動蕩。」

北軍是碎鐵城楚軍的絕對主力，狀況卻極為尷尬，正式的北軍大司馬棄軍潛返京城，多日未有音訊；留守的北軍都尉劉昆升弄丟了官印，手持密令的軍正柴智不幸身亡……軍心一直不太穩定，同仇敵愾幾乎是唯一能讓他們服從指揮的理由，一旦失去匈奴人的威脅，韓孺子和柴悅都很難控制全軍，更不用說威望不足的劉昆升等人。

這正是讓韓孺子左右為難的地方。

房大業畢竟不是匈奴人的說客，他提出了兩種解決方案：「如果真想和談，就建議匈奴人調兵遣將，嚇一嚇楚軍，等到誰也不想開戰，和談水到渠成。如果不想和談，那就乾脆趁機渡河開戰，大單于看樣子很相信鎮北將軍，防備不會大嚴。」

嚇唬己方軍隊這種事，韓孺子不會做，柴悅更是反對，可是說到開戰，柴悅也有難處，「就算匈奴人沒有後援，想圍殲匈奴人也是不可能的，之前的作戰計畫完全不可行，八萬楚軍不能分散，必須集合在一起。匈奴人很可能會退卻，這樣就會變成邊追邊打。楚軍不怕匈奴人回頭迎戰，怕的是糧草不足。」

只是留在碎鐵城不動，糧草供應也維持不了幾天，一旦變成追擊戰，消耗還會更快，而匈奴人的打法向來是敵人一調頭他們就跟著追上來，很難擺脫。

韓孺子難以抉擇，只好召集更多將領，結果更亂，帶兵的將領都希望盡快開戰，消滅匈奴人好立大功；管理雜務的軍吏卻都表示擔心，認為糧草不足，一旦開戰，頂多維持三天，到時候戰鬥若不能結束，楚軍危矣。

爭論了一個時辰，帶兵將領逐漸佔據上風，信誓旦旦地聲稱一天就能擊潰匈奴人大軍，三天追擊結束，全軍退回碎鐵城，絕不給匈奴人反敗為勝的機會。

韓孺子被將領們說服了，北軍就像是一隻剛剛來到新主人身邊的猛犬，這時候若是得不到一點可口的食物，猛犬立刻就會暴怒。

對楚軍來說，對岸的匈奴人就是美食。幾十年來，楚軍從未敗過，之前不足三萬的楚軍尚能面對強敵守住碎鐵城，如今數量相當，勝利不在話下。

韓孺子傳令下去，全軍準備，次日天亮前吃飯，日出過河，直擊正北方的大單于營地。匈奴人若是迎戰，自然最好不過，若是逃跑，楚軍的戰術不是追擊，而是繼續北上，將綿長的匈奴人營地切斷。放過東躥者，轉而包圍西部的匈奴人，力爭一天就結束戰鬥，不再追擊。

柴悅之前做過詳細伺察，西部的匈奴騎兵數量最多，將其消滅，能夠極大地削弱匈奴人的實力。

這是一個目標小許多的作戰規劃，尤其是準備放過大單于等人，只求消滅西部大量的匈奴騎兵，整個過程比較簡單，也能為日後的戰鬥確立優勢。

柴悅等人去佈置任務，韓孺子將房大業留下，向他諮詢意見：「這一戰之後，大單于絕不會再與大楚和談了，值得嗎？」

房大業沉默了一會，沒有直接回答問題，而是講起一段往事，「武帝後期，東西匈奴尚未分裂，但是被打怕了，於是派使者向大楚稱臣，當時的大將軍鄧遼親自去匈奴人營中與大單于談判，取得了匈奴人的信任。過後沒幾天他率領大軍將匈奴人包圍，殲滅了至少五萬匈奴騎兵，逼得一部分匈奴人投降，再不敢提任何條件，另一部分匈奴人向西逃竄，至今方歸。」

「鄧大將軍覺得匈奴人太多，不好管制嗎？」韓孺子笑著說。

「嗯，但這不是我想說的。兵不厭詐，鎮北將軍，兵不厭詐，你在這裡擔心失信於人，沒準大單于正準備著來一場偷襲，擊潰楚軍，直搗神雄關。」

韓孺子並未表露出明顯的愧疚，可他心裡的確有些猶豫，這都瞞不過老將軍房大業，他站起身，說：「楚軍做得還不夠，請允許我以使者的身份即刻前往匈奴人營地，與大單于約定明日繼續和談，同時也觀察一下匈奴人的準備是否充分。我會留在匈奴人營中，派別人回來報信，若是約定明日午時之前和談，那就是可戰，若是約定午時之後，鎮北將軍就要謹慎了。」

韓孺子也站起身，驚訝地說：「老將軍怎可留在匈奴人營中？一旦開戰，大單于不會放過你的。」

「還是那句話，兵不厭詐，如果我一個人能讓匈奴人守備鬆懈，那就是賺大了。」

韓孺子還要說話，房大業道：「這裡沒有外人，鎮北將軍，對外你可以說苦勸了我三次，是我自己堅持要去匈奴人營地的，現在就不必浪費時間了，反正你總會同意的。」

韓孺子尷尬不已，最後只好說道：「失去房老將軍，對我來說損失更大。」

「我是軍人，不是謀士，出謀劃策並非我的專長，而且我未必就會死在匈奴人軍中，請鎮北將軍給我安排兩名膽大心細、值得信任的衛兵吧。」

韓孺子從營外叫來兩名部曲士兵，部曲營裡雖然出過叛徒，但都是半路加入的外人，河邊寨附近的那些漁民一直忠心耿耿，絲毫沒有叛意。

第一次做這種「兵不厭詐」的事情，韓孺子確實有點不太適應，回到帳篷裡來回踱步，瞥了一眼角落的孟娥，她一直都在，只是很少受人注意。

「妳會信任一個在戰鬥中使詐的人嗎？」韓孺子問道。

孟娥像木頭人一樣一動不動，尋思了一會才說：「我不知道，但是在我看來，你更像皇帝了。」

韓孺子笑了，人人都有左右為難的時候：沒能力的人不值得追隨與輔佐，有能力的人卻可能對追隨者忘恩負義。

但是每個人都得做出選擇，韓孺子選擇「兵不厭詐」，孟娥選擇相信眼前的少年。

「妳在擔心那位金姑娘嗎？」孟娥突然問。

韓孺子一愣，「金垂朵？不不……妳沒見過她吧？」

孟娥搖搖頭，「沒見過，有所耳聞，江山配美人，金姑娘據說是位美人，你想當皇帝，自然也要美人。」

韓孺子忍不住大笑，「還好，倦侯府中有一位美人，足以配得上大楚江山。」

孟娥垂下目光，看樣子不打算再問，但也沒有被說服。

韓孺子正色道：「京城肯定有事發生，而我被困在塞外，連爭奪帝位的資格都沒有，妳說我會在乎一位匈奴的『美人』嗎？明天，一切自見分曉。」

孟娥點了下頭，再未說話。

韓孺子走到帳篷門口，掀開簾帷向外望去，斜陽半落，大地上鋪著一層雪，門口的張有才和泥鰍正往手心哈氣，離得稍遠一些，身穿鐵甲的士兵在寒風中站立不動。

他無需對匈奴人負責，即使遠在西方的所謂「神鬼大單于」敢於進犯楚地，大楚也用不著非得與逃亡的匈奴人聯手。

他要對碎鐵城八萬楚軍負責，以後也需要這些楚軍將士的效忠與支持。

韓孺子抹去了心中最後一絲猶豫。

傍晚，跟隨房大業前往匈奴人營地的馬大回來了，「和談定於明日午時之前，還是原來那個地方。」

這是房大業給出的進攻信號。

第一百八十九章 打開城門

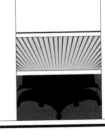

東海王歸心似箭，希望離身後的混亂越遠越好，他不得不承認，自己不適合亂中取勝，跟韓孺子比這種事情毫無意義，他更擅長廟堂之上的運籌帷幄。

身後有人大聲提醒，東海王茫然地抬頭向前望去，一名騎士從神雄關的方向迎面馳來，正揮動手臂，示意南下者暫停，「神雄關……鎮北將軍……」

東海王就聽到這兩個詞，拍馬加快速度，從騎士身邊掠過，誰也不能留下他，誰也不能。

馬匹不能一直跑下去，無論東海王如何催促，牠還是慢了下來，後面的人追上，林坤山長出一口氣，笑道：「東海王無需心焦，楚軍大亂，沒準正與匈奴人交戰，一時半會追不上來。」

「追不上來嗎？不不，我擔心的不是他們，我要盡快回京城，我想明白了，只有在京城，我才能如魚得水，才能安全、才能獨攬大權。林坤山，將我送回京城，你就是立下了大功一件。」

「東海王不去找南軍了嗎？」

「不去。」東海王已經改了主意，而且不容置疑，「我要直接奪得帝位，然後再召舅舅回京。」

「好啊。」林坤山也無意當面質疑。

東海王扭頭看了他一眼，「別以為我是異想開天，我有準備，比奪取北軍大司馬印充分得多，而且不受外人控制。」

東海王點到為止，眉頭微皺，「剛才攔路的是什麼人？」

「好像是神雄關的信使，我派人問話了，咱們繼續行路就是。」

東海王喜歡這種替他著想的手下，抬頭望去，兩邊山峰聳立，白雪皚皚，道路倒是挺寬敞，只是曲折較多，一眼望不到頭，「離神雄關還有多遠？」

「路程已經過半，東海王別急。」

東海王嘆了口氣，滿腹心事，拍拍馬頸，不敢催得太緊，身後突然傳來一陣急促的馬蹄聲，在一隊緩速行駛的馬隊中顯得十分突兀，他嚇了一跳，然後想起，這應該是那名問話的手下。

他的手下只有不到五十人，還都是林坤山找來的，他一個也不認識，唯一的忠誠隨從已經死在了中軍帳前，還有一名隨從被扔在了碎鐵城，根本沒帶出來。

東海王又嘆了口氣，沒有回頭，繼續前行，林坤山停下等候消息，很快追上來，與東海王並駕齊驅了一會，說道：「關內一股暴民攻到了神雄關。」

東海王一勒韁繩，「什麼？暴民攻佔了神雄關？」

「還沒攻佔，據說正往神雄關逼近，大概是想搶奪關內的糧食。」

「這、這不是暴民，這是逆賊、亂賊。我怎麼如此倒霉？前有逆賊，後有亂軍……」

「先到神雄關再說。」

東海王突然想起往事，「望氣者認識暴民，沒準亂局就是你們挑起來的！」他越說越興奮，並不在意暴亂本身，「你能勸說他們讓路，對不對？」

林坤山苦笑道：「東海王高估望氣者的本事了，我們頂多推波助瀾，事情做與不做、成與不成，我們決定不了，認識的人也沒那麼多。」

「嘿，這時候你倒謙虛上了。」

接下來的路程中，東海王等人又遇見幾撥信使，信使都以為這一小隊人馬是去支援神雄關的，非常高興，說了幾句後立刻匆匆趕路。

信使帶來的消息一個比一個嚴重，數千暴民已經衝到南門之外，佔領了無人把守的幾處軍營，正在城外叫囂，準備攻城。城內可用的士兵不到百人，百姓倒是有上千人，可都嚇得閉門不出，拒絕守城。

林坤山每見一人都提同一個問題：「攻城者百姓居多，還是盜匪居多？」

他向東海王解釋道：「如果百姓居多，那就是情勢失控，就算淳于恩師親自出馬，也未必有用；如果盜匪居多，大家都是江湖人，我或許認識幾個，能為東海王通個話。」

信使回答不了這個問題，守城的主簿都快急瘋了，不停派人向鎮北將軍求救，甚至聲稱，實在守不住，就要獻關投降。

東海王真想對著老天罵髒話。

當天傍晚，一行人到達神雄關，守門人也以為這是救兵，雖然看上去人數少點，卻也令人激奮，立刻開門放行，帶他們去衙門面見主簿華報恩。

華主簿正在堂上拜神求佛，佛祖菩薩、三清玉皇等各路神仙的雕像與牌位在書案上排成三行，彼此間相處得倒也和諧。

他不認得東海王，可在這種時刻，任何人只要是從北邊來的，都是救命的神仙，華主簿立刻跪下，迫不及待地將守關職責讓出來。

東海王也不客氣，一腳將主簿踢開，命林坤山帶人到南城門查看情況，速速回報。

大堂上空空蕩蕩，只有主簿縮在角落裡瑟瑟發抖，東海王同樣又急又怕，但是比主簿要鎮定些，而且他不服軟，面對著眾多的小像與牌位，發出的不是乞求，而是威脅：「保佑我平安回京，少不了你們的香火，我要是有個三長兩短，先把你們砸個稀巴爛。」

或許神仙真怕威脅，很快，林坤山的手下接連送來消息，南門外聚集的大都是各地盜匪，趁亂聚合在一起，聽說神雄關內糧食多、守城者少，因此跑過來攻城，氣勢高漲，卻沒有攻城器械，十幾具梯子還不到城牆一半高度，因此一直沒有發起進攻。

最大的好消息是，林坤山真的認識其中一位頭目。

東海王大喜過望，立刻授權林坤山與盜匪談判，只要別攔路，什麼條件都可以答應，但是不能打開城門，用籃子將林坤山吊放出去。

「我是皇帝，我是皇帝……」東海王給自己鼓勁，突然走到華主簿身邊，又是一腳踢過去，「還不趕快燒香拜神？越多越好，全拿出來，神仙不保佑你，卻保佑我。」

大堂裡很快香煙繚繞，外面的夜色越來越深，東海王心中患得患失，突然想起一件事，急忙跑出去，叫來一名差人，命他去通知北城門守衛，「沒我的命令，不准再給任何人開門。」

差人不明白這道命令的含義，不敢多問，撒腿向外跑去，東海王心焦如焚，大司馬印在他身上，楚軍就算大亂，也會有人前來追討，他絕不能在神雄關停留太久。

一名士兵前來報告，林坤山與盜匪頭目們談妥了，可守城者不肯開門讓他進城，也不肯再度放下籃子，說是怕帶進來奸細。

東海王匆匆向外跑去，在門口又折返回來，揪著華主簿的耳朵，逼他跟自己一塊去南城門。他已受過教訓，知道只有官印和地位不行，對那些普通將士來說，最管用的還是熟面孔。

夜已經深了，東海王剛到南門，還沒登上城樓，就有人騎馬追來，「北邊又來了一隊楚軍……」

不等這人說完，東海王就大聲回道：「不准開門，無論如何也不准開門，那不是楚軍，他們是……是匈奴人的奸細！」

這樣的謊言維持不了多久，東海王拖著華主簿匆匆上樓，向城外望去，只見官道上布滿了火堆、火把，周圍影影綽綽也不知聚著多少人，離城門十幾步遠，林坤山獨自站在那裡，手舉火把。

「是韓將軍嗎？」林坤山喊道。

東海王一愣，馬上明白過來，東海王的名號對盜匪們來說過重了些，林坤山這是在保護他，馬上回道：「是我，談得怎樣了？」

「各路好漢願意放將軍過去，只有一個條件。」

「什麼條件？」

「今秋收成不好，又值寒冬季節，各寨無糧，難以為繼，希望能從將軍這裡借點糧食過冬。」

林坤山的語氣好像就是盜匪的一員，東海王卻只能相信他，大聲道：「等我下去。」對華主簿連踢帶推，一塊下樓，「打開城門。」

華主簿飽受拳腳，對東海王反而越發順從，立刻下令開門，他的命令對守城士兵有效，城門緩緩打開，東海王控制住心中的急迫，沒有走出去，而是站在原處，等林坤山進來，不住地回頭張望，生怕有楚軍出現。

林坤山進來了，他本來獨自站在外面，這時身後卻跟著兩個人，東海王一驚，再想下令關門已經來不及了，只能硬著頭皮接待。

林坤山來到東海王面前，介紹道：「這兩位都是當陽山的好漢，人稱……」

一名高壯的漢子粗聲道：「江湖賤名，不足為將軍道，咱們爽快一點，給糧還是不給？給多少？我們一共十七座寨子……」

東海王突然想到一個主意，「給，不只給糧，整個神雄關都給你們。」

兩名強盜頭子愣住了，華主簿更是嚇得癱在地上，東海王在主簿身上狠狠踢了一腳，「把城門開得大一點，然後你跟我走。」

東海王又對強盜說：「實不相瞞，北邊的匈奴人就要攻來了，楚軍大敗，守不住神雄關，與其被外族人攻佔，不如交給楚國百姓，你們若能守住此關，也是大功一件，日後定能得到朝廷重賞。」

強盜頭子互視，他們可不想替官府守城，可是糧倉就在關內，還有數百戶富裕人家，只需一兩天時間就能搶掠一空，於是同時點頭道：「好，韓將軍這麼大方，我們也得仗義，想帶多少人出城，你隨便，我們送你一程，路上絕不會受到攔阻。」

「那咱們出發吧。」

東海王早已急不可耐，帶頭向城外走去，林坤山的數十名手下牽馬跟隨，華主簿更是緊跟左右，守門的十餘名士兵互相看了看，扔下兵器，也跟著出城，將領都放棄了，他們不想獨自面對群盜。

出城數十步，眾人上馬，東海王最後瞧了一眼神雄關，心想，這是自己的江山，早晚要奪回來，現在，就讓一群強盜阻擋身後的追兵吧，韓孺子無論是生是死，都不會對自己造成困擾了。

神雄關北門外，蔡興海率領百名士兵，剛剛叫開城門。

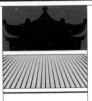

第一百九十章 做決定的總是一個人

韓孺子睡得不太好，一覺醒來，帳篷裡漆黑一片、寒氣逼人。炭火已經熄滅，如果是張有才服侍，夜裡總會起來撥幾次炭，孟娥卻不做這種事，大概是覺得沒必要，她好像一點也不怕冷。

韓孺子也能承受得住，何況寒冷有好處，能讓頭腦更加清醒些。他悄悄起床，穿上外衣和靴子，輕手輕腳地走到門口，孟娥的床上毫無聲響，但她必然也醒了。

韓孺子走出帳篷，一股更猛烈的寒氣迎面撲來，一隻腳還沒邁出去，他的心就已經後悔出門的決定，懷念那並不溫暖的被窩。

可他還是走了出去，緩緩吸入一口冰冷的空氣，慢慢適應環境。

原來他不是最早起床的，前方不遠，一批士兵剛剛換崗放哨。嶺南，不少人正在做飯、餵馬，種種聲音匯合在一起，經由寒氣的過濾，清晰地傳到嶺上，韓孺子甚至能聽到幾句毫無關聯的叫喊。

戰鬥即將開始，韓孺子卻比昨天做出決定時更加猶豫。無論如何，猶豫的情緒不能傳染給軍中將士，韓孺子退回帳內，坐在床上等待天亮。

「大單于不是一個簡單的對手。」韓孺子說。

帳篷裡只有一位聽者，孟娥交談時的反應總是慢一會，她問：「你覺得匈奴人會設下埋伏？」

「我只是奇怪，大單于為什麼選擇與我和談？」

「因為你是楚軍主帥。」

「不對，我這個主帥是爭來的、搶來的，並非朝廷任命，即使是大將軍韓星給我的任命，也是幾天前才到，可在那之前，大單于已經指定要與我談判。大單于不是一個普通的人物，斷不會將全部希望都寄託在和談上。」

「這位不普通的大單于，在西方可是被一群奴隸打得慘敗。」

「呵呵，我不知道西方究竟發生了什麼事，大單于之所以慘敗，是因為輕視敵人，可他不會輕視大楚，兩戰連敗之後，更不會輕視。」

「你打算怎麼辦？」

「還是得開戰，楚軍將士已經做好準備，這是望氣者所謂的大勢，可順不可逆，我只能盡可能想得更全面些。排兵布陣有柴悅，打探消息有房老將軍，我要做的事情，是瞭解敵人的首領。」

韓孺子沉默良久，不想天時、地利、人和這些方面，專心回憶他所見過的大單于，最後他說：「謝謝。」

孟娥嗯了一聲，她本就對戰鬥不感興趣，之前開口說話只是為了配合韓孺子，幫他理順思緒。

韓孺子起身向外走去，要找柴悅，看看能否將作戰計畫稍作調整，多留一些後備兵力，結果帳外先響起一個急迫的聲音：「鎮北將軍，您醒了嗎？」

韓孺子走出帳篷，驚訝地看到來者正是柴悅。

見到衣甲整齊的鎮北將軍，柴悅也很意外，可消息緊急，他說：「神雄關派人求助。」

「怎麼了？」韓孺子馬上問道。

「信使說，數千暴民正在攻打神雄關，關內空虛，很可能守不住。」

「這麼快！」韓孺子離開神雄關的時候，特意收集過情報，附近數縣雖有暴亂，據說規模都不大，而且都往南方蔓延，沒有北上之意，未想到才幾天過去，就有暴民攻到了神雄關。

「我覺得信使可能有所誇大，就算只有百餘人把守，神雄關也不至於立刻就被攻下。」

「東海王。」韓孺子發現自己犯下了兩個錯誤，一個是將神雄關留給膽小怕事的主簿華報恩，一個是放走了東海王。

這兩個錯誤當時都有迫不得已的理由，單獨來看沒有太大問題，如今交集在一起，很可能變成一個大錯，令神雄關不保。在柴悅等將領的計畫裡，打敗匈奴人之後，楚軍立刻就要南歸，在神雄關取食休整，然後再返回關內諸營。神雄關一旦失守，碎鐵城八萬多名將士、兩萬餘名僕從幾天之內就將不攻自敗。

「立刻派兵回神雄關助防。」

「我已經派三千人出發。」

「好。」韓孺子努力讓自己冷靜下來，「對今天的作戰會有影響嗎？」

消息尚未傳開，嶺上嶺下井然有序，可這隱瞞不了多久，等到將士們聽說神雄關有難，後果就很難說了。可能激發鬥志，希望盡快與匈奴人決戰；也可能惶恐不安、鬥志全消。

柴悅第一次指揮這麼大規模的戰鬥，很難做出準確的預測，「我建議按原計畫開戰，即使要回防神雄關，也應該先解決匈奴人的威脅。」

「好。」韓孺子只能這麼說，柴悅領命離開。

韓孺子心中無法鎮定自若，無論看過多少史書、聽過多少經驗，前方仍然沒有現成的路可走，每一步都是選擇，有些選擇尤其重要，一步走錯就是萬劫不復，他可以裝出無所畏懼的樣子，卻不能騙過自己。

韓孺子叫醒了附近帳篷裡的部曲衛兵，一刻鐘後，他帶著一百多人騎馬過河，來到數里之外的一座高地上，餓著肚子靜等天亮。如果今天必須開戰，他要第一個看到戰場。

天邊泛亮，戰場與匈奴人的營地尚未顯露，對面先傳來一陣馬蹄聲。

楚軍雖然駐紮在南岸，但是在北邊一直設有哨兵，通常是十人一隊，可這陣馬蹄聲明顯只是一騎，直奔高地而來。

晁化拍馬迎上去，大聲道：「來者何人？」

「是晁大哥嗎？」對面一個急迫的聲音問道。

「梁通？」晁化認出此人也是自己手下的部曲士兵。

韓孺子昨天給房大業派出兩名隨從，一名是馬大，昨晚返回；另一名就是梁通。

晁化將梁通帶到鎮北將軍面前，梁通說道：「房老將軍要與匈奴人重新確定和談時間，他說希望安排在正午。」

韓孺子一怔，他與房大業之前有過約定，和談時間若選在午時之前，就是可以對匈奴人開戰，這也是馬大昨天帶回來的消息；若在午時之後，則表示房大業發現了陷阱，楚軍不宜過河。可正好選在午時是什麼意思？難道身處匈奴人營地中的老將軍也無法做出判斷？

梁通就帶來這麼一句話，別的都不知道。

韓孺子還是需要自己做出決定，而且是迅速做出決定。「回營。」他說，帶頭駛下高地，向南岸馳騁。

楚軍將士已經騎上馬，第一批隊伍越過山嶺，守在河邊，只待一聲令下，就將全線渡河。

韓孺子調轉方向，由西向東行進，檢閱即將投入戰鬥的楚軍。

他不看軍容、不看器械、不看馬匹，只看每個人的臉，馳出里許後，他再次調轉馬頭，來到嶺上。柴悅等眾多將領都在這裡，就等鎮北將軍到來之後下令。

神雄關的消息顯然已經傳開，就連最普通的士兵也知道那座關的重要性，他們也在害怕、緊張，也在猶豫不決，不知是該先擊敗匈奴人還是回防糧草重地。

韓孺子來到柴悅、劉昆升等人面前，目光掃過，說：「取消作戰，全軍分批返回神雄關，留三千人守衛碎鐵城。」

眾將沉默，然後幾乎同時點頭，柴悅、劉昆升等人開口稱是，稍做商議後，便親自率領大批將官前往各營傳令。

韓孺子留在原處，觀察嶺上嶺下楚軍的動向。很安靜，沒有反對、沒有叫嚷、沒有混亂，大家似乎都能接受撤退的決定。

韓孺子還是不太放心，讓晁化帶領一些部曲士兵過河，仍是一里一哨，做出準備和談的架勢，他要向全軍表明，鎮北將軍會留下與匈奴人和談，最後一個撤離碎鐵城。

出外傳令的將領很快返回，柴悅沒說什麼，劉昆升等人都勸鎮北將軍盡快前往神雄關，甚至有人自告奮勇要代替他與匈奴人和談。

韓孺子婉拒了所有人的好意，然後給他們安排任務：柴悅擔任回防神雄關的前鋒，最先出發；然後是北軍都尉劉昆升，最後是左將軍韓桐。前鋒馬不停蹄，後兩支隊伍正常行軍，右將軍馮世禮率軍留守至明日。

韓孺子在為柴悅創造一個機會，更希望他能在神雄關將整支北軍牢牢掌握住。

大軍由攻轉撤可不容易，尤其背後就是強敵。韓孺子一直留在嶺上，將旗飄揚，盡量讓所有人都能看到，他監視著每支隊伍的動作，不允許任何人急躁。

臨近午時，大軍剛剛撤走三成，這樣他還覺得太快了，不停地派人前去提醒各營將領務必帶齊所有物品，不可遺漏。然後他帶著十名衛兵出發了，在眾多楚軍的注視下，馳過木橋去與大單于繼續和談。

對他來說，這又是一次吉凶難測的冒險，不僅前方的匈奴人敵我不明，後方的楚軍也很難完全信任，對鎮北將軍的威望，這倒是一次檢測。

起碼在鎮北將軍馳出南岸楚軍的視線之前，一切太平。

這一次，大單于先到了一會，仍然只帶金垂朵一人。

房大業站在門口迎接，韓孺子將衛兵都留在外面，有房大業當翻譯足夠了。

「抱歉，我不能給鎮北將軍更明確的建議。」房大業低聲說，「匈奴人沒有後援，可他們有背水一戰的決心，這次是楚軍攻、匈奴人守，我猜不出結果。」

「老將軍送來的信息對我非常重要。」韓孺子笑著說，邁進帳篷的那一刻，他終於冷靜下來，相信自己的決定沒有錯，相信後方的楚軍不會背叛自己。

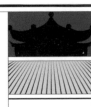

第一百九十一章 大單于的女兒

人到老年，即使只為了讓自己舒服一點，也願意放棄姿態與禮貌。大單于斜躺在軟椅上，喘著粗氣，笑著歡迎鎮北將軍的到來。

「他向鎮北將軍道歉，不能起身歡迎，他昨晚喝多了，酒勁還沒有完全過去。」房大業代為翻譯，頓了一下補充道：「大單于的確喝了不少。」

韓孺子請房大業替他寒暄幾句，坐到了對面。

大單于收起笑容，嚴厲地說了一通。

房大業說：「大單于知道楚軍的動向，他很遺憾，楚軍今晨沒有發起進攻，讓匈奴人白做了準備。」

房大業聽了一會，又與大單于交談數語，然後向鎮北將軍道：「匈奴人希望與楚軍大戰一場，在勝利中找回自信，他們覺得如果能擊敗楚軍，就能轉頭去擊敗西方的假單于。匈奴人已經做好拚死一戰的準備，他們磨利了刀、備足了箭、釘好了馬蹄……匈奴話比較繁瑣，總之他們不會再逃再退，若是開戰，匈奴人做的第一件事就是射殺營中馬匹以外的所有牲畜，以示退無可退，一定要在楚軍的營地裡取得食物。」

「請房老將軍告訴大單于……」韓孺子正斟酌語言，房大業說：「我已經對他說了，楚軍退路已斷，若是開戰，同樣有進無退。」

「嗯，楚軍確實快要沒退路了，今早剛剛得到消息，一群暴民已經攻到神雄關，這時候關口已不知在誰手

裡。」韓孺子說。

房大業重重地喘了口氣，「鎮北將軍隨便說點什麼吧，我向大單于……」他看了一眼金垂朵，「鎮北將軍說吧。」

韓孺子清清嗓子，「我理解匈奴人拚死一戰的決心，也相信匈奴騎兵的實力，但是大單于想從楚軍這裡尋找信心是大錯特錯。三萬楚軍尚能以少敵多，守住碎鐵城，何況十萬大軍？在廣闊的草原上邊跑邊打，匈奴人或許還能佔據一點優勢，兩軍爭鋒，卻是楚軍之長。我們只怕匈奴人跑得太快，從不擔心戰場上的爭強鬥勝。沒錯，楚軍沒有進攻，而是轉身撤退，即使如此，碎鐵城仍是大楚之城，再多的匈奴人也奪不走。」

房大業照實翻譯，大單于一會點頭，一會搖頭，最後大笑，快速地說了幾句話。

「咱們已經見過面，取得過互信，何必浪費時間耍弄聰明呢？楚軍沒有進攻，匈奴人也沒有趁機反撲，這更說明雙方皆有誠意，還是跨過互相試探，有什麼說什麼吧。」

房大業不知不覺帶上了大單于的語氣，他翻譯得很好，旁邊的金垂朵一句話也插不上。

韓孺子點點頭，「匈奴人必須退走，遠離大河，不准侵犯楚地的任何城池。」

「大單于說可以，只要和談達成，他們立刻撤走，東匈奴人在北方的山谷裡經營了幾處營地，預備了大量牧草，足夠匈奴人過冬。大單于也希望楚軍不要北上，每一處營地都是匈奴人的命根子，損失一處，匈奴人也會跟大楚沒完。」

這是和談的基礎，韓孺子同意了。此後雙方輪流提出條件，都在合理範圍內，基本上沒有爭議，大概小半個時辰之後，韓孺子說：「有一件事本應是大單于提出來的，他不說，只好我自己來。我只是楚軍的一名將領，許多事情可以答應，但是做不得主。」

這是談判的一個重大漏洞，大單于卻好像當它不存在，聽完房大業的翻譯，他在軟椅上費力地動了動，說話時語速慢了許多。

「大單于說他的野心並不大，只希望雙方的互信程度能夠一點點加深，他聽說鎮北將軍是武帝的孫子，曾經當過一陣皇帝，這就夠了，他相信鎮北將軍前途無量，如果需要，匈奴人甚至願意提供幫助。」

韓孺子看了一眼金垂朵，大單于十有八九是從她這裡瞭解到了鎮北將軍從前的身份，他說：「請替我感謝大單于的好意，但是也請他相信，無論任何情況，即使我命在旦夕，也絕對不允許匈奴人入關，更不會提出邀請。」

大單于不住點頭，透過房大業說：「只要達成和談，匈奴人絕不會渡河南下。鎮北將軍替大單于提了一個問題，大單于也要禮尚往來：鎮北將軍不關心西方發生的事情嗎？假單于的勢力正在迅速膨脹，他不僅自稱是匈奴人，還公開聲稱要完成匈奴人從未達成的事業，攻佔整塊楚地，將楚人全部殺光。」

韓孺子當然關心此事，但他不打算再聽匈奴人的一面之辭，「我已經知道得夠多了，大楚在西域有官吏，我會讓他們收集更多、更準確的消息。」

「假單于離西域還有一段距離，鎮北將軍讓官吏多做打聽吧，你會知道假單于的強大與手段，從而明白匈奴人為什麼逃離西方，為什麼一定要與大楚和談，那不是遠在天邊的威脅。少則一年，多則五年，假單于必定率軍東進，就看他什麼時候能將西方諸國全部征服。」

和談到這裡已經差不多了，韓孺子說：「要寫成文書加蓋印章嗎？」

房大業搖頭，「匈奴人沒有文字，也不相信紙上的東西，等我問問。」

大單于緩慢地直起身體，雙手比劃說了一通，一直沒參與交談的金垂朵開口了，說的是匈奴語，韓孺子能分辨出來，她說得很笨拙，好像還很生氣，最後，還是她閉嘴屈服。

房大業覺得大單于的要求有點過分，所以等了一會才翻譯，只說了一句話：「大單于要與鎮北將軍和親。」

「什麼？」韓孺子一時沒反應過來。

「和親，就是……」

「我知道什麼是和親，大單于想娶大楚的公主？這不可能……」

「不，大單于是要與鎮北將軍和親，他要將自己的女兒嫁給你。」

韓孺子呆住了，和親之事古已有之，通常是中原公主嫁給草原之王，也有反過來的時候，但不管怎樣，娶親者必是帝王。

大單于又說了許多話，房大業道：「大單于很清楚，想讓大楚相信匈奴的善意和西方的威脅是很難的，鎮北將軍敢於和談，勇氣可嘉，他希望與鎮北將軍成為一家人。他還說……」

「不必了。」韓孺子道，想了一會，「告訴大單于，我是大楚之臣，不能擅自與異族和親，如果他真有此意，我只能上報朝廷。」

韓孺子沒提自己已有夫人，因為這對匈奴人來說根本不成問題。

「大單于明白其中的難處，所以不求立刻和親，可以等大楚對西方有更多瞭解之後再做決定，但是楚匈若想真正結盟，和親是必不可少的，或者是鎮北將軍，或者是大楚皇帝，別人都不行。大單于只有一個要求，請鎮北將軍移步，去見見大單于的女兒，起碼讓匈奴人知道和親有望，能夠安心北上。」

大單于也跟韓孺子一樣，擔心自己的威望不足以壓制剛剛合併不久的匈奴大軍，需要一點外力幫助。

韓孺子卻覺得此事大大不妥，於是搖頭道：「告訴大單于，我來和談就已經在冒很大的風險，和親之事，哪怕只是一點苗頭，也會給我惹來大麻煩。」

房大業是楚人，當然明白這會給鎮北將軍帶來多少猜疑，於是很認真地向大單于解釋，兩人你一言我一語說了很久，最後房大業說：「大單于願意讓步，鎮北將軍無需移步，他會派人將女兒接來，進帳站一會，鎮北將軍看不看都行。」

大單于看上去很嚴肅，直接衝鎮北將軍說了幾句。

「大單于說，別看他年老，身體一點不弱，女兒正值……」

韓孺子打斷房大業的轉述，問道：「我該同意他嗎？」

「我再跟他說說。」

房大業又與大單于一番爭論，最後道：「還是……同意吧，就當是為皇帝相親。」

韓孺子清楚得很，自己沒有率軍與匈奴人決戰，回京之後必將惹來無數指責，為皇帝「相親」更是無稽之談，可是看大單于的樣子不會再做讓步，他勉強道：「好吧。」

金垂朵去帳外傳令，直到這時，韓孺子才又看了她一眼。

金垂朵有意避開。

接下來的和談就比較輕鬆了，大單于誇讚自己的女兒美貌無雙，然後又講了一些西方的事情。在他的描述中，那個神鬼大單于十分殘忍，敢於抵抗他的城池，攻破之後必然殺盡所有男子，不分老幼，即使是剛出生的嬰兒也不例外，西匈奴與之打過幾仗，已被列為反抗者……

韓孺子覺得大單于肯定是在誇大其辭，於是只聽，沒有提問。

大單于大概早就做好了準備，金垂朵傳令不久，他的女兒就到了，不是一位，而是兩位。

「鎮北將軍和皇帝……可以各娶一位。」房大業翻譯道，他畢竟是楚人，雖然對匈奴頗有瞭解，還是覺得此舉過於違背禮儀。

大單于說得沒錯，他的這兩個女兒都很年輕，十四五歲的樣子，也很美麗。她們站在門口，微微低頭，臉色羞紅，韓孺子只看了一眼，此後目不斜視。

和談終於結束，大單于希望鎮北將軍盡快與朝廷取得一致意見，「匈奴人頂多等到明年春天。」

金垂朵送大單于的兩個女兒出帳，大單于又說了幾句，房大業沒有立刻翻譯，而是在回營的路上對韓孺子說：「大單于說，他讓鎮北將軍看的女兒不是兩位，而是三位，他還說……」

房大業一點也不想參與朝堂之爭，可這句話他不能不譯，「匈奴人願助鎮北將軍奪回帝位，他讓鎮北將軍仔細想想。」

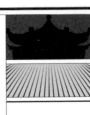

第一百九十二章 城牆上下

蔡興海剛剛進城，就看到對面眾多火把搖晃，守城士兵說得沒錯，東海王真的將暴民放進來了。他面臨著好幾個選擇：或者逃，敵兵如此眾多，這一選擇無可厚非；或者迎，戰死在街道上，雖然愚蠢，但也落得一個忠臣的名聲；或者躲，城池雖然不大，建築卻不少，其中一些頗為堅固，足以守一會。

但在蔡興海眼裡，這些選擇都不夠大膽。就連迎戰，也帶有一絲無計可施的膽怯，皇宮割掉了這名老兵的命根子，卻沒有去除他的膽量，他雖沒有房大業的豐富經驗、沒有柴悅的謀略，但是兩軍狹路相逢的時候，他知道該怎麼做。

「登城！」蔡興海喊道，然後帶頭騎馬向上跑去。

神雄關南寬北窄，北城牆的登城之路有兩條，分別位於城門兩邊，一條是台階，一條是平坦的斜坡。蔡興海帶來一百名騎兵，加上北門守衛，總共一百五十多人，對面的敵人卻有幾千名。

蔡興海下馬，站在城牆上向南望去，周圍的士兵個個恐慌，尤其是那幾十名守衛，身體瑟瑟發抖，不清楚這位新來的將官到底要做什麼。

蔡興海什麼也不做，只是看。

過了一會，他大笑道：「大家無需擔心，只是一群烏合之眾而已。」他轉過身，對眾兵道：「這些人進城之後若是直撲北門，神仙也難守，可是你們瞧，火把四散，說明這是一群強盜，只想著搶掠，根本不懂得搶佔要地。」

眾人稍稍心安，蔡興海越發顯得鎮定，來回走了幾步，繼續道：「頂多一天，碎鐵城肯定會派來援兵，咱們只需守住這段城牆，就能為援兵留下一條通道。」

一名原有的守衛顫聲道：「那城門呢？」

蔡興海大手一揮，「讓給他們好了，神雄關兩邊是山崖，敵人繞不過來，咱們只需守住這兩條通道。」

蔡興海將自己帶來的騎兵與北門原有的守衛分成兩隊，城牆上存著一些滾石擂木之物，但是不夠用，他親自帶人下城，又從庫中抬出一些，絲毫不亂，甚至喊號子，全當滿城亂竄的強盜不存在。

小半個時辰之後，城內的火把離北門越來越近，蔡興海帶人上城，做好迎戰準備。

城內已是一片混亂，強盜們分屬多個團夥，首先攻打並搶劫的是衙門和各大倉庫，大多數人家緊閉門戶，多少能夠抵擋一陣子。

北城城牆下方有幾座軍械庫，引來了一批強盜，他們對城樓和城門都不感興趣，衝進已經敞開的倉庫，發現裡面大都是木頭、石塊、鐵球一類的東西，不由得大失所望，搶走一些兵器之後，他們退了出來，終於有人注意到城牆上的士兵。

少量強盜試圖登上城牆，可是兩條通道的盡頭有鹿柵阻攔，後面更有士兵持弩相向，喝令他們退下。強盜倒不堅持，扔下幾句狠話就下去了，滿城都是寶物，實在沒必要非得攻佔一段城牆。

蔡興海在城牆上走來走去，為兩邊的士兵鼓勁。他是老兵，會講笑話，甚至不在意自己的太監身份，「挨刀的時候不痛苦，養傷的時候才難熬，就跟死而復生一樣，所以說太監都不簡單，區區幾千名強盜，老子根本不放在眼裡。」

城樓裡還有一些食物，蔡興海親自分發，至於那些馬匹，在一邊吃自己攜帶的豆料。

後半夜，幾名強盜頭目過來勸降，蔡興海既不惱怒，也不爭辯，站在城牆上回道：「我們就是一群當兵的，家裡有老有小，不敢與諸位好漢一塊逍遙自在，只希望守住這段城牆，日後對上司有個交待。總之我們不能下去，也請好漢們別上來，大家井水不犯河水吧。」

強盜們以為城牆上的人都是駐守神雄關的士兵，對蔡興海的話倒也相信幾分，他們商量了一會，有人要硬攻，有人想火攻。爭論一會，還是決定先搶東西，但是派嘍囉將下方的城門佔據了，不許任何人出入。

天亮時，強盜們還在瓜分倉庫裡的財物，甚至發生過幾起火拚，站在城牆上都能看到，一切如蔡興海所料，這就是一群烏合之眾，士兵們信心倍增，雖然食物已經吃完，他們卻不像昨晚那樣惶恐。

強盜頭目們似乎進行了一次商議，天亮不久，城中沒那麼混亂了，大量的糧食、器物堆積在街道上，看樣子是要事後再分，強盜們分成十幾股，分佔不同區域，逐門逐戶地敲門、砸門，向裡面的住戶發出威脅。

終於，一隊強盜來到北門，嚴厲地要求牆上的士兵立刻下來投降，如若不然就將如何如何，蔡興海知道這回躲不過了，於是持弩向牆下射擊，勁道很足，準頭差了些，貼著喊話強盜的耳邊掠過。

強盜既驚且怒，立刻下令進攻，可他顯然不太瞭解攻城的難度，也低估了守城者的決心。數百名強盜兵分兩路，同時走上兩條通道，可通道比較狹窄，頂多能容下十人並排前進，而且由下向上行進，不能走得太快。

只是一輪齊射，強盜們就退卻了，扔下數具屍體和十幾名傷者不管不顧。他們是來搶奪財物和糧食的，如果城牆上有金銀珠寶，他們或許願意拚命衝鋒，只是為了佔領，沒人願意賣命。

受傷者連聲慘叫，蔡興海很大度，站在城牆上方衝街道上的強盜大聲喊話，允許他們派人抬走死傷者。

進攻受阻，強盜們再次分散，但是每隔一段時間就會跑來一群人，試著用各種方法攻城。最常見的是勸降，許下種種好處，輔以重重威脅，蔡興海並不嚴辭拒絕，而是跟他們聊，東拉西扯地拖延時間，等到對方發現上當受騙，怒聲喝斥時，他也不生氣，反而拱手告別。也有強攻，直接進攻是不行了，再沒有嘍囉願意接受這項任務，一夥強盜嘗試火攻，遠遠地射來火箭，掉在牆下的雪地中，很快便熄滅。

另一夥強盜搬來了神雄關儲藏的床弩，在街道上擺弄了半天才射出一箭，沒有飛向城牆上方，而是直接對準了城門。門洞裡守著一小夥強盜，被來自同伴的突然襲擊打了個措手不及，一人被巨矢洞穿，一聲不吭地死掉，其他人抱頭鼠竄，連城門也不要了。

臨近中午，城內居民膽小者主動開門，門戶不牢的人家被撞開，剩下的都是深宅大院，一時難以攻下，越來越多強盜向北門聚集，這一小塊地方成為他們的眼中釘肉中刺。

強盜們派出了高手，二十幾人在街上一字排開，手持勁弓，向城牆上射箭，兩輪嘗試之後，他們找準了位置，能夠射到牆上。

蔡興海不許任何人還擊，命令士兵們全都躲在城牆和盾牌後面。高手們射了幾輪之後，發現沒有用處，只好放棄。

城牆上的士兵對神雄關沒有直接威脅，強盜們的進攻之意不是特別急迫，他們忙了一個晚上加一個上午，早就又累又餓，於是搶灶做飯，沒多久，炊煙四起。又有強盜拿著煮好的食物來勸降，蔡興海倒是希望能騙點食物過來，結果被對方識破，互射了幾箭，誰也沒傷著誰。

下午，強盜們酒足飯飽，一部分人仍在四處搜刮財物、敲砸房門，另一部分則鐵了心要攻下北城牆，這與搶劫無關，而是事關各寨的面子。他們拆下門板，掛上一些甲衣，組成十幾塊簡易的巨盾，數十人或舉或抬，護住前後左右與上方，形成一間移動的房子，從斜坡通道緩緩向上推進。

這一招造成了實質威脅，城牆上的強弓勁弩只能勉強射穿巨盾，對裡面的人難有傷害。蔡興海很快下令停止射擊，命士兵們站在斜坡上方，往下拋石頭、鐵塊。一些滑落，另一些留在了門板上。反擊奏效了，強盜們承受不住越來越多的重量，離入口鹿柵還有十幾步的時候，終於扔下門板，哄然而散，一半人被壓在下面，掙扎了好一會才逃走。

蔡興海沒有趁勢射擊，他不想過分惹怒敵人，這群強盜若是不要命地蜂擁而上，他還真守不住。

強盜們決定採取最簡單、最有效的攻城方式，圍困，直到將守城者餓死。他們不知道，三千名楚軍正向神雄關急行。

日落西山，援兵的身影出現在山道上，蔡興海重重地鬆了口氣，他總算沒有白守這段城牆，援兵皆是輕裝前進，若無人開門，幾個月也攻不進來。

接下來，蔡興海還得打開城門。

這是最危險的一刻，城內的強盜們正在分贓，還沒有發現北門外的異常，可是有一批人盯著城牆，蔡興海剛一挪開鹿柵，帶兵從台階通道下城，就被強盜發現。

神雄關最激烈的一次戰鬥發生了，蔡興海親自帶領五十名士兵下城，以盾護身，剩下的人在城牆上一字排開，向街道上射箭，阻止強盜們接近，可還是有人闖過箭雨衝到了城門前。

被巨矢射死的嘍囉還在門洞裡，蔡興海身先士卒，與四十名士兵堵住城門洞，另外十人打開城門。大多數強盜還沒有反應過來，因此進攻者不是太多，饒是如此，蔡興海等人也要承受數倍於己的敵人。

蔡興海肩上挨了一刀，可他終於聽到了馬蹄聲，攻門的強盜也終於發現事情不對，轉身逃跑。

蔡興海等人立刻讓路，他衝援兵大喊道：「佔領南門，快去佔領南門！」

他要困住滿城的強盜，送給倦侯當禮物，不枉此行。

第一百九十三章　良禽擇木

柴悅率領三千精兵，馬不停蹄地趕來，只比第一批援兵晚了不到三個時辰，來至神雄關北門前正是夜色最深的時候，聽到城牆上的士兵大聲喝問，他重重地鬆了口氣，幾乎想要仰天長嘯以慶祝勝利。

身為全軍統帥，他比一般將士更能理解神雄關的重要，所謂「一著不慎滿盤皆輸」，神雄關就是那「一著」，失去此關，就等於斷了八萬楚軍的活路。

等到進城之後，柴悅更是大吃一驚。

他原以為楚軍趕到及時，將暴亂擋在了城門以外，這時才知道，滿城都是投降的強盜，至少有四千人。前往衙門口的路上，柴悅耳中所聞盡是「死太監」的傳奇事跡，畢竟蔡興海從不避諱自己的身份，總說自己經歷過「死而復生」，因此士兵們乾脆就叫他「死太監」。

衙門內外一片狼籍，強盜不擅於攻城，對劫掠卻十分在行，連大門都給拆了，但凡是個物件，哪怕是一根針也能找出來，全堆在院子裡還沒來得及分贓。

大堂上，蔡興海席地而坐，肩上胡亂纏著繃帶，就著冷酒跟一群強盜稱兄道弟、相談甚歡，時不時大笑，聲音尖銳了些，卻不失豪爽。

三十幾名強盜都是各團伙的頭目，平時對太監印象很差，此刻卻被蔡興海所折服，全忘了自己被困城中，已是楚軍的俘虜。

柴悅讓他們想起了這一切。

他帶來三千騎兵，加上之前的三千人，數量已經超過強盜，用不著小心應對了，他立刻下令，命手下士兵將強盜頭子們收押，這些人倒不害怕，臨走時還向蔡興海告辭，對他十分敬佩。

等強盜都被押走，蔡興海忍不住肩上疼痛，叫了兩聲「哎呦」，對柴悅說：「抱歉，我站不起來了，幫我找個郎中吧。」

柴悅馬上派人去城裡尋找郎中，親自上前，與一名士兵共同將蔡興海扶起來，他不肯坐主位，柴悅命人從外面的庭院裡找來兩張厚厚的氈毯，鋪在地上，讓蔡興海躺得舒服一些。

「大軍已經到了吧？」蔡興海問。

「到了。」柴悅沒有多做解釋，反正城裡的楚軍已經多過強盜，後續援兵很快也會到達。

「那我就放心了，累死我了，我要睡一會，郎中來了，讓他好好給我療傷，盡量別叫醒我……」

柴悅笑道：「蔡督軍儘管安睡，我會替你看著郎中。」

「謝謝了，柴將軍，我相信你。」蔡興海打了一個大大的哈欠，突然睜大雙眼，「我這算是給鎮北將軍立功了吧？」

「頭功一件，鎮北將軍以及八萬楚軍將士，都要感謝蔡督軍。」

蔡興海笑了兩聲，嘴巴還沒合上，人已經睡著了。

柴悅在大堂外面的庭院裡召集眾將官，開始分派任務，最重要的事情是盡快將俘虜收押，留少數人當勞力，將堆在街上的財物送還原處。與此同時，派出士兵前往周圍各縣，以鎮北將軍的名義查看情況。

郎中來了，對及時趕到的楚軍感恩戴德，用最好的藥物為蔡興海重新處理傷口，「沒事，皮外傷，過兩天就好。」

療傷過程中，蔡興海痛醒了一次，瞪了郎中一眼，又睡著了。

柴悅也有兩晚未睡，卻不敢休息，四處巡視了一圈，確認沒有問題才回到衙門，正好一名士兵前來報告，在城外的軍營裡，發現了一些強盜的俘虜，大都是附近的百姓，還有幾名官府的差人與信使，其中兩人急迫地要見守城將軍，已被帶到衙中。

第一人是送信的驛兵，帶來一封兵部的公文，可是被強盜搶走了，下落不明。柴悅命人帶驛兵去見俘虜，務必找出公文。

第二人是名軍官，也帶來一封信，他將信藏得比較隱蔽，沒有被強盜搜走，但是不肯輕易拿出來，問道：「閣下是北軍軍正柴智嗎？」

柴悅心中一動，笑道：「北軍沒有第二位『柴將軍』了吧？」

軍官並非來自北軍，不認得柴智，只是覺得眼前的這個人有點年輕，可所有人都稱他為「柴將軍」，他也不多想，拆開衣服的夾縫，從裡面取出一封信，交給柴悅。

信是冠軍侯韓施寫來的，明確要求柴智掌印，北軍都尉的職位只在大司馬之下，冠軍侯之前為了盡可能不惹人注意，因此讓劉昆升掌印，現在他覺得沒有必要了，不僅讓柴智掌管北軍，還要求他看住劉昆升。

柴悅越看越心驚，冠軍侯向柴智下達了一連串的命令，要求他率軍北上，務必大破匈奴，得勝之後立刻回京，若有人攔阻，一律以軍法論。他還聲稱京城大局很快就能穩定，行事無需再像從前那麼小心謹慎，不可信、不可靠之人都可以除掉。

信裡沒有指明，但是暗示得非常明顯，冠軍侯不想再看到鎮北將軍及其支持者。

柴悅臉上失色，拿起信又看了一遍，冠軍侯尤其關注匈奴人，要求柴智必須率領北軍得勝還朝，他需要這場勝利，甚至讓柴智不惜代價。

柴智已死，楚軍撤退，鎮北將軍正在與匈奴人和談，冠軍侯的願望一條也沒達成，遠在京城的他，對塞外的情況瞭解得太少、太遲。

冠軍侯不知怎麼想的，居然派一位不認識柴智的軍官來送信，此信若是落在別人手中，後果難以想像。柴悅正在發呆，幾名士兵帶回驛兵，他們找到了兵部公文。

宮裡一直不肯批覆奏章，兵部只好在權限範圍內發來公文，鎮北將軍總督軍務的地位得到確認，但是失去了指揮楚軍與匈奴人作戰的權力，主要職責就是轉運糧草。

兵部這一決定並不突兀，在他們看來，年輕的鎮北將軍沒有能力組織一場大戰。

北軍都尉劉昆升和左右將軍獲命共同指揮前線所有楚軍。

兩名送信者並不知道信中的內容，反正交給了柴將軍，任務就算完成，只等領到回執之後，就能離開了。

柴悅讓他們先去休息，拿著兩封信坐在椅子上，思考對策。

天亮的時候，蔡興海醒了，雖然沒睡多久，還是精神許多。

柴悅先給他看兵部公文，蔡興海掃了一遍，說：「兵部裡盡是糊塗蟲，讓他們三人指揮作戰，楚軍還不得全軍覆滅？鎮北將軍和柴將軍當之無愧，就算有聖旨到來，全體將士也選你們兩位。」

柴悅笑了笑，又將冠軍侯的信遞過去。

蔡興海仔細看了一遍，神情越來越嚴峻，「冠軍侯……難道他真的……」

「看來是這樣，起碼冠軍侯本人認為如此。」

兩人心照不宣，但是身為臣子，又不是特別熟，不願說出「登基」、「皇帝」這些詞。

兩人沉默了一會，蔡興海先開口：「內有盜賊蜂起，外有匈奴窺境，大楚危在旦夕，需要一位能夠力挽狂瀾的……人，冠軍侯肯定不行，他連自己的北軍都能隨意交給別人掌管，還有什麼不能放棄的？必須是……」

蔡興海不知道該相信柴悅到什麼程度。

「必須是鎮北將軍。」柴悅將兩封信交給蔡興海的時候，就已經相信這名胖大太監。

蔡興海上前一步，低聲道：「這兩封信偏偏落入柴將軍手中，也是天意，大楚安危，全看將軍一人抉擇。」

柴悅又笑了笑，「也虧得蔡督軍守住了神雄關。」

「咱們兩個就不用互相誇了，接下來怎麼辦？只要是為鎮北將軍做事，讓我拚命也行。」

柴悅盯著蔡興海，「我很納悶，你為什麼如此忠於鎮北將軍？」

「因為只有他能用我，而且承認我的功勞。我當過兵，也進過宮，見過的人不少，實話實說，有幾個人敢重用一名陌生的太監，甚至以性命相托？又有幾位大人用人之後，能夠不奪功、不搶功？大多數時候，太監就連送命都被認為是份內之事，換不來一聲感謝。至於聰明才智，呵呵，反正我是打死也想不到拿太祖寶劍號令群臣。」

蔡興海想起了往事，臉上露出興奮之情，宮變時的那段經歷對他來說無比珍貴，比守住神雄關重要得多。

柴悅正色道：「正是此意，良臣擇木而棲，若是天下太平、宮中無憂，鎮北將軍尚且會遭埋沒，你我自然也很難有出頭之日，如今卻是內憂外患不斷，韓氏子孫眾多，有資格稱帝者寥寥無幾，太后有選擇、大臣有選擇，咱們，也有選擇。」

蔡興海在書案上重重砸了一拳，牽動肩上的傷口，不由得呲牙咧嘴，然後道：「對，憑什麼就讓冠軍侯稱帝？鎮北將軍最有資格。」

柴悅從最容易的目標入手，拉攏成功之後，信心稍增，將兵部的公文撕掉，拿起冠軍侯的信，「光是咱們兩人選擇鎮北將軍還不夠，得讓整個北軍都站在鎮北將軍這一邊。冠軍侯不瞭解邊情，輕易棄軍，所托非人，如今又強令北軍進攻匈奴人立功，將士離心，正是說動他們支持鎮北將軍的絕佳時機。」

「我認識不少北軍將士，都對鎮北將軍印象很好，我可以說服他們。」

「嗯，可這樣還是不夠。」

「還需要什麼？」

柴悅等了一會，說：「得讓鎮北將軍支持他自己。」

第一百九十四章 欽差督戰

柴悅與蔡興海還需要說服更多人，他們瞄準的第一個目標是北軍都尉劉昆升。

劉昆升率領的大軍行進較慢，比柴悅晚了將近一天才到達神雄關，將軍務交給麾下的將領，他先找地方休息一下。不只是累，還有惶惑，生性謹慎的他，一直力圖避開官場中的漩渦，如今卻身不由己地被捲了進去。

柴悅帶著酒肉前來拜訪，算是為北軍都尉接風洗塵。酒過三巡，僕人都已退下，柴悅出示了冠軍侯寫給柴智的那封信。劉昆升看完之後，手中的一杯酒怎麼也喝不下去，半晌方道：「柴將軍在京中還有家人嗎？」

「母親和弟弟，現住在衡陽侯府。」

對這些在外征戰的將士來說，最大的威脅就是家人的安危，劉昆升也有一大家人要養，他又看了一遍信，「冠軍侯排除異己，我不是他的人，從命死，不從命亦死……」劉昆升將信還給柴悅，「柴將軍打算怎麼辦？」

「冠軍侯尚未登基就已獨斷專行，臨陣換帥，強迫北軍在不利的情況下進攻匈奴人，他若稱帝，不只劉都尉危矣，整支北軍都將受到牽連。事到如今，只有一個辦法……」

劉昆升抬手，示意柴悅不要說下去，他又想了一會，「鎮北將軍與匈奴人的和談若能順利，此事就有五成把握，朝廷近日若無大的動蕩，將有七成把握，如果北軍能護送鎮北將軍及時返京——」

「大事必成。」

兩人密談良久，結束時夜色已深。

蔡興海對劉昆升不是特別信任，見柴悅信心滿滿，忍不住提醒道：「劉昆升曾經親手從鎮北將軍手裡接過太祖寶劍，事後當著群臣的面卻歸功於太后，此人需加提防。」

「我會小心的，可我相信劉昆升已經走投無路，鎮北將軍是他唯一的希望。」

「接下來還要拉誰入夥？」

「知情者不宜太多，暫時就是咱們三人，接下來你要放出口風，就說朝廷主戰，冠軍侯急於立功，非要與匈奴人立刻開戰。」

「這是事實。」

「沒錯，這是事實，北軍連續奔波多日、身心俱疲，眼下又值隆冬，關內動蕩、糧草難以為繼，北軍將士已有厭倦之意，等他們對朝廷完全失望之後，就會想起鎮北將軍。」

蔡興海覺得這是一條妙計，「柴將軍果然有想法。」

柴悅笑道：「這是劉都尉的主意。」

「嘿，老滑頭，我猜他還是沒有下定決心，想看看全軍將士的反應。」同一個主意，蔡興海卻給出不同的看法。

在軍中放口風對蔡興海來說輕而易舉，效果比預計得要好，北軍將士在碎鐵城時雖然表現得好戰，其實心裡都很清楚，一旦開戰，即使戰勝匈奴人也是一場慘勝，不知有多少人要死在對岸，如今已退至神雄關，沒人願意頂風冒雪再回戰場。

不滿情緒快速醞釀。

柴悅和蔡興海藉機勸說更多的人，柴悅看中的目標是那些跟他一樣的庶出勳貴，這種人的未來毫無保障，卻又不甘碌碌，渴望建功立業，在前兩次戰鬥中表現勇猛。柴悅首批選中五個人，一拍即合。

蔡興海找的是交情過硬的幾位朋友，半頓酒下肚，他們立下誓言，就差高呼「鎮北將軍萬歲」了。

人心思動，小小的神雄關內傳言四起，甚至有人直接找到柴悅，向他暗示自己支持鎮北將軍。

柴悅反而有點緊張，祕密很快就會洩露出去，必須速戰速決。

這天中午，左將軍韓桐率領第三部分楚軍到達神雄關，諸將當中，他以膽小聞名，而且深受冠軍侯信任，不會倒向鎮北將軍。

劉昆升設宴迎接韓桐，只喝了三杯酒，劉昆升就變了臉，命令衛兵將左將軍捆起來，押送至牢房，罪名是治軍不嚴、徇私枉法，有意劫獄搭救張養浩等人。前一個罪名沒錯，後一個卻有點冤枉，可韓桐嚇壞了，當著眾將的面，一句話也沒喊出來。

此舉即是清除障礙，也是試探眾將的反應，同時還是劉昆升的「投名狀」，經此一事，他再無退路。韓桐突然被抓，眾將意外，但是沒有人站出來為他說話。

柴悅等人信心更足，由劉昆升出面，拉攏到幾名將領、知情者，聚在一起制定計畫：鎮北將軍正快馬加鞭趕來神雄關，明天就能到達。他一進城，大家一塊上前，高呼萬歲，擁戴他重新稱帝。

這個計畫遠非完美無缺，可將士們對這種事都沒有經驗，只覺得事到臨頭，不得不發，就連謹慎多慮的劉昆升和善於用兵的柴悅，這時候也不比普通的士兵更冷靜。

可意外總會發生，柴悅等人正籌備明日的大計，神雄關來了一位不速之客。

韓桐剛被關起來不久，京城來了一位「客人」，不是送信的驛兵，也不是身藏密令的軍官，而是真正的朝廷大員。

左察御史蕭聲，以欽差的身份，前來神雄關視察軍情。蕭聲位高權重，一向被認為與崔太傅關係密切，同時還與柴家聯姻，一名侄兒是柴家的女婿，另一名侄兒蕭幣則因意圖謀殺柴悅，一直被關在碎鐵城的監獄裡。

這樣一名欽差，對於「心懷鬼胎」的一群將士來說，無異於當頭的晴天霹靂。

欽差到來，本應早有消息，可蕭聲卻一反常態，沒有派人提前通報，率領數百人直達城下，喝令守衛開門，馳入城中，一路來至衙門升堂入座，派人召集眾將。

柴悅等人措手不及，不敢輕舉妄動，只能奉命來見欽差。

蕭聲坐在書案後面，還穿著披風，神情冰冷，他是左察御史，日常職責是監督京內文官，聲名顯赫。北軍雖然不受其節制，卻也久聞其名，一個個進來之後都恭恭敬敬地跪拜行禮，不敢稍有失禮。

蕭聲也不客氣，即使面對職位最高的北軍都尉，也只是點了下頭，等到柴悅進來，他連頭也不點，但是多打量了幾眼。

劉昆升是名義上的掌軍大將，等三十餘位主要將領到齊之後，他上前道：「我等不知左察御史大人到來，有失遠迎，萬望恕罪。」

蕭聲咳了一聲，「還有幾個人沒到。」

劉昆升只得回道：「鎮北將軍、右將軍等人還在路上，左將軍……有罪，現已下獄。」

蕭聲輕哼一聲，「如今天下多事，路途不穩，我從京城遠道而來，不想太早洩露消息，因此沒有派人提前送信。」

眾人都不敢吱聲，有人甚至後悔太早將神雄關奪回了，沒讓欽差遇上暴民。

「不知大人到此，有何要事？」劉昆升只能硬著頭皮發問。

「據報楚軍正在碎鐵城與匈奴大軍隔河對峙，本官奉命前來督戰，犒賞三軍將士。諸位既已返回關內，想必前線大勝，斬首幾何、俘獲多少、頭功為誰？都跟我說說吧。」

劉昆升汗流浹背，欽差來得太突然，一猶豫間，他們已經失去先機，如今大堂內外都是蕭聲帶來的衛士，三十餘名將領束手無策。

可是後悔也沒用，蕭聲是朝中重臣，位在北軍所有將領之上，劉昆升就算早做打算，也不敢扣押左察御史。

「回稟大人，神雄關遇險，楚軍連夜回防，未與匈奴人交戰，而且……」

蕭聲拍案，怒聲道：「區區幾千流民，值得八萬楚軍回防？」

劉昆升跪在地上無言以對，柴悅上前道：「大人息怒，楚軍回防不只是對付奪關的強盜，前線軍情多變，鎮北將軍正與匈奴人和談，此刻想必已經成功，匈奴人暫時不是威脅，而且碎鐵城糧草不足……」

「說話者是誰，報上名來。」蕭聲冷冷地說。

柴悅是衡陽侯庶子，在家中不受寵愛，見過蕭聲幾次，只是沒有得到介紹，但他相信，蕭聲不會對自己毫無印象。

「末將柴悅。」

「柴悅？我只聽說過北軍軍正柴智，什麼時候多出一位柴悅？」

「柴軍正是末將的兄長，不幸遇害……」

「呸，兄長遇害，弟弟就能繼承官位嗎？」

柴悅愕然，拱手道：「末將是鎮北將軍麾下參將，受命與北軍都尉掌管全軍，並未擔任軍正之職。」

「嘿，小小一名參將，竟然能夠掌管全軍，本官若是晚來一步，你是不是連大將的位置也要奪了？」

柴悅跪下，「大人息怒，末將掌軍實是迫不得已……」

蕭聲不給柴悅解釋的機會，轉向劉昆升，「劉都尉，掌管北軍，朝廷只認你一人，現在我來了，你可以交權了。我問你，北軍大司馬印現在何處？」

劉昆升以頭觸地，「卑職無能，大司馬印……被東海王搶走了。」

蕭聲大笑數聲，突然收起笑容，從懷中取出一物，放在書案上，「就是這個嗎？」

劉昆升抬頭看了一眼，認出那果然是北軍大司馬印，心一沉，只得道：「卑職死罪。」

「堂堂北軍都尉，食朝廷俸祿，不能為君分憂，連官印都丟了，真是滑天下之大稽；八萬楚軍，面對匈奴人不戰而退，更是令天下人寒心，爾等可知罪？」

柴悅、劉昆升等人唯有俯首，將領中有見風使舵者，立刻道：「我等奉命行事，與丟印、退軍之事無關。」「我親眼所見，柴軍正是被暗殺的。」「左將軍韓桐剛被關押起來，背後必有陰謀。」

蕭聲任憑眾將求饒，神情不動。

堂外的一名衛士匆匆跑進來，「鎮北將軍入關，正往衙門而來。」

韓孺子提前半天來到神雄關。

第一百九十五章 聖旨何在？

與大單于的和談結束之後，韓孺子回到碎鐵城休息了幾天。在此期間，他親眼見匈奴人拔營向北遷移，安排好了守城將士，接到消息說神雄關已被奪回。

然後他出發了，一旦動身，韓孺子就得馬不停蹄，他一直心懸京城，與匈奴人和談最重要的原因就是希望邊疆快些安定，他好放心返京。

韓孺子只帶了不到一百名衛兵、輕裝上路，計算好了時間，正好中途追上右將軍馮世禮率領的輜重隊伍，這支隊伍早已發出，行進得十分緩慢，正好給鎮北將軍提供糧草。就是在這幾天，神雄關暗潮湧動，韓孺子本人卻對此一無所知，在源源不斷送來的公文中，讀不到這些事情，他只是急著穩定楚軍，等神雄關的事情一了，立刻啟程返京。

撞上左察御史蕭聲，完全是一次巧合。

在北門，韓孺子遇見了前來迎接的蔡興海，蔡興海是名無品的閒職督軍，可以不用去參見欽差，他預感到大事不妙，想要獨騎出關給鎮北將軍送信，沒想到剛跑出城門就望見一隊人馬快速馳來。

「老天開眼！」蔡興海激動得大叫，鎮北將軍比預料時間提前了一個夜晚到達，真是再及時不過。在城門下，蔡興海將欽差到來的消息簡單說了一下，沒提他與柴悅等人策劃的大計，只說欽差很可能要罷免鎮北將軍任命的所有將官，尤其是柴悅。

人困馬乏，韓孺子沒想到剛剛奪回的神雄關又要落入他人之手，「欽差是哪位？」

蔡興海搖頭，他心中慌亂，走得又急，許多事情都沒問清楚。

韓孺子沒有立刻前往衙門，讓蔡興海去找來幾名低級軍吏，又讓隨從泥鰍召集城中的部曲士兵。

軍吏知道得果然更多一些，左察御史蕭聲剛到不久，直闖衙門，三百餘名士兵嚴守內外，裡面發生了什麼還不知道。

韓孺子記得這位顧命大臣，在勤政殿裡，蕭聲的立場飄忽不定，像是崔太傅的附庸，卻不是總為崔家說話，在韓孺子的印象裡，這位重臣心事難測。

張有才前去衙門通報，韓孺子率兵隨後，結果張有才很久都沒回來，他的隊伍在離衙門不遠的地方遭到攔阻，那是一群風塵僕僕的士兵，身上的披風還沒解下，臉上有著一股明顯的傲氣，只在面對鎮北將軍時才稍稍收斂。

韓孺子沒有硬闖，坐在馬上等了一會，向攔路的軍官問道：「你們不是皇宮宿衛吧？」

宿衛分為若干營，服飾比普通將士要鮮艷，這些人身穿的卻是普通盔甲。

軍官微微一愣，回道：「我們是兵部內衛，還有一些人來自大都督府。」

韓孺子笑著點頭，心中有數了。

張有才匆匆跑出來，身後跟著一名士兵。

「左察御史大人召鎮北將軍入見，只許一人，其他人各歸本部。」士兵高聲宣告。

一個「召」字惹怒了韓孺子的衛兵，眾人橫眉立目，甚至伸手握住兵器，蕭聲帶來的士兵也都嚴陣以待，但是人數不佔優勢，不免有些緊張。

韓孺子跳下馬，揮手示意自己的人無需憤怒，然後對蔡興海和晁化道：「你們在此等候，我去見蕭大人。」

兩人都不同意，尤其是蔡興海，顧不得身份與保密，拉著鎮北將軍走出幾步，小聲道：「柴將軍、劉都尉和我說服了不少將領，大家本來想等鎮北將軍一到神雄關，就……就擁立您再次稱帝，沒想到……」

韓孺子吃了一驚，「你們膽子真大。」

「實在是冠軍侯步步緊逼。」蔡興海小聲將來自兵部和冠軍侯的兩封信簡述了一遍。韓孺子恍然大悟，同時又有點哭笑不得，當初是他鼓勵柴悅放手奪取北軍大權的，看樣子，柴將軍深以為然，而且走得更遠。

韓孺子轉身看了一眼，蕭聲帶來的士兵越來越顯緊張，正往一塊靠攏，他對蔡興海道：「既然這樣，我更應該去見蕭欽差。」

「鎮北將軍不要自投羅網，咱們……咱們乾脆帶兵衝進去吧。」

「不必，我自有辦法應付。蕭欽差是文官，不是武將，別把他嚇著了。」韓孺子微微一笑，揮手將晁化叫過來，低聲道：「初更鼓響，我若不出來，你們就衝進去。」

天色已暗，離初更大概只有兩刻鐘左右，晁化領命，蔡興海也稍稍安心。

韓孺子最後看了一眼混在衛兵中的孟娥，向她點了下頭，獨自邁步向衙門裡走去，張有才、蔡興海等人隨行，都被攔下。

衙門裡已經點起燈籠，韓孺子在這裡住過幾天，沒有陌生感，對站立兩邊的內衛士兵也不在意，大步前行，那些士兵反而目光閃爍，不敢正眼看他。

大堂上，眾將仍跪在地上，蕭聲端坐在書案後面，身邊並無衛兵。

韓孺子立而不跪，也不拱手，只是點下頭，「蕭大人一路辛苦。」

蕭聲的神情越發嚴肅，不冷不熱地說：「還好，雖然辛苦些，總算順利，本官此行……」

韓孺子不打算試探，上前一步，問道：「蕭大人帶來聖旨了？」

蕭聲一怔，「聖旨？什麼聖旨？」

「匈奴大軍犯境，邊疆楚軍幾乎每日都向京城遞送軍情，全軍將士時時懸望，只盼聖旨到達，蕭大人親來，想必是帶著聖旨吧？」

蕭聲神情微變，「本官受大都督府與兵部委派……鎮北將軍還是先說說匈奴人吧。」

韓孺子猜得沒錯，左察御史手上沒有聖旨，所以只能帶來數百名內衛士兵，而不是皇宮宿衛，他很可能連加蓋寶璽的兵部調令都沒有。

韓孺子走向書案，跪在地上的眾將紛紛讓開，突然間都被點醒了：欽差欽差，沒有聖旨，何來的欽差？柴悅等人並不笨，只是心中有鬼，被左察御史與欽差的頭銜嚇住了，完全沒想到聖旨的事；韓孺子卻是天天想著京城的動向，推測宮裡到底發生了什麼事，因此第一反應就是有沒有聖旨。他走到書案前，微笑道：「請蕭大人宣讀聖旨吧，我們可都等急了。」

蕭聲的身子挺得更直，面對著曾經坐在寶座上的傀儡皇帝，他心裡不可能坦然自若，這是一次戰鬥，他必須在氣勢上壓過廢帝，他的優勢是年齡、身份與經驗。

「我沒有聖旨，我是代表兵部前來……」

韓孺子收起笑容，「蕭大人不是在開玩笑吧，歷朝歷代，大將在外只領君命，兵部若有調動，也需加蓋寶璽，從未聽說兵部直接干涉邊疆軍務的事情。」

「情況特殊，大都督府和兵部都委派我……」

韓孺子再次打斷蕭聲，「我不懷疑大都督府和兵部的好意，不過請京中的大人們多多關注朝堂、早領聖旨，自然一切太平。邊疆的事，還是交給邊疆的將士們處理吧。」

蕭聲張口結舌，韓孺子轉身對驚訝的眾將說：「不管怎樣，蕭大人遠道而來，雖然沒帶來聖旨，多少也是朝廷對邊疆將士的關懷。遠來為客，大家跪在這裡也不能替蕭大人解乏，還不快去準備酒席，為蕭大人接風洗塵？」

眾將紛紛起身，甚至不明白自己剛才為什麼要跪下，左察御史只管文官，對他們沒有影響，柴悅與劉昆升互視一眼，都感到羞愧，同時對鎮北將軍的信心也大幅增加。

眼看大勢將去，蕭聲起身，大聲道：「北軍大司馬印在此，北軍將士……」

韓孺子立刻轉身，笑道：「北軍將士感激不盡。」嘴裡說著話，突然一跳，上半身趴在書案上，伸手將官印拿在手中，跳回地面。

蕭聲伸手去搶，卻已來不及。在他的印象裡，廢帝少言寡語，雖有幾分藏而不露，卻十分順從，從不當面爭執，沒想到一年多未見，居然變得伶牙俐齒，而且不守規矩，伸手就搶官印，倒像是一名少年兵痞。

韓孺子將大司馬印拋給劉昆升，「劉都尉，拿穩了，別再弄丟了，不是每次都能遇見蕭大人。」

劉昆升雙手抱住大司馬印，「就算丟了老命，卑職也不敢再丟此印。」

「等等，劉昆升沒資格繼續掌管北軍。」蕭聲氣急敗壞地繞過書案，要拿回官印。

韓孺子擋住他，「蕭大人說得沒錯，劉都尉失職罪行不小，其實不只是他，左將軍韓桐畏敵欲逃、右將軍馮世禮身為匈奴人所俘；軍正柴智臨陣擾亂軍心……北軍有罪之將不少，等到回京之時，每一項都要審個清楚明白。可現在不行，外有強敵、內有群盜，正是眾將戴罪立功之時。蕭大人盡可放心，眾將仍在、北軍未倒，必要保得國泰民安，方敢回京請罪。」

不只是蕭聲，滿堂將領都吃了一驚，柴悅等人尊崇鎮北將軍，多半原因是他的廢帝身份，少半原因則是他知人善任，關鍵時刻敢於決斷，這還是第一次見他侃侃而談。

韓孺子自己都有點驚訝，這些話他早就思考過，為的是回京之後解釋自己在邊疆的所作所為，提前說出來，感覺非常不錯。

官與官鬥，比的就是身份與氣勢。韓孺子不僅壯大了自己的氣勢，更將眾將的氣勢提升了一大截，劉昆升將官印妥妥地放入懷內，示意幾名將官一塊來到蕭聲面前，簇擁著他往外走，「蕭大人，您送回大司馬印，就是我的救命恩人，來來，跟我們一塊去嚐嚐軍中的烈酒，不醉不休。」

柴悅看向鎮北將軍，韓孺子輕輕搖頭，等眾將稍稍走遠，他低聲說：「時機未到。」

蕭聲奮力擺脫眾將的束縛，轉身看向廢帝，突然大笑：「好，那就嚐嚐軍中的烈酒！」

他還沒有認輸，只是要換一種鬥法。

第一百九十六章　皇帝就是大勢

左察御史蕭聲承認自己輸了一著，光想著速戰速決，沒有仔細瞭解北軍這些天的變化，更小瞧了廢帝。看來傳言是真的，廢帝正在逐漸顯露鋒芒。

但蕭聲並不承認全盤皆輸，經過一天的休整與打探之後，他更有信心反敗為勝，廢帝的確有幾分本事，幾乎將半支北軍拉攏到手，比冠軍侯擔任大司馬一年的效果還要好。可北軍畢竟是大楚朝廷的軍隊，不是佔山為王的強盜，無論有多喜歡這位少年將軍，他們還是得服從朝廷的命令。

蕭聲認為他就代表著朝廷，唯一的問題是缺少聖旨，以至於有些人不肯接受。

相比於武將，軍中文吏更害怕這位左察御史，在詢問了他們之後，神雄關、碎鐵城的軍情在蕭聲眼裡變得越來越清晰。他感到懊惱，廢帝在邊疆自作主張，早已是漏洞百出，任何一條都足以定罪，他要是早點知道，絕不會在大堂上陷於無言以對的窘境。

到達神雄關的第二天下午，蕭聲設宴回請北軍將領，還有一些他所認識的勳貴子弟。廢帝受邀卻沒有來，昨晚的宴席他就沒有參加，蕭聲明白這是蓄勢待發，所以也不著急出手，而是要排兵布陣，一切妥當之後，再發出致命一擊。

在宴席上，蕭聲一反常態，隻字不提匈奴人，與眾人講往事、論交情，提起京城如何重視北軍，各家族又是如何掛念自家的子弟。最後，他將話題引到了尚在關押中的「柴家人」身上，眾人沉默，規避這個敏感話題。蕭聲也不強迫，宣佈宴席結束，唯獨留下柴悅。

在眾人看來，蕭聲這是要向柴悅求情，柴悅不僅是柴家人，還是鎮北將軍親信，由他開脫自家親戚，理所應當。蕭聲算是找對了人，北軍都尉劉昆升逃過一劫，離開時腳步都變得輕鬆。

可這只是掩人耳目，蕭聲才不在乎那些「柴家人」，他遠道而來，不是為了挽救親侄兒出獄。事實上，他離京時，根本就不知道這樁事，他看得非常明白，只要從廢帝手中奪回北軍，放人無非是一句話的事。爭奪北軍的關鍵不是掌印官劉昆升，而是連正式官銜都沒有的柴悅，碎鐵城的兩戰，令他取得極高的威望。

屋外寒風呼嘯，蕭聲看著杯盤狼藉的幾張桌子，說：「今年冬天比往年冷。」

「久駐邊疆的將士們也都這麼說。」柴悅垂手站立，小心地回答，突然間，他又變成衡陽侯府無足輕重的庶子，在位高權重者面前謹小慎微。

蕭聲卻不是那個冷眼看人的長輩，微笑道：「或許這是件好事，寒冬凜冽，匈奴大軍和各地暴民沒準都會被凍死，楚軍給養充分，不怕。」

這是文官才會說出的話，即使對方不是柴家的親戚，柴悅也不會反駁，可他並不想閒聊，於是道：「被關在碎鐵城的柴家人……」

「他們罪有應得，竟然在大軍之中意圖謀殺自家人！」蕭聲顯得很憤慨，然後緩聲道：「本官留下柴將軍，是想聽聽你對天下大勢的看法。」

柴悅吃驚地看了左察御史一眼，「末將人微言輕、見識淺陋，怎敢妄評天下大勢？」

「哈哈，柴將軍過謙，你可知道京城這段時間都發生了什麼？」

柴悅搖頭，站得越發謹慎，「末將不知。」

「坐。」

柴悅猶豫了一會，才在蕭聲對面的凳子上側身坐下。

「實不相瞞，沒人知道京城到底發生了什麼，根源皆在宮中。陛下多日沒有上朝，太后也只是偶爾前往勤政殿聽政，對一切奏章都不肯發表意見，也不做批覆，就是因此，本官才沒有帶來聖旨。」

柴悅模稜兩可地嗯了一聲。

「朝野人言洶洶，猜測陛下與太后皆染重疾，無力執筆。私下裡說，事有異常，太后畢竟還能聽政，不至於連奏章都批覆不了，太后此舉必有原因，只怕……太后又要挑起事端。」

直接議論皇帝與太后，乃是為官者大忌，柴悅自忖與蕭聲的關係還沒有密切到可以無話不說的程度，連嗯也不發了，只是盯著面前的一杯殘酒。

「大楚經不起折騰了。」蕭聲嘆息道，將柴悅當成了忘年之交，「桓帝、思帝、廢帝、當今聖上，這才幾年時間，宮中動蕩多變，將武帝辛苦奠定的家底都要敗光了，這就是大勢，柴悅，皇帝就是大勢。」

「做臣子的能有什麼辦法？只能懷著一顆忠心，慢慢等待吧。」柴悅不得不說話。

「當然，臣子不可僭越，宮中無論發生什麼，臣子都只能接受。可有些人身份特殊，不受臣子之禮的約束，這種人不多，眼下只有三位，柴悅，你覺得呢？」

由「柴將軍」到「柴悅」，並非冷淡，而是親切。

「冠軍侯、東海王，還有……鎮北將軍。」柴悅答道。

「沒錯，宗室子弟雖眾，唯有這三人與眾不同，各有追隨者。柴悅，你支持哪位？」

柴悅抬起頭，「小小參將，與大勢沉浮而已，蕭大人從武帝在位時就是朝中重臣，您支持哪位呢？」

蕭聲笑了兩聲，冷冷地說：「我是大臣，可我首先要為蕭、柴兩家著想，我支持誰？我支持最可能登基的那一位。」

「冠軍侯？」

「這就是我要跟你說的大勢，柴悅，在外人看來，朝堂風雨飄搖，其實大勢已定，冠軍侯最早得到消息，即刻返回京城，佈局多日，脈絡已成，我可以向你透露一句：冠軍侯已經得到殷宰相的支持。」

宰相殷無害年高德重，在朝中影響極大，有他的支持，冠軍侯的確已經遠遠跑在了前面。

柴悅沉默了一會，「東海王呢？」

「東海王正趕往京城，我們在路上遇見過。他還有幾分希望，與他本人無關，而是因為外有崔太傅支持，內有其母周旋。我得到消息，一個月前，東海王之母被接入宮中，這或許意味著什麼。沒關係，冠軍侯與東海王，無論誰登基，蕭、柴兩家都能安枕無憂。」

「還有鎮北將軍呢？」

蕭聲輕笑，「鎮北將軍，嘿，柴悅，你們離開京城太遠、太久，連目光都變得短淺了，以為廢帝就能再當皇帝嗎？你們都弄錯了，廢帝恰恰是他不能當皇帝的原因，當他退位的時候，滿朝文武沒有一個站出來替他說話，這時候誰會支持他？等他重登寶座報復群臣嗎？」

「鎮北將軍不會這麼做。」

「鎮北將軍怎麼做不重要，關鍵是大家認為他會怎麼做。柴悅，你若想自立門戶，首先得學會『自立』的想法，不要受鎮北將軍的影響，也不要受我影響，冷靜地觀察，你會得出正確的結論。」

「支持鎮北將軍的人不只我一個。」

「就算整支北軍都支持又能如何？與京城相隔六百里，中間關卡重重，而且你們已經晚了。」

「晚了？」柴悅沒聽太懂。

「我從京城出發時，南軍正在返京途中，這時候應該已經到了。當然，沒有聖旨，南軍不能回京，崔太傅是聰明人，很可能將大軍駐紮在京北懷陵，離京城很近，又不算返京，而且還有一個好處。」

「掐斷北軍返京的道路。」柴悅的臉色變了。

「沒錯，只要南軍橫在懷陵，京城之事就與北軍無關。」蕭聲頓了頓，「也與鎮北將軍無關。」

柴悅略顯茫然，「既然如此，蕭大人來神雄關究竟所為何事呢？」

「如今朝中大臣多半支持冠軍侯，少量傾向於東海王，想要脫穎而出，就要做點實事。冠軍侯第一希望北軍能夠擊敗匈奴人，為他增加威望；第二，他不希望有後顧之憂，一點也不想有。鎮北將軍是一憂，東海王是另一個，但是在解決崔太傅的南軍之前，東海王不能動，所以就只能先從鎮北將軍這裡下手。」

柴悅沉默不語。

蕭聲站起身，繞過桌子，站到柴悅身邊，「不是每個人都有你這麼好的機會，自立門戶之後，你能與柴府平起平坐，所謂的出身也就不重要了，柴府上下誰不討好你呢？」

「冠軍侯……知道我嗎？」

「現在還不知道，等你做出大事，天下聞名；再加上我的推薦，冠軍侯必定重賞於你。」

柴悅緩緩起身，「大勢真的已經確定了？」

「京城人所共知。」

柴悅畢竟年輕，改變主意時會臉紅，「我得到消息，三天之後，會有幾名匈奴使者來神雄關，與鎮北將軍繼續和談，這算是……」

蕭聲大喜過望，「大事已成，冠軍侯無憂矣，柴悅侄兒，這幾天你什麼都不用做，三天之後，匈奴使者一到，先帶他們來見我，即是大功一件。」

柴悅點點頭，眉頭緊皺，似乎還在猶豫，蕭聲拍拍他的肩膀，「你是大楚的將軍、是柴家的子孫，為國盡忠、為家盡孝，除此之外，沒有什麼值得你當真。」

次日一早，蕭聲開始以左察御史的身份拉攏神雄關內的將官。他不求所有人都倒向自己，軍人總是目光短淺，以為誰能帶他們打勝仗就應該支持誰，蕭聲只想在發起致命一擊的時候，身邊的勢力能與廢帝相抗衡。

勾結外敵，這個罪名足夠將廢帝擊垮了，如果說之前的和談還有點理由的話，繼續和談就是明目張膽地背叛。

三天後的中午，柴悅遵守承諾，將剛剛趕到的幾名匈奴使者直接帶到了蕭聲的住處。蕭聲早已做好準備，也不審問，直接帶領大批將士前往衙門，以眾將的名義請鎮北將軍出衙說話。

部曲營的頭目晁化站在門口，向眾人拱手，最後對蕭聲說：「鎮北將軍不在。」

「不在？他去哪了？」

晁化看了一眼柴悅，向蕭聲微笑道：「鎮北將軍數日前動身前往京城，現在……應該快要到了吧。」

在見過蕭聲之後，韓孺子立刻就明白過來：在神雄關與左察御史爭鬥，是在浪費時間。

第一百九十七章　返京

杜穿雲的到來，堅定了韓孺子立刻返京的決心。

杜穿雲早已奉命回京，可如今道路上已不像從前那麼安全，他耽誤了一些時間才到達京城，又急急忙忙回到神雄關，比左察御史晚了一天。沒有書信，只帶來一句話：「夫人說，待邊疆穩定之後，請倦侯盡早回京。」

因為這句話，韓孺子再也待不住了。

左察御史蕭聲回請北軍諸將時，韓孺子換上普通士兵的衣甲，在黃昏時分出城，身邊只帶著孟娥和杜穿雲。城內知情者寥寥無幾，守衛城門的士兵完全沒懷疑這三人，怎麼也想不到鎮北將軍就「藏」在其中。

柴悅向蕭聲虛與委蛇的時候，韓孺子等三人已經到達關內的第一處驛站，杜穿雲手持加急公文，由驛丞加蓋印章，換馬之後再度出發，只停頓了不到一刻鐘。

韓孺子和孟娥等在外面的官道上，他注意到驛站的大門有明顯的毀壞痕跡，不用問，這是前些天群盜攻打神雄關時留下的。驛站加強了防守，官兵數量由平時的不到五人增加到二十多人。

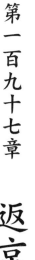

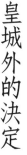

「內亂延續下去，會將大楚拖垮。」韓孺子輕聲道，自從與大單于達成和談之後，他一直有些不安，偶爾會覺得自己犯了大錯。

現在他心中的不安減少許多，內憂外患不可能同時解決，大楚境內的驛站有幾千所，哪怕只有一半增強守衛，也會牽扯大量楚軍，削弱對抗外敵的力量；反之也是一樣，想要徹底打敗匈奴，需要大量增兵，使得關內防守空虛。

孟娥瞥了他一眼，「別人聽到你用這種語氣說話，會以為你是皇帝微服私訪。」

韓孺子微微一笑，即使是在剛剛退位、毫無根基的時候，他也保持了皇帝的思維習慣，總覺得自己對天下負有不可推卸的責任。

杜穿雲與兩名驛兵牽著馬出來了，三人上馬，連夜趕路。走沒多遠，杜穿雲問道：「倦侯，你能受得了嗎？這麼沒日沒夜的騎馬奔跑，就算是武功高手也堅持不了多久。」

杜穿雲剛剛完成一段遠程送信，在神雄關休息了不到兩個時辰，看上去卻很精神，更擔心倦侯會受不了。

「等我堅持不住的時候，會停下休息的。」韓孺子白天時也睡了一陣，熬一夜沒有問題。

第二天一早，蕭聲開始在神雄關內拉攏眾將，柴悅等人也在悄悄推進計畫，韓孺子到達第二處驛站。這裡駐紮的士兵更多，有五十幾名。而且顯得很緊張，門戶緊閉、不敲不開，聽說這三名神雄關士兵只換馬不換人，驛丞很高興，他實在騰不出多餘人手，「附近的暴民只要鬧事，肯定先攻打驛站，我們這已經被燒過一次，還好沒燒光……」

驛丞有點囉嗦，做事卻很快，一刻鐘之後，韓孺子等人再度出發，早飯、午飯都在馬背上解決。

午前不久，三人經過官道上的第一座縣城。雖說是冬季，街上也顯得太冷清，幾乎沒有行人。兩邊的店鋪大都虛掩門戶，根本不想開門攬生意，就連衙門口也關上大門，只留便門。幾名差人探頭探腦，驚慌地望著三名「驛兵」馳過，這種時候，驛兵跑得越快，越沒有好消息。

還在碎鐵城的時候，楚軍將士都想快點回到安全的關內，沒有料到關內早已不是從前的太平世界。

離開神雄關三天，左察御史蕭聲正在神雄關衙門外目瞪口呆的時候，杜穿雲也在感到驚訝萬分。他們停在路邊吃點乾糧，都顯得有點萎靡，尤其是杜穿雲，一直就沒有好好休息過，腦子都有點發暈了，「倦侯真的不需要休息嗎？」

韓孺子很疲憊，但他不想休息，只想趕路，盡快加入那場已經開始的比試。

「皇帝的吸引力真是大啊。」杜穿雲只能得出這樣的結論，自己也不敢說累了。

第四天，三人不得不停下，驛丞告訴他們，一群暴民正在攻打前方不遠的一處軍寨，他們的體力也已達到極限，於是睡了一個晚上。次日一早，聽說戰鬥已經結束，立刻上馬趕路。

攻打軍寨的不是強盜團夥，而是一群真正的「暴民」，手中的兵器大都是鋤鎬，衣裳襤褸、骨瘦如柴。這樣一群人的戰鬥力可想而知，軍寨中的兩三百名官兵一開始被嚇得不敢出戰，幾次試探之後，發現敵人其實軟弱無力，便展開了一場屠殺。

韓孺子等人騎馬經過時，看到了屠殺之後的場面。暴民已經潰散，在官道和山坡上留下數百具橫七豎八的屍體，士兵們正興奮地檢查屍體、收割人頭，一名大鬍子軍官揮舞手中光滑潔淨的腰刀，大喊道：「立功啦！立功啦！不留活口，只要人頭！誰誰，拿我的刀去沾點血，從此以後這就是寶刀啦。沾血就行，別砍，壞了我的刀。」

三名「驛兵」差點被興奮過頭的士兵給攔下，杜穿雲憤怒異常，險些拔刀衝上去，孟娥搶先上前，粗聲表明身份，士兵們這才放行，走出很遠，他們還能聽到軍官得意的笑聲。

「咱們昨天晚上不該睡覺的，應該……應該……」杜穿雲也不知道能做什麼，扭頭看向倦侯，「你一定要當上皇帝，救救天下的百姓，他們只是受不了飢餓！拿走糧食的是官兵，殺死他們的也是官兵。」

韓孺子點點頭，什麼也沒說。

接下來的行程又是沒日沒夜，除了換馬，三人很少停下。即使遇上下雪天，也只是稍稍放緩速度，離京城越來越近，暴亂的跡象越來越少，途中經過的城鎮開始有了幾分熱鬧氣息。

終於，在一座叫白橋鎮的地方，他們即將進入京畿地界，也遇上了難以逾越的障礙，這障礙不是天塹、不是強盜、不是暴民，而是一支楚軍。

白橋鎮有一座白石砌成的拱橋，過橋即是京城屬地，天氣晴朗的時候，站在高處甚至能望見高聳的城牆，但是白橋鎮歸屬懷陵縣。

一隊南軍將士佔據了白橋鎮，主街上十步一崗、五步一哨，橋頭更是設置了數重鹿柵，幾百名士兵在此守衛，對出京方向管得不嚴，對進京方向卻如臨大敵，所有行人都要經過至少十名軍官親自檢查。

韓孺子一路上馬不停蹄，離開神雄關的消息肯定還沒有傳到這裡，可南軍已經做好準備，他猜測這與東海王有關。

韓孺子不敢進鎮，南軍十有八九是專門攔截他的，將士當中肯定有人認識他；孟娥也不能進去，她的裝扮與聲音都沒有破綻，可一旦被搜身，還是會露餡。

杜穿雲脫掉盔甲，換上普通衣裳，獨自進鎮。沒多久就回來了，搖頭道：「不行，我看到崔府的幾名僕人混在橋頭士兵當中，他們肯定認得倦侯。」

他們停在鎮外的一處彎路後面，兩邊盡是積雪覆蓋的樹林，進也不是，退也不是。留在這裡又有點扎眼，韓孺子只好先往回走，希望找個地方休息一下，夜裡想辦法過河。

他與孟娥摘下頭盔，在甲衣外面穿上長袍，雖然稍顯怪異，但是不會被當成士兵了。鎮外不遠有一座廢棄的土地廟，韓孺子與孟娥在裡面休息，杜穿雲則去樹林裡勘察地形，尋找過河的路徑。

廟很小，四面漏風，韓孺子坐在傾倒的石製香案上，背對只剩半截的神像，第一次為返京感到緊張。在神雄關，他有部曲營，有柴悅這樣的追隨者，有一批還算忠誠的將士，即使面對朝中高官，也能輕易擊敗。在這裡，他卻被一隊南軍士兵攔住，寸步難行。

孟娥站在門口，向官道上遙望，頭也不回地問：「你後悔了？」

「我不後悔，神雄關雖然安全，卻不是長久之計，柴悅等人想擁我稱帝，他們卻沒想過一件事，一旦朝中大臣確立新帝，或者當今皇帝度過難關重新上朝，北軍還會擁護我嗎？眼下是非常時期，人心思變，萬事皆有可能。時機一過，就算是武帝重生，也得不到多少支持。我必須回京，北軍的支持會對我提供一些幫助，我在京城的成功，反過來也會令北軍更加支持我。」

孟娥想不了那麼多事，只是陪韓孺子聊天，目光仍然望向遠處，但她能感覺到他需要傾訴。

「可是在京城，你靠什麼奪得帝位呢？」

「嗯，冠軍侯回來得最早，有大臣的支持，東海王有南軍做靠山，我靠什麼？我相信小君，她讓我回京必有理由，絕不會讓我無謂地冒險；還有我母親，還有……楊奉。」

說出「楊奉」兩字，韓孺子有點勉強，在最值得信任的名單中，這名太監已經排到幾十名開外。除了推薦過房大業，這麼久以來，楊奉沒有傳遞過隻言片語，他自己也說過，只支持最有可能當皇帝的人。

「最關鍵的是，我相信太后。」

「太后？」孟娥扭頭看了韓孺子一眼，她瞭解太后，因此更加驚訝。

「太后偶爾還會去勤政殿聽政，這說明她還活著。」韓孺子頓了頓，「等到太后出手，冠軍侯與東海王的優勢還能剩下多少？」

非得諸強相爭，才有弱者的機會。韓孺子只擔心一件事，他根本進不了京城。

今晚無論如何要想辦法過河，韓孺子正要開口，孟娥小聲道：「有人來了。」

韓孺子起身走到門口，望見一隊騎兵正從白橋鎮的方向馳來。

第一百九十八章 北軍之怒

韓孺子還在路上的時候，神雄關裡亂成一團。

左察御史蕭聲精心準備了一切，結果對手卻提前跑了，胸中一股怒火無處發洩。如果這是京城，如果對手是一位資歷深厚的老臣，他或許能夠忍耐得住，起碼表面上不動聲色，可這裡是偏遠的神雄關，對手是一名十幾歲的少年，周圍是一群軍人……

一切都令蕭聲怒火中燒，就連那些被他拉攏過來的將官，也顯得面目可憎，鎮北將軍逃回京城這麼大的事情，居然沒人發現，更沒人提醒他一聲。

蕭聲原地轉了一圈，目光落在柴悅身上，對這名「柴家人」，他曾經花費最多的精力……當然，所謂的「最多」，只是相對於神雄關的幾萬名將士而言。一個時辰的酒宴、加上半個時辰的勸說，對一名小小的無名參將來說，這絕對是高看一眼。可柴悅卻將他給騙了。

「柴家逆子。」蕭聲咬牙切齒地說。

柴悅向蕭聲微鞠一躬，在發生這麼多事情之後，蕭聲居然還想用「柴家」來要挾與利誘他，實在是匪夷所思。柴悅最瞭解自家人的品性，心裡很清楚，從他不願盡心盡力刺殺鎮北將軍那一刻起，就已注定得不到柴家的諒解。

「鎮北將軍既然不在，就該由蕭大人總督神雄關邊疆軍務了。」柴悅客氣地說。

劉昆升的職責範圍只在北軍。萬餘名雜軍，以及協調周圍各縣供應糧草之事，都不歸他管，韓孺子曾經得到過大將軍韓星的任命，他走之後，該由官銜最高的人接任。

蕭聲怒極反笑，突然看到人群中的幾名匈奴使者，伸手指過去，「你們，你們來做什麼？」

匈奴人互相看了一眼，走出一人，拱手道：「我們應邀來與大楚繼續和談。」

旁邊有人小聲提醒蕭聲：「這是歸義侯二公子金純忠。」

「又是一個逆子、叛徒。」蕭聲冷冷地說，無意壓低聲音，「你們應邀而來，應誰的邀？」

金純忠臉色微紅，還是挺身道：「應大楚鎮北將軍之邀。」

「鎮北將軍就是最大的叛徒！」蕭聲再也忍耐不住，「和談結束了，不，根本就沒有和談，鎮北將軍私自和談，犯下了通敵之罪。還有你們，你們所有人，竟然在匈奴人面前逃走，與投降敵軍同罪。若想贖罪，現在就殺死匈奴使者，大軍出關，去擊敗匈奴人，殺死他們、俘虜他們，揚大楚國威，讓匈奴騎兵再不敢靠近邊關一步！」

若是在冬季之前，這番慷慨激昂的話會激起不小的鬥志，現在卻只能讓周圍的眾將士面面相覷。

柴悅上前道：「匈奴人已經北上，前往山谷中過冬，楚軍糧草不足……」

「糧草只是藉口，你們都被鎮北將軍蒙蔽了，匈奴人北上，現在就去追趕，糧草不足，立刻徵發就是。」

柴悅錯愕道：「現在是冬天，糧儲不足，附近各縣已徵發數次，以致民不聊生，倉促之間，如何徵發？」

「柴悅，你不再是將軍了，來人，把他押下去，檻車送往京城，由兵部定罪。」

幾名軍官走向柴悅，邁出兩步之後又停下了，因為柴悅身後的人太多。

眾人站在神雄關衙門前的街道上，柴悅背北朝南，身後站著大量將士，密密麻麻地看不到頭，衙門口的台階上，還有一些部曲士兵，也都站在柴悅這邊。

蕭聲轉身看去，他拉攏到不少人，粗略看去不比對面少，只是士氣不足，對面的人已經紛紛握刀，他的人卻個個面露驚慌，似有退意。

蕭聲當然不服氣，如果人多勢眾者就能獲勝，那還要大楚朝廷做什麼？他又何必拚死拚活地往上爬？

「本官乃左察御史蕭聲！受大都督府與兵部委派，來此接管所有楚軍，我這裡還有北軍大司馬的親筆信，要求北軍將領服從本官的命令。」蕭聲的確有這樣一封信，從懷裡取出，高高舉在手中。

柴悅身邊的劉昆升道：「北軍大司馬在信中說了什麼？蕭大人唸來聽聽。」

蕭聲正有此意，打開信，高聲唸道：「北軍眾將士聽令，北軍大司馬、冠軍侯施命爾等進擊匈奴、奮勇殺敵……」信很長，大意是命令北軍務必擊敗匈奴人，不可退卻、不可聽從外人蠱惑，大司馬印轉由軍正柴智掌管，左察御史乃冠軍侯親信重臣，柴智等人要服從蕭大人的命令，云云。

柴智的死訊還沒有傳到京城，冠軍侯在信中對他寄予厚望。

信已念畢，蕭聲向眾將道：「鎮北將軍返京，無異於自投羅網，你們若不懸崖勒馬，跟他是一個下場。我不妨明說，當今聖上重病垂危，冠軍侯很快就將繼位登基，他的命令就是聖旨……」

柴悅問道：「冠軍侯肯定能登基？」

蕭聲最恨此人，冷笑道：「當然，否則的話，我為什麼遠道而來？京城大勢已定，沒準冠軍侯此刻已然登基，聖旨就在路上。」

大街不是朝堂，將士也不是文臣，蕭聲的反應倒快，他明白，必須用直接淺顯的話語，才能打動這些人，從而一舉奠定勝局。他已經漏掉了廢帝，一旦冠軍侯聽說這個消息，不知該有多麼氣憤，他必須盡快立功自保。

這些天來，新皇帝的消息一直在軍中悄悄流傳，蕭聲是第一個公開提出來的人，眾人倒也不是特別意外。

柴悅走上兩級台階，站得更高一些，大聲道：「蕭大人說冠軍侯肯定會登基，本人蠢笨，卻有一個疑惑，冠軍侯身為北軍大司馬，北軍將士盡是他的臂膀爪牙，可他不將北軍調往京城助陣，卻頻頻命令北軍遠攻匈奴，打一場難勝之仗，究竟為何？」

蕭聲正要開口解釋，柴悅又道：「蕭大人曾經親口對我說，南軍已經返京，將要輔佐東海王稱帝，是也不是？」

蕭聲察覺到柴悅的用意，一時語塞，後悔此前透露這個消息了。

柴悅挑起了所有人的疑惑，尤其是南軍返京的消息，令北軍眾將士憤怒，南、北軍向來不和，一旦讓南軍扶立新皇帝，北軍再沒有好日子可過了。偏偏在這種時候，冠軍侯卻命令他們北上進攻匈奴人，離京城越來越遠。

「冠軍侯不會虧待北軍！」蕭聲喊道，揮舞手中的信，「只要你們擊敗匈奴人，冠軍侯自會重重地獎賞所有人……」

柴悅踏上最高一級台階，伸手指向蕭聲，「蕭大人，前來神雄關的路上，你從何人手中得到大司馬印？」

「本官沒有必要回答……」蕭聲左右各看了一眼，發現自己必須回答這個問題，柴悅的話太具蠱惑力，連蕭聲身後的人都開始交頭接耳地議論，「我從東海王手中拿到大司馬印。」

這不是什麼新消息，很多人早就知道此事，柴悅只是要當眾再提起來，「南軍返京，準備輔佐的人就是東海王。蕭大人自稱奉冠軍侯之令來到神雄關，卻與冠軍侯的對手交情不淺。請問蕭大人，朝野議論蕭大人唯崔太傅馬首是瞻，是真是假？」

蕭聲心中又驚又怒，三天前，他敗給了年輕的廢帝，現在他又要掉入年輕將軍的彀中，他早就見過柴悅，為什麼當年沒看出這名唯唯諾諾的柴家庶子是頭狼呢？

「我有冠軍侯親筆信……」蕭聲牢牢抓住最後一根救命稻草。

柴悅卻已準備刺出最後一劍，「事實再清楚不過，冠軍侯在京城已被軟禁、甚至遇害，蕭大人根本不是奉冠軍侯之命而來，他奉的是崔太傅和東海王之命！目的只有一個，將北軍送上戰場，借匈奴人之手消滅北軍，為東海王登基消除後顧之憂！」

「胡說！誣陷！」蕭聲氣得聲音都在顫抖，「我手上有冠軍侯的親筆信，你們這些笨蛋，冠軍侯能夠說服南軍……」

再說什麼也是多餘，柴悅已經說服街上的全體將士。

「回京！回京！」叫聲越來越響亮。

「為冠軍侯報仇！」

「北軍不去送死！」

蕭聲的辯解完全被吞沒了，他憤怒地想要抓住幾個人強迫他們聽自己說話，結果被不客氣地推開。

劉昆升等人驚訝地看著柴悅，他們知道柴悅早有準備，卻沒料到他能將左察御史擊敗得如此徹底，更沒料到他用以說服北軍將士的理由不是鎮北將軍，而是冠軍侯！

柴悅走下台階，向劉昆升說：「劉都尉，返京嗎？」

「當、當然。」劉昆升掌印，返京的命令只能由他下達，「可是以什麼理由……還有神雄關怎麼辦？」

「北軍返京，剩下的人守衛神雄關，此地糧草不足以長久供養北軍，返京途中有數座糧倉，正可取食。至於理由，」柴悅看向金純忠，「匈奴人派出使者要與大楚和談，北軍護送使者進京。」

劉昆升心中大安，對他來說，順應軍心就是最好的選擇，他只剩一個疑問：「鎮北將軍呢？」

柴悅微笑：「這正是鎮北將軍的計策。」

劉昆升恍然大悟，鎮北將軍不想這個時候當出頭鳥。冠軍侯與東海王、南軍與北軍，才應該是爭鬥的主角。以冠軍侯的名義調回北軍，惹怒這位遠離北軍的大司馬之後，鎮北將軍將有機會完全掌握這支大軍。在這個過程中，柴悅充當「說謊者」，不影響鎮北將軍的威望。

白橋鎮外的廢廟裡，韓孺子與孟娥正觀望著官道上的騎兵，這是他最為脆弱的一刻，作為能影響「千里之外」的力量，北軍尚在路上行進；「十步以內」，他只有孟娥。

第一百九十九章 雪林

皇城外的決定

孟娥小聲說：「藏起來。」

韓孺子看了看，廟很小，實在沒什麼地方可藏，只有半扇門板還堅守在原處，他轉到門後，貼牆站立。對於如何奪回帝位，他心裡有一個完整的計畫，可他做不到料事如神，更沒法將每一步都計算得妥妥當當，破廟、士兵等等都不在他的預想之內，只能走一步算一步。

京城裡沒人認識男裝的孟娥，或許她真能將來者打發走。

孟娥退後幾步，正好能看到門後的韓孺子，走到她對面的人即使轉身，也只能看到破舊的門板。

馬蹄聲從門前經過，韓孺子剛有一點放心，突然想起，外面還有三匹驛馬，來者不可能沒注意到。馬蹄聲迅速減弱，十餘名士兵下馬，踩著雪走來，韓孺子隔著門縫看到有一道身影閃進來。

「你是什麼人？從哪來的？到哪去？」來者問道。

「我是神雄關士兵，去往京城送信。」孟娥回答，就連韓孺子也聽不出這是一名女子。

「你一個人？」

「嗯。」

「外面怎麼有三匹馬？」

杜穿雲步行去查看地形，三匹馬都留在了廟外，孟娥道：「換著騎。」

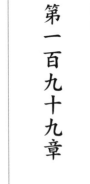

來者沉默了一小會，「一個人帶三匹馬，你送的是急信嘍？」

「嗯。」

「離天黑還有一會，你不急著趕路，停在這幹嘛？」

解釋了這個關鍵問題，或許能將來者勸走，韓孺子很想聽聽孟娥怎麼說，結果卻出乎他的意料，更是將那名軍官嚇了一跳。

孟娥尋思了一會，大概是想不出合適的理由，她撩開長袍衣襟，將刀拔出來。

「你、你想幹嘛？」軍官立刻後退，身影擋住了門縫，也將自己的刀拔出來，廟外的士兵紛紛跑來支援。

原來孟娥最終的解決手段就是動刀，她站的位置很巧妙，外面的人頂多同時進來兩三人，無法將她圍住。身為一名武功高手，孟娥完全合格，韓孺子相信她甚至想好了計畫，要將十餘名士兵全部殺死，可是作為一名掩護者，她實在失敗。

韓孺子不能再躲了，大步從門後走出來，伸手道：「且慢動手。」

軍官又嚇一跳，幾名士兵已經趁機進廟，呈扇形排列，個個手持腰刀，孟娥輕輕嘆了口氣，將刀收回鞘中，對她來說，最好的時機一瞬即逝。

官兵們稍稍放心，刀卻沒有收回，軍官打量了幾眼新冒出來的人，「你是誰？」

「我們一起的，從神雄關出發，給京城送信。」

「你們……」

韓孺子不等對方問出口，直接回道：「我們送的不是公文，是一封私信，沒想到白橋鎮會有南軍的兄弟把守，一時弄不清怎麼回事，所以在廟中暫留。」

軍官將刀垂下，「給誰送私信？」

韓孺子面露難色，「這個……是左察御史蕭大人的私信。」

「給誰？」

「只說送到府中，別的事情我就不知道了。」

軍官示意，廟裡的五名士兵也將手中的刀垂下，但是仍不肯收回鞘中。

「既然是執行公務，你們緊張什麼？過橋去吧，沒人阻攔你們，南軍駐守白橋鎮，是為了提防周圍的暴民，你們從神雄關一路趕來，遇見不少事吧？」

「唉，一言難盡，能安全走到這裡，全靠謹慎，還有幾分運氣，所以走到白橋鎮，一看到人多，就有點害怕了。」

「哈哈，官兵怕什麼官兵啊？走吧，我送你們一程，就你們兩位，沒有第三位了？」

「還有一位在鎮子裡，待會能回來，我們在這等會，就不勞動諸位兄弟了。」

軍官似乎被說服了，收起刀，廟內廟外的士兵也都收起兵器。

「既然這樣，我們就不多事了。你們不用害怕，到了這已算是天子腳下，有南軍鎮守，保你們太平無事，只管趕路就是。」

韓孺子長出一口氣，笑道：「有你這句話，我就放心了，等同伴回來，我們立刻過橋，找家店住下，明天一早就能進京將信送到蕭大人府中了。」

雙方拱手，客氣地告別，軍官帶人上馬，沿著官道繼續向前巡邏，但是有一名士兵調轉方向回白橋鎮。

韓孺子目送士兵遠去，轉身對孟娥說：「他不相信我。」

「嗯。」孟娥話不多。

「把長袍留下，馬匹也留下，咱們去找杜穿雲。」

孟娥也不多問，脫下長袍放在香案上，韓孺子去外面拿來兩頂頭盔，壓住長袍，等到天色再黑一點，從外面望去，很像是兩個人並肩而坐。

「走吧。呃，妳能找到杜穿雲嗎？」韓孺子能出主意，但是對跟蹤就不在行了。

孟娥點點頭，帶頭出廟，向樹林深處走去，兩人都穿著輕便的皮甲，負擔倒是不重。

林地難行，韓孺子看著身後的腳印，嘆道：「我要是會杜穿雲的踏雪無痕就好了。」杜穿雲曾經在侯府裡展示過踏雪無痕的輕功，雖然跑不出太遠，可有時候還是挺有用的。

「我背你。」孟娥說。

韓孺子馬上搖了搖頭，「我只是隨口說說罷了，就算是杜穿雲也會留下腳印，瞧，前面就是，反正很快天就要黑了……」

「你走得太慢，天黑以後我就沒辦法追蹤了。」孟娥側身。

韓孺子還是搖頭，孟娥雖是男裝，在他眼裡卻是再真實不過的女子，「我加快腳步就是。」

孟娥扭頭看著他，靜靜的目光裡有一絲責備，好像在說如此扭捏的一個人怎麼能當皇帝？

「好吧。」韓孺子受不了這種監督似的目光，走到孟娥身後，伸手搭在她的肩上。

韓孺子的個頭與孟娥差不多，體重也相差無幾，孟娥雙手一托，將他背起，小步向前跑去。既沒有踏雪無痕，速度也不是很快，可是不久之後，孟娥顯出了自己的本事，她在雪地中如履平地，地上雖留腳印，卻從來不會深陷進去；速度不快，卻能一直保持，總能及時躲過橫生的樹枝。

陽光逐漸消退，杜穿雲在地上留下的腳印時有時無，這時更難辨認了，孟娥卻沒有減速，她好像大致猜到了杜穿雲前進的方向。

夜色降臨，孟娥終於停下，韓孺子小聲道：「我可以下來了。」

孟娥卻沒有放他下來，從喉嚨裡發出幾聲奇怪的鳥叫，停頓片刻，換個方向又叫了幾聲，第四次之後，遠處傳來了回應。

「咦，妳和小杜事先商量好的嗎？」韓孺子很是驚訝，孟娥與杜穿雲並不熟，從神雄關一路走來，直到第三天杜穿雲才認出她是一名女子，雖然沒多問，但是更少與她說話了。

「江湖上的玩意，大家都會。」孟娥解釋得很簡單，背著韓孺子繼續前進。

天色已黑，她的速度明顯放慢，與行走無異，偶爾還會停下模仿鳥叫聲，回應聲越來越近。

一段距離之後，孟娥小聲說：「下來吧。」

韓孺子馬上下來，「謝謝。」他說，知道孟娥這麼做是不想讓他在杜穿雲面前丟臉。

兩人一前一後，走出沒多遠，前方傳來一個聲音：「敢問閣下是何方英雄？」

韓孺子微微一驚，那聲音有些蒼老，明顯不是杜穿雲，他不知該如何回答，孟娥突然退到他身邊，順手拔刀出鞘。

月上樹梢，將雪地照出幾分明亮，附近的樹後又走出兩人，與對面的說話者正好呈三角形，將兩人包圍。

終於，一個熟悉的聲音說話了，「別誤會，我是杜穿雲，你們是……鎮北將軍和陳通嗎？」

「是我。」韓孺子馬上回道。

孟娥收起刀。

三人跑過來，其中一人果然是杜穿雲，最開始的說話者是他的爺爺杜摸天，還有一人韓孺子也認識，居然是廚子不要命。

「你們怎麼找到這的？」

「你們是怎麼遇到一塊的？」

杜穿雲與韓孺子同時發問。

韓孺子先回道：「我們遇上官兵，支走之後就一路找來了。」

杜穿雲道：「我在河邊找路，看到幾串腳印比較奇怪，就一路跟蹤，沒想到碰到了爺爺，真是巧。」

杜摸天嚴肅地說：「這可不是巧合，為了攔截倦侯，有一批江湖人一直在河邊逡巡，我和不要命已經在這裡觀察他們三天了。」

杜摸天向韓孺子點了下頭，對重逢沒有任何表示，轉向孟娥，上下打量一眼，「閣下叫陳通？」

「嗯。」

「閣下從何處學會的杜門口技？」

原來那種鳥叫聲並非江湖上通行的技巧，而是杜門獨有，孟娥沉默了一會，「聽過幾次，就學會了。」

杜摸天一愣，隨後便笑道：「閣下好本事，老杜行走江湖幾十年，居然從沒聽說過閣下的大名，實在是孤陋寡聞。」

「江湖廣大，偶爾有不認識的人也很正常。」

杜穿雲湊近爺爺，小聲提醒：「爺爺，她是……」

杜摸天抬手制止孫子說下去，他是老江湖，心中疑惑再多，也知道適可而止，轉向韓孺子，笑道：「我們三人正在迎接倦侯，能在這裡遇見，真是太好了。」

杜穿雲也很高興，他只覺得「陳通」有點怪異，卻沒多少疑問，「走吧，爺爺和不要命找到一條路，能避開那些討厭的江湖人。」

杜氏爺孫領路，韓孺子、孟娥緊跟，不要命殿後，見到倦侯之後，他一句話也沒說過。

沒有孟娥幫忙，韓孺子走路有些艱難，只能勉強跟上。

他們所在的位置離河不遠，可是繞了一個大大的圈子，足足花了將近兩個時辰才在一處偏僻的地方過河。

過河不久，不要命走到韓孺子身邊，小聲說：「躲過南軍就好，倦侯先不要進京，楊奉要見你一面。」

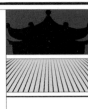

第二百章 漁翁

一覺醒來，天已大亮，韓孺子早已習慣居無定所，可在睜眼的剎那，他還是悚然心驚，弄不清自己身處何方，騰地坐起來，片刻之後才完全清醒，心跳由狂暴逐漸恢復正常。

床邊有一套整齊的新袍，韓孺子穿好之走出房間。他是今天凌晨被送到這裡的，沒怎麼細看，進屋倒頭便睡，現在已經是下午，陽光照在白皚皚的雪地上，極為刺眼，韓孺子以手遮目，等了一會才適應過來。

五間屋子散落在河岸上，橫七豎八，看不出任何規劃。周圍也沒有院牆，韓孺子等人昨晚從下游很遠的地方過河，繞行至此處，韓孺子當時沒有注意附近的凍河，現在才覺得奇怪，走了這麼久，居然仍停在河邊，南軍士兵想找到他豈不是輕而易舉？

雪地鏟出了一條小路，直通河邊，韓孺子信步而行，遠遠看見河床上有一名陌生老者正在垂釣。

韓孺子走過去，老者認真地盯著破開的冰窟窿，指了指身邊的一根長竹竿，頭也不回地說：「幫幫忙。」

韓孺子拿起竹竿後，在橢圓形的冰窟窿上輕輕捅了幾下，浮冰盡碎，然後調轉竹竿，用另一頭的網兜撈出冰碴。

老者對面有一張折凳，韓孺子坐上去，看了一會釣魚，抬頭打量主人翁，老者鬚髮皆白，臉上的皮膚卻很光滑，讓人猜不出年齡。

老者突然起竿，另一手抓住漁線，末端鈎著一條尺餘長的大魚，魚身搖擺，不是很激烈，在這樣一個寒冷的季節裡，連死亡都被凍得不那麼可怕了。

老者將魚扔進旁邊的木桶裡，笑道：「你帶來了好運氣，今晚有魚吃了，希望你能堅持一會。」

韓孺子的確有點餓了，還是笑道：「受得了。敢問老丈尊姓大名？」

「我在釣魚，就叫漁翁吧。」

對方不願透露真實名姓，韓孺子也不強求，拱手道：「多謝漁翁前輩收留我等，我的那些同伴呢？」

「有的走，有的留。」漁翁的話像是敷衍，又像是有所指，停頓片刻後，他轉移了話題，說，「你在冬天釣過魚嗎？」

「沒有。」韓孺子從來沒釣過魚。

漁翁重新上餌，「冰釣很有意思，能夠從中領悟到一些道理。」

他沒說道理是什麼，韓孺子看了一會，忍不住道：「耐心等候方有收穫？」

老者笑道：「你說的是條道理，我領悟到的是一定要多穿棉衣。」

韓孺子也笑了，外面的確很冷，還好風不是很大，他能受得了，可他不喜歡這種莫名其妙的談話，等了一會，直接問道：「據說有江湖人沿河巡視，他們找不到這裡嗎？」

「能，今天早晨來過一批。」漁翁將魚竿放在架子上，抬頭道：「但他們不會過河，這是約定，你現在非常安全。」

「約定？什麼約定？」

漁翁沒有回答，而是反問道：「倦侯不關心京城都發生了什麼事情嗎？」

「關心，可我不認識你。」

「無妨，我隨便說說，倦侯自己判斷準確與否，也可以日後再做打聽。」

韓孺子越來越覺得詭異，可杜摸天和不要命將他送到這裡，顯然對漁翁非常信任，他沒必要非得刨根問底，於是道：「有勞漁翁。」

「冠軍侯最早回京，已經取得不少宗室子弟以及朝中大臣的支持，尤其是宰相殷無害。殷無害位極人臣，按理說應該無欲無求了，可他當年給前太子當過師傅，對前太子被廢耿耿於懷，因此一心想要將太子遺孤送上寶座，他的心情，倦侯可以理解吧？」

「嗯，理解。」

「太傅崔宏消息靈通，反應也很快，雖然本人沒有回京，但是暗中佈局已久，取得不少勳貴世家的支持，能與冠軍侯、殷無害分庭抗禮。」

「崔太傅又要拋棄東海王了？」韓孺子問道，崔宏佈局已久，東海王卻一無所知，因為一次意外才被迫逃回京城，一點也不像是在與舅舅配合。

「崔太傅的真實想法沒人知道，總之他一直與冠軍侯保持聯繫，可東海王遠道而歸，他也很高興，立刻派兵將外甥送入京城，既是保護安全，也是耀武揚威，讓眾人明白，帝位之爭還沒有結束。」

「皇宮裡究竟發生了什麼？」韓孺子對這件事最為關心。

漁翁盯著水面看了一陣子，確認沒有魚上鈎之後，他才說道：「皇帝得了重病，已是奄奄一息，隨時都有可能駕崩。」

「什麼病？」

「十位御醫倒有十一種診斷，總之是種怪病，皇帝年紀輕輕，卻吃不下去飯食，每餐必吐，如今已是骨瘦如柴，躺在床上，很久沒起來了。」

韓孺子印象中的皇帝還是那個胖乎乎的八九歲孩子，「太后呢？」

「太后也染上疾病，狀況比皇帝要好些，時好時壞。」

「宮裡已經兩個月不肯批覆任何奏章了吧，為什麼？」

「皇帝久治不癒，太后明白，帝位爭奪又要開始了，可是今非昔比，大楚內憂外患不斷，她不能再從宗室子弟中隨意選擇年幼者繼位了。所以，她想出一個辦法。」

漁翁又看了一眼水面。

韓孺子有一種感覺，漁翁對太后比對冠軍侯更熟悉。

「太后想出的辦法就是諸子爭位，強者登基，以挽救大楚江山。」

「嗯？」韓孺子吃了一驚。

「當然不能公開爭位，那樣的話太失體統，得由太后制定規矩，由她親自監督，這就是為什麼她一直不肯批覆奏章，一是皇帝病重，她自己也不舒服；二是防止被人利用，奏章是大臣的武器，一不小心就可能影響到朝堂格局，以致諸子爭位時不夠公平。」

韓孺子沒能完全掩飾住心中的憤怒，「朝廷遲遲沒有旨意，邊疆差點因此失守。」

「可朝廷一旦頒旨，倦侯很可能命喪塞外，再也回不來了。」

韓孺子微微一愣。的確，朝廷當初若是對匈奴人的到來立刻做出反應，所任命的大將絕不可能是鎮北將軍，有聖旨在，他也沒機會奪印、奪權、奪兵。

「當然，太后此舉並不是想要保住誰，只是不願被人利用。如果匈奴大軍真的攻到塞下，她也只能頒布旨意了。」

韓孺子輕輕搖頭，宮中不知邊疆危險，面對強敵居然如此兒戲。很快的，他開始感到疑惑。這不像太后的為人，她最在乎的是權力，可她聽政期間，頗受大臣好評，不像是胡作非為之人。拒做批覆、諸子爭位，這都不像是太后的風格，韓孺子盯著漁翁，「閣下究竟是什麼人？」

「釣魚者。」

「不不，你有名字，而且是我聽說過的名字。你現在不願意說，可我早晚會知道，何必隱瞞這一時呢？」

漁翁再次起竿，這回釣起的魚個頭小些，他仍然很滿意，笑呵呵地將收穫放入桶中。拿起帶網的竹竿，將冰窟窿上的一層浮冰敲碎、撈出來，然後上餌，繼續垂釣。

「我用過的名字太多，有時候不知道該用哪一個才好。」

韓孺子騰地站起身，「閣下是淳于梟？」

漁翁點點頭，「這的確是我用過的名字，倦侯喜歡，我就叫淳于梟吧。」

韓孺子驚訝萬分，盯著老者看了好一會，這就是淳于梟，望氣者的首領？他不應該一露面就遭抓捕，甚至立即斬首嗎？

韓孺子慢慢坐下，「你勸服了太后？」

他終於明白那些稀奇古怪的主意是誰想出來的，只是還沒有明白，太后怎麼會被一名望氣者說服。

「是太后自己想明白了，她需要我們這樣的人。」

據說淳于梟已經是太監，可他頷下的鬍鬚垂到胸口，還很茂盛；據說淳于梟左眉中有一顆紅痣，韓孺子卻沒看到。只有身材高大、鬚髮皆白這兩項與傳言完全符合，他的事情總是真真假假。

「望氣者已經有能力干涉帝位繼承了，恭喜。」

「順勢而為，這只是順勢而為。倦侯不關心爭位的規矩嗎？再晚回來幾天，倦侯就將失去這次機會，所以你很幸運。但是與冠軍侯、東海王相比，你現在的確不佔優勢。」

這就是夫人崔小君接連催促他回京的原因，她大概瞭解到了宮內的一些內情。

韓孺子從小到大受過不少羞辱，沒有哪一次像現在這樣令他惱怒，可他笑了，「抱歉，請淳于先生繼續。」

「沒關係，只要還有魚肯上鈎，就不算浪費時間。」淳于梟將魚竿在架子上擺好，「規則倒也簡單，第一，京畿之內不准動武。」

「崔太傅不是派軍隊將東海王送入京城了嗎？」

「只是一支小小的軍隊，不到三百人，而且我說過，那是耀武揚威，不算動武。」

「嗯，我明白。」

淳于梟笑了笑，「第二，也是最重要的規則，爭位者可以使用武力以外的一切手段，去爭取朝中大臣的支持，最後，誰的支持者最多，誰就是下一位皇帝，公平吧？」

韓孺子問道：「這個『最後』，是指什麼時候？」

「難說，總不能當今聖上還活著，就選出新帝，對吧？」

韓孺子突然間不想跟淳于梟交談了，他甚至連此人到底是不是真正的淳于梟都不能肯定，可這名望氣者的本事，明顯比林坤山高出一大截。

韓孺子再次起身，也不告辭，大步向岸上走去。

「倦侯，不要浪費你的運氣！」淳于梟大聲說。

韓孺子仍然不接話，他想找到孟娥，立刻離開這裡。可他不明白，為什麼孟娥也信任望氣者，將他一個人留下。

遠處馳來一匹馬，韓孺子望了一會，心中稍安。

楊奉如約而至，就他一個人。不久之後，他來到韓孺子面前，跳下馬，帶來一股寒氣，韓孺子不自覺地打了一個冷顫。

「這是怎麼回事？」韓孺子問，覺得自己不用多做解釋，楊奉就能明白他全部的意思。

「太后瘋了。」楊奉說。

（本卷完）

New Black 013

孺子帝：卷三　皇城外的決定

作者　冰臨神下

堡壘文化有限公司
總編輯　簡欣彥　行銷企劃　許凱棣、曾羽彤
副總編輯　簡伯儒　封面設計　Bianco Tsai
特約編輯　倪玼瑜　內頁構成　李秀菊

讀書共和國出版集團
社長　郭重興
發行人兼出版總監　曾大福
業務平台總經理　李雪麗
業務平台副總經理　李復民
實體通路組暨直營網路書店組　林詩富、陳志峰、郭文弘、賴佩瑜、王文賓
海外暨博客來組　張鑫峰、林裴瑤、范光杰
特販組　陳綺瑩、郭文龍
印務部　江域平、黃禮賢、李孟儒
版權部　黃知涵

出版　堡壘文化有限公司
發行　遠足文化事業股份有限公司
地址　231新北市新店區民權路108-2號9樓
電話　02-22181417　傳真　02-22188057
Email　service@bookrep.com.tw
郵撥帳號　19504465 遠足文化事業股份有限公司
客服專線　0800-221-029
網址　http://www.bookrep.com.tw
法律顧問　華洋法律事務所　蘇文生律師
印製　呈靖彩印有限公司
初版1刷　2022年9月
定價　新臺幣420元
ISBN　978-626-7092-69-9　978-626-7092-72-9（Pdf）　978-626-7092-78-1（Epub）

國家圖書館出版品預行編目（CIP）資料

孺子帝．卷三，皇城外的決定／冰臨神下著. -- 初版. -- 新北市：堡壘文化有限公司出版：遠足文化事業股份有限公司發行, 2022.09
　面；　公分. -- (New black ; 13)
ISBN 978-626-7092-69-9（平裝）

857.7　　111011431